黄为之
杨廷治
◎主编

文人墨客诗生活

一宋代篇一

二十一世纪出版社
21st Century Publishing House
全国百佳出版社
21

图书在版编目（CIP）数据

文人墨客诗生活·宋代篇 / 黄为之, 杨廷治主编.
-- 南昌 : 二十一世纪出版社, 2012.6
ISBN 978-7-5391-7833-2
Ⅰ. ①文… Ⅱ. ①黄… ②杨… Ⅲ. ①宋诗 - 诗歌欣赏
Ⅳ. ①I207.2

中国版本图书馆CIP数据核字（2012）第120925号

文人墨客诗生活·宋代篇　　黄为之 杨廷治　主编

策　　划 张　明
责任编辑 刘华彬
出版发行 二十一世纪出版社
（江西省南昌市子安路75号　330009）
www.21cccc.com　cc21@163.net
出 版 人 张秋林
经　　销 全国新华书店
印　　刷 河北环京美印刷有限公司
版　　次 2019年4月第1版第2次印刷
开　　本 720mm × 1000mm　1/16
印　　张 23.5
字　　数 300千
书　　号 ISBN 978-7-5391-7833-2
定　　价 38.00元

赣版权登字—04—2012—403

出版前言

中华民族历来是最具诗意的民族，论及中国文化，诗歌一定是皇冠上一颗最耀眼的明珠，是灿烂中华文明的精神制高点。徜徉在祖国文化的百花园里，你会发现，诗歌这块园地，最厚重也最丰饶——溯本求源，可说中国文化有多悠久，中国诗歌史便有多悠久；说数量，谁能历数，我们民族究竟创作了多少千古传诵的诗篇；再论及世代流芳的诗人，世界上没有一个国家、民族能望及项背。“李杜诗篇万口传，至今已觉不新鲜。江山代有才人出，各领风骚数百年。”（赵翼《论诗》）一代有一代的高峰，历史又把一代代的高峰留在后面。今天，当我们俯瞰历史，才能纵览春兰秋菊，夏荷冬梅，百花斗艳的胜景，膜拜那万峰簇拥的奇观。

“诗言志”是中国文化的正统，可以说诗歌历来便在中国人的生活中占有举足轻重的作用，渗透于生活的方方面面，成为其文化身份的独特标识。对一个诗歌大国来说，诗歌便是中国人的世界观，价值观与人生观——大至忧国忧民的社稷之慨，小至抒怀感悟，迎来送往，起居作息的生活常态，几乎无不成“诗”。“诗”生活亦生活，本书便是一套有关“诗”生活的丛书。

《文人墨客诗生活》，荟萃了历代诗苑故事、佳话和诗歌赏析，是一套内涵厚重却浅白易懂的文学通俗读物。在那些脍炙人口、光照千古的名篇背后，其创作和流传过程中，曾产生过许多优美动人的故事和妙趣横生的佳话。如果诗歌本体如浑雄交响中的主旋律，那环绕于诗人、诗歌的佳话轶闻便是“诗生活”中不可缺少的多层次合音与背景音乐。人们在诵读诗歌名篇时，也一定会被这些故事和佳话所吸引，可更立体、多方位地理解与感悟诗歌美的内涵。但这些故事、佳话，往往散见于大量史书、诗集、诗话、笔记、类书之中，不易查找，亦难遍览；而原始资料的文字，也大都简古深奥，晦涩难读。选编这套丛书，便是通过广采博取，去芜存菁，将散见的故事、佳话、诗话荟萃于一集，并在表达上力求寓意显豁，清新可读。使读者能一目了然，享受到体悟“诗生活”的快乐，也可省去翻检古籍之劳。

《文人墨客诗生活》不同于一般的名人轶事集，也不同于常见的诗歌欣赏集，简言之，并非名篇的故事、佳话与未见故事、佳话流传的名篇，都未收入书中。一文一题，每一篇都有一至数首诗作和与之相连的故事佳话，行文浅白但神韵隽永。对所引诗篇也作了赏析。但这种赏析是与叙述有机结合的，或是交代故事背景，或是人物衷肠的倾诉，或是诗歌内涵的揭示和艺术鉴赏。不拘泥就事论事，就诗论诗，而是把其放在诗歌发展史和诗人生平际遇的大背景下，启迪读者对诗人、诗歌史的总体把握，几十题合起来，便几乎可见一代诗歌大观。

本书原名为《历代诗苑揽胜》，由首都经贸大学黄为之、杨廷治教授伉俪呕心沥血十年精心打造，先后重印几次，曾荣获北京市高等学校第二届哲学社会科学优秀成果奖；其版权输出台湾。本次重版修订，二位作者对每篇文字都重新进行了精心润色；在叙事部分，根据史料丰富了情节，故事更加生动婉曲；诗评部分，也根据历代诗话，作了更准确简明的评述。此外，还新增写了一些篇章，弥补了一些缺漏，从而更全面反映了我国古典诗歌的风貌。

没有华人不读诗。由此，说诗歌传承着中国文化的血脉一点不为过。如果说目前构建公民社会是我国核心价值观的体现，那么对公民特别是青少年进行“诗教育”与体悟“诗生活”是极其重要的。我们希望，这套融古典诗词、典故加传奇的隽永作品，能成为全国中小学文史老师的最佳指导手册，成为全国青少年朋友所喜爱的课外读物。

【目录】

太祖咏日

宋太祖赵匡胤出身世代官宦之家，但祖上官位并不高，直到他父亲赵弘殷，作战骁勇，得后周君主庄宗青睐，又屡建战功，地位逐渐显赫起来。赵匡胤排行第二，体魄魁伟，气度不凡，颇有父亲风范。父子同时领禁军，一时十分荣耀。

对于这个起于行伍之中的宋代开国皇帝，有一些关于他的风流儒雅轶事记载，有人以此作为论其胸襟才略的依据。

太祖开宝八年（975 年）冬，赵匡胤派兵包围了南唐京城金陵（今江苏南京），眼看就要攻破城池，南唐后主李煜派翰林学士徐铉奉表请求缓师。太祖临朝接待徐铉，询问李煜情况。

徐铉知道赵匡胤是武夫出身，便闭口不谈军功战略而极口称赞南唐李后主如何多才多艺，琴棋书画无所不精，金石古玩无所不晓，虽无勇力但有圣人之能。眼看就要亡国了，徐铉却侃侃而谈，振振有词，不失一国大使的风度与体面。

赵匡胤早听说李煜是个才子，知道他的词填得不错，便问道："不知道他的诗写得怎么样，可有近作？"

这一问，更让徐铉来了精神，不知不觉中挺起了一直躬着的腰板，朗声回答说："近日有《秋月》三篇，为天下传诵。"他救主心切，不等赵匡胤问，便自吟诵起来：

揖让月在手，动摇风满怀。

赵匡胤只听了这两句，便哈哈大笑起来。徐铉再也吟诵不下去了，反问道："陛下为何发笑？"

赵匡胤收敛了笑容，正色回答说："什么手可捧月，风可畅怀，不过是穷书生的言词罢了，我就不屑于咏这样的诗。"

徐铉哪里服气，书呆子气上来，顿时忘了自己的使命与身份，便梗着脖子顶撞说："讲这种大话不能让人信服，也无法让人评判陛下的话，就请陛下也赋一首月诗！"

这话一出，殿上的文武百官都震住了，他们一个个瞪着惊惧的眼睛，面面相觑。见到众人脸色大变，徐铉这时也清醒过来，吓呆了。一时间，朝廷上下鸦雀无声。

这时，只见太祖走下宝座，手捻须髯，慢悠悠地踱着步子，态度从容平和，丝毫没有为徐铉唐突的言语而震怒的样子。朝堂的气氛于是缓和下来。

赵匡胤若有所思，慢慢说道："朕还是小民百姓时，一次从秦中经过华山，喝醉了酒，躺在田间一棵大树下，一觉醒来，只见明月当空，万里清辉。朕当时即兴吟诗，有两句是这样的：

来离海底千山黑，才到天中万国明。

朕素闻学士博学多才，你看朕的诗同后主诗相较如何？"

徐铉万没想到马背上得天下的赵匡胤，竟有如此文思，不觉暗暗吃了一惊，由衷叹服。他上前跪拜说："陛下未起之时，如潜龙在渊，月藏海底，一旦飞龙在天，云蒸霞蔚，明月出海，光耀天下；陛下诗句，气吞山河，陛下英才，可与日月同辉！"

"哈哈哈……"赵匡胤放声大笑，那笑声震撼着庄严雄伟的朝堂。他豪气满怀，迈着大步走回御座坐下，揶揄地说："李煜满怀之风何足当也！"

一个朝臣出班说："陛下之言甚是！那李煜的诗，'月在手'，'风满怀'，都不过是一己的赏风弄月，十足小家子气。哪如陛下诗句，雄视天下，光照人间，真正帝王之风！”

话音刚落，满朝文武便众口同声高呼起来：“吾皇万岁！万岁！万万岁！”

那徐铉眼见这一代新兴大国的气象，想到那兵临城下、朝不保夕的南唐小朝廷，不禁自惭形秽、无地自容了。

赵匡胤见此情景，更是踌躇满志、意气高扬，说：“朕未显时，一天听客咏初日，只觉他的诗语虽工巧而意甚浅陋，不能畅怀尽意。朕当时也作了一首《咏初日》。今日，朕也吟诵给众卿听听。”说罢，两手扶着御案，微微昂起头，声音顿挫有力地吟咏起来：

太阳初出光赫赫，千山万山如火发。
一轮顷刻上天衢，逐退群星与残月。

这首诗，去尽藻饰，一扫当时正风靡文坛的华艳纤巧，用朴拙明白的语言，写出了旭日初升的壮观、瑰丽。尤其是后两句，气势磅礴，力回天地。“顷刻”两字，见其转瞬之间，宇宙一新；“逐退”两字，见其势不可挡，涤尽陈迹腐朽。小诗充满了盖世英雄气概，洋溢着行将有大作为于天下的豪情与自信。

太祖吟完，朝堂上又是一阵声震寰宇的山呼万岁。

徐铉不敢仰视宋太祖，只在心里想，原来赵匡胤在登极之前，东征西讨，依次平定南北各国，建立赵家天下，混一之志，早见于诗了。古人云，诗言志，真乃至言也！

“徐学士！”赵匡胤叫了声徐铉。

徐铉这才如梦初醒，连忙回答：“臣在！”

赵匡胤说：“学士刚才听清朕的《咏初日》诗了吗？”

徐铉说：“臣听清了！”

赵匡胤说：“如今我大宋王朝已如一轮红日升上了天衢，群星残月，

《唐诗画谱》 （明）黄凤池 编

都将被逐退干净，你小小南唐再请缓师，又能残存几日，还不回去，准备早日归降！”

徐铉匍匐在地上叩拜说：“臣已尽知！”

果然，不出一月，城破国亡，南唐后主李煜，成了大宋王朝的俘虏。

【参考资料】

《后山诗话》

《宋史·太祖本纪》

《宋诗纪事》卷一

依样葫芦

后周恭帝显德七年（960 年），殿前都点检赵匡胤率大军抵御北汉入侵，在陈桥驿发动军事政变后，立即回师京都，令将士归营，自己回到官邸。不一会儿，诸将拥宰相范质等朝官来见。赵匡胤一见范质，便眼泪簌簌，“呜、呜、呜”哭啼起来，说：“我违背了天命，干出这种废君篡国的事来！”说完，哭得愈响了。

范质等人还没有来得及说什么，旁边一个校官便“唰”地一声，拔剑出鞘，气势汹汹地说：“如今天下无主，今日必须拥立天子，谁敢不从，立即死于我的剑下！”

范质等朝官，面面相对，不知所措。这时翰林承旨陶谷走出来，小心翼翼地从袖中取出一卷黄绫，满脸谄笑地对赵匡胤说：“我已奉恭帝之命，写好禅位制书，就请陛下登极！”

赵匡胤早已止住了哭泣，这时瞥了一眼陶谷，心里骂道：“这双鬼眼，什么时候看出了我要受禅！”口里则鄙夷地说：“用不着陶翰林写的禅位制书！”

范质看出大势已定，便同群臣跪拜在地，齐呼：“吾皇万岁！万岁！万万岁！”拜毕，立即另外写了一份禅位制书，诏告天下，并率文武百官，降阶朝拜。赵匡胤这才南面坐，受礼，即皇帝位。

陶谷在如此重大场合，用尽心机巴结赵匡胤，赵匡胤为什么不领情呢？原因是赵匡胤看不起陶谷的人品。

陶谷字秀实，本姓唐，为避晋祖讳，改姓陶。祖父唐彦谦颇有诗名。陶谷自幼强记嗜学，长大博通经史，尤其精通历象，诸子佛老无所不览，又好收藏书法名画，自己也写得一手好隶书。按说，这样的人才应当备受世人敬仰，但他虽历仕后晋、后汉、后周，入宋仍身居要职，却恶名昭著，为人所不齿。

陶谷仕后周时，曾奉旨出使南唐，俨然以上国贵宾自居，举止傲慢，谈吐尖刻。宴席谈笑间仍不苟言笑，凛然若不可犯。

南唐名士、朝廷重臣韩熙载对左右幕僚说："我观察秀实并非端庄耿介之士，我已有法攻破他的操守。诸君就请看戏吧！"

韩熙载以邀请陶谷写六朝书为名，留陶谷在驿馆半年。驿馆中有一位年轻的女子，身穿粗衣，发插竹钗，每天早晚两次拿着扫帚，洒扫驿庭。这女子姿容艳冶，虽后宫佳丽莫比，粗衣竹钗，越发衬出她的天然风韵。陶谷每天作书闲暇，自然会看见她。日子一长，陶谷是越看越动心，忍不住寻找机会与女子攀谈起来。

"啊，小娘子连日来辛苦了。"陶谷讨好地说。

"这不值什么。"女子轻声软语，羞涩地低下了头。

"敢问小娘子芳名？"

"小女子秦弱兰。"

"体若素兰娇媚，质胜幽兰清香，真是好名字！小娘子生得天姿绝色，怎么会在这驿馆作粗使女仆？"

秦弱兰说："妾不幸，丈夫病故，无依无靠，只得在父母家度日。"

"啊，原来你是驿馆值官之女，真乃明珠投暗，可惜啊可惜！"

就这样，陶谷明修栈道，暗渡陈仓，竟与女子作成了高唐梦。第二天，陶谷赠给这女子一首《风光好》词：

好因缘，恶因缘，奈何天，只得邮亭一夜眠，别神仙。　琵琶拨尽相思调，知音少，待得鸾胶续断弦，是何年？

陶谷与秦弱兰苟合后，不满足“一夜情”的好风光，于是写词进一步向秦弱兰诉说相思，询问断弦何时能再续，话虽委婉，挑逗之意却很明显。

几天后，南唐后主李煜设宴澄心堂，命人用大玻璃杯给陶谷斟酒，陶谷道貌岸然，俨然君子，威风与骄气不减昔日。李煜心里暗笑，点头示意近侍。不一会儿，盛装走出一妙龄女郎，端坐于李后主下侧，手拨琵琶，轻启朱唇，一字字，一句句，唱起了《风光好》。陶谷心里猛一惊，不觉一阵阵耳发热、脸发烧。

李煜意味深长地问：“陶翰林，你可认得这弹琵琶的女子？”

陶谷顿失平日的唇枪舌剑、伶牙俐齿，竟支支吾吾地说：“她……”

那女子不等陶谷说下去，便站起来向陶谷施礼说：“陶君不认识了？女婢就是驿馆那洒扫庭除的贫家女子秦弱兰。”

陶谷恍然大悟，自知是落入圈套了，他张口结舌地说：“你……”

“哄……”李煜君臣一齐捧腹大笑。陶谷在这笑声中茫然无措，哭笑不得，一副尴尬猥琐相。

一个朝臣说：“陶翰林因何如此？你与这烟花女子莫不是有什么好事儿？要不要喝点酒，遮遮羞？”

这朝臣话音未落，满朝文武又是一阵哄笑：“好主意！好主意！”

于是，李煜命侍从给陶谷连连大杯斟酒，陶谷饮了一杯又一杯，就像无底漏斗，直被灌得烂醉如泥，一头栽倒在自己呕吐的秽物上。

李煜见陶谷丑态毕露，威风扫地，便轻蔑地一笑，拂袖而去。

明初人唐肃有《题陶谷邮亭图》诗，如下：

紫凤檀槽绿发娼，玉堂见惯可寻常。
作歌未必肠能断，明日听歌更断肠。

徐惟和有《秦弱兰》诗一首，如下：

莫笑邮亭一夜春，此身原已落风尘。
韩家亦有如花女，枕畔衣裳著向人。

上面两首诗说明，陶谷丢人格、失国体的丑事，在当时就已受到世人嘲讽。

陶谷回后周那天，南唐君臣没有一个出来送行，只派了几个小厮提了一壶酒，摆了几样菜，在京郊装装样子，把他打发走了。陶谷人刚回后周，他写的《风光好》却已传遍了后周京城。从此陶谷不被重用不说，在人前再也端不起昔日的架子了[①]。

倘说这一次陶谷把脸面丢尽，是一时不检点，中了他人诡计，那么另一次则真正是咎由自取了。也是在陶谷仕周之时，他出使吴越，竟向吴越王钱俶献诗长达二十韵，更有甚者，诗末竟有“此身头已白，无路埽王门”之句。作为奉命出使的大国使臣竟向小邦君主寻求进身之阶，可说丧尽了人格，也丢尽了国格。为此，他的同僚听了此事，无不义愤填膺，一致认为陶谷有辱使命。

陶谷的这些丑行，早已传遍了街头巷尾，宋太祖赵匡胤当然也知道，在心里十分鄙视这种有奶便是娘的人，因此当陶谷向他进禅位制书时，他断然拒绝了。不过，陶谷是后周的旧臣，赵匡胤在陈桥驿兵变时，就曾诏令天下说：“大臣皆我比肩，不得侵凌”（《宋史·太祖本纪》），他知道开创基业，笼络人才的重要，因此，不得不继续任用陶谷。陶谷却不知趣，不甘寂寞，早晚汲汲于名利，总认为朝廷对他看顾不够，便让他的同党在太祖面前为他吹嘘，说陶翰林如何能干，如何卖力。赵匡胤听了，笑笑说：“陶学士在翰林草拟诏书，只是翻检前人旧本，改换些词语，一无新意，都不过是依样画葫芦罢了，朕没见他有什么才能。”

陶谷听了这话，好不憋气，又不敢发作，想来想去，只好使出最后一招，

① 关于此事的真实性，后人有怀疑。参看刘永翔《清波杂志校注》卷八《邮亭曲》注。刘永翔说：“窃谓此事，考其史实，于陶谷或为诬，然揆之义理，于后人足为鉴。今之衔命出国者，慎无蹈斯覆辙也哉！”

用现在的话说，叫作“撂挑子”。陶谷对太祖说：“陛下，臣本无德无才，今又老朽愚钝，实不胜其职，乞请罢职归隐，颐养天年。”

赵匡胤深知其人，便幽默地说：“卿现在翰林承旨，一向只依样画葫芦，此官有何难作？且作！且作！”

一个软钉子，既不许罢职，也不予晋升。陶谷这才知道自己走到了穷途末路，心里好不凄凉。他便在玉堂粉壁题了一首自嘲的诗《题玉堂壁》：

官职须由生处有，文章不管用时无。
堪笑翰林陶学士，年年依样画葫芦。

果然，从此以后，陶谷真的只是“年年依样画葫芦”，再也没有大用。

【参考资料】

《玉壶清话》卷四
《宋诗纪事》卷二
《五代诗话》卷二
《宋人轶事汇编》卷四

花蕊夫人

宋太祖乾德三年（965年），一代雄主赵匡胤亲自统率数万大军围攻后蜀国都城，当时蜀尚有兵十四万，宋军只有三万，太祖原以为要打个硬仗，不料君主孟昶率领文武百官大开城门迎接，自己交出了国玺。赵匡胤见了这个骄奢淫逸的昏君，只是摆摆手，让他退下去，什么话也没说，就进了城。到了蜀王宫中，赵匡胤叮嘱将领仔细寻找后宫中一个名叫花蕊夫人的贵妃，找到后，派人专车护送回大宋都城汴京（今河南开封）。

这花蕊夫人是谁呢？她是青城（今四川灌县西）人，父亲徐匡璋，是个穷书生[①]。因她自小聪明伶俐，被孟昶选入后宫。自古以来，都用花来形容女子的美貌，孟昶觉得花尚不足以比拟这位贵妃娟秀的姿色、鲜嫩的肌肤，故称她花蕊夫人，又号慧妃，以称赞她的性情贤淑、机敏聪明。花蕊夫人精通音律，歌舞动人，诗词堪吟，曾仿效唐人王建，也写了《宫词》百首，清新奇绝，盛行于世。这也是她深得孟昶欢心的一个原因。

现存花蕊夫人《宫词》中有以下三首：

龙池九曲远相通，杨柳丝牵两岸风。
长似江南好风景，画船来去碧波中。

① 见《宋诗纪事》卷八十四。然据《五代诗话》卷八记载，本文花蕊夫人应姓费。五代蜀国有两花蕊夫人。一位是前蜀王建之妾，姓徐，号小徐妃者，后随王衍归唐，中途遇害。一位是后蜀孟昶妾，姓费，作《宫词》百首者，后随昶归宋，被射杀禁苑中。

月头支给买花钱，满殿宫人近数千。
遇着唱名多不语，含羞走过御床前。

厨船进食簇时新，侍宴无非是近臣。
日午殿头宣索鲙，隔花催唤打鱼人。

花蕊夫人写的《宫词》，虽是模仿王建，但从题材到风格，都与王建宫词不同。她是得宠贵妃，因此内容大多是轻巧活泼的，绝少一般宫女的哀怨与孤苦。而艺术上，语言清新雅丽，音韵谐婉响亮，技巧蕴藉含蓄。又因为这些《宫词》都是个人的亲身经历，所见所思，较王建的得之于第二手材料，代人立言，读来更觉亲切，有王建《宫词》所不能取代的价值。这就难怪宋太祖特别看重花蕊夫人。

花蕊夫人随着赵匡胤的大军，离开成都去汴京。车轿行至葭萌驿（今四川广元西南），她见一路上桃红柳绿，春意盎然，故乡一步步抛在后面，不知何年何月可以回去探望，耳畔只听得杜鹃声声悲啼“行不得也哥哥”、“行不得也哥哥”，禁不住珠泪暗抛，一时兴起，便在馆壁写了起来：

初离蜀道心将碎，离恨绵绵，春日如年，马上时时闻杜鹃。

没等她写完，军骑又催她上轿赶路。她违抗不得，只得看着这一字一泪的半阕词，悽然而去。

赵匡胤回到汴京，没过十天，就召见花蕊夫人，让她以后蜀亡国为题，赋诗一首。这个命题，深深触动了花蕊夫人的心，亡国以来，淤积在她心中的羞耻、愤怒、怨恨和无可奈何的感情，顿时像一股奔腾的激流决堤而出，她脱口诵成《述国亡诗——奉召作》：

君王城上竖降旗，妾在深宫那得知。
十四万人齐解甲，更无一个是男儿。

诗一开头就点题，“竖降旗”三字，高度概括了一个国家灭亡的缘由，主语是“君王”，国亡的罪魁，不言自明；第二句点明自己的处境。自古以来，更朝换代，国家衰亡祸乱，常常归罪于女人，似乎女人是亡国祸水。商亡归咎于妲己，西周幽王被杀归咎于褒姒，吴亡归咎于西施，唐安史之乱归咎于杨贵妃，如此等等。花蕊夫人这句诗，是一个弱女子的自我申辩，也是对这种历史陋见的抗争。用词委婉蕴藉，却十分有力，言外之意，是你君臣误国，与我等不得问政事的弱女子有何干？而更重要的是，与“更无一个是男儿”相对照，花蕊夫人甚至在表明一个志向和决心，那意思是，如果“君王”平日让她参与政事，决不至于有今日；如果让她知道宋军兵临城下的情况，她将竭尽绵薄之力，以死卫国，而决不会束手待擒，蒙受不战而降的奇耻大辱。正是出乎这种志向和决心，她才那么切齿痛恨后蜀十四万大军中竟然没有一个算得是“男儿”！第三句生动地写出了这投降场面的可耻、可叹，“齐解甲”三字与首句“竖降旗”三字照应，“十四万人”之所以不战而降，乃因君王竖起了降旗，她的批判锋芒，直指最高统治者。最后一句，是当时的实情，更是作者直陈对国亡的态度，多么痛快淋漓，一腔正气与满腹怨情都扑面而来。整首诗如口语，自然质朴，感情强烈，带有鲜明的既柔弱又刚毅的个性色彩。

据宋吴曾《能改斋漫录》载，花蕊夫人这首诗有所本。太子随军王承旨作了一首咏后主的诗：

蜀朝昏主出降时，衔璧牵羊倒系旗。
二十万人齐拱手，更无一个是男儿。

对照两诗，花蕊夫人对前三句作了较大改动，尤其是花蕊夫人全诗，用“妾”的口吻，抒“妾”的情怀，全诗便神采倍出，曲尽人情，写出了一个弱女子的廉耻之心与爱国正气，直令须眉男儿汗颜，故为历代传颂，而原诗则泯灭不为人知了。

且说当时太祖赵匡胤听完花蕊夫人的诗，不仅不责怪她倾吐出那样浓

《唐诗画谱》　　（明）黄凤池 编

重的故国之思，反而大为感动，称赏她的诗有情有义，有胆识，有骨气。此后，赵匡胤纳花蕊夫人入宫，令她侍宴从游。

赵匡胤弟弟赵炅（宋太宗）见哥哥喜欢一个亡国之君的宠妃，以为对社稷不利，屡次劝谏赵匡胤以社稷为重，赵匡胤就是不听。在花蕊夫人入宋朝宫中的第十天，赵匡胤到御苑射猎，花蕊夫人随从，站在一旁观猎。赵炅搭箭引弓，像要射击野兽，突然，他却猛转身射向了花蕊夫人。弓响镝鸣，花蕊夫人应声而倒。只这一箭，花蕊夫人就再也没有起来。

一个有才华有识见的美貌女子，就这样惨死了。但她的《述国亡诗》却伴随她的名字留传了下来。

再说，当初花蕊夫人在葭萌驿壁留下的半阕词，不知哪个无名小卒续了下半阕，成了这样一首完整的《采桑子》词：

初离蜀道心将碎，离恨绵绵，春日如年，马上时时闻杜鹃。
三千宫女如花貌，妾最婵娟，此去朝天，只恐君王宠爱偏。

这首词把花蕊夫人描写成为一个去“朝天”邀宠的女子，心中想的是“只恐君王宠爱偏”。“偏”向谁呢？如果怕的是君王偏向别的妃子，那就是还没入宫，就在惧怕自己失宠；如果是怕君王偏宠她自己，那她所惧怕的就是后宫嫔妃间残酷的争宠斗争；或许两种心情都有。与花蕊夫人的《述国亡诗》同读，可知这无名小卒如何亵渎了花蕊夫人！他完全歪曲了花蕊夫人想要抒发而未能尽情抒发的感情，那肯定是令千古之人为之流涕、感慨的亡国之痛！所以古人说：“花蕊夫人见宋祖时犹作‘四十万人齐解甲[1]，更无一个是男儿’之诗，焉有随袒行而书此败节语乎？续之者，不惟虚空架桥，而词之鄙亦狗尾续貂矣。”（《蜀中诗话》）

【参考资料】

《宋诗纪事》卷八十四
《本事词》卷上
《五代诗话》卷八

① 《蜀中诗话》原文为“四十万”，而花蕊夫人诗为“十四万”。

新月应制

月亮，古往今来，有多少诗人吟咏过，又有多少名篇佳作。单是唐代，单是大诗人李白，就有不少千古绝唱、常吟常新的优美诗篇。“举头望明月，低头思故乡”（《静夜思》），“青天有月来几时？我今停杯一问之”（《把酒问月》），“举杯邀明月，对影成三人”（《月下独酌》四首之一），“月出峨眉照沧海，与人万里长相随”（《峨眉山月歌》），“俱怀逸兴壮思飞，欲上青天揽明月”（《宣州谢朓楼饯别校书叔云》），“卷帷望月空长叹，美人如花隔云端”（《长相思》），“我寄愁心与明月，随风直到夜郎西”（《闻王昌龄左迁龙标，遥有此寄》）等等，不胜枚举。诗人望月思乡，邀月起舞，对月浩歌，与月徘徊。明月不是无情物，它伴人孤独，解人忧愁，照人安眠，随人万里。明月给诗人洒下一片清辉，留下一片深情！它是诗人抒怀的对象，理想的象征，难得的知音。月与诗人，诗人与月，结下了不解之缘。至于初唐诗人张若虚那首《春江花月夜》，更是传唱千古，“春江潮水连海平，海上明月共潮生。滟滟随波千万里，何处春江无月明。”“江天一色无纤尘，皎皎空中孤月轮。江畔何人初见月，江月何年初照人？人生代代无穷已，江月年年只相似。不知江月照何人，但见长江送流水。”这些优美动人的诗句，伴随着化此诗而作的民族古曲《春江花月夜》的音乐旋律，真是诗情画意、诗境琴韵，至今让我们如痴如醉，让人无限神往！

但在无数的咏月诗中，有一首很特别的诗，它不是抒写性情，缘情而发，而是应命之作。作这种诗，不仅限时、限字、限韵，而且是面对如狼似虎的君王，稍一不慎，“龙颜”大怒，反手之间，便会大难临头。所以，在这种情况下写作，就很难有好诗。但是，在封建社会，艺术上的失败并不妨碍，甚至还可能导致仕途功名上的极大成功。宋初的卢多逊，就有过这种经历。

一天夜晚，太祖赵匡胤批阅奏章，劳累困倦，信步来到御花园，见新月初升，清辉铺地，后苑花草，在微风中摇曳，影影绰绰，别有一番风姿。他一时兴起，一边命太监在太液池边摆上酒宴，一边命近侍传呼翰林学士卢多逊。

太祖饮酒赏月，为什么偏要传呼卢多逊呢？卢多逊原是后周时的进士，官至集贤殿修撰，宋灭后周，他留任旧职。赵匡胤虽是一员武夫，却好读书。卢多逊博涉经史，聪明强记，文辞敏捷，颇有心术谋略。他十分注意研究太祖为人。他见太祖常派太监去史馆取书，便灵机一动，买通史馆小吏，不论太祖取走了什么书，都去告诉他。这样，太祖每次取走什么书，他立即通宵潜心阅读研究，等到太祖遇到疑难，问起书中什么事时，他便能有问必答，不稍迟疑。一次又一次，卢多逊使自己的左右同僚惊叹而折服，太祖也越来越倚重他，他也因此而不断晋升。所以，这天晚上，太祖单传卢多逊奉诏。

这一次，卢多逊事先没有听到风声，也无从准备，不免有几分紧张。他走进御花园，见到酒宴，躬身上前，诚惶诚恐地拜见了皇上。

太祖说：“今晚君臣后苑相聚，同赏新月，不必拘礼。”

卢多逊这才落座，与太祖相对饮酒闲话。

赵匡胤说：“爱卿，你看新月初升，夜浓月淡，不同皓月万里，你可否就此光景赋新诗一首？”

卢多逊说：“臣遵命，请皇上赐韵。”

赵匡胤有心要试卢多逊的才华，想了想，便出了一个刁钻古怪的韵，说：“就以‘些子儿’为韵吧！”

这“些子儿”，用今天的白话说，就是“丁点儿”。卢多逊毕竟是满腹现成文章，只见他抬头望月，低头沉思，在月下花丛间踱了几个来回，便说“有了”：

太液池边看月时，好风吹动万年枝。
谁家玉匣开新镜，露出清光些子儿。

赵匡胤听了，先是哈哈大笑，接着又大加赞赏，说：“好，好，确是咏新月，很对景！”一边邀卢多逊就座，一边命太监记录下来。君臣痛饮，尽欢方散。宴罢，太祖把宴席间所用金银器皿，尽数赐给卢多逊。第二天，《新月应制》诗便传遍禁中。

卢多逊这首《新月应制》诗中，“新镜”说的是刚打磨过的铜镜，光洁明亮。卢诗用以比喻新月，说谁家把装着新镜的玉匣子打开了，但又没有全开，所以只“露出清光些子儿’。弄懂了比喻，这两句诗就如大白话，淡而无味了。所以《锦绣万花谷》独载其诗的后两句云：“‘谁家镜匣参差盖，露出楞边些子儿’，尤觉善状。”就是说这两句更含蓄一些，更善于描绘，多了点诗味。但是，即使这样，这首诗的艺术性仍然很差，没有新意，更无意境。“玉匣”、“新镜”的比喻，都是前辈诗人用烂熟了的。南北朝庾信有“玉匣聊开镜”（《镜诗》），杜甫有“尘匣元开镜”（《月》），李白有“皎如飞镜临丹阙”（《把酒问月》）。卢多逊这类蹈袭前人、一时应景的诗作，虽得皇帝的赏识，却难传播人口。

卢多逊把他的全部心思都用在讨好皇帝上。他为了巩固自己的地位，还挖空心思，把历代帝王年历，各朝功臣事迹，天下州郡图志，理体事务，沿革典故，概括成一百二十首绝句，熟记于心，以备应对。太祖每有所问，他必对答如流，终于位至丞相。但这一百余首绝句，也都如《新月应制》诗一样，因没有可读性而被人们遗忘。

宋太宗赵炅继位后，卢多逊便倒了霉。太平兴国七年（982年），卢多逊因“交结亲王”、“咒诅君父”、“大逆不道”（《宋史·卢多逊传》）而流配崖州（今广东崖县），没几年，就死在那里。据说在他死后，一天晚上，天庆观道士练惟，闻窗外有人读书，听声音很像是卢多逊。第二天天明，见窗外墙上有题诗曰：

南斗微茫北斗明，喜闻窗下读书声。
孤魂千里不归去，辜负洛阳花满城。

看那笔迹，正是卢多逊的。这个故事当然是荒诞的。但是，这首诗的确远胜于《新月应制》。如果这首诗确实出自卢多逊的手笔，那也许因为这首诗是人在落难时写的，忧思郁愤，发而为诗，诗便有了真情，同遵命应制之作，自不可同日语了。

【参考资料】

《宋诗纪事》卷二
《宋人轶事汇编》卷四
《宋史·卢多逊传》

元之三黜

王禹偁，字元之，济州钜野（今山东巨野）人，七八岁时，便能吟诗作文。他家世代务农，到他父亲时，开了个磨坊，为别人磨面。王禹偁常去州衙送面粉。

一天，济州从事毕文简遇到他，俯下身来问："小孩，你识字吗？"

王禹偁回答说："上过学。"

"会作诗吗？"毕文简又问。

"始学，尚未工。"

毕文简说："无妨。你家是开磨坊的，就作一首咏磨诗吧！"

王禹偁不假思索，冲口而出，即咏成一首：

但存心里正，无愁眼下迟。
若人轻著力，便是转身时。

这首诗说，只要两扇石磨中间的木柱是正直的，那么石磨就会咬合得严丝合缝，碾磨起东西来效果就会很好，而且只要轻轻用力，就能推动。诗短小浅显，流畅如口语，却难为他能从虚拟中写出石磨碾磨东西的要领来，细细品味，不无道理。更难得的是，小诗虽是咏物，又似言志，表明了小小年纪的王禹偁对人格修养的追求，但求"心正"，不愁眼前还没有功名成就；同时，他对未来也怀有某种愿望和自信，只要将来有力者肯援引，便是他翻身的时候。有了这一层意思，就远胜粘皮着骨的咏物诗了。

毕文简听了这首诗，很惊奇他的才华，便把他留在身边，与自己的子弟一起授学。

一天，太守在酒席上出句求对："鹦鹉能言争（怎）似凤"，满席坐客都默然无言。酒宴后，毕文简把它写在屏风上，不时站在屏风前琢磨。王禹偁见了，便提笔在它下面写了对句："蜘蛛虽巧不如蚕"。毕文简连连点头称赞，说："好！实在太好了！对得太工整稳当了！真是一副好对子！你满腹文章，抱经世之才，将来必定名扬天下！"毕文简从此更加厚礼相待王禹偁，称他"小友"。

宋太宗太平兴国八年（983年）王禹偁进士及第，不久授官。端拱二年（989年），拜左司谏、知制诰。次年，庐州妖尼道安诬讼徐铉，道安当论罪，而诏书说不必追究，"但存心里正"的王禹偁却抗命上疏为徐铉申雪，并请论道安罪，因而得罪了太宗赵炅，贬为商州（今陕西商县）团练副使。

王禹偁到了商州，住在妙高禅院里，俸禄微薄，不能糊口，而仕途失意的处境，使他精神上倍觉痛苦。他在附近租种了十亩地，一来可以补贴家用，二来也可有所寄托。"前日种子下，今朝雨点粗。吟诗深自慰，天似悯穷途。"（《种菜雨下》）

不过，他的心里仍然埋藏着很深的忧愤。次年三月，他写了《春居杂兴》：

两株桃杏映篱斜，妆点商山副使家。
何事春风容不得，和莺吹折数枝花。

王禹偁针对唐末五代以来的颓靡纤丽文风，主张诗歌应该"句易道，义易晓"（《小畜集》）。因此，他向杜甫、白居易学诗，而且学得很有成就。这首诗既有白居易诗的浅近明白，又有杜甫诗的工巧沉雄。诗不是一般的埋怨春风无情，下字很重，怨恨很深。

他的儿子嘉祐看了这首诗说："父亲，儿近读杜甫《绝句漫兴》，有'恰似春风相欺得，夜来吹折数枝花。'父亲的诗句与这太相似了，日后别人会认为是父亲有意剽窃呢，还是改一改吧。”儿子理解父亲的心是与杜甫相通的。

王禹偁听了，很高兴地说：“我的诗，竟达到这样高的造诣了吗？能够与杜子美诗暗合？”

王禹偁不仅不改，反而又作一诗：

命屈由来道日新，诗家权柄敌陶钧。
任无功业调金鼎，且有篇章到古人。
本与乐天为后进，敢期子美是前身。
从今莫厌闲官职，主管风骚胜要津[①]。

首联的“陶钧”，本是指制作陶器的转轮，下者为“钧”，后用来喻治国之道或权位。王禹偁诗中不止一次用这个词来表达自己治国的抱负。“棘寺下僚叨末路，斋心唯愿秉陶钧”（《献转运使雷谏议》）；“男儿既束发，出处歧路各；苟非秉陶钧，即去持矛槊”（《酬种放徵君》）。次联中的“金鼎”即“九鼎”，国家的象征，“调金鼎”亦喻指居国家宰辅地位，治理天下。诗人说，虽然我如今不居要位，无权经济天下，但我如今可以作诗人，在谪居生活中，时时把玩白居易的诗，可以写出与杜甫、白居易比肩的诗篇。从今后，我不会再嫌官位太低、官职太小了，我现在能在诗中尽领风骚，不胜于高踞显位吗？这首诗是诗人为发牢骚说的反语，还是无奈的自嘲？还是真的庆幸自己，像儿子所说，写出了白乐天（居易）、杜子美（甫）一样的好诗？也许都是。

患难出诗人，王禹偁爱慕杜甫、白居易诗歌，情见乎辞。从这以后，更加用心学习杜甫和白居易，写了不少直接继承二位大师现实主义精神的诗篇。他在商州的两年，是他诗歌创作最丰、质量最佳的时期。

① 诗题《前赋村居杂兴诗二首，间半岁，不复省视，因长男嘉祐读杜（甫）工部集，见语意颇有相类者，咨于予，且意予窃之也。予喜而作诗，聊以自贺》。

淳化四年（993年），王禹偁奉召入京。至道元年（995年）四月，因开宝皇后（太祖皇后宋氏）之丧，王禹偁又得罪宋太宗，太宗很不高兴，对宰相说："人的本性难移，朕曾告诫禹偁，谨慎自修。可近观举措，终焉不改，岂能再居朝廷重地！"于是贬官滁州（今安徽滁县）。至道三年（997年）九月，王禹偁再次入京，复官知制诰。次年，奉命修《太祖实录》，"但存心里正"的王禹偁不知避讳，直书其事。与他素不相协的宰相张齐贤、李沆便乘机进谗言，说王禹偁"语涉轻诬"。于是，再贬黄州（今湖北黄冈）。

王禹偁离京上路那天，翰林苏易简奏请真宗，要为王禹偁送行。苏翰林疏奏道："禹偁是朝中老臣，屡为迁客，漂泊可念。臣欲让榜下诸生，期集送于郊外。"真宗居然恩准。于是三百五十三名本科进士，一齐送过城外西短亭，至官桥才拜别。王禹偁是所谓罪臣，当时许多亲友都不敢去握别，只远远目送，而苏易简及三百余门生竟能如此，王禹偁不能不万分感动，说："谢苏大人，谢各位新进士，仓促中，不暇笔砚，就口占此小诗以表谢忱！"其诗《别诸生》如下：

缀行相送我何荣，老鹤乘轩愧谷莺[①]。
三入承明不知举，看人门下放门生[②]。

王禹偁面对崛起的晚辈，想到自己身为名儒，居官庙堂，却不能如苏翰林一样主持贡举，奖掖后进，为皇上选拔人才，因此深感愧疚。小诗表达了他对苏易简和三百多位进士的无限感激，也为自己屡遭贬谪、壮志难酬而倍感凄惶。

王禹偁前后三次在朝中做官，三次被贬黜，每次都因他的才华起用，每次又都因他耿介、刚直见黜。王禹偁在黄州曾作《三黜赋》，他说："屈

① 老鹤乘轩，语出《左传·闵公二年》："卫懿公好鹤，鹤亦乘轩。"轩，是大夫乘的车子，鹤亦乘轩，喻无功受禄。谷莺，处于幽谷的黄莺，喻尚未显达的人。唐王涯《广宣上人以诗贺放榜和谢》的"龙门变化人皆望，莺谷飞鸣自有时"，说的就是人跳龙门，进士及第。此诗中指苏翰林所取进士。

② 旧时科举考试，称主考官为"座主"，称所取进士为主考官的"门生"，同时及第的进士彼此称"同年"。

《唐诗画谱》　（明）黄凤池 编

于身兮不屈其道，任百谪而何亏！吾当守正直兮佩仁义，期终身以行之。”王禹偁说这些，像是在向最高统治者宣战，他说他可以身受委屈，但绝不在道义上屈服，即使一百次遭贬谪，对他又有何损害？他不后悔，更不愿改变初衷，他将守正直、怀仁义，终生矢志不渝，表现出那个时代难能可贵的坚强意志和高尚节操。也就是在这儿，王禹偁写下了传诵千古的散文名篇《黄冈竹楼记》。

【参考资料】

《玉壶清话》卷四
徐规《王禹偁事迹著作编年》
《宋诗纪事》卷四

风流处士

魏野，字仲先，陕州（今河南陕县）人，出生农家，却酷爱学习，尤喜吟诗，由于长期潜心写作，诗也日见长进，名气越来越大。他在本县东郊选择了一方有山有水的清幽之地，手植几十竿竹，挖了一个进深丈许的山洞，名曰乐天洞，又在山洞前修了个草堂，草堂背依云山，清泉环绕，山风起时，几十竿翠竹搔首弄姿，景趣幽绝。魏野带着一家人住在这里，躬耕自食，闲暇时，看妻子栽花，观儿子斗草，一个人写诗之余，也常常弹琴自娱。

魏野的生活随性纵情，一任自然，他有一首《晨兴》诗，这样记述他的生活：

夜长已待得晨兴，耽枕童犹唤不应。
烧叶炉中无宿火，读书窗下有残灯。
临阶短发梳和月，傍岸衰容洗带冰。
料得巢禽翻怪讶，寻常日午起慵能。

因为烧的是树叶，炉里留不住隔夜火种，又有什么关系？读书饶有兴味，那就一直读下去，以至天已破晓，窗下还跳动着灯油快耗尽的残灯，又有何妨？对月影梳头，何须明镜？临溪洗漱，何须盆盂？平常总是日到正午才懒懒起床，昨夜读书，通宵未眠，禽鸟反而惊怪我为何早起。这就是魏野的日常生活。这样听其自然，不拘常规，正反映了魏野不为俗事牵累，适性任情的处士生活风貌。诗写得平易朴素，无虚语文饰。司马光《温公续诗话》中记述说，有人把第三句“烧叶炉中无宿火”改成“烧药炉中无宿火”，原因是前句写得过于贫穷，显得处士太寒酸了。炼丹却是要有相当资产的，这一改，魏野就成了炼丹药、求升天的道士或类似魏晋时代的士大夫之流了。显见改诗者并没有读懂全诗，所以司马光说，“改‘叶’为‘药’，不惟坏此一字，乃并一句亦无气味。”的确，全诗都毁了。

宰相寇准镇守洛阳时，听说陕州处士魏野有诗名，很想结识，但几次派人去请，他都不肯来。一天，寇准决定亲自去拜访，先让人送去名帖，然后担酒挑食而去。当时虽已日上三竿，魏野仍然在酣睡，院子的柴门紧紧关着。村里传呼宰相来了，他才从梦中惊醒。于是穿好家常穿戴的葛巾布袍，开门迎接贵客。见面时，只一揖而已，极其随便，这连寇准也觉得奇怪。但二人接谈，纵论《骚》、《雅》，甚为投机，彼此都恨相见太晚。临别魏野对寇准说，“盛刺（名帖）不复还，留为山家之宝。”事后，魏野写了《谢寇莱公见访》：

昼睡方浓向竹斋，柴门日午尚慵开。
惊回一觉游仙梦，村巷传呼宰相来。

从此，寇准与魏野往来甚密。魏野有《赠寇莱公》诗，其中有这样两句“有官居鼎鼐，无地起楼台”。“鼎鼐”本是两种古代的烹饪器具，用以喻宰相一类执政大臣。后来魏野的诗传到了北方。宋真宗朝，北使来朝，问真宗：“谁是‘无地起楼台’相公？”当时寇准外放，真宗听北使问，只好把寇准召回朝。可见魏野的名声确实很大。

魏野与孙仅原是布衣之交，后来孙仅做了京兆尹，仍与魏野诗歌酬唱，常常谈论府中之事。魏野从诗中知他眷恋长安名妓添苏，由这一“苏”字，魏野又联想到杭州名妓苏小小，便在和孙仅诗的结句开了个玩笑，写了如下两句：“见说添苏亚苏小，随轩应是佩珊珊。”意思是听说添苏色艺双绝，仅稍逊于苏小小，难怪孙仅你那么喜欢她，她那佩玉叮咚的倩影也必常随左右。

一日，孙仅又召添苏侍宴，对她说："魏野处士将你同姿色俊丽、精妙诗词的苏小小相比，你意如何？"

添苏说："处士诗名传天下，妾能被他提及，足见苏小小不如我！"

孙仅听了很高兴，就把魏野的诗送给她。添苏得到魏野的诗，如获至宝，回到馆中，便请书法高手大书于墙，以炫耀于人。

说也巧，不久魏野因事来长安，没等他人知晓，孙仅就把魏野邀请到家中。孙仅的一位友人喜欢开玩笑，一天，陪魏野外出，存心引他走到添苏馆中，又故意不报姓氏。魏野长得土里土气，又黑又丑，加上不修边幅，形容邋遢，因此添苏只是虚以应酬，并不热情款待。魏野只是闲坐着，好像完全没有看见添苏倨傲轻慢的态度，他猛一抬头，见墙上题的竟是自己和孙仅的那首诗，心里觉得好不奇怪。添苏见客人凝视着墙上题诗，便开口说："此魏处士称誉奴家之作。"魏野心里暗自好笑，没有答话，要了支笔，便在诗旁的粉墙上大书起来：

谁人把我狂诗句，写向添苏绣户中。
闲暇若将红袖拂，还应胜得碧纱笼[①]。

这首小诗说，不知是谁把我狂放不羁的诗写到添苏的绣房里来了，如果你添苏有空常用红袖掸去诗上的灰尘，这就胜似用碧纱笼罩住题诗了。联想到唐代王播碧纱笼诗的故事，我们就会明白魏野诗中的讽刺意味。可怜添苏不知弦外之音，反而见诗大惊大喜。原来自己倾情仰慕之人就在眼前，真是有眼不识泰山了。于是，倒身便拜。然后，站起来转身嗔怪与魏野同来的朋友说："你为什么不早说？"

"我若早说，你能得到魏处士这首新诗吗？"

---

① 参看本丛书《唐代篇·碧纱笼诗》。

“你若早说，我恐怕也喝上一口热茶了！”魏野说完，竟与那位朋友相视大笑。

魏野结交宰相寇准、京兆尹孙仅，是否表明他是一个专意结交权贵、热衷利禄、沽名钓誉的假隐士呢？

有一次，宋真宗到汾阴（**今山西万荣县西南的宝鼎**）祭祀，他登山望一处林莽中有草屋、凉亭，便问随身侍从：“那是什么处所？”

随从答：“隐士魏野草堂。”

真宗当即派使者召见魏野。皇帝使者到时，魏野正在弹琴，教他家养的白鹤起舞。听到外面闹嚷嚷，说是皇帝使者来传他。魏野听了，竟忙不迭抱起琴翻后墙逃走了。使者来到，不见人影，只得回去复命。魏野逃到他朋友俞逸人家，提笔在墙上留了一首《书友人屋壁》诗：

达人轻禄位，居处傍林泉。
洗砚鱼吞墨，烹茶鹤避烟。
闲唯歌圣代，老不恨流年。
静想闲来者，还应我最偏。

此诗足见魏野视禄位如草芥，不求闻达，终老林泉的志向与情怀。

【参考资料】

《宋史·隐逸传》
《宋诗纪事》卷十
《宋诗话辑佚》卷上
《宋人轶事汇编》卷五

梅妻鹤子

宋仁宗天圣五年（1027 年），梅尧臣踏着地上的积雪，登上孤山，去访问西湖居士林逋。

林逋，字君复。早年丧父，家境贫寒，常衣食不济。但他耽于诗词，年轻时就名闻遐迩。因无意功名，隐居西湖孤山，不问世事，已二十余年。二十四五岁的梅尧臣，出身农民家庭，为人诚直，不慕富贵，不喜机巧，下不以傲接，上不以意迎，早闻林逋诗名，更慕林逋为人，这次特意从会稽（今浙江绍兴）来孤山造访。

一个应门童子把梅尧臣让进小园，说："相公来得不巧，我家先生外出访友去了。"

"我是特意来拜谒先生的，但不知他是否出了远门？"梅尧臣问。

"倒不是。"童子说，"只在这西湖诸山寺中。"

梅尧臣高兴了，说："这就不妨了，我恭候先生归来！"

童子见梅尧臣诚心地等候，便说："那么，小人就去请我家先生回来。"说罢，走到园中鸟舍，放出一只白鹤。白鹤展翅纵飞，直冲云霄。梅尧臣目随白鹤，遥望云天，只见白鹤时高时低，沿湖山盘旋，不久就飞了回来，落在园中，望望应门童子，然后像不辱使命的将军似的迈步走进鸟舍。

童子说："好了，我家先生不久就会回来的。"

梅尧臣不明白，就问："哦？你怎么知道先生就会回来了？"

童子说："刚放出的白鹤，已经给我家先生报信了。"

梅尧臣觉得十分有趣，说：“原来是这样！我早听说先生喜爱种梅养鹤，今日眼见白鹤凌空，浩荡无羁，闲云野鹤，去留无迹，清雅高洁，野趣远逸，真正处士之性，隐者之情。”

童子说：“小人已多次听来访客人这样说过。我家先生也常说，他本性恬淡好古，不趋荣利，只有这幽梅野鹤可以与他为友。小人无知，也不大明白先生之意。”

梅尧臣笑了笑，也不作答。转身环视小园，见满园梅花绽开半树，晶莹的白雪，覆盖枝头，映衬得梅花精神倍出；疏影旁边，数枝横斜，茅檐下，一树蟠曲。梅尧臣不禁想起林逋那两首远播人口的咏梅诗。

山园小梅（其一）

众芳摇落独暄妍，占尽风情向小园。
疏影横斜水清浅，暗香浮动月黄昏。
霜禽欲下先偷眼，粉蝶如知合断魂。
幸有微吟可相狎，不须檀板共金樽[①]。

梅　花（其一）

吟怀长恨负芳时，为见梅花辄入诗。
雪后园林才半树，水边篱落忽横枝。
人怜红艳多应俗，天与清香似有私。
堪笑胡雏亦风味，解将声调角中吹[②]。

要是在月夜雪中，这满园梅林，该是一种什么样的情景啊！“疏影横斜”，

① 檀板，檀木制作的拍板，民乐器中的一种打击乐。

② “角中吹”，此指吹奏梅花落曲。“借问梅花何处落，风吹一夜满关山”（唐代诗人高适《塞上听吹笛》）。

“暗香浮动”，该是多么迷人醉心！难怪林逋见到梅花，就禁不住要吟诗了。

“相公，你看，我家先生回来了！”

童子的叫声，打断了梅尧臣的沉思，连忙问：“哪里？”

“那儿！”童子手指山下的湖面。

梅尧臣沿着童子手指的方向望去，见不远的湖面飘来一叶小舟。

“那就是我家先生。”童子说，“只要有客来访，小人放出白鹤，白鹤凌空盘旋就是给先生报信，先生看见白鹤，不久就会驾着小船回来的。”

“真是异乎常人的高情雅兴！先生同白鹤可谓声气相通啊！”

不一会儿，林逋舍舟登岸，上了孤山。梅尧臣奔出门去迎接。

“相公久等了，山野之人有失远迎，莫怪！莫怪！”

“学生岂敢怨望先生，贸然而来，冲走了先生的幽情野趣，还望先生宽恕！”

两人说罢，都不禁拱手相视而笑。

林逋把梅尧臣让进茅庐，分宾主坐下。童子送来清茶两杯。梅尧臣环顾四壁，除了字画书籍，别无长物。

梅尧臣说：“先生果然是清贫乐道之士！”

林逋哈哈一笑，说：“是啊，箪食瓢饮，在陋巷，人不堪其忧，回也不改其乐，贤哉颜回！还有那孔老夫子，也是饭疏食，饮清水，曲臂枕之而卧，其乐也无穷。”

“用之则出，舍之则藏，此先圣遗教。然而正如唐代高僧灵彻所说‘相逢尽道休官去，林下何曾见一人’，为官者有权有钱，世人无不争先恐后求官，后继之人，能信先圣之道而行之如先生者，实在不多啊！”梅尧臣不胜赞叹。

“不过，我意所谓舍之则藏，并非藏器待时，高价而沽！”林逋风趣地说。

梅尧臣说：“学生理解。先生一生不娶妻，无子女，足不涉城市二十余年，自非那班故作清高、沽名钓誉的假隐士可比。”

“哈……”林逋又朗声笑了起来，“谁说我无妻无子？我有满园梅树作伴，有声气相投的白鹤相随，梅即妻，鹤即子，不远胜人间天伦之乐！哈……不过，我一生也小有遗憾。哦，你看，”说着，他站起来，指着一面粉壁上的题诗说:“我这孤山隐居处,入山未深,入林未密,还时时难免尘世的纷扰。”

梅尧臣看那题诗,是一首绝句:

孤山隐居书壁

山木未深猿鸟少,此生犹拟别移居。
直过天竺溪流上,独树为桥小结庐。

梅尧臣说:“那灵隐寺南面山中,有上、中、下三天竺,古木苍郁,遮天蔽日,又多宝刹古寺,自然是个遁迹隐形的好去处。先生既有此意,何不就移居天竺?”

“几年前,朝廷时时差人召老夫入仕为官,实在聒噪得难忍,如今老夫年过六旬,朝廷不再相强,又爱这片山水环绕,一片烟雨,也就顺物适性,随遇而安了。”林逋停了停,略一沉思,接着说,“走,老夫请相公再看一样东西,便可明了老夫的心愿了。”

这老少二人,相跟着来到园中,穿过一片梅林,来到一座茅屋,屋前有新落成的坟墓一座,茅屋和坟墓四周,是一片萧萧翠竹。林逋告诉梅尧臣,他自幼体弱多病,一生清苦,如今年事已高,将不久人世,因此及早为自己修了这座坟墓和灵堂。梅尧臣随林逋走进灵堂,见粉壁上已有题诗:

湖上青山对结庐,坟前修竹亦萧疏。
茂陵他日求遗稿,犹喜曾无《封禅书》[①]。
——自作寿堂因出一绝以志之

① 茂陵,是汉武帝的陵墓,后人常用茂陵代称汉武帝。封禅书是古代帝王登极后,到泰山祭祀天地,以告成功的祭文。西汉文学家司马相如在临死前写了一篇封禅书给妻子,说他死后,武帝会遣使者来求遗书。司马相如这样做,临死还有迎合武帝好大喜功之意。林逋之意是不屑于效法司马相如。

梅尧臣看罢，几乎掉下泪来。先生的衣食起居，是何等清苦！先生的品性志趣，是何等高洁！他忍不住对林逋说："先生立世，崭崭有声，若高峰瀑泉，望之可爱，即之愈清，挹之甘洁，实令人感佩啊！"

梅尧臣同林逋畅谈终日而别。一年多后，林逋便去世了，谥"和靖先生"。

林逋"梅妻鹤子"，成为历代流传的佳话。他的"疏影横斜水清浅，暗香浮动月黄昏"一联，被认为是咏梅的千古绝调，后代咏梅诗千千万万，都不及这两句诗写尽了梅花独特的形、神、香，尤其是在朦胧月光下的幽姿。清人龚自珍的《病梅馆记》虽然是以梅为发端，批评压抑人才、扼杀生灵的文章，但此文开篇就说："或曰：梅以曲为美，直则无姿；以欹为美，正则无景；梅以疏为美，密则无态。固也。""曲、欹、疏"，再加她的淡淡幽香，就是梅作为观赏景物的特点，林逋的两句诗正是写尽了梅的这些特点，甚至影响了后代文人画家的审美观和审美情趣。尽管林逋写出这两句诗有所本，五代人江为有诗"竹影横斜水清浅，桂香浮动月黄昏"，林逋只改了两字，改"竹"为"疏"，改"桂"为"暗"，"遂成千古绝调。诗字点化之妙，如丹头在手，瓦砾皆金。"（《五代诗话》卷三）林逋点石成金的效果，是不难体会的。江为诗咏的是"竹"和"桂"两物，不如林诗单咏梅，构成一个统一形象；改表示事物的名词"竹"、"桂"为形容词，"疏影"见梅的形神，"暗香"显梅的品格，前者刺激人的视觉，后者作用于人的感觉，再加上这两句诗还给梅造就了一个独特的环境，立于"水清浅"之畔，浮动于"月黄昏"之中，可谓曲尽梅之真趣，更给人以丰富的想象和感受。

"咏物诗最难工，而梅尤不易。"（《静志居诗话》卷十八）所以难者，不但求形似，更要神似，"似花还似非花"（苏轼《水龙吟》咏杨花），在似与不似、不离不即之间。太"逼真"，如画匠的画，会现死象，没有活气神韵；太离谱，没有一点所咏事物的影子，或此物非彼物，也不是好的咏物诗，这之中有"画工"和"化工"之殊（王国维《人间词话》）。好的咏物诗，"必能状难写之景，如在目前；含不尽之意，见于言外。"（《六一话》梅尧臣语）曲尽形神之妙的咏物诗，就唯此唯大，移之他物不得。不少人认为，林逋“疏影”一联，不仅可以用来写梅，也可以用来写桃花、李花、野蔷薇、白牡丹。苏轼开玩笑说：“可则可，但恐桃花李花不敢当！”（《王直方诗话》）“野蔷薇安得有此萧洒标致？”“牡丹开时正风和日暖，又安得有月冷风清之气象？”（《带经堂诗话》卷十二）

欧阳修特别欣赏林逋的咏梅佳句：“疏影横斜水清浅，暗香浮动月黄昏。”而黄庭坚则认为“雪后园林才半树，水边篱落忽横枝”更好。据元代文学家方回解释，黄庭坚是“专论格”，而欧阳修则“专取意味精神”（《瀛奎律髓》卷二十）。所谓“格”，是讲诗的品格高妙，因此他欣赏林诗不俗气，能写出梅花傲雪凌霜的高尚品格。所谓“意味精神”，那是梅花在特定的环境中，显示出来的一种神态韵味，往往给人一种难以言传，却能心会的美的感受。体物之妙，不在毕肖其形，而在尽传其神韵；在咏物中，把作者的人格气质也写进去，那就更好。黄庭坚和欧阳修所赏，都是有意境，有情味，又恰似林逋其人的好诗。但是，时间是最无情的审判，后人为“疏影”一联击节叹赏者无数，而“雪后”一联则很少有人提起。事实证明，欧公所赏为上。南宋诗人陈与义更是对整首诗推崇备至。他有一首《和张矩臣水墨梅》诗：

自读西湖处士诗，年年临水看幽姿。
晴窗画出横斜影，绝胜前村夜雪时。

陈与义说，林逋的咏梅诗，远远胜过唐代齐己的《早梅》诗[①]。

林逋一生不只写了这两首咏梅诗，后人谈论的也远不止这两首咏梅诗。但以“暗香”、“疏影”最为人津津乐道。南宋姜夔以“暗香”、“疏影”为题，写了两首咏梅词，也成为传世佳作。后世诗人咏梅，总也离不开“暗香”、“疏影”的形象，尤其有趣的是稍后的王琪和南宋诗人吴锡畴给我们留下的两首诗，录之如下：

① 参看本丛书《唐代篇·一字之师》。

梅 王 琪

不受尘埃半点侵，竹篱茅舍自甘心。
只因误识林和靖，惹得诗人说到今。

林和靖墓 吴锡畴

遗稿曾无封禅文，鹤归何处认孤坟。
清风千载梅花共，说着梅花定说君。

前一首以梅花口吻自叙，说梅花本来与竹篱茅舍作伴，不沾半点世俗尘埃，悔恨自己自从同林逋错结了姻缘，以至再也不能摆脱尘俗的侵袭污染了。这是一种反说法，实际是说，自从林逋写了许多梅花诗后，直至今天，人们就总总时时说到梅花。后一首，则说梅花同林逋是不可分的。诗人断言，无论在哪儿咏梅，都会想起林逋的诗，追慕林逋其人，这将是“清风千载’、不可变易的常道。

焦竑《玉堂丛话》卷八还记载了这样一则有趣而真实的轶闻。到了明代，陈嗣初太史家一天来了一位客人，自称是林逋十世孙，陈嗣初留来客小坐，来客拿出一卷诗稿，向陈嗣初求教，陈嗣初从自己书房拿出一卷书，是《林和靖传》，要来客读读，来客读到“终身不娶，无子”，就读不下去了。陈嗣初纵声大笑，当即口占一绝：

和靖先生不娶妻，如何后代有孙儿？
想君别是闲花草，未必孤山梅树枝！

这位陈太史，对拉大旗做虎皮、想借名人而发迹的无耻后生，着实不客气，竟骂他是野种！诚可为此类人戒！

【参考资料】

《宋诗纪事》卷十

梅尧臣《林和靖先生诗集序》

《宋史·隐逸传》

《七修类稿》卷三十一

《任熊版画》　陈传席 编著

佳对难求

宋仁宗赵祯天圣（1023—1032 年）初年，晏殊因事赴杭州，经过扬州，特往大明寺一游。这大明寺，在扬州市西北的蜀岗中峰上，曾是唐代高僧鉴真和尚住持和讲学的地方，寺庙始建于南朝刘宋大明年间，故称大明寺。现在，寺内有当代大书法家赵朴初书鉴真和尚事迹的大型碑刻，成为该寺胜景之一。

当年，晏殊来到寺院的大殿里，先瞻仰一回佛像，发现四围板壁满是题诗。他顿生雅兴，便对身后的随从说："你给我诵读板壁题诗，不要念出作者的爵里姓氏。"然后，他就一边听，一边闭目徐行。

赵祯还是太子时，居住东宫，晏殊便以神童陪侍。当时，他只有五六岁。到真宗景德二年（1005 年），晏殊十五岁，真宗召试诗赋，十分惊异他的才学，赐他同进士出身，授秘书正字，从此小小年纪的晏殊，便跻身朝廷了。晏殊学识、聪慧如此，他今天不看诗板，不让随从诵读题诗作者的爵里姓氏，不过想试试平生学问，这也是游览胜地的一件乐事。

果然，晏殊一边走，随从一边念，一首诗刚念了一两句，晏殊便说，此诗乃某州某人所作。随从又念下一首，也只念了一两句，晏殊又说，"知道了，念下一首吧！"一个大殿，四面板壁，需要把整首诗都诵读完晏殊才能说出作者名字的，实在寥寥无几。

后来，随从念起一首《题扬州九曲池》：

越调谁家曲，当年亦九成。
哀音已亡国，废沼尚留名。
仪凤终沉影，鸣蛙只沸声。
凄凉不可问，落日背芜城。

这是一首吊古伤今之作。“越调”即“越吟”，战国时越国人庄舄（xì）到了楚国，从一个平民至显贵，不久病了，楚王想知道他是不是还思念越国，侍御官回答说：“庄舄爱弹琴，人在病中容易思念故土和亲人，如果他真的思念越国，必弹越调，若不，则作楚声。”楚王就派人去听，果然庄舄弹琴作越声。事见《史记·张仪列传》。汉末诗人王粲《登楼赋》有“庄舄显而越吟”，后世因以“越吟”喻思乡忆国之情。“仪凤”即凤凰，古语有“箫诏九成，凤凰来仪”，是说舜时演奏由九段构成的乐舞，凤凰就会飞来和乐起舞，这是一种吉祥的征兆。“芜城”，即扬州。扬州自汉代起，一直是繁华的名都大邑之一，非寻常可比。但在南北朝时，由于北魏南侵和竟陵王刘诞叛乱，宋孝武帝刘骏实行残酷镇压，扬州成了一片废墟。南朝宋代诗人鲍照，眼见扬州的盛衰巨变，伤心吞恨，写下了著名的《芜城赋》，在篇末发出深深悲吟：“天道如何，吞恨者多。抽琴命操，为芜城之歌。歌曰：边风急兮城上寒，井径灭兮丘陇残。千龄兮万代，共尽兮何言。”统治者妄想的皇位传之千秋万代，最终都成了一场空！这首《题扬州九曲池》诗说，当年庄舄弹唱的越调，如九曲回肠，十分哀怨婉转，但国家已亡，徒唱亡国之音，宫苑遗迹虽在，凤凰却已不见了踪影，只有鸣蛙在聒噪，真是满目凄凉，不堪述说。整首诗回荡着浓重的亡国哀音。

随从诵读这首诗，居然没有被晏殊打断。诗念完了，晏殊仍沉默不语，过了好一会儿，才语气沉重、一字一腔地问：“这首诗是谁作的？”

随从回答说：“诗下落款是江都尉王琪。”

“去打听一下，此人现在是否还在这里。如在，快去请来相叙。”

晏殊“平居好贤，当世知名之士，如范仲淹、孔道辅皆出其门。及为相，益务进贤材，而仲淹与韩琦、富弼皆进用，至于台阁，多一时之贤。”

（《宋史·晏殊传》）今日读了王琪的这首诗，觉得诗人心怀天下，多忧国感时之思，诗韵谐和，讲求对仗，格调浑成，清婉可赏。因此相知心切，即令随从邀王琪一叙。

也巧，王琪此时正任江都（唐、五代时，扬州也称江都）主簿。晏殊的随从，很快就把王琪请来了。两人相见，十分高兴。虽然一个是当朝丞相，一个只是州县小吏，但寒暄之间，不拘尊卑。两人共进午宴之后，又携手并肩沿花池漫步。

当时正值暮春，杨花阵阵，落红片片。晏殊似有所感，侧身对王琪说："我常常作诗，得一好句，便书写在厅堂墙壁上，公余闲暇，面壁重吟，求得一佳对，然后足句成篇。然而，偶得一出句，往往一年过去了，也没有搜求到满意的对子。尽管如此，我也不敢草率强对，所以墙壁上至今还孤孤单单地留着一些诗句。"

王琪说："大人严谨如此，实令人钦佩。敢请大人略道一二，晚生也好向大人求教。"

晏殊笑了笑，说："好。你看，眼前这池苑的晚春残景，使我想起去年此时此境偶得的一句诗，'无可奈何花落去'，写在粉壁上整一年了，至今无对，更未成篇。"

王琪听了，应声说："啊，大人你看，有现成的对句：'似曾相识燕归来'。"说罢，用手指着池边衔泥的春燕。

"无可奈何花落去，似曾相识燕归来。"晏殊沉吟着，忽然拍手叫了起来，"好，对得好！既工巧又自然，真是天设奇对！"

王琪说："大人过奖了。这不过触景生情之辞罢了。兴许大人久居北方，难得见到春燕，故一时不能信手拈来。"

晏殊说："你说的不无道理。我那句'无可奈何花落去'，所以难对，是因开头就有两个虚字，吟诗作对，实词易稳，虚词难工，而你以'似曾相识'对之，实是不能再工稳的了！"

这天，二人相晤，十分投机。晏殊十分赏识王琪，回京之后，即举荐王琪入朝，授官馆阁校勘。清代人陆以湉（tián）说："王之才固足称，

《宋词画谱》　　（明）汪氏 编

元献（晏殊死后的谥号）善服之雅，亦何可及耶！”（《冷庐杂识》卷四）

【参考资料】

《诗人玉屑》卷十《知音》

《宋史·晏殊传》

主客相赏

宋仁宗天圣五年（1027年）正月，晏殊罢相，出知南京应天府（今河南商丘）。临行，他上疏请王琪为幕僚，皇上诏准。这样，晏殊带着王琪，来到南京。

南京城东是“梁苑”旧址。当年，汉文帝少子梁孝王刘武分封在这里，筑东苑三百余里，苑内宫室复道，山石林薮，极尽宏丽侈靡。西汉大辞赋家司马相如、枚乘都曾为梁孝王宾客，相从游赏作赋。唐代李白、高适、杜甫也曾同游梁苑，登临怀古，把酒论文，成为千古文章知己。这样一处胜地，自然是晏殊与王琪流连风景、饮酒赋诗的好地方。因此，二人公余闲暇，便在此日夕相从，流连风景。

一天，晏殊让人给王琪送去一首诗和一首词。诗题是《示张寺丞王校勘》，诗如下：

元巳清明假未开[①]，小园幽径独徘徊。
春寒不定斑斑雨，宿醉难禁滟滟杯。

① 元巳，即上巳节。旧俗，每年三月三日，官民去郊外踏青寻春，临溪洗濯，除垢祛灾。

无可奈何花落去，似曾相识燕归来。
游梁赋客多风味，莫惜青钱万选才[1]。

这首诗的大意是说，已是春暖花开的季节，人们都纷纷踏青寻春去了，可诗人却独自在小园幽径上徘徊，春末乍暖乍寒，时雨时晴，虽是昨夜醉酒还没清醒，可还是禁不住又端起斟得满满的酒杯；我为什么会这样呢？唉，春意阑珊，花又飘落，我无力留春、回春，真是无可奈何！一年一度，燕子又回来了，好像是旧时相识；尾联是晏殊用枚乘、司马相如和张鷟比喻王琪和张先（即张寺丞），希望他们不要吝惜自己的才华，多作诗章，让他也能从中分享一些快乐。

晏殊送给王琪的词是《浣溪沙》一首：

一曲新词酒一杯，去年天气旧亭台。夕阳西下几时回？　　无可奈何花落去，似曾相识燕归来。小园香径独徘徊。

这首词的下片，同《示张寺丞王校勘》诗中的三句，几乎完全相同，只把“幽径”改作了“香径”。我们由此不仅知道晏殊对这三句诗词的偏爱，而且可以把这两首诗词合起来同读。我们不妨这样来理解作者当时的心情：诗人听一曲新词喝一杯美酒，好像十分惬意，却又仿佛有丝丝惆怅；是啊，风物依旧，光阴已逝，好景不常，落红难缀，真是“无可奈何”！似曾相识的燕子，又回来了，它能带来什么呢？除了让人想起去年的天气、亭台，便是让人产生年去年来，物是人非的深沉感叹。因此，他放下酒杯，独自一人，踏着铺满落花、长满芳草的小径，在园中徘徊。也许就在这时，他想起了座中常客王琪和张先，“如果他们在这里，我也不会这么孤寂伤感了。”大概就是这时，他写下那首同样充满感伤情怀的《示张寺丞王校勘》

① 据《新唐书·张荐传》，员外郎员半千常在公卿面前赞张鷟（zhuó）文辞出众，就像青铜钱，万选万中，故时人称张鷟为“青钱学士”。

诗，命人送去，请二人来相聚。

“无可奈何花落去，似曾相识燕归来”一联，是晏殊的名句，既是诗句，又是词句。清人张宗棣评论说：“细玩‘无可奈何’一联，情致缠绵，音调皆婉，的是倚声家（歌词作家）语。若作七律，未免软弱矣。”（《词林纪事》卷三）这是说，“无可奈何”一联用在词里比用在诗里更好。杨慎说：“二语工丽，天然奇偶。”（《词品》）这是说这一联对仗很工巧，是天然的奇对。“无可”对“似曾”，两虚字相对；“奈何”对“相识”，两动词相对；“花落去”对“燕归来”，是主谓短语相对，语意也一正一反。更难得的是，对仗如此工巧，却丝毫没有人工的痕迹。“无可奈何花落去，似曾相识燕归来”，至今仍为我们传唱，不只因为它艺术性很高，而且因为它包含了深刻的哲理。人世间，知识可以积累，财富可以聚敛，珍宝可以增值，唯独时间留不住、藏不了、不能再生、失而不能复得，用一时就少一时，这是不可改变也不可抗拒的自然规律。因此，从古至今，人们对时间都特别的敏感，从孔老夫子“逝者如斯”到“一叶知秋”的成语，从曹操“对酒当歌，人生几何”（《短歌行》）到杜牧“公道世间唯白发，贵人头上不曾饶”（《送隐者一绝》）的诗句，无不怀着对时间易逝的无奈感叹。晏殊这两句诗词，对时序更替、世事沧桑、人生荣辱、命运沉浮，具有极大的概括力和容量，人们常常会在这样那样的场合触发“无可奈何花落去，似曾相识燕归来”一类的感慨，或者因此而消沉，今朝有酒今朝醉；或者因此而奋起，珍惜时光，不虚抛岁月！

晏殊同王琪在扬州初识[①]，来南京后二人情谊倍增。王琪虽是晏殊属官，但公退休暇，王琪是晏殊最欢迎的座上客。晏殊同王琪二人，常以赋诗饮酒为乐，如遇良辰美景，晏殊必然要命人相邀。如得新作，二人必然相与共赏。

这年中秋节，天气阴晦，入夜无月。王琪左等右等，不见晏殊命人来请他去相聚，便派家人去晏殊府上打听。不久，家人回来报告说：“晏公

① 参看本书前篇《佳对难求》。

已经安寝。”王琪觉得八月十五正是月下赋诗、花前劝酒的好时候，怎能错过？便立即抄了两首诗让人给晏殊送去。

此时，晏殊已经上床，听说王琪有诗送来，翻身坐起，见是两首问答诗：

中秋不见月问客 欧阳修

试问玉蟾寒皎皎，何如银烛乱荧荧。
不知桂魄今何在？应在吾家紫石屏。

答永叔问月 王琪

斑斑琉雨寒无定，皎皎圆蟾望欲阑。
只在浮云最深处，试凭弦管一吹开。

晏殊读完诗，顿时兴奋起来，一边穿衣服，一边自言自语说：“月亮就藏在浮云深处，只要我们相会，弦管并奏，定能吹散浮云，引出朗月。君玉（王琪字君玉）真有奇思妙想！”

晏殊当即派人去请王琪，同时吩咐家人，准备酒肴。不久，王琪就到了。

“君玉，还是你有兴致！”晏殊一见王琪就高兴地说，“我看黑夜沉沉，赏不得月了，就早早上了床。”

“欧阳相公送来了新作，我怎好一人独赏，何况今夜是中秋佳节，万姓仰头待明月，老天怎能就如此无情！”王琪也快活地说。

晏殊说：“欧阳相公问‘桂魄今何在？’而你是在异想天开啊！”

“对，对，我异想天开！我等要赏月吟诗，老天能不开颜吗？哈……”王琪忍不住笑了起来。

二人一边笑，一边走向花园。亭中已经掌灯，两张空案相对陈设，案上只有酒杯两只，王琪知道，这是晏公的习惯，菜肴不预办，客至后才陆续端上。二人步入亭子，相对坐下。侍者上来斟满酒，乐工弹起乐曲。酒才过数巡，几案上已佳肴杂陈。主客二人，一边饮酒听曲，一边笑谈取乐。将近半夜，果然满月凌空，银辉铺地，二人顿时精神倍增。晏殊风趣地对乐工说："你等献艺已毕，都散去吧，现在该我和君玉献艺了。"说罢，命侍者撤去杯盏，取来笔砚。二人就以中秋月为题相唱和。

王琪先得咏月诗一首，晏殊随即赋了一首《次韵和王校勘中秋月》。两人传杯递盏，殷勤相劝，妙语连珠，通宵达旦，乐而忘忧。

欧阳修《晏公神道碑》说："公为人刚简，遇人必诚，虽处富贵，如寒士，樽酒相对，欢如也。得一善，称之如己出。当世知名之士……皆出其门。"晏殊同王琪的交往虽属文人风流佳话，却也足见晏殊的为人。

【参考资料】

《宋史·晏殊传》
《宋史·王琪传》
《冷庐杂识》卷四

红杏闹春

宋仁宗天圣二年（1024 年），宋祁与他的哥哥宋庠同榜进士及第。在放榜前，礼部上奏，以宋祁为第一名，宋庠为第三名。当时章献太后同仁宗临朝，仁宗位左，太后位右，摄政决事。太后得奏后，以为弟不可名列兄之前，便取宋庠为进士第一名，宋祁为第十名。虽如此，不妨兄弟俩“俱以文学名擅天下”，人呼曰“二宋”（《宋史·宋庠传》），称宋庠为“大宋”，宋祁为“小宋”。

兄弟俩走着不同的道路。后来，宋庠官至丞相，封郑国公。而宋祁风流儒雅，博学强记，诗词风靡朝野。他同欧阳修等合撰《新唐书》，遗泽后代。他的文学名望远在宋庠之上。

一天，宋祁正从繁台街经过，忽闻传呼行人回避。他忙闪过一旁，只见迎面过来几抬华美的轿子，轿帘低垂，不见轿内是何人。宋祁静立一旁，只好等轿子过去，再走自己的路。

“小宋！”忽然传来一声清脆娇柔的呼唤声。

宋祁循声看去，见一抬轿子的绣帘挑开一角，一个妙龄女子正探头看他。四目相视，彼此都一惊，那女子的脸上蓦地浮起一阵妩媚动人的红霞，慌忙放下了轿帘。轿子走远了，宋祁还如坠五里雾中。待清醒过来，轿子早已走远了，他不禁怅怅然若有所失。回到府中，仍怏怏不乐。情不自已，提笔写了一首《鹧鸪天》词：

画毂彤鞍狭路逢，一声肠断绣帘中。身无彩凤双飞翼，心有灵犀一点通。　　金作屋，玉为笼，车如流水马游龙。刘郎已恨蓬山远，更隔蓬山几万重。

这首词写的是宋祁的一次亲身经历，是纪实之作。但形式上，通篇都是化用李商隐的《无题》诗。宋初文坛学晚唐诗的风气十分盛行。清代文学家刘熙载《艺概》卷四说，“宋子京（宋祁字子京）词，是宋初体。”这首词就是他作此断语的根据之一。

李商隐《无题》诗如下：

昨夜星辰昨夜风，画楼西畔桂堂东。
身无彩凤双飞翼，心有灵犀一点通[①]。
隔座送钩春酒暖，分曹射覆蜡灯红[②]。
嗟余听鼓应官去，走马兰台类转蓬[③]。

来是空言去绝踪，月斜楼上五更钟。
梦为远别啼难唤，书被催成墨未浓。
蜡照半笼金翡翠，麝熏微度绣芙蓉。
刘郎已恨蓬山远，更隔蓬山一万重[④]。

李商隐这两首《无题》诗，都是爱情诗。宋祁借用李商隐的诗意和诗句来抒发自己当时的心情，恰到好处，不着痕迹。他偶然路遇的女子，来无言去无踪，引起他断肠的相思。爱情受阻隔，恨自己不是生有双飞翼的

① 古代认为犀牛角是灵异之物，犀牛角中心的髓质像一条白线上下相通，所以说“心有灵犀一点通”。

② 送钩，又称藏钩；送钩和分曹射覆，是古时的两种游戏。此二句是用游戏渲染酒宴中的欢乐气氛。

③ 兰台，即唐代的秘书省，诗人授秘书正字；应官，即赴任上班。

④ 刘郎，传说东汉时刘晨曾入天台山采药，遇仙女，留居半年回家，后再访仙女，却不可寻。蓬山，传说中的海上三座仙山之一。

彩凤，能飞越重山，飞到意中人的身边去。但愿彼此的心能相通相印，就像那灵异的犀角，自有一线相通。但是，也许这都是一场梦，待大梦醒来，就会意识到彼此中间阻隔着蓬山万万重。

宋祁这首词，连同这首词所记的故事，很快传遍京城，歌妓们一时争相说唱，不久，也传进了皇宫。

一天，宋仁宗赵祯命太监宣宋祁进宫，然后来到后宫，召集妃嫔宫娥查问。

仁宗赵祯问："不久前，你们谁乘轿子经过繁台街，挑开绣帘呼唤'小宋'了？"

一个嫔妃见隐瞒不过，便站上前回禀道："是臣妾一时无礼！臣妾本不认识宋学士。前些日子侍宴，听宣翰林学士，左右指着学士告诉我说，这就是那位写'红杏枝头春意闹'的小宋。这才认得宋学士，那天在街上偶遇，就不慎叫出声来了。"

仁宗说："你可知小宋的新词《鹧鸪天》？因你一声唤，牵动相思愁，一段风流债，你如何偿还？"

"臣妾该死！"嫔妃跪在地上说。

仁宗笑了笑，说："你也是一副爱才之心，一时忘了礼仪，朕不责怪你。平身吧！"然后转身问太监，"宋学士进宫了吗？"

太监回答说："宋学士已在外面候驾。"

仁宗说："宣他进来！"

宋祁进来了，仁宗笑着迎上去说："你作的好词！'一声肠断绣帘中'，何其动情如此！"

宋祁一听，连忙跪下。

仁宗一阵"哈哈……"大笑，说："贤卿快起来！朕已尽知实情，贤卿不必惶恐。蓬山不远，求侣何难？朕今日就把那轿中唤'小宋'的嫔妃赐给贤卿！'金作屋，玉作笼'，你就金屋藏娇去吧！哈哈哈……"

就这样，宋祁得到了那名嫔妃。宋祁的这段奇遇，一时传遍了京都的街头巷尾。

说是奇遇，也不偶然。宋祁因写了“红杏枝头春意闹”而名动天下，那位嫔妃也是因爱才而动情，因动情而留心，因留心而越礼，终于得配“小宋”。“红杏枝头春意闹”，“闹”出一段风流佳话。

现在，我们就来看看“红杏枝头春意闹”词。

玉楼春

东城渐觉风光好，縠皱波纹迎客棹。绿杨烟外晓寒轻，红杏枝头春意闹。　　浮生长恨欢娱少，肯爱千金轻一笑。为君持酒劝斜阳，且向花间留晚照。

这首词，前片写景，后片抒情。情，虽是人生多艰、须及时行乐一类感叹，却无一丝伤感；景，也写得颇有特色。春天来了，碧波荡漾，泛起细细的涟漪，原来远远漂来一只客船；绿柳生烟，浸润着早春轻微的寒气，杏花满枝，红红火火，喧腾着浓烈盎然的春意。这正是一派明媚、艳丽、生机勃发的春景。人生在世，苦多乐少，哪里是不肯花钱去求得一时欢笑，实在是俗务缠身，世路多艰，活得不易啊！今日面对如此撩人春光，诗人顿时感到异常兴奋，忘却了尘世烦恼，要找知己举杯对饮，“岑夫子，丹丘生，将进酒，杯莫停”（李白《将进酒》），就让我们喝个痛快吧，从早喝到晚！那火烧云霞般的红花，笼罩在一片斜阳晚照中，我们就在那霞光花影里，醉酒狂歌，那是一种什么景象！该有多么快活！

古人称道这首词“卓绝千古”（《花草蒙拾》）。近代学者王国维说：“‘红杏枝头春意闹’，著一‘闹’字，而境界全出。”（《人间词话》），这里所说的“境界”，是指诗的“物境”与“意境”（王昌龄《诗格》）。“物境”，是外在客观之景，此景不论贤愚，人人可得；“意境”，诗人心中之境，是经过诗人情感化了的，是“物”与“情”的混血儿，是诗人对生活、自然之美的一种独特的发现与改造，是第二自然，是所谓“笔补造化”，这个从生活、自然之美到诗人发现、改造后的“第二自然”，有一个由量变到质变的飞跃，这飞跃的那一刹，就是诗人灵感的闪光，是美的完满实现，因而诗中这种“境界”就比客观的物象更美。所谓“境界全出”，是说浸透着诗人感情与审美观照的艺术形象，因为用了一个“闹”字而完美地再现了出来。“因为这个‘闹’字，既逼真地刻画了红杏怒放的蓬勃生机，又满含着诗人喜迎春色的欢愉之情”（滕咸惠《略论王国维的美学思想》），这是情景交融的佳句，是通体之眼，有此一“闹”字，整首诗都活了，鲜活的人物就活跃在那喧腾绚丽的春景中，能引起读者丰富的联想和感情的共鸣，因此说它著一字而境界全出。

清代的戏曲研究家李渔，却对宋祁的这一名句提出了批评。他认为，“红杏闹春”不可理解。他说：“‘闹’字可用，则‘吵’字、‘斗’字、‘打’字皆可用矣！”他的理由是，“争斗有声之谓闹。桃李争春则有之。红杏闹春，予实未之见也。”他甚至尖刻地说：“予谓‘闹’字极粗俗，且听不入耳，非但不可加于此句，并不当见之于诗词。”（《窥词管见》）

明代人谢榛说：“诗忌粗俗字，然用之在人，饰以颜色，不失为佳句。譬如富字厨中，或得野蔬（菜），以五味调和，而味自别，大异贫家矣。”（《诗家直说》）这就是说，所谓“粗俗字”，关键不在能不能用，而在于人怎么用，用得好即可点铁成金，化腐朽为神奇。

当代学者钱钟书先生对李渔的批评，作了很好的回答。他说，所以用“闹”字，是想把事物的无声姿态描绘成好像有声音，表示他们在视觉里仿佛获得了听觉的感受。用现代心理学或语言学的术语来说，这叫作“通感”。“其实宋祁那句词的上句，‘绿杨烟外晓寒轻’，把气温写得好像可称斤论两，也是一种通感，李渔倒放它滑过去，没有明白它跟‘红杏闹春’是同样性质的写法。”（《文学评论》1962年第一期《通感》），李渔说“琢句炼字，虽贵新奇，亦须新而妥，奇而确。妥与确总不越一理字。欲望句之惊人，先求理之服众。”（《窥词管见》）李渔的这些话，原则上是不错的，然而他以“红杏枝头春意闹”作为诗人求新奇而违背情理的例子，就错了。

《宋词画谱》 （明）汪氏 编

事物有常理，然诗人观照事物，有他自己的独特方式，往往获得突破常理的感受。钱钟书先生的解释不是从文字表面，而是从作者的心灵顿悟和整体感受，道出了“闹”字的“无理而妙”（《皱水轩词鉴》）。

【参考资料】

《宋史·宋祁传》
《词林纪事》卷三
《人间词话》

三影三中

宋仁宗嘉祐六年（1061年），张先年已七十二岁。从虢州（今河南灵宝）知府离任后，回到汴京。

一天，一名官员带着几个仆人来到张氏住宅门外。仆人上前对看门人说："我家尚书来拜见'云破月来花弄影'郎中，有劳你进去通报一下。"

看门人转身进屋，向主人禀告说："有位尚书在门外求见。"

主人问："哪位尚书？"

看门人说："小人不知，只听他的仆人说，要见'云破月来花弄影'郎中。"

主人听了，笑了笑，立即站起来往门外走，一边走一边大声问："谁呀？莫非'红杏枝头春意闹'尚书？"

那来访官员见主人出来了，立即迎上去，连声说："正是子京！时下京城正传唱'云破月来花弄影'词，一打听，原来是子野大人佳作，恨不得一见，今日特来拜访！"

子野正是这家主人张先，张先字子野。张先听了来客的话，连忙拜谢说："大人过奖了！哪如大人的'红杏枝头春意闹'风靡天下！快请进！"二人携手进了客厅。

唐宋时代，有因一语警策而直呼其人或相互标榜的风气。如唐时有"'春城何处不飞花'韩翃"（《寒食》）；"'长笛一声人倚楼'赵倚楼（赵嘏）"（《长安秋望》）；诗人郑谷有七律《鹧鸪》，世人呼他"郑鹧鸪"。宋代有"'山抹微云'秦学士（秦观）"（《满庭芳》），"'露花倒影'柳屯田（柳永）"（《破阵乐》）；梅圣俞有五言绝句《河豚》诗，人呼"梅河豚"；词人贺铸因写了《青玉案·横塘路》词，人称"贺梅子"；直到南宋末年，词人张炎作咏雁词，有"写不成书，只寄相思一点"（《解连环》），人称"张孤雁"。张先有"'云破月来花弄影'郎中"之称，欧阳修又呼张先"'桃杏嫁东风'郎中"，这是因为张先有《一丛花》，末句是"沉恨细思，不如桃杏，犹解嫁东风。"《过庭录》记载："张子野郎中《一丛花》词，一时盛传，欧阳永叔尤爱之，恨未识其人。子野家南地，以故至都谒（拜访）永叔，阍者（看门人）以通，永叔倒履（倒穿鞋子，形容急急忙忙）迎之曰：'此乃桃杏嫁东风郎中'。"这次宋祁来会张先，相互也不直呼姓名字号，而各以一诗名句代称，也表达了他们相互倾倒敬慕之情。

"云破月来花弄影"，出自张先的《天仙子》词，全词如下：

《水调》数声持酒听，午醉醒来愁未醒。送春春去几时回，临晚镜，伤流景。往事后期空记省。　　沙上并禽池上暝，云破月来花弄影。重重帘幕密遮灯，风不定，人初静。明日落红应满径。

这首词的题目下有一小注："时为嘉禾小倅（小官），以病眠，不赴府会"，可知是张先在宋仁宗庆历元年（1041年）任嘉禾（今浙江嘉兴）判官时所作。诗人四十一岁方登进士第，以后一直只做州县小吏，到授嘉禾判官，已五十二岁，可谓一生不得志，此时因为生病，心情更加不好，哪来情绪去赴官府中的歌舞酒宴。这首词《花菴词选》又题作《春恨》，这正是此词的主旨。诗人不去赴府会，独自在家一边听几支曲子一边喝着闷酒，喝多了，醉了，睡了，午觉醒来，酒未醒，愁未消。他问春："送春春去几时回？"时光逝去如流水，实在令人伤感啊，昔日的年华和风流，如今只留下了记忆。入夜了，诗人不能入睡，在庭院徘徊。夜色阴沉，浓云低垂，无星无月。忽然，云破了，月儿来了，月光从刚破裂开的云缝中泄下来，洒在花上。流云轻风，引起诗人一种特殊感受，月似多情，她轻轻抚弄着庭花；花也有意，在风中轻轻摇曳；啊，诗人的心境，此时也如这朦胧的月夜、淡淡的花影，变得轻松明丽了许多。夜深了，风大了，人静了，诗人放下重重帘幕，要睡了，但是面对着摇曳不定的灯光，诗人想到明天，愁情又涌上心头。回首往昔，事事多悲，瞻念后期，前程莫测。临老伤春，感叹尤深。春，就这么去了？还能归来吗？几时再归来呢？“风不定，人初静。明日落红应满径。”那将是更不堪目睹的情景啊！诗人在上片以细腻婉曲的笔墨逐层揭示出他触景伤怀的复杂心情，下片则抓住晚春夜色的特征，以“新而妥，奇而确”（李渔《窥词管见》）的词语，从动态中描绘出迷离恍惚的夜色，更加烘托出作者那瞻前顾后的内心悲凉。

南宋吴曾称张先的这首词是“古今绝唱”（《能改斋漫录》）。李渔在尖刻批评宋祁“红杏枝头春意闹”的同时，却赞赏张先“‘云破月来’句，词极尖新，而实为理之所有”（《窥词管见》）。沈际飞说：“心与景会，落笔即是，着意即非，故当脍炙”（《草堂诗余正集》）。杨慎说：“景物如画，画亦不能至此，绝倒！绝倒！”（《词品》）王国维也曾把“云破月来花弄影”与宋祁的“红杏枝头春意闹”并提，说：“‘云破月来花弄影’，著一‘弄’字而境界全出矣。”（《人间词话》）这句词的艺术成就，也如同钱钟书先生所论，在于一个“弄”字，造成了艺术上的“通感”，能引起读者丰富的联想与感受，因此成为千古传诵的名句[①]。

张先同宋祁虽是初识，却如老友相会，特别高兴。张先立即让家人摆酒设宴，盛情款待。

宋祁拜访张先的事，很快成了人们谈论的趣闻。一天，张先家来了一位客人。闲话间，提及此事。

客人说：“我听说小宋称大人是‘云破月来花弄影’郎中。我看不妥。大人知道，当朝有两位张先，也都字子野，一位是大人你，乌程（今浙江吴兴）人，一位是博州（今山东聊城）人，欧阳公（修）的好友，人称张三影。”

① 关于“境界全出”及王国维、李渔对宋祁、张先词的评价，参看本书《红杏闹春》篇。

张先笑了笑，说："这我自然知道，而且我还知道，这位博州人张先，比我小三岁，在我三十五岁时，他就是进士了。不过，他天寿不长，早二十年就去世了。"

客人说："虽然如此，目下京都正盛传大人的《行香子》词，因'心中事，眼中泪，意中人'句，人人都称大人'张三中'，我看比称大人'云破月来花弄影'郎中更好。"

张先想了想，摇头说："嗯，'三中'不如'三影'好！"

客人疑惑不解地看着张先，自言自语地琢磨着，说："张三影？"

张先不无得意地说："是啊，'云破月来花弄影'（《天仙子》），'娇柔懒起，帘幕卷花影'（《归朝欢》），'柔柳摇摇，坠轻絮无影'（《剪牡丹》），是我一生最得意的三首词，岂是博州张先所能作？所以，还是呼我'张三影'好！"

客人连连点头，说："文章千古事，得失寸心知嘛，当然还是你自己最知道自己。"

此后，"三影"、"三中"都成了乌程张先的雅号。

下面是张先的《行香子》词：

舞雪歌云，闲淡妆匀。蓝溪水，深染轻裙。酒香醺脸，粉色生春。更巧谈话，美情性，好精神。　　江空无畔，凌波何处，月桥边，青柳朱门。断钟残角，又送黄昏。奈心中事，眼中泪，意中人。

这首词上片写一女子容貌姿态，描写中已自含情；下片似说心所爱恋的女子已如凌波仙子，悄然远去，入了朱门，因此诗人只能在回荡着断钟残角声的夕阳里，潸然落泪，苦苦思念意中人。

查张先现存的诗词，用"影"字的，除上面所列外，还有"那堪更被明月，隔墙送过秋千影"（《青门引》），"中庭月色正清明，无数杨花过无影"（《木兰花》），"浮萍破处见山影，小艇归时闻草声"（《题西溪无相院》诗）等等。看来，张先很喜欢用"影"字来创造一种朦胧的意境、朦胧的美，以此唤起读者的丰富联想，从而获得更深层次的美学享受。就以“那堪更被明月，隔墙送过秋千影”为例，作者在春尽花残、寂寞孤独的月夜，被隔墙嬉戏的女子搅扰得更加心烦意乱。但他不直说，不正面描写，只写了月光下飘荡不定的秋千影子。由影子想到秋千，想到打秋千的女子，这样一步步引发联想，就很含蓄，很有韵味。细细品玩，其他含“影”的句子，也都有这种美学境界和艺术效果。

【参考资料】

《宋词纪事》
《古今词话》上卷
《唐宋词人年谱》
《人间词话新注》

蓑衣钓客

有这样一幅画，题名《杨通老移居图》：

一名小厮戴帽光脚，挑着一个葫芦瓢和几卷书，走在最前面。他身后跟一小童，背个破布囊，赶着三只羊。稍后是一个十五六岁、蓬头散发的女子，怀抱一张琴。她后面又是两名小童：较小的肩上扛只猫，较大的背上背一个两岁左右的小孩。一名老妇身背席子，手提放着碗筷、棒槌之类的竹篮。一名穷书生歪戴方巾帽，手持一卷书，似在搜词觅句，骑一匹蹇驴。驴屁股后面还跟着一名小书童，也背着一张琴。这支队伍的最后是一头老牛，牛背上有一妇人，布裙竹钗，怀抱一个婴儿，她前边坐着一个五六岁的男孩，一手拉着拴牛绳，一手拿着赶牛鞭。

这一行，前前后后十二人。从图上看，是全家迁居，全部家财只有烂席破筐和三只羊，别无细软箱笼，个个蓬头垢面，衣不蔽体，极天下之酸寒褴褛。虽然如此，竟有两张琴、数卷书。图中人物，一无穷愁窘迫的苦相，那骑驴戴方巾的人，甚至行程中手不释卷，口中若念念有词。贫穷的生活与闲雅的情趣构成巨大反差，整幅画充满生活情趣，展卷把玩，令人忍俊不禁。

这幅画画的是谁呢？众人猜测不定。从画中人物衣着看，分明是宋代人。宋朝处士魏野在陕州东有景趣幽绝的亭园，林逋则无妻无子，只有处士杨朴最穷，且有家室之累。看来，恐怕是画他。但杨朴字契元，不字通老，不免仍有疑问。后来，刘克庄见到杨朴的诗集，其中有绝句《村居感兴》：

一壶村酒胶牙酸，数个胡皴彻骨乾[①]。
随著四婆裙子后，杖头挑去赛蚕官[②]。

杨朴诗集，由洛阳人臧逋作序，陆游作跋，跋中注明：四婆，即处士杨朴的妻子。苏峤、季真家，还有栩栩传神的杨朴夫妻俩画像，容貌神态与《杨通老移居图》无异。这首绝句诗中的幽默风格、人物形象都与《杨通老移居图》相吻合。这样，疑问才冰释。

杨朴是个贫寒处士，却两次被皇帝召见。

杨朴年少时与毕士安同学，后毕士安显达，太宗朝官至知制诰，不久又召为翰林学士。他在太宗赵炅面前极力推荐杨朴。赵炅特许以布衣召见。召见时的详情，不见记载，但元人方回《瀛奎律髓》说，七律《莎衣》是杨朴当时对太宗所赋，极为天下传诵，诗如下：

软绿柔蓝著胜衣，倚船吟钓正相宜。
蒹葭影里和烟卧，菡萏香中带雨披。
狂脱酒家春醉后，乱堆渔舍晚晴时。
直饶紫绶金章贵，未肯轻轻博换伊。

这莎衣就是渔翁随身所披的蓑衣，大都是用棕或蒲草编织而成。这首诗全写穿著蓑衣的妙处，软绿柔蓝，色泽清淡，与水天一色，正适宜驾舟吟诗垂钓。芦苇丛中，烟霭迷茫，铺开蓑衣当垫褥，仰天闲卧，多么惬意

① 胡皴，牛颔下松弛有皱纹的皮。此两句是说酒菜的味道不好。

② 蚕官，指养蚕女。《搜神记》记载：传说古时有一个女子，她的父亲出了远门，许久不归，她因想念父亲，就对她养的马说，你如果能把我父亲找回来，我就嫁给你。马听了这话就跑了。不久，果然把她的父亲带了回来。但女子没有履行诺言，于是马一见女子就怒吼，她的父亲就把马给杀了。马皮晒在院子里。忽然一阵大风刮来，马皮卷着女子飞去，远远地落在一片桑树林里，化为蚕。蜀中寺观，多塑女人披马皮，谓之马头娘。杨朴诗用以形容妻子四娘可与马头女相比，容颜如蚕一样粗糙。

舒适。荷花池畔，风送清香，身披蓑衣，恰好雨中观景闻香。酒后癫狂，脱下蓑衣，就可醉眠酒家。渔舟归岸，晚晴可爱，不再用蓑衣，更可把蓑衣胡乱堆放在渔家。有如此多妙用、给人带来如此多情趣的蓑衣，即使用紫绶金章来换，我也不肯轻易换它！紫绶金章，是亲王、丞相一级高官所用的金印佩带。杨朴在此用蓑衣作暗喻，赞美自己隐逸闲适的生活，不肯放弃它去接受朝廷的高官厚禄。杨朴果然辞官而归。

后来，宋真宗赵恒又召杨朴进京。真宗问："听说你的诗作得很好，曾面对先帝，即兴赋《蓑衣》诗，传遍天下，今天也对朕赋一首诗。"

"回皇上，微臣奔命于生计，诗赋之事，早已荒疏了。"杨朴说。

"那么，你来之前，就没有人作诗为你送别吗？"真宗又问。

杨朴为人也老实，就说："有的，拙妻有一首诗相送。"

"那好，快吟来朕听听。"

杨朴就一字一腔地吟起来：

更休落魄耽杯酒，且莫猖狂爱吟诗。
今日捉将官里去，这回断送老头皮。

这首诗的前两句是叮嘱杨朴不要在不痛快时贪杯酗酒，也不要得意忘形赋诗招祸。后两句是说，今天你又被官家捉去了，这一回怕是见不到你这老头子了。老头皮是杨朴妻子对他的亲昵称呼，以后就用作对年老男子的戏称。小诗写得轻巧灵动，如家常对话，亲切温馨，充满了夫妻恩爱之情。

宋真宗听了，竟哈哈大笑，说："好诗！好诗！看来，你的夫人很幽默，也很担心你不回去了，朕不忍拆散你们，就放你回老家去吧！"就这样，杨朴再次两袖清风地回了老家。

花间一壶酒，江边一钓竿。杨朴生活贫困而闲适。他常常骑一头蹇驴去荒僻的野外，躺在草丛中冥思苦索，吟诗作赋，如得佳句，便霍然从草丛中跳跃而起，倘若这时正好有人经过碰上，常常会被他吓一大跳。

一天，秋高气爽，他在道旁小溪中放下钓钩后，就在溪边草丛中铺平蓑衣，双手枕头，仰卧向天吟诗。突然，一队武士前呼后拥漕台（管运输的长官）陈文惠而来，随从们一路吆喝，行人无不奔走躲避。杨朴诗兴正浓，听到杂沓的吵闹声，一时诗兴尽败，索性躺着不动。随从们发现杨朴如此倨傲，便报告陈文惠。陈文惠大怒，让人把这个目无长官的人带到附近的邮亭审讯。杨朴要求给他纸笔写供状，他当即写了一首七绝：

昨夜西风烂漫秋，今朝东岸独垂钩。
紫袍不识莎衣客，曾对君王十二旒。

古代帝王冕冠前后悬垂着十二根玉串，叫十二旒。杨朴诗的大意说，昨夜一场西风吹散了阴云，今天碰到一个秋高气爽、阳光灿烂的好天气，我一大早来此垂钓，你却扫了我的兴；你这官儿还不认识我这个蓑衣客吗？那么，我可以告诉你，我就是曾经与当今天子对坐而谈的人。杨朴宁穿蓑衣不着紫绶的事，陈文惠早有耳闻，于是怒气顿敛，连连致歉，谦恭地把杨朴送出了邮亭。

黄庭坚有题《杨朴墓》诗一首：

三尺孤坟一布衣，人言无复似当时。
千秋万岁还来此，月笛烟莎世不知。

在这首诗后，黄庭坚注曰：“杨朴喜吹笛，尝作莎诗，极工。”杨朴只是一平民，留下的三尺孤坟，慢慢被人遗忘了，黄庭坚不禁叹息。但是，因他那首《莎衣》诗“极工”，后人还是常常说起他。

【参考资料】

《宋诗纪事》卷五
《宋人轶事汇编》卷五
《侯鲭录》卷六

荷艳桂香

宋真宗咸平（998 — 1003 年）末，八月的一天，柳永[①]从家乡福建崇安去汴京（今河南开封）应试，经过杭州，来到知府衙门前，想见见世谊前辈孙何。他与孙何二人在贫贱时即为忘年知己，如今孙何做了杭州知府，想不至于忘了旧交吧。但是，他孤身一人，前无武夫呵道，后无卫队喊威，府衙掌门的卫士，哪里肯为他通报。没有办法，他只好悻悻而回。

柳永在回寓所的路上，一直在想怎样才能见到孙何。忽然，有了！何不去找杭州名妓楚楚，请她代为致意？在唐宋时代，政府都养有官妓，演习歌舞，供官员差使。尤其是色艺俱佳的名妓，常常被召进官府劝饮助乐。柳永词名很高，常应教坊（古代管理宫廷音乐的官署）请求填词，因此与乐工、妓女多有往来，特别是那些通音律、工诗文的女中才子，柳永与她们的交往就更非同一般。

第二天，柳永来到楚楚家。楚楚笑容满面，说："哟！今天又写了什么绝妙好词，要我给你试唱呀？快请进！"

柳永跟着她进屋，一边轻松地笑着，一边说："词倒是有一首，是不是绝妙好词，我可不知，你先给唱唱，看是否中节合律。我再改改。"

楚楚说："拿来我看看。"

柳永说："不忙，我先有一事相求。你肯帮忙吗？"

① 柳永，原名柳三变，字耆卿，与兄柳三接、三复齐名，时称柳氏三绝。

楚楚嗔怪地说："看你说的，你的事，我何时推托过？"

柳永说："如今本州知府孙何，原与我是布衣之交，今日我想见他，去到府前，怎奈看门人不让我进去，所以想请你代我向孙何致意。"

楚楚说："嗨！我当什么天大的事情呢！原来要见知府大人，这有什么难处！等有府会，我便在知府大人前唱你的新词，他必然要问，这词是谁作的，我就直说，他肯见，就罢了；不肯见，再作道理。快把你写的新词给我看看。"

当下楚楚就同柳永一起，边试唱，边推敲新词，直到二人满意方散。

没过几天，到了八月十五中秋节，果然有吏来召楚楚侍候府会。正当酒酣耳热之际，楚楚走到孙何席前施礼说："知府大人，今晚正值中秋盛会，奴婢恰有一首新词奉献，不知大人意下如何？"

孙何连忙说："好极，好极！"他立即转向众同僚，"列位安静！楚楚姿容雅丽，清音婉转，为本州营妓魁首，今有新词，更是锦上添花，听她唱来，正可为我等助兴。楚楚姑娘请吧！"

楚楚又施一礼说："多谢大人。"她回过头来，示意乐工开始。随着丝竹之声，楚楚唱了起来：

东南形胜，三吴都会，钱塘自古繁华。烟柳画桥，风帘翠幕，参差十万人家。云树绕堤沙。怒涛卷霜雪，天堑无涯。市列珠玑，户盈罗绮竞豪奢。　　重湖迭巘[1]清嘉。有三秋桂子，十里荷花。羌管弄晴，菱歌泛夜，嬉嬉钓叟莲娃。千骑拥高牙。乘醉听箫鼓，吟赏烟霞。异日图将好景，归去凤池夸。

这是一首长调慢词，词牌名《望海潮》。词的作者用浓墨重彩，描绘了杭州所处地势的优越、湖山的秀丽、都市的繁华。开头三句，以高屋建瓴、笼罩全篇的阔大气势，从时间与空间上作高度概括，显示杭州的重要，

② 巘（yǎn），大大小小的山。

那是历代的大都会，雄踞一方的形胜地。接着以错落交织、反复渲染的手法，从远近高低不同的角度，展开一幅幅异彩纷呈的画面：鸟瞰俯视，错落高低十万人家，掩映在烟柳云树之中，那穿城而过的钱塘江，绿荫绕堤，雪浪如山，给清丽妩媚的名都古城增添了雄伟壮阔景象；走进熙熙攘攘的市井，到处是珍奇珠宝，锦衣绣户，好一派热闹繁华、殷实富庶的都会风貌；再放眼望去，西湖湖湖相连，山峰峰峰叠翠；满城丹桂，三秋飘香不断；十里荷花，夏日碧色连天。笛音在碧天回荡，菱歌在夜空飘浮。钓鱼的老翁，采莲的姑娘，欢声笑语，相与唱和，好一派江南水乡的迷人风光。在这里做知府，公退之余，由千骑卫士，高举牙旗仪仗，前呼后拥，逛街市，赏风景，欢歌醉饮，极天下一时之乐，假如日后高升，入朝为官，怕也是难舍难忘，必定画为图画带回朝廷（凤池）去，好在朝堂上把这人间天堂的胜事美景夸讲！

这首《望海潮》，便是柳永交给楚楚的那首词。柳永的词，可分为雅俗两类。这首词，可谓柳永词中清丽典雅词的代表作。它咏物状景，形象生动，流光泛彩，如在目前；它遣词造句，华美而不妖冶，恰如那杭州西湖，妩媚清秀，自有一番天然风采。而词的结尾，虽是对杭州知府孙何的应酬、祝愿的话，却毫无卑俗之气，反衬出杭州的魅力。

柳永的词写得好，名妓楚楚唱得也好。她那婉转圆润的歌声，让满座府僚倾倒。歌声未落，便听喝彩的掌声四起。

一个官员大声叫好，说：“好一句‘三秋桂子，十里荷花’，此真西湖之景，离了此地，天下何处能有！”

“不只这一句，整首词可谓铺锦堆绣，句句是杭州胜景，犹如长幅风景画，真是一幅接一幅，让人目不暇给！”

“这首词，不仅画面美，而且音律谐婉，语意妥贴，杭州都会的承平气象，形容曲尽，如在目前！千秋之后，吟诵此词，犹可想见今日景象！”

知府孙何见众同僚如此倾倒，不禁神采飞扬，且有些踌躇满志地说：“诸位说得很对啊！不只‘三秋桂子，十里荷花’两句妙绝，我更惊叹一首慢词竟写尽今日杭州市井繁荣昌盛，百姓安居乐业，这正说明我大宋朝经过几十年励精图治，已至太平盛世，实为可喜可贺！来，众同僚，举大杯干杯，同贺盛世！”

“干杯！”一时举座欢腾。

饮罢，知府孙何问楚楚：“这首词实在出手不凡，不知是哪位的杰作？”

楚楚说：“柳耆卿。”

孙何惊喜地问：“柳耆卿？你是说柳三变柳永？你怎么得到了他这首词？”

楚楚说：“他现在正在杭州。数日前，他来府衙拜访你，不料门禁不为通报，他只好写了这首词让我向你致意！”

孙何说：“啊，原来是这样，是我怠慢了故人！来人呀！”他对着一个应声而来的府吏说：“快去把柳耆卿大人接进府来！我要趁此良辰美景、高朋满座之时，同耆卿畅饮述怀！”

两位老朋友重逢，又是一番情景，这里就不说了。

却说柳永这首落笔不凡的《望海潮》词在这中秋府会唱出之后，立即不胫而走，传播遐迩。而且，竟然引出了一段大是非。

据说，一百余年后这首词一直传唱到北方的金朝，金主完颜亮听了这首词，竟对“三秋桂子，十里荷花”的杭州像着了迷一样，朝思暮想。南宋高宗赵构绍兴二十九年（1159年）十二月，他派画工扮作金朝贺正旦使施宜生的随从，去南宋秘密绘制了临安（杭州）湖山城郭图本带回去。完颜亮命人把临安图绘在屏风上，并画上他策马立于吴山绝顶。画成后，他还在画上亲自题了这样一首诗：

万里书车尽混同，江南岂有别疆封？
提兵百万西湖上，立马吴山第一峰。

这首《题西湖图》诗的意思很明显，北方已经统一，南方怎能不是金朝的封疆？因此，他将统兵百万，直下江南，完成南北统一大业，到那时，登上杭州群山峰巅，俯瞰一统的天下，那将是何等威风豪迈！仅仅时隔两年，完颜亮果然大举南侵，兵发临安。后来，由于南宋军民顽强抗金，金朝发生政变，完颜亮在扬州被部将杀死，没有实现“立马吴山第一峰”的梦想，南宋王朝才保住了半壁江山。金朝南侵失败后，南宋诗人谢处厚写了一首《纪事》诗：

谁把杭州曲子讴，荷花十里桂三秋。
那知卉木无情物，牵动长江万里愁。

这首诗显然相信了上面的传说，因而感叹柳永《望海潮》词引逗得金主南下，给万里长江人民带来千秋难平的愁怨。稍晚的罗大经则别发感慨，写了一首《和谢处厚纪事》诗：

杀胡快剑是清讴，牛渚依然一片秋。
却恨荷花留玉辇，竟忘烟柳汴宫愁。

北宋的京城在汴京（今河南开封），北宋王朝南逃，在临安站住脚后，即谋求偏安一隅，在这人间天堂大兴土木，宫殿豪宅，秦楼楚馆，一时蜂起林立；君臣显贵，富豪巨商，无不彻夜笙歌，醉生梦死。所以南宋人林升曾在一家客栈墙上写了这样一首诗：

山外青山楼外楼，西湖歌舞几时休！
暖风熏得游人醉，直把杭州作汴州。

在罗大经看来，如果说真是柳永一首词引逗得金主南侵，那么，这首词恰恰成了“杀胡”的“快剑”、金主送死的诱因，这没有什么可遗恨的；而荷艳桂香，装点得杭州湖山清丽秀美，使南宋君臣沉溺于湖山嬉戏之乐，“直把杭州作汴州”（林升《题临安邸》），完全忘了收复中原大业，这才是最令人痛心的。

《宋词画谱》　（明）汪氏 编

谢处厚也好，罗大经也好，他们在一百多年后读柳永的《望海潮》词，都深深地牵动了亡国之痛和雪耻复国的激愤，令人不能不承认柳永词那不朽的魅力！

【参考资料】

《鹤林玉露》卷一
《钱塘遗事》
《词林纪事》卷四
《本事词》卷上

奉旨填词

宋仁宗（1023 — 1063 年）初年，柳永进京参加进士考试，不意落第。他是又伤心又气愤，谁都说，这是有才之士大展抱负的太平盛世，而他，被人称为“柳氏三绝”之一的柳三变，同三接、三复两位兄长名满天下，如今却金榜无名，究竟是什么缘故呢？这大概就是自古以来所说的，盛世明君一时遗弃了贤才吧！你还有什么可说？才子词人，注定只有白衣卿相的命！算了吧，什么功名利禄？那不过是诓人的诱饵、毫无意义的浮名，既然不能叱咤风云一世，何不恣狂放荡一生！因理想的破灭、仕途的失意而产生的痛苦、怨恨、颓丧、自嘲，万种情思，一时如波翻云涌，起伏在他的心中，他愤然写下了述怀词《鹤冲天》：

黄金榜上，偶失龙头望。明代暂遗贤，如何向。未遂风云便，争不恣狂荡。何须论得丧。才子词人，自是白衣卿相。　烟花巷陌，依约丹青屏障。幸有意中人，堪寻访。且恁偎红倚翠，风流事，平生畅。青春都一饷。忍把浮名，换了浅斟低唱。

柳永本来热衷于功名，经过这次挫折，他一时振作不起来，便终日出入于瓦舍[①]、勾栏[②]、教坊、妓馆，同乐工歌女为伍，真的过起“偎红倚翠”、

---

① 宋元时大城市里娱乐场所集中的地方。　② 宋元时百戏杂剧演出场所。

“浅斟低唱”的放荡日子来。这一方面，固然是他消极颓废生活的避风港。另一方面却也玉成了他在艺术上成为影响一代词风的文坛巨匠。他本来精通音律，工于诗文，如今又沉沦社会的最底层，熟悉了下层市民的生活和新鲜活泼的俚语，因而在乐工妓女的鼓舞和要求下，他创作了大量适合歌唱的新词。甚至“教坊乐工，每得新腔，必求永为词，始行于世。”（叶梦得《避暑录话》）正因为如此，柳永词传唱极广，南宋文学家叶梦得在丹徒遇到一个从西夏回朝的官员，谈起柳永词，这官员说：“在西夏，凡有井水饮处，即能歌柳词”（同上）。柳永词，自然也传入了皇宫。宋仁宗赵祯也很喜欢柳词。他每次宴饮，都要让侍宴的宫女唱柳永词，一首接着一首，不过不是《鹤冲天》这类词。

柳永落榜后，虽然发誓“忍把浮名，换了浅斟低唱”，名利之心却存而不泯。他一次机会也不肯放过。不久，便又强打精神，积极准备应考。在考试前，时逢仁宗寿辰，一个大臣为了取悦仁宗，声称天上有老人星现，于是让柳永作一首贺寿的词。柳永以为这是进身良机，就写了《醉蓬莱》：

渐亭皋叶下，陇首云飞，素秋新霁。华阙中天，锁葱葱佳气。嫩菊黄深，拒霜红浅，近宝阶香砌。玉宇无尘，金茎有露，碧天如水。　　正值升平，万几多暇，夜色澄鲜，漏声迢递。南极星中，有老人呈瑞。此际宸游，凤辇何处，度管弦清脆。太液波翻，披香帘卷，月明风细。

宋人杨湜《古今词话》说：“此词一传，天下皆称妙绝。”其实，这首词是应景之作，充满了歌颂升平的庸俗气，就艺术来说，毫无意境，在柳词中只属劣等货色。词呈给赵祯，赵桢一看打头一个‘渐”字，便有几分不高兴。读至“此际宸游，凤辇何处”，脸色顿时变得凄苦悲切。原来古时“宸游”是帝王的代称，“凤辇”是帝王坐的车子。柳永的原意，只是歌颂当朝仁宗皇帝乘坐“凤辇”去“管弦清脆”之处游乐。没料到，仁宗在哀悼死去的真宗赵恒的挽歌里，也有“宸游、凤辇”的设问，柳永触到了赵祯的伤心事，又移用了赵祯得意的好词妙句，怎不使仁宗恼恨？当赵祯读到“太液波翻”四字，终于忍不住怒气三丈，他质问近臣：“柳三变为什么要说‘太液波翻’而不说‘太液波澄’？”说完，便愤然把柳永的词扔在了地上。原来，这太液是皇宫花园中的池塘。“太液芙蓉未央柳”（白居易《长恨歌》），那是何等幽雅的去处，柳词作“太液波翻”，造出如此阴恶景语来贺寿，这究竟是祥瑞还是恶兆？难怪仁宗恼羞成怒。

这个中原委，柳永哪里清楚，他到考期，仍然兴冲冲地去参加考试。这次，他考中了。然而，当仁宗赵祯召见新中进士，传呼“进士柳三变上殿”时，赵祯龙颜顿改，“谁？是那个写了《鹤冲天》和《醉蓬莱》的柳三变吗？”

唱胪[①]官回答说：“是。”

仁宗气恼地说：“此人只好去月下花前，浅斟低唱，不要‘浮名’，就填词去吧！”

皇帝的话就是金科玉律，就是判决，柳永的进士出身就这样取消了。柳永十分不平，就去找丞相晏殊，诉说自己的不满。晏殊问：“你作曲子（词）吗？”

柳永说：“相公您不是也作曲子吗？”

晏殊说：“本相也作曲子，但是不曾作过‘针线闲拈伴伊坐’一类词。”

柳永听了，知道是口是心非的当权者不喜欢他那些“偎红倚翠”的风流词，可他秉性难改，也不想改，他知道他离不开自己熟悉的平民生活，他再也无话可说，就愤然离开了相府。

晏殊提到的“针线闲拈伴伊坐”，出自柳永《定风波》词，全词如下：

自春来，惨绿愁红，芳心事事可可。日上花梢，莺穿柳带，犹压香衾卧。暖酥销，腻云亸，终日厌厌倦梳裹。无那，恨情薄一去，音书无个。　　早知恁么，悔当初，不把金鞍锁。向鸡窗[②]，

---

① 科举时，殿试后，皇帝传旨召见新考中的进士，依次唱名传呼，叫“胪唱”或“传胪”、“胪传”。

② 鸡窗，书房。传说刺史宋处宗买得一长鸣鸡，甚爱，常笼于窗下，久之，鸡作人言，与处宗谈论，终日不辍，处宗因此巧言。

《宋词画谱》　　（明）汪氏 编

只与蛮笺象管，拘束教吟课。镇相随，莫抛躲。针线闲拈伴伊坐，和我，免使年少，光阴虚过。

这是一个女子倾诉爱情的曲词。春天来了，花红柳绿，原本是令人赏心悦目的，可在她看来，却是一片“愁惨”的样子，所以她总是无精打采，什么事都不在意；太阳已上花梢，黄莺在柳丛穿飞，可她还捂在被窝里不肯起来，脸上搽的脂粉香气没了，乌亮的发髻也散乱了，整天懒洋洋也不梳洗；无奈啊，那薄情郎一去，连个音信也没有。早知是这样，悔当初让他骑马而去，没把他关在书房，还可整天陪伴着他读书写字；如今，我只能同针线作伴，虚掷青春了！这首词，是柳永俚词的代表作。所谓俚词，用今天的话来说，就是通俗歌曲或民间歌谣小调。柳永这类词的特点，就是把爱情写很直白，很大胆，很露骨，这种写法不合于文人雅士的写作传统，大有离经叛道的味道，当然不为当权者所赏，而为平民百姓喜爱。

这一次应进士除名，对柳永的打击更大。他从此更加放纵无羁，不加检点，终日在秦楼楚馆同乐工歌妓厮混。每作一新词，他都在词后这样落款："奉圣旨填词柳三变"。在这奇特的落款中，我们分明感到柳永那强力压抑着的怨恨与痛苦。他的强颜欢笑，不过是剧饮自戕的苦酒罢了。

虽然柳永在宋仁宗景祐元年（1034年）曾进士及第，做过小官，但终于沦落天涯，穷愁潦倒，最终寄食润州（今江苏镇江）寺庙，在贫病交加中死在僧舍。他终老无子嗣，还是一群歌妓筹资掩埋了他的骸骨。一个深得下层百姓喜爱的词人，身世如此寂寞凄凉，实在是那个时代的悲剧！不过，人民没有忘记他，歌妓乐工尊他为唱本的祖师爷，有一话本《众名姬春风吊柳七》，说柳永死后，每年寒食节，汴京妓女都到郊外集会，吊祭柳永，后世相沿成习。

【参考资料】

《宋诗纪事》卷十三
《渑水燕谈录》卷八
《本事词》卷上
《古今词话》上卷

醉翁之乐

欧阳修天性刚正，见义勇为，虽陷阱在前、祸患相随，亦直往不顾。不论在朝论事，或平日与人相处，知无不言，言无所隐，是是非非，了了分明。宋仁宗庆历三年（1043年），欧阳修入朝，登谏台，知制诰（给皇帝草拟文件、诏书），成为朝中重臣。但庆历五年春，奸臣弄权，大兴朋党之祸，杜衍、韩琦、范仲淹、富弼等一代名相，相继罢去相位。欧阳修愤然上疏说："今此四人一旦罢去，而使群邪相贺于内，四夷相贺于外，臣为朝廷惜之。"（《宋史·欧阳修传》）同时写了著名的《朋党论》，指斥"小人之伪朋"专权，必然"乱亡其国"，主张"退小人之伪朋，用君子之真朋"，以期天下大治。欧阳修的这种态度和主张，自然招来奸党的忌恨。很快，奸党就抓住了机会。

欧阳修有一个妹妹，嫁给了张龟正，无子，他们带着张龟正前妻所生的一个女儿，刚四岁，张龟正就死了。欧阳修的妹妹携孤女回了娘家。这孤女成人后，嫁给欧阳修一个族兄的儿子，后来因为与家奴通奸事发，下狱。奸党钱明逸之流抓住这事，罗织罪名，诬陷欧阳修用孤女的箱奁中物置买田产。虽然"辨无所验"（仁宗《制词》），也就是今天所说的事出有因、查无实据，欧阳修却因此莫须有的罪名，贬谪滁州（今安徽滁县）。

欧阳修做滁州太守，"乐其地僻而事简，又爱其俗之安闲。"（《丰乐亭记》）因此常常带着同僚宾客，到州城外寻访山林胜景。滁州城南门百步外便是半山，高峰矗立，幽谷深藏，泉声可听，泉甘可饮。滁州西南是琅琊山。这里群峰竞秀，林壑优美，欧阳修信马寻花，携酒问月，行歌林间，醉眠石上，旦暮往游，不论寒暑，乘兴而去，尽兴而归，在其中得到难以言状的乐趣。他写了《游琅琊山》、《琅琊山六题》诸诗，记述他的山林之乐。当然，最为人称道的还是他的那篇散文《醉翁亭记》。

《醉翁亭记》以平易晓畅、淡雅精美的语言，似骈（韵文）非骈，似散非散的文体，重字叠韵，“把描写叙述化成说明句”（周振甫《文章例话》）的咏叹调风格，生动地描绘出滁州西南诸峰幽美的自然风光，渲染出一种“山林之乐”、“游人之乐”和“太守之乐”浑然交融的田园牧歌似的气氛。全篇“句句是记山水，却句句是记亭，句句是记太守。”（《古文观止》评语）文章的中心是“太守之乐”。什么是“太守之乐”呢？ 世人把《醉翁亭记》背得滚瓜烂熟，却很少有人去深究它。欧阳修在文中说过这么几句话：

禽鸟知山林之乐，而不知人之乐；
人知从太守游而乐，而不知太守之乐其乐也。

又说：

醉翁之意不在酒，在乎山水之间也；
山水之乐，得之心而寓之酒也。

欧阳修似乎想透露点什么，却又不肯和盘托出，像是在同读者打哑谜。

欧阳修写完《醉翁亭记》，看来很得意，把它刻为石碑，立于琅琊山。后被毁。元祐中，王诏任滁州知府，求苏轼书《醉翁亭记》，重刻于石。大约在欧阳修离开滁州两年之后，太常博士沈遵，因为读了《醉翁亭记》，念念不忘滁州山水，便专程到滁州寻访踪迹。他到了滁州，置身于那泉声潺湲、春禽万啭的山林，重吟欧阳修的《醉翁亭记》，似别有所悟。于是他回去后，立即谱写了一曲《醉翁操》，时时在家中抚琴自娱。

又过了五六年，到宋仁宗至和二年（1055 年）冬，欧阳修出使契丹，在恩冀地区（今山东武城与河北冀县之间）与沈遵偶然相遇。二人饮酒至夜阑人静，沈遵搬出琴来，要为欧阳修演奏一曲。欧阳修问是什么曲子，沈遵说是《醉翁操》，并讲了作曲的经过。欧阳修听说这支曲子是为“醉翁”而作，并以“醉翁”命名的，不禁又惊又喜，催促快快演奏来听听。

这首《醉翁操》一共三迭，它以特殊的音乐语汇，丰富的形象，疏宕的节奏，华畅的旋律，再现了滁州琅琊诸峰乱石峥嵘，草木深秀，“风轻日暖好鸟语，夜静山响春泉鸣”（欧阳修《赠沈遵》）的诗情画意。尤其难得的是，他以琴写心，琴声倾诉的是主人公内心深处的忧虑、焦灼和痛苦；在琴音里浮动着的人物形象，与《醉翁亭记》里，那个让人看来仿佛已经忘情山水、豁达超然的“醉翁”形象判若两人。沈遵弹得很动情，他的指下时时颤动着呜咽凝涩的音符，催人泪下，令人心碎。曲终，他揽衣推琴而起，久久仰视着柄转斗移的夜空，激动的感情犹不能自禁。

欧阳修听完《醉翁操》，早已泪流满面，可他劈头就问：“沈夫子，你为什么要谱写《醉翁操》？你这岂不是向俗耳求知音吗？谁不说我胸怀旷达，我的《醉翁亭记》写的是山水之乐，淡泊闲适，洒脱从容，你为什么要把它谱写成一首悲苦愁怨的曲子？”

沈遵说：“当年，昭明太子作《陶渊明集序》时说，众人都说陶渊明诗篇篇有酒，吾观其意不在酒，亦寄酒为迹者也。你说‘醉翁之意不在酒，在乎山水之间也’，我看也不在山水之间，是寄迹于山水者也。”

“可你没读过我的《与尹师鲁书》。”

“我当然拜读过。你说‘每见前世名人，当论事时，感激不避诛死，真若知义者；及到贬所，则戚戚怨嗟，有不堪之穷形于文字。其心欢戚，不异庸人。’其实，你也是凡夫俗子，蒙污垢而遭贬谪，能无动于心吗？你的《醉翁亭记》中没有‘戚戚怨嗟’之辞，不等于你的心里没有！你的‘不堪之穷’不形于文字，可正是不尽之意见于言外！”

“你洞穿了我的五脏六腑，我怎么遇上了你！天啊……”欧阳修再也强撑不下去了，竟老泪纵横，哭出声来。他刚才对沈遵的抱怨和痛恨，是一个人的内心被他人深深触动了、触痛了之后最常见的逆向反应。因此，欧阳修在稍稍平静一些之后，终于向沈遵倾诉起来，他说：“当年，我被贬谪滁州时，不寄情山水，又能做什么？奸佞当道，国家多难，我吃着朝廷俸禄，却不能为朝廷尽绵薄之力，我能不忧愧交集吗？别人见我携酒游山，好不快活，可我心中的苦，有谁知道？”

沈遵见欧阳修说得如此痛彻肺腑，便安慰他说：“大人心中的苦，沈遵知道。记得就是你谪居滁州之后，你的一位同年赴阆州（今四川阆中）任，你为他送行，即席唱了一曲：

记得金銮同唱第，春风上国繁华。如今薄宦老天涯，十年歧路，空负曲江花。　　闻说阆山通阆苑，楼高不见君家。孤城寒日等闲斜，离愁难尽，红树远连霞。

大人是文章宗师，虽小词脍炙人口，却被文名所掩，人们多不注目，可我沈遵深爱大人这些有真情、多深思、疏隽深婉的词曲。就以这首词来说，大人虽然进士及第后，曾春风得意，看尽曲江名花，可如今被贬谪天涯，君家（皇上）如在阆苑仙境，远不可见，辜负了你平生抱负，家国忧思，充溢满纸，这岂是靠山水之乐能排遣的？这首词才真正道出了你在滁州的心声。”

欧阳修听了这番话，感激万分，说：“知我者，沈夫子！受我一拜！”

沈遵说：“大人不必如此，事情已经过去了，你我今日也是有缘，就痛痛快快多喝两杯吧！”

是啊，欧阳修写《醉翁亭记》，年刚四十岁，何得谓“翁”？“饮少辄醉”，又何尝真醉？“太守之乐”，又何以真乐？事隔近十年，欧阳修才在这里对沈遵吐露了真情。原来，《醉翁亭记》里那个看来超然豁达、忘情山水的形象，只是表象，他真正的“醉翁之意”却不能不用这种表象强力掩饰着，而这种掩饰的强力愈大，他内心的痛苦愈深，也愈容易被人们忽略。欧阳修这次遇到沈遵，吐出了心中深藏十年的苦水，感到一阵痛快和轻松，当即写了《赠沈遵》和《赠沈博士歌》致谢。

沈遵这首《醉翁操》，只有曲没有词，欧阳修为了感谢沈遵知音，次年作了一篇《醉翁吟》，其词如下：

始翁之来，兽见而深伏，鸟见而高飞。翁醒而往兮醉而归，朝醒暮醉兮无有四时。鸟鸣乐其林，兽出游其蹊。咿嘤啁哳[①]于翁前兮醉不知。有心不能以无情兮，有合必有离。水潺潺兮翁忽去而不顾，山岑岑兮翁复来而几时。风袅袅兮山木落，春年年兮山草菲。嗟我无德于其人兮，有情无山禽与野麋。贤哉沈子兮，能写我心而慰彼相思。

以后，沈遵的琴曲《醉翁操》和欧阳修的曲词《醉翁吟》便流传于世。但是，知音者以为欧阳修的《醉翁吟》不合音律，于是又依词重新谱曲，但新曲由于受词的形式约束，乐曲仍然写得不够流畅谐美。三十年后，欧阳修和沈遵俱逝。庐山玉涧道人崔闲，特妙于琴，又作新声，并请苏东坡重新填词。于是苏东坡写了一首新《醉翁操》：

琅然。清圆。谁弹。响空山无言。惟翁醉中知其天。月明风露娟娟。人未眠。荷蒉[②]过山前，曰有心也哉此贤。醉翁啸咏，声和流泉。醉翁去后，空有朝吟夜怨。山有时而童巅，水有时而回川，思翁无岁年。翁今为飞仙，此意在人间，试听徵外三两弦[③]。

崔闲道人一边弹琴，苏轼一边倚声写词，曲终而词就，不易一字。苏轼这首歌词，不仅叙述了欧阳修写《醉翁亭记》的本事，而且充满了对欧阳修无限怀念的深情。从此，“声词皆备，遂为琴中绝妙，好事者争传。”（《渑水燕谈录》卷七）

① 咿嘤啁哳（yī yīng zhāo zhā），形容声音繁杂细碎。

② 蒉（kuài），即苋菜。

③ 徵（zhǐ），中国古代音乐五声音阶“宫、商、角、徵、羽”中的一个音级。

歐陽文忠像

欧阳修　　《吴郡名贤图传赞》

【参考资料】

《宋史・欧阳修传》
《欧阳文忠公集》卷十八
《渑水燕谈录》卷七

永叔近视

欧阳修，字永叔。有人说他是近视眼。根据是什么呢？原来欧阳修作了一首词，叫《朝中措》：

平山阑槛倚晴空，山色有无中。手种堂前垂柳，别来几度春风。文章太守，挥毫万字，一饮千钟。行乐直须年少，尊前看取衰翁。

平山堂在扬州西郊瘦西湖畔的蜀冈中峰上。宋仁宗庆历八年（1048年）二月，欧阳修从滁州移官扬州。大明寺的浑宏壮伟，瘦西湖的秀丽清瘦，特别是登上蜀冈中峰，远眺江南数百里，真（今江苏仪征）、润（今江苏镇江）、金陵（今江苏南京）三州隐约可见，犹如巨幅淡墨轻彩的山水画卷铺展眼前。欧阳修虽然在扬州做太守仅一年，但就像在滁州一样，意在山水之间，“朝而往，暮而归”（欧阳修《醉翁亭记》），扬州近郊的山山水水，处处可见他的足迹。他最爱的就是这瘦西湖畔的蜀岗，到任不久，就在山上着手营建了平山堂。平山堂东，是南朝刘宋大明年间建造的大明寺，平山堂后，依山傍岩，是层层叠叠遮天蔽日的娟娟翠竹，而坐在堂前，纵目眺望，江南远山，恰与堂前栏槛高低齐平，因此，欧阳修名堂曰“平山堂”。欧阳修还在堂前亲手种了一株柳树，后世叫“欧公柳”。

到了盛夏酷暑，欧阳修就到平山堂消夏避暑。他常常在凌晨带着一大帮同僚宾客来平山堂，令人取来新鲜荷花，分插盆中。众宾围坐，两人之间放花一盆，先取一枝，依次传递，每人接花后掰下一片花瓣，再往下传，这枝荷花的花瓣摘完了，荷叶茎传到谁手里，就罚谁一杯酒。饮完酒，再从身旁取一枝荷花，重新开始。这同常见的击鼓传花游戏相比较，确实很雅致。“酒盏旋将荷叶当。莲舟荡，时时盏里生红浪。”（欧阳修《渔家傲》）花气酒香四溢，令举座展颜开怀。如此周而复始，往往到夜阑人醉，踏月而归。在这种场合，欧阳修充当的仍然是“醉翁”角色。

欧阳修的《朝中措》词，是他送刘敞（字原父）守维扬（扬州）而作。史载刘原父多才，欧阳修读书，每遇疑难，便向他请教，两人关系十分亲密。嘉祐元年（1056年），刘原父出守扬州，欧阳修离开扬州已十余年，这次为好友送行，追忆起自己在扬州的生活，很自然地吐露出自己的心声。这首词，具有欧词“疏隽”、“深婉”（《宋六十家词选·例言》）的特色，在通俗、流畅、亲切、俊秀之中，寄寓着深沉、真挚的思想感情。初读，通篇抒发的似乎只不过是士大夫的闲情逸致，但结合作者身世细思，诗人的心情却并不轻松。“行乐直须年少，尊前看取衰翁”，这不明显透露出他置身欢乐之中，却不能与人同乐的悲凉吗？那“觥筹交错，坐起而喧哗”的众宾形象，同“苍颜白发、颓乎其中’（《醉翁亭记》）的“醉翁”、“衰翁”形象不是鲜明的对比吗？

欧阳修晚年自号“六一居士”。他曾解释说：“吾家藏书一万卷，集录三代以来金石遗文一千卷，有琴一张，有棋一局，而常置酒一壶。”客问：“这才五个‘一’，何得谓‘六一居士’？”欧阳修说：“以吾一翁老于此五物之间，是岂不为六一乎？”但是，欧阳修又接着说，他“常患不得极吾乐于其间者，世事之为吾累者众也。其大者有二焉，轩裳珪组，劳吾形于外，忧患思虑，劳吾心于内，使吾形不病而已悴，心未老而先衰，尚何暇于五物哉？”（《六一居士传》）这毫不掩饰的自白，彻底袒露了欧阳修这个“醉翁”、“衰翁”的内心秘密。说他的诗词文章，抒发的只是士大夫的闲情逸致，只是皮相之见。

欧阳修这首《朝中措》，既是送人的，很快也就流传开了。于是有人说，欧阳修是个近视眼，因为词中分明写着“平山阑槛倚晴空”，那是一个夏日高悬、晴空万里的好天气，从平山堂南眺，江南诸山甚近，尽可看得了了分明，而欧词接着却写出“山色有无中”的句子，“有无中”者，朦胧不清楚也，大晴天看不清楚巍巍青山，不是高度近视眼才怪呢？

但是，苏轼对这种迂夫子读诗法投以轻蔑的一笑。他有一首《水调歌头·黄州快哉亭》词：

> 落日绣帘卷，亭下水连空。知君为我，新作窗户湿青红。长记平山堂上，倚枕江南烟雨，渺渺没孤鸿。认得醉翁语，山色有无中。　一千顷，都镜净，倒碧峰。忽然浪起，掀舞一叶白头翁。堪笑兰台公子，未解庄生天籁，刚道有雌雄。一点浩然气，千里快哉风。

黄州（今湖北黄冈）快哉亭，为张梦得所建，苏轼命名，苏辙作记。快哉亭下临长江，南极潇湘，北尽江汉，西望武昌，东览赤壁，视野极其开阔，有类欧阳修的平山堂。兰台，战国时楚国旧宫苑名，故址在今湖北钟祥县。兰台公子，指辞赋家宋玉和楚大夫景差。一天，楚襄王游兰台，宋玉、景差陪侍，突然一阵风起，襄王敞开衣襟迎风说：“快哉，此风！寡人与庶民（百姓）共者邪？”宋玉说：“此独大王之风耳，庶人安得（怎能）而共之？”襄王问宋玉，这有什么说法吗？于是宋玉大谈风有“雄风”与“雌风”之别，大王尊贵而得“雄风”，庶民贫贱，只得“雌风”。苏辙写《黄州快哉亭记》对此作了批驳。他说：“夫风无雌雄之异，而人有遇（得到赏识与器重）与不遇之变。楚王之所以为乐，与庶人之所以为忧，此则人之变也，而风何与焉（与风有什么关系）？士生于世，使其中不自得，将何往非病（因仕途不顺而忧虑）？使其中坦然，不以物为伤性，将何适（往）而非快？”苏轼这首词里引用宋玉、景差故事，就包含了这样深刻的哲理，他在快哉亭把酒临风，忆起欧阳修在平山堂的生活，也是引欧阳修为自己的同调。

从词中可见，苏轼对欧阳修的《朝中措》词是非常欣赏并时时诵读的，因而说“长记”、“认得”。在盛夏的江南，近处晴朗而隔江烟雨之景，是常有的事。刘禹锡在夔州的长江边上就写过“东边日出西边雨，道是无晴却有晴”的诗句（《竹枝词》二首）。因此欧阳修可赋“平山阑槛倚晴空，山色有无中”的句子，而苏轼也因此词而神往那烟雨茫茫、山色朦胧的江南景色，同时为快哉亭也有此等佳景而感到无比快意。欧阳修不是近视，他体验到的是一种淡雅奇幻的朦胧美。

陆游提出，欧阳修“山色有无中”词，原有所本。“江流天地外，山色有无中”，这是王维在《汉江临泛》诗中首创的新句；“远岫有无中，片帆烟水上”，这是唐人权德舆《晚渡扬子江》中的诗句，“远岫”即远山。欧阳修则是第三次用“山色有无中”。苏轼词好像说“山色有无中”是欧阳修首创，而且把它引进自己的词里，成了第四个用此句的人。陆游认为，苏轼对“山色有无中”的源流继承关系，不可能不清楚，他之所以这样写，目的是为欧阳修“解嘲”，“然公词起句，是‘平山阑槛倚晴空’，安得烟雨？恐东坡终不能为公解矣。”（《老学庵笔记》卷六） 在陆游看来，欧阳修不是近视眼，得了“眼病”，至少也是命意遣词不当，犯了“诗病”，苏轼是无法为欧阳修辩解的。

这段公案，对我们认识意象和诗境，不是颇有启发的么？

【参考资料】

《词林纪事》卷四
《欧阳永叔集》
《苕溪渔隐丛话》后集卷二十三

落英可餐

宋仁宗嘉祐年间（1056—1063年）的一天，欧阳修的一个朋友来访，刚坐下就说，他新得了王安石一首诗，特来与欧阳公共赏。说着，就取出小笺一幅。欧阳修接过一看，是《残菊》一绝：

黄昏风雨打园林，残菊飘零满地金。
折得一枝还好在，可怜公子惜花心。

欧阳修看完，不禁笑了起来，说：“诗写得很有味，日近黄昏，天色惨淡，风雨潇潇，残菊飘零，遍地落英，一片金黄，好一幅刺眼的肃杀秋景，若在目前。最后一联，公子不忍目睹秋菊零落，便折取一枝供养起来；秋菊仿佛也为公子爱花之心所感动，于是一枝菊花独秀。话从对方说来，情意含蓄而委婉。”

客人说：“照欧阳公如此讲来，确实是一首好诗！不过，刚才你的笑似乎有点深意。”

欧阳修说：“正是。诗好是好，只是百花盛极而凋谢，惟独秋菊枯焦枝头，永不飘落。荆公诗却道‘残菊飘零满地金’，岂不有违常理？”欧阳修略微一停，便语音顿挫有力地说：“‘秋英不比春花落，为报诗人仔细吟。’这两句诗，可赠送给他！”说完，又忍不住笑起来。

客人拍掌说：“是的，是的，欧阳公常说为文必有三多：看多、作多、商量多。我想作诗，更当如此。看多，才能体察入微，立命下字才不至悖谬事理。菊花确实与百花不同，绝大多数品种的菊花，花期过后即枯老枝头。不过，据我所知，有少数花瓣疏散不密的菊花也会落英遍地的，或许荆公咏的就是这种菊花吧。”

欧阳修说：“如果荆公诗咏的是你说的这种菊花，他为何不在诗下注明，以致遭人讥议？何以满园菊花都是这样的品种呢？荆公吟诗，一向务求新奇，我看毛病还是出在这里！”

不知怎么，欧阳修批评《残菊》诗的话，传到了王安石耳里。王安石当即不客气地说：“屈原的大作《离骚》中就有‘朝饮木兰之坠露兮，夕餐秋菊之落英’，这‘落英’就是飘落的菊花瓣，难道这也不知？这是欧九不读书，不好学的过错！”

“九”是欧阳修的排行，古人常按排行称呼人，以表尊敬。王安石“少好读书，一过目终身不忘”（《宋史·王安石传》），而且“自诸子百家之书，及于《难经》、《素问》、《本草》、诸小说，无所不读。”（邓广铭《王安石》修订本）世人都佩服他“才优学博而识高”（《临川王文公集》序），他作诗为文，动笔如飞，无人不惊叹佩服。因此，欧阳修批评他的诗，他很不服气。他虽然尊敬地称欧阳修“欧九”，却直斥他不读书、不好学，确实有些不冷静了。王安石这话影响不小，世人真还以为欧阳修是个不爱读书的人。刘敞同欧阳修本是好友，知道欧阳修勤学好问，著名的“三上”（读书写文章，多在马上、枕上、厕上）故事便是说欧阳修的（《归田录》），但后来刘敞却也对人说：“好个欧九，可惜不读书。”而有一次宋仁宗问欧阳修刘敞如何？欧阳修回答说：“刘敞文亦未佳，其博雅足重也。”这话的意思是说，刘敞的文章写得不是很好，但学问值得推崇称道。所以王士禛说：“二公似以名高相失（因为名气大而失和）。”（《带经堂诗话》卷二十八）到了南宋，诗人刘庄有《湖南江西道中十首》绝句，第七首如下：

每嘲介甫行新法，常恨欧公不读书。
浩叹诸刘今已矣，路旁乔木日凋疏。

这首诗的大意是说，时时嘲笑王安石变法，常常恨欧阳修不读书；浩叹汉、唐历史已成陈迹（前几首绝句多吟汉、唐古迹），如今路边饱经岁月风霜的高大树木，也已经日益显得苍老萧疏了。

欧阳修是不是“不读书”呢？当然不是那么回事。《宋史·欧阳修传》有这样一段话：“好古嗜学，凡周、汉以降金石遗文、断篇残简，一切掇拾，研稽（研究考证）异同，立说于左，的的可表证，谓之《集古录》；奉诏修《唐书》记、志、表，自撰《五代史记》，法严词约（文章写得严谨精当），多取《春秋》遗旨。苏轼叙其文曰：‘论大道似韩愈，论事似陆贽，记事似司马迁，诗赋似李白。’识者以为知音。”

那么，欧阳修对王安石“残菊飘零满地金”的批评对不对呢？宋人曾慥作《高斋诗话》，把这个故事记载在苏轼与王安石的名下。曾慥说：“荆公此诗，子瞻（苏轼字）跋云：‘秋英不比春花落，说与诗人仔细看。’盖为菊花无落英故也。荆公云：‘苏子瞻读《楚辞》不熟耳。’”曾慥接着议论说，屈原的“夕餐秋菊之落英”，大概是说菊花会衰谢，王安石诗说“飘零满地金”，就过于夸大其词了。苏轼既以“落英”为非，难道屈原也用错了？苏轼在海南时有《谢人寄酒》诗，其中有“漫绕东篱嗅落英”句，这又是什么道理？这是说屈原也认为菊花会凋落的。

这就涉及怎样解释屈原的“夕餐秋菊之落英”了。宋代人蔡绦即指出，“以余观之，‘夕餐秋菊之落英’，非零落之落。落者，始也，如筑室始成，谓之落成。《尔雅》曰‘落’，始也。”（《西清诗话》）宋代人罗大经《鹤林玉露》中说：落英“谓初英也。古人言语多如此”，如“落”可以作“萌生”用，“臭”可以解释为“香”，“同心之言，其臭如兰”（《易·系辞上》）即是一例；“特（独）”可解释为“匹（敌）”，“维此奄息，百夫之特（一个奄息，相当一百人）”（《诗经·黄鸟》）也是一例。当代学者陆侃如先生也说：“英是花的别名。菊花不自落，此“落”字据《尔雅》，可释为始，就是说始开之花。”（《楚辞选》） 初绽的花朵，新鲜而有香味，故可餐饮，如果真是枯焦后的落花，餐饮时其味怕就不美了！陶渊明好饮菊花酒，他有这样两句诗“秋菊有佳色，裛(yì)露掇其英”(《饮酒二十首》)，可知陶渊明饮酒用的菊花，是沾了露水色泽很好的初绽花朵，即“落英”；南宋诗人郑思肖也有“宁可枝头抱香死，何曾吹落北风中”（《画菊》），也说菊花是枯死枝头、并不凋落的。

王安石诗引出“落英可餐”的争论，但对我们观察生活、积累知识、学习书本、写作实践诸方面，都是很有启迪的。

【参考资料】

《苕溪渔隐丛话》前集卷三十四

试院风波

宋仁宗嘉祐二年（1057年），欧阳修知贡举（主持进士考试）。宋初的文坛，为杨亿等代表的“西昆体”所独占。“西昆”诸子，以唱和为满足，以雕章琢句为能事，内容贫乏空虚，文字险怪奇涩，他们标榜诗学李商隐，实际只是形式上的模仿，距李商隐甚远。杨亿等人是当时朝廷重臣，由于他们的特殊地位和影响，所以“自西昆集出，时人争效之，诗体一变。”（欧阳修《六一诗话》），欧阳修这次知贡举，决心要扭转这种文风，“凡文涉雕刻者，皆黜之”（叶梦得《石林诗话》卷下）。

按宋代考试制度，主持考试的官员，在正月初就进试院，直至考期，前后锁院五十余日，完全与外界隔离。嘉祐二年春试，除欧阳修任主考官外，韩绛（子华）、范镇（景仁）、王硅（禹玉）、梅挚（公仪）同知贡举，梅尧臣为小试官。六个人，正月初五进试院，在院中五十多天，“玉尘清淡消永日，金樽美酒惜余春”（欧阳修《和王较艺书事》），除了终日闲谈饮酒，没正经事可做，彼此诗歌唱和，就成了他们的最大乐趣。

欧阳修六人锁院五十多天，共得唱和诗一百七十余篇。其中，欧阳修有一首《礼部贡院阅进士试》诗，如下：

紫案焚香暖吹轻，广庭清晓席群英。
无哗战士衔枚勇，下笔春蚕食叶声。

乡里献贤先德行，朝廷列爵待公卿。
自惭衰病心神耗，赖有群公鉴识精。

这首诗的前两联，写进士应考的情景，宽敞的考场里，焚着香烟，坐满了考生，整个考场，就像战场，每个考生，就如黑夜偷袭、衔枚疾走的勇士，只有奋力走笔书写的沙沙声，这声音就如同春蚕食叶的声音。后两联，欧阳修谦逊地说，他自己已经老朽，精力不行了，这次考试能否选拔出可以位列公卿的贤才，就要依赖与他一起主持考试的几位同事了。

梅尧臣也有一首诗，题目是《较艺和王禹玉内翰》，诗如下：

分庭答拜士倾心，却下朱帘绝语音。
万蚁战时春日暖，五星明处夜堂深。
力捶顽石方逢玉，尽拨寒沙始见金。
淡墨榜名何日出，清明池苑可能寻。

这首诗的第二联，写白天应试的举子，如千万蚂蚁征战，繁忙而紧张，晚上五位主考官批阅试卷，如明星高悬，直至夜深人静。第三联，则写主考官们如何凿玉淘金，详审试卷，选拔人才。

欧阳修等人在试院相与唱和，后来传为佳话。他们的唱和诗，不足以代表他们的诗歌艺术成就，但却是他们的诗歌理论的切实实践。宋人叶梦得说，欧阳修力矫“西昆体”，作待专以气格为主，诗意到处，语有不伦亦复不问，并称赞欧阳修“无哗战士衔枚勇，下笔春蚕食叶声”二句“最为警策”，这是因为它用简洁通俗的语言，生动而形象地写出了考场严肃紧张的气氛和考生如临大敌、生死在前的严峻心理。叶梦得还说，梅尧臣的“万蚁战时春日暖，五星明处夜堂深”二句，“亦为诸公所称”，也是因为这两句写得朴实无华，平易近浅（《石林诗话》卷下）。这些诗在“西昆体”盛行的诗坛，无疑吹起了一股清新的春风。

放榜的日子终于到了。那天，数千应考的举子都涌到榜前，真是人头攒动，人声鼎沸，有笑的，有哭的，有骂的，有叹的。铅山（今江西铅山）人刘辉，也夹在其中。他瞪大眼睛，把大黄榜从头至尾看了一遍又一遍，也没有找到自己的大名。他万万没有想到，因为他的“文体奇涩，欧阳修恶之”（《文献通考》），而名落孙山了。这下可炸了锅，刘辉的朋友围着他，大声嚷嚷起来。

“刘兄，眼下京都，有谁不知你的诗名，怎么也落榜了？”

“看来是考官们瞎了眼了！”

“唉，骂又何益，细想起来，也不奇怪，本科主考官，喜欢的是平易晓畅的诗文，历来与我们的太学文风相左。”刘辉似有所悟，无可奈何地说。

“依刘兄如此说，主考官们就能以自己的好恶取士吗？ 走，找他们论理去！”

说罢，他们几个就要挤出人丛，刘辉立即拦住说：“算了，算了，明年再试吧！”

刘辉没有了情绪，大家也就悻悻然散去。

过了几天，欧阳修等六人在试院中的唱和诗传了出来，刘辉的那帮朋友们又来劲了。他们拉着刘辉，纠集一大帮人来到欧阳修府前，等候欧阳修。没等多久，欧阳修果然骑着一匹高头大马，带着少数随从出了府门。一群人立即拥了上去，拦住了道路。七嘴八舌，吵吵嚷嚷起来。

“请问欧阳大人，你们为什么把我辈都视为蚕虫、蝼蚁？”

欧阳修一时不解，俯身问：“什么蚕虫、蝼蚁？ 请诸位相公把话讲明。”

人群中爆发出一阵哄笑：“人老了，可真的‘衰病心神耗’，糊涂了啊！”

“哪里是糊涂，怕是有见不得人的隐情吧！”

“对，对，一定是收受贿赂，徇私舞弊，大大发了考试财了！”又是一阵粗野放肆的鼓噪声。

欧阳修见这群人出言不逊，全无士人风范，便催马要走。

一个人猛然抓住欧阳修坐骑的缰绳，说：“想走？ 请问，‘无哗战士衔枚勇，下笔春蚕食叶声’，是不是大人在试院的新作？”

“啊……是的。”

"'万蚁战时春日暖，五星明处夜堂深'，是不是梅尧臣在试院新赋的诗句？"

"不错。"

"请问大人，这不是把我们应考举子都视为蚕虫、蝼蚁了吗？"

"这是对我辈的秽语侮辱！"

"你们几位大人在试院中终日唱和赋诗，互相吹捧，诬诋士人，还有什么心思评卷选才？"

"对，定是无暇详加考校，所以遗贤在野，像刘辉这样知名的相公也遭落选。"

"事情是不是这样的，欧阳大人，你说！"

"你说！""你说！"

欧阳修见眼前这帮人愚蠢粗野的行径就如无赖泼皮，不禁轻蔑地笑笑说："你等只知诗中有'春蚕'、'万蚁'之词，却一点也不懂它的含义，可见你们于诗一窍不通，都是一些不学无术之辈。个个落榜，正是该当。让道！"

刘辉一帮人听欧阳修这么说，更加喧嚣起来。恰巧，一队巡街的卫兵经过这里，见一帮人拦住朝官的坐骑取闹，便一齐上前，东驱西赶，才算给欧阳修解了围。

欧阳修主持的嘉祐二年春试，给风靡一时的西昆文风以有力遏制，而苏轼、苏辙和曾巩都在这次考试中高中。唐宋散文八大家中的三位巨人，像璀璨的明星从此升起来了。欧阳修等人主持的这次考试，一抑一扬，为扭转一代文风，发现和培养一代文学巨匠，建立了不朽的功绩。不过，这次场屋风波，也产生了另一个结果，至元丰末年（1085 年）的近三十年中，为避免不必要的纠纷，主考官们也就不再在试院中唱和赋诗了。

【参考资料】

《梅尧臣集编年校注》
《石林诗话》卷下
《宋史·欧阳修传》

酒助夜读

苏舜钦，字子美，是北宋一大诗家，他的诗“笔力豪俊，以超迈横绝为奇”（欧阳修《六一诗话》），宰相杜衍爱他的才华，招他为东床快婿。

苏舜钦住在岳父家，每夜在妻子的陪伴下读书不辍。他读书有一个习惯，就是一手持书卷，一手握酒杯。喝一口酒，念几行书，那书仿佛就是他的下酒佳肴，那酒又仿佛是他读书久了解渴润喉的甘泉。他的妻子在一旁看着，忍不住一边发笑，一边为他频频斟酒。这种情形，正所谓“红袖添香夜读书”（鲁迅《且介亭杂文·忆刘半农君》），在苏舜钦是福气，在杜氏是做妻子的一片爱夫柔情。如此读一夜书，不知要喝下多少酒。不过，他的妻子杜氏管束也甚严，每晚以斗酒为限。

杜衍不止一次看见女婿这种读书饮酒的情景，觉得很新鲜。心里总在想，他这样，是意在书或是意在酒呢？若在酒，则不解书中意；若在书，则不知酒中味！他决定要看个究竟。

一天晚上，杜衍轻手轻脚来到女婿苏舜钦屋外，窗里明亮的灯光映出苏舜钦夜读的身影，一只手高举酒杯正停在空中，屋里传出琅琅的读书声：“良尝学礼淮阴，东见仓海君，得力士为铁锥重百二十斤。秦皇帝东游，至博浪沙中，良与客狙击秦皇帝，误中副车……”

“啪”的一声，读书声断了，那举着酒杯的手，猛然往桌上一击。杜衍吓了一跳，只见苏舜钦应声霍地站起身，叹道：“没有击中，可惜啊，可惜！”立即举起酒杯，脖子一仰，把一杯酒吞了下去。杜衍这才明白，苏舜钦正读《汉书·张良传》，为张良刺杀秦王失手而叹息。杜衍看得真切，听得分明，不禁感动地摇了摇头。这时，又传来苏舜钦继续往下读的声音。下面便读到汉高祖刘邦在洛阳南宫设宴，大封功臣一段："汉六年，封功臣。良未尝有战斗功，高帝曰：'运筹策帷幄中，决胜千里外，子房功也。自择齐三万户。'良曰：'始臣起下邳，与上会留，此天以臣授陛下。陛下用臣计，幸而时中，臣愿封留足矣，不敢当三万户。'乃封良为留侯，与萧何等俱封。"

苏舜钦读到这里，又停住了。他轻轻地叩击着桌子，深深感慨说："君臣相遇，其难如此啊！良以落魄子弟，凭三寸之舌，为帝王师，言听计从，号令天下，封万户，位列侯，一生足矣！"说完，缓缓举起酒杯，送到唇边，一点一点地呷着，那神情似在细细品味刘邦与张良那段对话中蕴含的深意。

岳丈杜衍深深理解自己的女婿。古往今来，明君贤臣相遇难，相知难，相始终尤其难！子美少怀大志，年富力强而不得大用，能无叹乎？杜衍想到这里，再也不能平静了，便推门而入，连声说："好！好！好！有如此下酒物，一晚饮一斗酒也不为多啊！"

杜衍的骤然出现，使苏舜钦夫妻一时都愣住了。

杜衍说："我在窗外观看贤婿已多时了，见你一边读书一边饮酒，甚为诧异，不知你意在书或意在酒。看来，是书助酒兴，酒解书愁啊！"

苏舜钦说："岳父大人真知我也！自古以来，谁曾无故饮酒？就拿魏晋时代的'竹林七贤'来说，他们是以饮酒著称的名士派，其中的刘伶，写过一篇世人皆知的《酒德颂》，托言有大人先生'止则操卮执觚，动则执榼提壶，唯酒是务，焉知其余'[①]。刘伶等人为何如此纵酒？是环境逼迫的啊！司马氏为了篡权，加紧迫害读书人，他们只有用纵酒来避害，来泄愤！"

杜衍说："贤婿何出此言？当今天下并非魏末晋初，士人还是可以有

① 卮（zhī）、觚（gū），都是酒杯一类器具；榼（kē），也是一种酒壶一类的器具。刘伶这两句话意思是说在家就端着各种各样的酒杯，出门就带着大大小小的酒壶，只知饮酒，不知天下还有别的事。

所作为的！”

苏舜钦说：“岳父大人说的是。不过，岳父大人同韩丞相、范丞相和富弼丞相当朝[①]，群小奸佞视为仇雠，朝堂内外，怪论怪事日多。山东（华山以东）遭遇灾害，朝中百官，默然如无事一般；今又见范丞相因刚直得罪奸臣，遭贬谪，皇上降诏不许越职言事，臣不避权贵，不怕得祸，只怕无补于国，小婿今夜读《张良传》，一时触动情怀，因自悲叹，不能自已。望大人不要见怪。”

杜衍说：“啊，岂能见怪？贤婿一片忠君忧民之心，实在可嘉，再说读书而有感，才算会读书，读懂了书。你不妨赋一首小诗，以记今晚之事。”

苏舜钦说：“遵岳父大人之命。”说罢，走至书案前，略假思索，少时便写成《对酒》诗一首：

丈夫少也不富贵，胡颜奔走乎尘世。
予年已壮志未行，案上敦敦考文字[②]。
有时愁思不可掇，峥嵘腹中失和气。
侍官得来太行颠，太行美酒清如天。
长歌忽发泪迸落，一饮一斗心浩然。
嗟乎吾道不如酒，平褫哀乐如摧朽[③]。
读书百年人不知，地下刘伶吾与归。

苏舜钦曾任地处太行山脉的荥阳县尉，年仅二十一岁，就因皇上“任用失人，政令多过，赏罚弗中（不当）”，以致天降大灾，农田荒芜，民不聊生，而击登闻鼓上疏。这登闻鼓悬在朝堂外，臣民要谏议或申冤，击鼓即可上达天子，但此举如触怒皇上，也有生命危险。可见苏舜钦确实是个“慷慨有大志”、敢作敢为的人（《宋史·文苑传四》）。这首诗的大

① 参看本书《神会之祸》篇。
② 敦敦，勉力。
③ 褫（sī），福。

意是说，诗人已经是壮年，可大志还没有实现，无奈只好埋头读书，可常常愁思难以排遣，似重重高山压在心中；虽有美酒，可我那刚直强劲的浩然正气，充塞天地，举酒长歌，难禁热泪迸落！唉，我的持操，我所奉行的正道，又有何用？只有这杯中美酒，才能让我忘记这人间的祸福哀乐！谁是我的知己？只有地下的刘伶，才是我的同道！

这是一首古体诗，写得苍凉梗概，浑朴雄肆，正是苏诗的典型风格。诗中充溢着一股如群山峥嵘奔走的不平之气，那正是刘邦张良“君臣相遇，其难如此”所触发的愤世浩叹。钱钟书先生曾这样评价苏舜钦的为人和诗风：他的诗“情感比较激昂，语言比较畅达，只是修辞上也常犯粗糙生硬的毛病。陆游诗的一个主题——愤慨国势削弱、异族侵凌而愿意‘破敌立功’那种英雄抱负——在宋诗里恐怕最早见于苏舜钦的作品，这是值得一提的”（《宋诗选》）。

杜衍接过诗，读了两遍，几乎忍不住落下泪来，爱抚地拍了拍苏舜钦的肩头，愀然走出了女婿的书房。

【参考资料】

《四友斋丛说》卷三十三
《苏舜钦集》
《史记·高祖本纪》

神会之祸

北宋都城汴京，每年春秋都有赛神会，朝廷各部门事先搜集一些废旧物品出卖，换些酒食，会期同僚相聚一起，饮酒作乐终日。年年两次，成为习俗。

仁宗庆历四年（1044 年）三月末，苏舜钦得范仲淹的举荐，授集贤校理监进奏院。他也依旧例，在这年九月末秋季赛神会期，卖了些进奏院的拆封公文废纸，召集馆阁同僚们宴乐。卖废纸的钱不多，又让每人出十千钱助宴。

当时，太子中舍人李定，请梅尧臣向苏舜钦致意，也想来凑凑热闹。苏舜钦回答说："圣俞，请转告李舍人，乐中既无筝、琶、筚、笛，座上安有国、舍、虞、比[①]？" 意思是说，他家音乐中没有筝等几种乐器，席上也没有他舍人的座位，给了李定一个难堪。

苏舜钦状貌奇伟，望之似有凌人之气，但熟悉他的人都知道他性格温和，愈久则愈觉可亲。这天，苏舜钦如此不客气地把李定拒之门外，实是事出有因。

几天前，苏舜饮约王益柔、蔡襄、梅尧臣等[②]到家中小饮，朋友们来到竹轩，一个小小的庭院，广不过十步，青竹不过百竿。轩中有琴，有酒，有书，

① 见《容斋三笔》。国谓国子博士，舍谓太子中舍，虞谓虞部，比谓比部员外，都是官职名称。

② 苏舜钦字子美，王益柔字胜之，蔡襄字君谟，梅尧臣字圣俞。

朋友们常在这里吟哦唱和。王益柔自幼好学，通晓群书，为人爽直痛快，论天下事，常滔滔不绝，气壮而长。他一走进竹轩，看见琴台旁已燃起香烟，长案上已摆好酒肴，就朗声笑着说："嘿，大家看，子美虚席等待我辈多时了！"

苏舜钦说："是啊，我的丝桐琴[①]脱去锦衣，我的绿蚁酒已斟满酒杯，只待君对酒弄琴了！"

梅尧臣说："'丝桐感人情，为我发悲音'。你今日必得认真为大家抚弄一曲，我当在竹荫下卧榻静听！"

蔡襄说：'啊，圣俞该打！你刚才口咏王粲《七哀诗》中的两句，是作者久客荆州，怀乡思归之情难以排遣，因此'独夜不能寐，摄衣起抚琴'，与今日之景大不相同，岂不该打？"

王益柔说："大家就先罚他一大杯。"说罢，拿起一杯酒，就要灌梅尧臣。梅尧臣只好接过来饮了。王益柔接着说："王粲文若春华，思若涌泉，发言可咏，下笔成篇，乃一代奇才，可他生于乱世，避祸江南，寄食刘表。刘表嫌他貌丑体弱，始终不肯重用他。'冀王道之一平兮，假高衢而骋力。惧匏瓜之徒悬兮，畏井渫之莫食'[②]。他多么希望天下太平，能凭借帝王之力施展才智啊！他多么惧怕自己也会像那匏瓜，白白挂着而不得派用场，像那淘干净了的水井无人来汲水，最终得不到实现抱负的机会！士怀才而不遇明主，何代无有？圣俞随口诵出王粲诗，也算是有所感吧！"

梅尧臣说："胜之真知我也！我该敬你一杯酒，请！"说着，把一杯酒双手捧在王益柔面前，王益柔接过来一饮而尽，开怀大笑。

苏舜钦说："其实，在魏晋时代，王粲的结局还算好的，他后来到底还得到魏武帝和文帝的赏识。像阮籍、嵇康辈，情形就惨多了。他们大都有济世之志，而最后能保全性命的人却很少！"

---

① 用桐木做琴，丝为琴弦。

② 王粲《登楼赋》。匏（páo）瓜，俗称"瓢葫芦"。井渫（xiè）不食，谓井已淘洗干净，井水清洁，但无人来汲饮，比喻自己洁身有持操，但不被人知晓和器重。

蔡襄打断苏舜钦的话说："还是圣俞该打！今日我等相聚，本该以诗酒为乐，都是他引出如此叫人黯然神伤的话来！"

梅尧臣说："好，好，好！小弟服罪，还是请胜之抚一回琴热闹热闹吧！"

王益柔说："好！还是莫谈天下事，我抚琴，你们饮酒赋诗，我的琴一曲完，你等也得成诗一首。"

大家都说好，气氛又变得活跃起来。竹轩中响起了清越的琴声。苏舜钦端着一杯酒，在竹荫下漫步低吟。在琴声中，苏舜钦吟成了下面一首诗，题目就叫《竹轩》：

君与我同好，数过我不穷。
对之酌绿酒，又为鸣丝桐。
作诗写此意，韵和霜间钟。
清篇与翠干，岁久日益浓。
惜哉嵇阮放，当世已不容。
吾侪有雅尚，千载挹高踪[①]。

这首诗的前半写朋友们意气相谐，诗酒相娱，甚为欢洽。其情与景，都与竹轩聚会相关合。后两联则终于没有摆脱刚才彼此谈话在心中激起的波澜，感叹魏晋时代的嵇康与阮籍，为世所不容，因此而愤世嫉俗，啸傲权贵，放浪形骸，以酣饮为常。苏舜钦表示，虽生于千年之后，亦愿追踪嵇阮，既保持自身的持操，不与时俗同流合污，又能避害远祸，求得自身保全。

王益柔抚完琴后，也赋诗一首，梅尧臣等都依韵唱和。

两天后，朝中流言喧腾，李定等人指责这次竹轩聚会纵酒狂言，指古非今，谤讪朝政。苏舜钦力辩其诬，才免遭罪责。这次风波，引起了苏舜钦的警惕。他看得很清楚，李定等人并不是跟他一个小小的集贤校理过不去，

① 侪（chái），同辈。 挹（yì），通"揖"，揖拜，推崇；高踪，高尚的德行。

只因为他是当朝宰相杜衍的女婿，而杜衍与韩琦、富弼、范仲淹同掌朝政，引用一时贤才，奸佞小人自然不高兴。自岳丈入相以来，群小日相攻谤已不只一端。李定等抓住这次竹轩之会做文章，不过是要以此动摇杜、韩、富、范四相的地位罢了。因此，他不能不时时防犯李定之流。

再说赛神会这天，苏舜钦毫不客气地拒绝了李定，回到同僚和明友中，彼此落座，开怀畅饮，宴席前有乐工、歌女歌舞弹唱助兴。酒酣之际，又遣散乐工，召来女妓，重排酒宴。钢鼓铁钹，响震屋宇，长袖回风，情动满座。这时王益柔只觉酒酣耳热，意气飞扬，便离开酒席，走进女妓中，袒胸露顶，载歌载舞，随后，趁醉啸吟，赋《傲歌》一首。四座同僚，一时欢声雷动。

这日大家尽欢而散。不料，这次神会成了当时震动京城的一场大冤狱的由头。杜、范的政敌御史中丞王拱辰得报后，立即命令他的属官接二连三上疏弹劾苏舜钦等人坐监自盗。事交开封府审理，妓女遭拷打，同会受侮辱。苏舜钦以“监主自盗定罪，减死一等科断，使除名为民，与贪吏揞物入己者一同”（苏舜钦《与欧阳公书》），与会的十余名俊杰之士同时被贬。杜、范、富、韩相继外放州县。贤臣名士，一时俱空；王拱辰一帮佞臣则弹冠相庆。

这件事发生后，苏舜钦投告无门，万分悲愤，只得写信给当时按察河北的欧阳修，揭露王拱辰之流的诬陷，语言极为痛切激愤。欧阳修读后，在信后写道：“子美可哀，吾恨不能为之言！”刚掷笔，意犹不平，又写一行：“子美可哀，吾恨不能为之言！”（《苏舜钦集年谱》）眼见不平，却无力相救，恨与爱的烈火，猛烈烧灼着欧阳修的心！

当时，梅尧臣还写了一首《杂兴》诗：

主人有十客，共食一鼎珍。
一客不得食，覆鼎伤众宾。
虽云九客沮，未足一客嗔。

古有弑君者，羊羹为不均。
莫以天下士，而比首阳人[①]。

鲁宣公二年(公元前607年)，郑国伐宋，宋派执政大臣华元抵抗。战前，华元宰羊做羊羹分给将士们吃，因为羊羹不够，没有分给他的驾车人羊斟。羊斟怀恨在心，到了战场上，羊斟对华元说："前日分羊羹，是你作主，今天打仗，得由我作主。"于是，他不听华元号令，疾驰战车冲入郑军，结果导致宋军大败，华元被俘。《左传》评论说，因私憾而残害国家、荼毒人民的人，简直就不是人。梅尧臣这首诗，完全歌咏这个故事。诗的大意说，主人请来十个客人，同吃一锅美食，九个人都吃到了，只有一人没有吃到，他竟打翻了锅，烫伤了众人。虽然九个客人都很沮丧，但仍不能让那一个没吃到的客人息怒，古时就有因为分吃羊肉汤不均而杀了国君的事，所以千万不要把天下的人，都看成是能义不食周粟的叔齐伯夷。这首诗，显然表达了诗人对苏舜钦的同情，对李定之流蓄私恨以陷害忠良的极度愤慨。

这年十月，案子审理完毕，苏舜钦罢官为民，当时仅三十七岁。次年春天，他带着妻小离京南游，在苏州城南觅得一处旧馆，有水面数十顷，依傍小山，高下曲折相望。苏舜钦十分喜爱，用四千钱买下，经过修葺，傍水建亭，名曰沧浪亭，诗人在这里度过了他一生中的最后几年。欧阳修有诗赞美说："清风明月本无价，可惜只卖四万钱"，同时欧阳修又劝说苏舜钦不要从此虚抛了自己的才华，他说："丈夫身在岂长弃，新诗美酒聊穷年；虽然不许俗客到，莫惜佳诗人间传"（《沧浪亭》）。

【参考资料】

《苏舜钦集》
《宋史·苏舜钦传》
《梅尧臣集编年校注》

---

① 首阳人，伯夷、叔齐，商末孤竹君之子，叔齐因为不愿继承王位，同伯夷逃奔商；入商后，反对周武王用兵伐商；周灭商后，二人逃往首阳山隐居，因义不食周粟而饿死。

穷而后工

欧阳修有一篇著名的《梅圣俞诗集序》，开篇就是这样一段精辟的议论：

> 予闻世谓诗人少达而多穷，夫岂然哉？盖世所传诗者，多出于古穷人之辞也。凡士之蕴其所有而不得施于世者，多喜自放于山巅水涯之外，见虫鱼草木、风云鸟兽之状类，往往探其奇怪。内有忧思感愤之郁积，其兴于怨刺，以道羁臣寡妇之所叹而写人情之难言，盖愈穷则愈工。然则，非诗之能穷人，殆穷者而后工也。

古代读书人常说的“穷”，不是贫穷的穷，而是特指仕途不得志，憔悴潦倒于江湖，与“达”字相对应，所谓“穷则独善其身，达则兼善天下”（《孟子·尽心上》），就是读书人的追求。欧阳修这段话里的“穷、达”即用此意。这段话的意思是说，诗人、文章家们很少官运畅达的，他们大都仕途坎坷，怀才不遇。由于“忧思感愤”郁积于心，于是发而为诗文，把一腔怨恨与讥刺，把难以言说的人情，都寄托在“羁臣寡妇”的喟叹之中，而且往往是仕途的遭遇愈惨，写的诗文就愈臻于完美。

其实，“穷而后工”的现象，司马迁早就已有论述，他在《太史公自序》中曾十分痛切地说：“昔西伯拘羑（yòu）里，演《周易》；孔子厄陈、蔡，作《春秋》；屈原放逐，著《离骚》；左丘失明，厥有《国语》；孙子膑（被砍）脚，而论兵法；（吕）不韦迁（流放）蜀，世传《吕览》（《吕氏春秋》）；

韩非囚秦，《说难》、《孤愤》；《诗》三百篇，大抵圣贤发愤之所为作也。”司马迁本人，也是在受残酷的腐刑、被投进监狱之后，愤而完成传世绝响《史记》的。

当然，用“穷”、“达”来论诗，是从韩愈、欧阳修开始的。韩愈曾说：“欢愉之辞难工，而困苦之言易好也。”（《荆潭唱和诗序》）司马迁、韩愈、欧阳修等人的意思，自然不是说“穷”就一定能写出好诗、好文章，但人不得志，困于逆境，不一定是坏事，有时恰恰是一种他人所没有的、至为宝贵的人生和社会经历，并在这种经历中造就出特殊的人格，这就给文学创作提供了最有价值的基础。司马迁给了我们大量例证，唐朝还有一个有趣现象，唐朝以诗取士三百余年，那些金榜题名的人，以诗名扬天下的如李白、杜甫，终其身没中进士，却成为光耀千古的巨星。从古至今，这样的事例层出不穷。“穷而后工”，是一个科学的文学理论命题，也是我们观察作家的一个重要途径。

欧阳修说，梅尧臣就是这样一个人。虽然他的诗早年就已传遍天下，他的文章也被誉为两百年未有的好文章，甚至被晚辈诗人喻为宋诗的“开山祖师”（刘克庄《后村诗话》），但他一生很不幸，终其生没有考取进士，几十年中沉于下僚，困于州县，只做过一些微不足道的小官。在仕途上可谓真正的困穷而不达！

正因为梅尧臣胸怀奇才而不被知遇，心中郁积着深沉的忧思感愤，而不得不借诗歌来发泄，因此他作诗常常是不能自禁，欲罢不能。“梅圣俞日课一诗，寒暑未尝易也。”（《宋诗纪事》卷二十）他作诗，对自己要求很高，他曾对欧阳修说，凡诗“若意新语工，得前人所未道者，斯为善也。必能状难写之景，如在目前，含不尽之意，见于言外，然后为至矣。”（《六一诗话》）这就是说，他写诗，不仅要意新语工，而且要善于写景状物，含不尽之意，追求思想和艺术的至善至美。因此，他不仅不论春温秋凉，夏炎冬寒，每天至少必写一首诗，而且吃饭、睡觉、游乐、玩赏，无时无刻不在运思于心，吟咏于口，务求每首诗都臻于极至。

有这样一个传说。朋友们聚会，大家正沸沸扬扬，谈笑风生，突然发现梅尧臣不见了。过了一会儿，他自己又回到了座中。这种情形，发生了一次又一次，朋友们奇怪起来。一天，梅尧臣又离席而去。一个朋友向众人眨了眨眼，便蹑手蹑脚，尾随其后。只见梅尧臣走到树林中一个幽静的地方，从随身的算袋（装纸、笔、墨、砚的口袋）中拿出纸笔，匆匆写了些什么，又放回算袋。这个朋友看得明白，立即返身回来，对众朋友绘声绘色描述了一遍。跟着，梅尧臣也回来了。于是大家七嘴八舌盘问起他来。梅尧臣开始只是笑而不答，众人无奈，只好端老底。

“你那算袋里的东西，可以一观吗？”一个朋友意味深长地问。

“算袋？”梅尧臣下意识地摁了摁算袋，“喔，唯有文房四宝，皆寻常之物，有何可观？”梅尧臣搪塞着。

“早已听说你曾得宋学士所赠澄心堂纸百幅。这澄心堂纸，原是南唐李后主用的，世人宝爱，何不借我等一睹，饱饱眼福？”

“澄心堂纸，当时百金售一幅，小小算袋，怎能放这等珍品……”梅尧臣继续掩饰着。

“文高墨妙公第一，宜用此纸传将来[①]！”

梅尧臣连连摆手说：“岂敢当，岂敢当，唯有欧阳公可当之！”

梅尧臣还想说下去，一个朋友冷不防从他身后夺过了算袋，笑着嚷嚷道：“来，来，来，先礼后兵，亦得谓君子。圣俞不给，我等可夺而观之！”说罢便倾囊倒在桌上，除了文房四宝之外，只见片片小纸，纷纷飘落。大家争先恐后，一人抓得数张。一看，写的都是诗句，或一句，或半联，也有已成全诗的，只是删改未定。

“哈哈，原来是这样！圣俞抛下我等，竟是躲到一旁吟诗去了！”

“南北朝宋人刘穆之之孙，性嗜食人疮痂，以为味美如鲤鱼，留下嗜痂成癖的笑话。梅公大概也是嗜诗成癖了吧！”

---

① 见梅尧臣《依韵和永叔澄心堂纸答刘原父》。又有《答宋学士次道寄橙心宣纸百幅》诗。宋学士，宋敏求，字次道。关于澄心堂纸，《王直方诗话》说，宋朝初年并不甚贵重，后经刘贡父题诗，欧阳修、梅尧臣、苏东坡诸公唱和，遂以为贵。欧阳修有题诗：“君不见曼卿子美真奇才，久已零落埋黄埃。君家虽有澄心纸，有敢下笔知谁哉！”

“对，对，对！你这么说，我倒记起梅公一首诗来了，那题目正是《诗癖》，诗是这样的：

人间诗癖胜钱癖，搜索肝脾过几春。
囊橐无嫌贫似旧，风骚有喜句多新。
但将苦意摩层宙，莫计终穷涉暮津。
试看一生铜臭者，羡他登第亦何频。

“好一个诗癖！只要算袋中时时有屈原骚赋一样的新诗句，就足堪快意了，哪管他行囊里仍旧一贫如洗，哪管他到了暮年仍是穷困书生！”

“最后两句尤其精彩！试看那些一身铜臭的人，就是多少次登第高中，又有什么可以羡慕！骂得痛快，骂得有骨气！”

大家你一言，他一语，越说越兴奋。突然一个朋友高举手中纸片，说：“喂，喂，诸位，大家谈得高兴，怎么忘了梅公算袋里还有新作呢！”

他这一提醒，大家才煞住话头，不约而同低头看起自己手中的纸片来。座中一人念了一首《鲁山山行》诗：

适与野情惬，千山高复低。
好峰随处改，幽径独行迷。
霜落熊升树，林空鹿饮溪。
人家在何许？云外一声鸡。

这首诗写诗人游鲁山的感受。他行进在群山里，山路时高时低，路随山转，移步换景，一处一个样；秋天到了，树叶落了，从低处往高处看，原来深藏在密林深处的野熊，好像爬上了树梢，也能看到野鹿在溪边饮水；忽听远远传来一声鸡鸣，原来在白云深处还有人家。这首诗，特别是它的尾联，被认为是梅圣俞“平淡”诗风的代表作之一。（《苕溪渔隐丛话后集》卷二十四）

“圣俞兄，你这一首诗，是否是刚刚足成的全篇？”

“诗中也有早就藏在算袋中的诗句吗？”

众人又拷问似地缠着梅尧臣不放。梅尧臣只好老实承认，诗中“人家在何许？云外一声鸡”，是他不久前同朋友们游鲁山（在今河南鲁山县北）时，触景生情，诗思涌起，悄悄写下放在算袋里的。于是，大家又你一言，我一语，品评了一回《鲁山山行》。

邵不疑、杜挺之曾与梅尧臣同在汴水泛舟，也曾从梅尧臣算袋中找到不少写有诗句的纸片，其中有他的名句：“作诗无古今，唯造平淡难。”这两句诗后来写进了他的《读邵不疑学士诗卷》。这两句诗，不仅表明了梅尧臣在诗歌风格上的追求，而且道出了一个带有普遍意义的深刻真理：诗歌风格有种种，但要形成“平淡’的风格，却是最难的。梅尧臣自己还说：“因今适性情，稍欲造平淡。苦词未圆熟，刺口剧菱芡。”（《和晏（殊）相》）这是说，他力求诗风平淡，可吃尽苦头，还是不圆熟，如水生植物菱角、鸡头，让人感到有尖锐的角、扎人的刺。正如王安石所说，“看似寻常最奇崛，成如容易却艰辛。”（《题张司业诗》）平淡不等于平庸，也不是淡而无味。南宋胡仔说：“圣俞诗工于平淡，自成一家。”当代学者钱钟书先生《谈艺录》说“梅诗时于浑朴中出苕秀”，就是说，在浑拙朴实中含有新意，含有色彩，因而有诗味。朱东润先生也说：“运用朴素的字句，传达深厚的感情。尧臣之所以为尧臣者在此，他为宋诗所开的一条道路也正在此。”（《梅尧臣集编年校注叙论》）这些话，对梅尧臣及其诗风的评价，是很中肯的。宋初文坛，西昆体成行，充斥着空洞无物、语言晦涩的诗篇，梅尧臣独辟蹊径，走出了自己的新路，为宋诗开了一代新诗风。

【参考资料】

《梅尧臣集编年校注》

《苕溪渔隐丛话》后集卷二十四

《宋人轶事汇编》卷九

河豚诗话

河豚，鱼类，产于我国沿海水域，在一定季节随涨潮入淡水江河。《辞海》说河豚“肉鲜美，唯肝脏、生殖腺及血液含有毒素，经处理后，可食或制成冻鱼片和罐头品”，“卵巢可制河豚毒，供医药用；皮可制鱼皮胶；肝可提取豚肝油，精巢可制鱼精蛋白；骨可制鱼粉。”可谓浑身是宝。这是在今天，人们掌握了科学，才对河豚有了这样的认识，并安全而有效地利用它。在古代，人们却没有这么幸运，如神农尝百草，知道河豚味美，想吃就要冒极大的风险。有的人明知河豚有“大毒，肝与卵，人食必死”(《倦游杂录》)，还是贪吃不餍（不知足），由于烹调不当，也往往赔上性命。但是，河豚，水族之奇味，细嫩、肥鲜、滑脆，江淮一带的人视为时珍，从古至今，不仅自己吃，而且是招待贵客的佳肴，吃河豚已成千年习俗。

宋仁宗景祐二年（1035年），梅尧臣将从建德（今属浙江）离任，范仲淹当时是饶州（今江西波阳）知府，约梅尧臣同游庐山。在一次酒宴上，有客大谈吃河豚鱼：“诸位，河豚鱼肉鲜嫩无比，在每年腊尽春初，河豚刚上市，肉质最美，一尾鱼价值千金，非富贵人家，不能享此口福！啧！啧！现在又正是吃河豚的好时候，可惜范公吝啬，不让我等染指！”

范仲淹笑着说：“并非本官吝啬，是怕日后没法向各位夫人交代！”

“是啊，每年都有人因吃豚中毒，顷刻头肿如斗，浑身抽搐，倒地气绝。近日我进城，闻一家哭声震天，一问，是吃了河豚，连死四人，好惨啊！”

“此真杀人鱼也！不过，听说也有法可解毒。”

“什么解法？”

“啊，我等正在宴饮，不说也罢，说出来可要大煞风景了。”

“是啊，是啊，世间美味至多，何必非吃河豚？”

“你这就不知了，吃了河豚，什么鱼呀虾呀，你就都不要吃了，苏东坡就说过，为吃河豚而死，也值那一死！”

“这诱惑实在太大了！”

“诸位切莫轻信苏东坡此等豪言！苏东坡本是美食家，众人尽知他最爱吃河豚，又擅长烹饪，听说他用河豚同蒌蒿、荻芽、菘菜三物一起，用秘法烹制，了然无事。”

席上座客谈得津津有味，梅尧臣听得惊心动魄。梅尧臣本是苦吟诗人，一向作诗耗时费神，今天不知怎么，即席就赋成十四韵长诗，题目就叫《范饶州坐中客语食河豚鱼》，诗如下：

春洲生荻芽，春岸飞杨花。
河豚当是时，贵不数鱼虾。
其状已可怪，其毒亦莫加。
忿腹若封豕，怒目犹吴蛙。
庖煎苟失所，入喉为莫邪。
若此丧躯体，何须资齿牙。
持问南方人，党护复矜夸。
皆言美无度，谁谓死如麻！
我语不能屈，自思空咄嗟。
退之来潮阳，始惮飧笼蛇。
子厚居柳州，而甘食虾蟆。
二物虽可憎，性命无舛差。
斯味曾不比，中藏祸无涯。
甚美恶亦称，此言诚可嘉。

据说，暮春时节，河豚食杨花（柳絮）而肥美，荻芽也最嫩，所以正是吃河豚最好的时候，这时河豚十分昂贵，河豚一上市，别的鱼虾就都一文不值了。这是这首诗的第一、二联，是全诗的开篇。欧阳修说："故知诗者谓只破题两句，已道尽河豚好处。"（《六一诗话》）以下八句，写河豚形状可怕，鼓腹大如猪，怒目大如蛙，食之如莫邪（古代名剑）封喉，为此丧身，实在不值得。接下来六句，写诗人问南方人为什么拼死吃河豚，南方人不仅百般辩护，而且反复夸耀河豚味美无比，那怕人死如麻，也再所不惜，诗人为不能说服南方人，而深深叹息。最后五联，是诗人由此事而生的感慨，想当年，韩愈（退之）被贬潮州，柳宗元（子厚）被贬柳州，曾不得已吃过蛇、虾蟆，这两种东西虽然看起来可怕，吃了还不至于送命，不像江淮的人吃河豚；诗人由此又想起《左传》的一句名言："甚美必有甚恶"，"美无度"与"祸无涯"，两个极端往往集于一体，这话实在说得太好了，人们不能不深思啊！这首诗，几经转折，极有层次，诗人以理为诗，以学问为诗，又写得通俗晓畅，形象鲜明，情致摇曳，与梅圣俞诗的总体风格迥异。所以欧阳修说："圣俞平生苦于吟咏，以闲远古淡为意，故其构思极艰。此诗作于樽俎（宴席）之间，笔力雄瞻（雄健富丽），顷刻而成，遂为绝唱。"（《六一诗话》）因为这首诗，梅圣俞有"梅河豚"之称。

宋神宗元丰八年（1085年），苏轼在京城汴京（今河南开封）观赏僧人惠崇的画，作了《惠崇春江晓景二首》。惠崇工画山水花鸟，"尤工小景，善为寒汀远渚、潇洒虚旷之象"（《图画见闻志》），世所谓"惠崇小景"者。苏轼诗所咏惠崇春江晓景，画已不存，但从苏轼诗可知，一幅是飞雁图，一幅是鸭戏图。下面这一首，便是咏春江鸭戏图的：

竹外桃花三两枝，春江水暖鸭先知。
蒌蒿满地芦芽短，正是河豚欲上时。

从这首诗可知，惠崇这幅春江鸭戏图，画了六样景物：翠竹、翠竹外点缀的三两枝桃花、春江、水中鸭、蒌蒿和新生的芦苇芽。"水暖鸭先知"

和“河豚欲上”则是画上所无。钱钟书先生在评苏轼这首诗时说：“盖东坡此首前后半分言所画风物，错落有致，关合生情。然鸭在画中，而河豚乃在东坡意中：‘水暖先知’是设身处地之体会，即实推虚，画中禽欲活而羽衣拍拍；‘河豚欲上’则见景生情之联想，凭空生有，画外人如馋而口角津津。诗与画亦即亦离，机趣灵妙。”（《谈艺录》544页）一首好的题画诗，必是不即不离，亦即亦离，读诗如见画，而且因为苏轼把画上景物写得“错落有致，关合生情”，所以尽管惠崇画已失传，我们仍然想象得出春江鸭戏图的画境，这就是“即”。题画诗又不能局限于画面，须画外见意，言外生情。人不知春江已水暖，是水中鸭先知，这是诗人“设身处地”由“鸭”“羽衣拍拍”欲活“体会”出来的；画面上本无河豚，但诗人说“河豚欲上”，这是诗人从画面上的春景特别是“蒌蒿、芦芽”联想到的，这个时候，正是河豚沿江而上的时候。诗人这一联想，使观画读诗的人，凭空生有，想到河豚美味，而口角生津，馋涎欲滴，这就是“离”。苏轼这首题画诗，画境和意境两相映发，自成一首独立的好诗，读来“机趣灵妙”，成为千百年来人们最喜爱的名篇。

但也有书呆子，好像缺少想象和联想，读不懂苏轼这首诗。清康熙朝大经学家毛奇龄生平不喜欢苏轼诗，一日在京城同汪蛟门（懋麟）论诗，又谈到苏轼，毛奇龄言辞激烈，把苏诗说得一无是处，汪蛟门举出苏诗“竹外桃花三两枝，春江水暖鸭先知”，说：“如此诗，难道也不是好诗吗？”毛奇龄似乎被激怒了，愤愤地说：“鹅也先知，为什么只说鸭先知？”汪蛟门也不退让，说：“你这话没道理。照你这么说，那么《诗经》三百篇，句句不是。首篇‘关关雎鸠，在河之洲’（《关雎》）就无理，在河之洲，鸠可鸣叫，雁就不能叫？‘交交黄鸟止于棘’（《黄鸟》），在荆棘丛中只有黄鸟可止息吗？白鸟黑鸟都可止息，何必是黄鸟？”毛奇龄自然哑口无言，士林无不捧腹！

苏轼诗没有正面写吃河豚，但他观画而产生的“蒌蒿满地芦芽短，正是河豚欲上时”的联想，却更加意味深长，真如钱钟书先生所说，让人口角生津。梅尧臣诗和苏轼诗，都说吃河豚最好的时候是二三月，其实，河豚本近海鱼，潮涨沿江而上，所以距海愈近，吃河豚愈早，江阴人在每年腊尽春初已吃河豚，过了三月，河豚也不值钱，范仲淹在江西请梅尧臣吃河豚，自然也就到了春暮。

吃河豚自然是一种难得的口福，但河豚有剧毒，梅尧臣诗已发出慨叹。宋人胡仔也曾戏作绝句：

蒌蒿短短荻芽肥，正是河豚欲上时。
甘美远胜西子乳，吴王当日未曾知。

胡仔说，江淮人珍爱河豚美味，在吃河豚的最佳季节，鱼腹似吴国美人西施乳，所以胡仔嘲戏说，当年吴王夫差不知道河豚“甘美远胜西子乳”，如果知道，夫差就不会沉溺于西施了。胡仔接着发感慨说：“虽然，甚美必甚恶。河豚，味之美也，吴人嗜之而丧其躯；西施，色之美也，吴王嗜之以亡其国。兹可以为来者之戒。”（《苕溪渔隐丛话后集》卷二十四）

明代人李诩曾得宋人陈傅良《戒河豚赋》。这篇赋洋洋洒洒四百余言，他在记叙了“天下之以柔且甘杀人者，不有大于河豚者哉”之后，在赋的结尾这样写道：“晋灭虞以璧马兮，商君以好囚魏也；莽诈忠以盗汉兮，武贼养以媚也；眇河豚其弗戒兮，欺天下者曰得志也。吁嗟乎若子豢安兮，掷天下于一试也。”（《戒庵老人漫笔》卷三）这段话的大意是说，当年虞国国君贪图晋国的美玉、良马，而最终被晋国所灭；商鞅本魏人，有奇才，几被魏惠王所杀；逃归秦国，为秦相十年，又几乎被秦孝公所杀，再逃奔魏，魏人囚而献秦，终被车裂；东汉末年，王莽伪装忠诚、谦恭，而终于篡汉；武则天因妩媚而得宠，最后废李唐王朝为周。看不清河豚这类“甚美必有甚恶”之物，那么欺骗天下的人就会得逞；实在可悲啊，如果你要贪图这类“美无度”之物，你就不妨以天下为赌注去试试，其结果必是“祸无涯”！

可惜，似河豚一类“美无度”之物，对人类的诱惑实在太大了，许多人无法抗拒，他们对前人的告诫置若罔闻，结果酿成个人、家庭乃至家国的悲剧。2003 年 1 月，中央电视台《今日说法》栏目报道，江苏江都市某厂长在某饭店请客，席上八个客人上了八条河豚鱼，其中一人吃后中毒，顷刻腹痛难忍，不省人事，经医院抢救，未死，但成植物人。中毒者家属将某厂长和某饭店老板送上了法庭。（事件中的人名本文略）

“河豚”之嗜好，其中有很深刻的哲理，血的教训，前人的警戒，应当记取！

【参考资料】

《六一诗话》
《苕溪渔隐丛话》卷二十四
《艺苑雌黄》
《随园诗话》卷三

太白后身

唐代宗宝应元年（762年），诗人李白病逝于当涂（今安徽县名），葬于青山南麓。他临终前有《临路歌》诗一首：

大鹏飞兮振八裔[①]，中天摧兮力不济。
余风激兮万世，游扶桑兮挂石袂[②]。
后人得之传此，仲尼亡兮谁为出涕？

这首诗的大意是，大鹏在苍穹翱翔，它所乘的风力不强，以至在天空折翅坠落；它的雄风可以激荡万世，它南游大海，至于左袖挂在了扶桑树上；后世的人只传说大鹏中天摧折，却不像当年鲁人猎获麒麟，孔子见而流泪，如今孔子已死，大鹏中天摧折，又有谁会为它悲泣？诗人悲吟天生奇才，却不能被明君贤人重用。骚韵古风，慷慨苍凉，临终深叹，感人肺腑。

李白余风激扬万世，后来的人，谁能得而传之呢？自然，首先该是当涂人。北宋朝有一个当涂人叫郭祥正，字功甫，据说他的母亲梦见李白而后生下了他，因此，郭功甫自幼就有诗名。宋仁宗至和元年（1054年）冬，

① 《庄子·逍遥游》：北海有鱼，名鲲，化而为鸟，名鹏；鹏飞往南海，水击三千里，抟（tuán）扶摇（乘飓风）直上九万里。八裔，即八方，苍穹。

② 扶桑，传说中的神树，太阳从它的树下升起；石袂，即左袖。挂左袂，是说自己的左袖挂在扶桑上了，喻被闲置，不被重用。

文坛享有盛誉的诗人梅尧臣见到郭功甫，感叹地说："天才如此，真太白后身啊！"他们就一起去游昭亭寺，访采石矶。

梅尧臣说："最近我得到欧阳永叔书信，说他写了一首《庐山高》诗送刘同年，自己觉得很得意。可惜我不能立刻见到这首诗。"

郭功甫说："噢，你是说欧阳公赠刘凝之的诗吧，我正记得。好，现在我就诵读给你听。"一到诵诗，郭功甫就顿时来了精神，他轻轻一漱嗓子，便朗声吟诵起来：

> 庐山高哉几千仞兮，根盘几百里，巍然屹立乎长江。长江西来走其下，是为扬澜。左蠡兮洪涛巨浪，日夕相舂撞……羡君买田筑室老其下，插秧盈畴兮有酒盈缸。醉令浮岚暖翠千万状，坐卧常对乎轩窗，君怀磊砢（落）有至宝，世俗不辨珉（玉石）与玒（玉）……

欧阳修这首《庐山高赠同年刘凝之归南康》是一首古骚体诗，长达三百余字，气势磅礴，流动潇洒，句式长短错落，变化多端，音韵亢坠顿挫，嘹亮激越。郭功甫像一位天才的诗歌朗诵家，表情达意，绘形传神，曲尽其妙，恰到好处，把欧阳修诗内在的意境情韵，抒发得酣畅淋漓。

梅尧臣听了，禁不住击掌叫绝，又是赞赏又是喟叹，说："让我再学作诗三十年，我也不能写出这诗中的一句啊！"

郭功甫见梅尧臣如此激动，一句话也没说，又从头朗诵了一遍，梅尧臣这次听了，更觉心醉神迷，立即叫人拿过酒来，请郭功甫饮几杯，然后请郭功甫再诵。这样，郭功甫竟一连朗诵了十几遍，两人都如痴如狂，沉浸在欧阳公的诗境中，直到分手，彼此谁也没有说一句话。

第二天，梅尧臣才写了一首诗，来表达他当时的感受。诗中说："一诵《庐山高》，万景不得藏"；"设令古画师，极意未能详。"（《依韵和郭祥正秘校遇雨宿昭亭见怀》）

郭功甫朗诵欧阳修《庐山高》诗，令梅尧臣如此激动，不是偶然的。

因为欧阳修诗那种狂放俊逸、散漫不羁的诗风，就深受李白诗影响；而郭功甫朗诵李白诗时所体现出的那种诗人气质，也给梅尧臣留下了深刻印象。梅尧臣接着写了《采石月赠郭功甫》诗：

采石月下访谪仙，夜披锦袍坐钓船。
醉中爱月江底悬，以手弄月身翻然。
不应暴落饥蛟涎，便当骑鲸上青天。
青山有冢人谩传，却来人间知几年。
在昔熟识汾阳王，纳官贳死义难忘[①]。
今观郭裔奇俊郎，眉目真似攻文章。
死生往复犹康庄，树穴探环知姓羊[②]。

李白一生写了大量酒与月的诗，因此，后世传说，他在当涂，一天月夜乘舟泛江，江水澄净如镜，水中明月，近在咫尺，李白举杯邀月，月却不至，于是跳入水中，欲抱月同归，而死于江中，人们说李白是骑鲸上青天了。梅尧臣这首诗的前半，就是用的这个传说。诗的后半说，当年李白结识了汾阳王郭子仪，后来李白参加李璘幕府，获罪下狱，郭子仪以辞官为李白赎罪，李白得以免死，改流放夜郎。梅尧臣称赞郭功甫是郭子仪的杰出后裔，又借用西晋羊祜的故事，称赞郭功甫是李白转世。这两个典故，用得都很自然亲切。梅尧臣这首诗，正是他那句称赞郭功甫“天才如此，真太白后身”的诗化。

王安石罢相后，寄寓金陵时，郭功甫与他往来频繁。一天，郭功甫陪同王安石等人游金陵凤凰台，众人不由得技痒，纷纷提议步太白名篇《登

① 汾阳王辞官营救李白事，见《新唐书·李白传》。贳（shì），赦免。

② 《晋书·羊祜传》：羊祜，西晋大臣。据说，五岁时，叫乳母取他以前玩的金环来，乳母说，你以前没有金环，去哪儿取？于是羊祜就爬上邻居李氏家的树，从树洞中取出了金环，李氏看见金环就悲伤地哭泣起来，说：“这是我死去的儿子丢掉的金环啊！”当时人们很奇怪这件事，纷纷传说李氏是羊祜的前身。后因此用“探环”借指“转世”。

金陵凤凰台》原韵，各写诗一首。郭功甫不假思索，提笔就写成《凤凰台次太白韵》：

高台不见凤凰游，浩浩长江入海流。
舞罢青娥同去国，战残白骨尚盈丘。
风摇落日吹行棹，湖拥新沙换故洲。
结绮临春无处觅，年年芳草向人愁。

古人作诗，常有彼此唱和的习惯。和诗方式有多种，其中一种叫“步韵”，又称“次韵”，即用被和者原诗的原韵，不仅韵脚用字相同，而且顺序也必须一样。还有一种常用方式是“依韵”，只要求用被和诗同一韵部的字，但不必要求用字相同。为了读者便于比较，把李白诗转引如下：

凤凰台上凤凰游，凤去台空江自流。
吴宫花草埋幽径，晋代衣冠成古丘。
三山半落青天外，一水中分白鹭洲。
总为浮云能蔽日，长安不见使有愁[①]。

郭功甫这首诗是“次韵”诗，所以用的是李白原诗的字韵“流、丘、洲、愁”，第一、二句也用凤凰台的传说。第三、四句怀古，用宫娥去国、白骨盈丘写往事俱成陈迹。第五、六句写江景，不同李白放眼眺望，而从变迁中来写，避免了重复。最后两句也是以感叹作结。结绮、临春是六朝陈后主为张贵妃、孔贵妃等建造的楼阁，“无处觅”是发古今兴亡之叹。这结句所感所思，虽然没有李白诗忧国思君的宏深凝重，但也令人反思。郭功甫这首诗的思想、艺术和名气，自然都不能与李白诗比肩，但多少有同工之妙，也不失为一首好诗，可列入模仿者的高档仿制品。为此，众人掩卷，齐声称赞。

① 参看本丛书《唐代篇·不妄题诗》。

明代朱承爵说："李太白《凤凰台诗》，昔贤评为古今绝唱。余偶读郭功甫诗（略），真得太白逸气。其母梦太白而生，是岂其后身邪？"（《存余堂诗话》）

郭功甫从此更以李白后身自居。苏轼在杭州做官，郭功甫慕名拜访。两人见面寒暄后，郭功甫就从袖子里拿出自己一卷诗，他谦逊了几句，吟诵的欲望骤然而生，不待苏轼邀请，便打开卷轴高声朗诵起来。他的嗓音浑厚，字字掷地有声，随着朗诵的继续，他越发声情并作，神采飞扬。他完全被自己的诗陶醉了，情不自禁地一首接一首朗诵下去，竟然把整整一卷诗朗诵完了，才停下来。郭功甫喘息方平，便率直地问苏轼："苏大人，祥正这些诗可打几分？"

苏轼从容地回答说："十分！"

郭功甫没料到自己的诗能得苏轼如此高的评价，不禁大喜过望。他喜滋滋地说："请问拙诗好在何处？"

苏轼风趣地说："七分是读，三分是诗，加起来不正好十分？"

郭功甫听了这个评语，不禁满面羞惭，一时愣在那儿，一句话也说不出来。其实，苏轼的评价也不坏，说明郭功甫的确是一个很出色的诗歌朗诵家，而且其中也深含着勉励之意，可惜郭功甫没有理解。

南宋胡仔曾说："功甫《金山行》，造语豪壮。"（《苕溪渔隐丛话前集》卷三十七）王直方也曾说他的这首诗，曾得王安石大加称赞。可见郭功甫的确写过一些好诗。但他在得到梅尧臣等人的称誉以后，真的飘飘然以为自己是李太白再世，便自恃才华，作文赋诗，往往率尔成章，毫无刻苦磨砺之功。因此李白诗传诵千古，郭功甫及其诗作却鲜为人知。这不能不说是历史对自满自足者的惩罚！

【参考资料】

《梅尧臣集编年校注》
《苕溪渔隐丛话前集》卷三十七
《诗林广记》后集卷八

玉关人老

深秋的一个清晨，蔡挺走出了军营，举目远望，四野茫茫，一弯残月，垂挂天际。鸿雁在苍茫塞云间翻飞，枯黄的荒草，给绵长关塞涂抹上一层浓重的紫色，座座古垒，雄踞对峙，炫耀着它的稳重和威严。突然，远处传来一声战马的嘶鸣，打破了拂晓的沉寂，蔡挺不觉浑身一哆嗦，感到一阵寒意。啊，又一个寒冬就要来了！一股愁思不禁袭上他的心头，想到他蔡某驻守边关，在此修建勤武堂，五日一训士卒，个个将士，剽悍勇猛，屡建奇功。但是，冬去春来，却至今不得升迁，如今面对萧瑟荒凉的秋景，顿觉自己不堪疲惫衰老。一时兴起，他回营便写了《喜迁莺》词一首：

霜天清晓。望紫塞古垒，寒云衰草。汗马嘶风，边鸿翻月，陇上铁衣寒早。剑歌骑曲悲壮，尽道君恩难报。塞垣乐，尽双鞬锦带，山西年少。　谈笑。刁斗静。烽火一把，常送平安耗。圣主忧边，威灵遐布，骄虏且宽天讨。岁华向晚愁思，谁念玉关人老。太平也，且欢娱，不惜金樽频倒。

写完，他心中若有所失，拿着词笺踱到后园，想在荒径平静一下自己的情绪。这时，他的儿子朦朦正在园中，蔡挺便把刚写的词给儿子看。父子俩，两般心情，一处闲愁，彼此诉说了些戍边苦情，相互劝慰一番，也就各自回房去了。

朦朦把词笺笼在袖中，走出了后园。不料偶一甩袖，词笺从袖中掉了下来，他仍浑然不觉。幸好被守门的一个老兵拾到，老兵不识字，便去找帐中笔吏，请他看看到底是什么。

笔吏接过小笺，见写的是一首词，就细细研读起来。蔡挺的词，一时勾起他满腹哀怨。想自己在边塞，穿破了一件又一件征衣，送走了一个又一个寒暑，主帅如走马灯，一任去了，一任又来了，总说圣上忧边，威灵远布，可边境何时才能无事？ 战士何时才能解甲还乡？君恩须报，君恩难报啊！主帅们在喟叹玉关人老时，虽不免也要借酒浇愁，可不知哪一天就高升内迁了，只有我辈士卒，才永无盼头，最终老死边关，抛骨穷荒了！笔吏正一边读着、一边怨恨着，这时，渭州（今甘肃平凉）营妓领班来找笔吏，笔吏就把词笺交给她，并对她说：“你们去给它配上曲，唱唱吧，多少也能代士卒们吐出点苦情！”

不久，皇上派中贵人（宦官）来边塞分赐将士们冬衣。蔡挺在军中大摆宴席款待，营妓领班带着州营歌妓助宴，一个歌女弹唱《喜迁莺》，蔡挺先还没留意，听着听着，不觉耳热心跳。这不是自己写的新词吗？怎么传出去了呢？这首词，不仅写了边塞之苦，而且“谁念玉关人老”那一句，就分明在埋怨皇上。如果中贵人听清楚了，查问起来，奏呈皇上，那还了得！蔡挺想到这些，顿时如坐针毡，再也无心饮酒听曲，好不容易挤出一脸笑容，掩饰着内心的惶恐，小心陪侍着中贵人到酒酣意阑。

宴罢，蔡挺立即提营妓领班审讯。可怜这红颜弱女，吓得魂飞魄散，不知自己犯了什么罪，使主帅大人如此震怒。等主帅问起《喜迁莺》词曲的由来时，她便一五一十说了一遍。蔡挺怕惹出事来，竟把这女子投进了监狱。

众营妓见领班大姐蒙冤下狱，就聚到一起想办法营救。

一个说：“词是蔡大人自己写的，是军吏要我们唱的，我们有什么罪？”

“对，姐姐有什么罪？我们找蔡大人论理去！”几个歌妓齐声说。

又一个说：“唉！我们是供官府取乐的人，要生要死都由不得我们，到哪里论理去？还是想办法营救姐姐吧！”

《宋词画谱》　　（明）汪氏 编

“是呀，还是赶快想法救人要紧。我想，既然词是大人写的，他自己定是喜欢的，只要公公不见怪，蔡大人也就不会怪罪我们了。”

“这话有理！我们不妨哀告公公，他那关节通了，就没事了。”众人附和说。

于是，她们纷纷解囊，凑集了一些银两，买了酒菜果品，派了几个口齿伶俐、姿色出众的营妓去中贵人下榻处求情。中贵人见众营妓前来说情，陪饮弹唱，就一口应允了。

过了些日子，中贵人要回京复命。蔡挺在州府设宴饯行。席间仍是一班营妓弹唱歌舞。酒过三巡，中贵人突然说："蔡大人，上次酒宴上，我听得有一群营妓唱了支曲子，叫《喜迁莺》，可否让她们再弹唱来听听！"

蔡挺听中贵人说还要听《喜迁莺》曲，心中不禁一惊，"果然要大祸临头了！"他暗暗叫起苦来。刚才还堆笑的脸顿时像黑了天，嘴僵舌硬，竟说不出一句话来。

中贵人见蔡挺那副模样，不禁哈哈大笑起来，说："蔡大人难道不喜欢此曲？"

"这，这……"

"此曲一反边塞诗词雄浑粗犷之风，凄婉苍凉，娓娓动人，是一曲难得的塞外之音。自古帝王都派乐官四方采风，以观民情，这支曲词，如能上达圣聪，说不定圣上高兴，还会降恩于你们呢！"

蔡挺见中贵人说得真诚，立即放了心，脸上又堆满了笑，说："既是公公喜欢，就再叫营妓唱来。"

中贵人走后，蔡挺料到不会因此招祸，也就放出了营妓领班。

中贵人回京，也把《喜迁莺》曲词带回了京城。复命之后，他就把词曲给了宫女习唱。宫女们识字不多，只见词中有"太平也"三字，想必是歌颂升平盛世的，便争相传唱，不久，就唱遍禁宫。一天，宋神宗赵顼听到这支词曲，询问从何而来，听说是渭州知府蔡挺所写，赵顼便写了一道诏书："玉关人老，朕甚念之。枢管有阙，留以待汝。"

蔡挺接到这道圣旨，大喜过望。"谁念玉关人老"之叹，终于博得了皇上的顾念。他当即打点行装，进京上任，做他的枢密副使去了。至于那些长年戍边的士卒，何年才能还乡与亲人团聚，皇帝老子大概连想也没有想过。

【参考资料】

《挥尘余话》卷一
《词林纪事》卷四
《宋史·蔡挺传》

笔扫寒梢

苏轼与文同（字与可）是表亲，又是好友，二人都善诗工文，文同尤其以擅画墨竹著称，苏轼也喜画竹，曾向文同问墨竹画法。

“与可兄，我看你画竹如庖丁解牛①，轮扁用斧②，内外如一，心手相应，真可谓入竹三昧。”苏轼说。

文同说：“你说得很对。庖丁说，好的厨子，一年换一把刀，他们是用刀切割筋腱；普通的厨子，一月换一把刀，他们是用刀砍骨头；而庖丁的刀已经用了十九年，还像刚磨过的新刀，因为他解剖牛时，是根据牛的自然结构用刀，牛骨节是有缝隙的，而刀刃是没有厚度的，所以没厚度的刀刃切入有缝隙的骨节，刀在恢弘的空间中就游刃有余，自然不伤刀刃了。我自信已经习得画竹的规律，所以能游刃有余了。”

“那么这画竹的规律是什么呢，愚弟可请教一二吗？”

“何言请教？你我兄弟，本当相互切磋。不过，要说清楚，如轮扁用斧，实在也难啊。一天，桓公在堂上读书，轮扁在堂下砍制车轮，轮扁问桓公读什么书，桓公说读的是圣人之书。轮扁说桓公读的是古人的糟粕。桓公很生气，说怎能如此议论古圣贤，要轮扁说出道理来，说不出道理就杀了他。轮扁说，就拿他制作车轮为例，用斧子砍快了，斧子会滑走，砍不下来木屑；

---

① 庖丁解牛，故事见《庄子·养生主》，庖丁即厨师。

② 轮扁，春秋时齐国有名的造车工人。故事见《庄子·天道》。

砍慢了，或者根本砍不动木头，或者砍不光滑，速度力量都要恰到好处，其中得心而应手的奥妙，是说不出来的，我不能传给儿子，我的儿子也不能继承，所以古圣人不能传授的东西都已经消失了，大王你现在读的书，自然是古人的糟粕。"

苏轼说："轮扁的话不能说没有道理，但你总可以给我说个大概吧！"

"以我的心得，画竹之前，需身居竹林，朝夕凝神熟视，待眼前之竹神韵袭人，了然于胸，至胸中之竹，非眼前之竹，然后立起铺纸醮墨，如兔起鹘落，奋笔挥毫，直追胸中所见之竹，如此，则笔下生花，新意迭出，画上之竹又必胜于胸中之竹了。"文同兴致盎然，一气说出这么一篇道理。

"啊，你这篇胸有成竹的画论，果然精妙！"苏轼赞叹说，"我一向认为'论画以形似，见与儿童邻，赋诗必此诗，定非知诗人，诗画本一律，天工与清新'[①]。画山水花木，尤应讲求笔墨情趣，着重精神气韵，不以工笔求形似，而用写意抒性灵。今日听你论画竹，愚弟似已彻悟其中得心应手之奥妙了！"

"不过，这也不完全是个画论问题。你注意到没有，竹是怎么生长的？"文同反问。

"哦，你有什么发现？"苏轼不解地问。

文同解释说："新生的竹笋，哪怕只有一寸长，成竹的节、叶都已俱全，新笋有多少节，成竹也就是多少节，就是以后拔地十丈，也不会多长一节的。"

"真是新鲜的发现！"苏轼惊叹说。

"贤弟，你想，新竹一夜抽千尺，画竹怎可一节一节地画，一叶一叶地堆呢？"文同说。

"原来，你的画论也是得之于天然！"苏轼爽朗地笑起来。

苏轼向文同学画竹，受益匪浅，不仅独得其意，且并得其法。他画墨竹，就喜欢从地面一笔抹到竹梢，气韵充沛，笔势峭拔。大书法家米芾曾问过

① 苏轼《书鄢陵王主簿画折枝》。

他为何不分节画竹，苏轼就用文同的话回答他，说："竹何时逐节而生？"不过，苏轼画竹没有达到文同那样炉火纯青、臻于完美的地步。这自是后话。

宋神宗熙宁八年（1075年）秋冬之交，文同出任洋州（今陕西洋县）知州。洋州城西北五里，有篔筜谷。生长在水边的竹子，高数丈，粗一尺五六寸，一节长六七尺，是一种高大的翠竹。篔筜谷因盛产这种竹子而得名。文同爱竹又善画竹，真可谓是人杰地灵，相得益彰。朝晖夕照，秋风春雨，流云飘雾，烟光日影，都会激发画家的灵感，怎能不引得文同流连忘返！他不仅在这里作了大量的画，还作了不少诗。他把这些诗寄给苏轼，苏轼都及时一一唱和。其中一首咏篔筜谷诗是这样的：

篔筜谷 文同

千舆翠华盖，万锜绿沉枪。
定有葛陂种，不知何处藏。

篔筜谷 苏轼

汉川修竹贱如蓬，斤斧何曾赦箨龙。
料得清贫馋太守，渭滨千亩在胸中。

文同的诗说，篔筜谷里的绿竹，如千辆车上的翠羽华盖，如万支刺天的剑戟，即使当年东汉末年黄巾军与鲍鸿大战于葛陂（今河南新蔡北）时的车盖剑戟，也远远不能与它相比。这是极言绿竹盈谷的景象。

苏轼诗第一句即是回答文同诗绿竹盈谷景象的。苏轼说，洋州篔筜谷竹子既然多得如不值钱的杂草，料定太守的斧子时时刻刻都不放过一根根鲜嫩的竹笋。我估计那儿的千亩竹笋都要被你这又穷又馋的太守吞进肚里。文同这时正同他的妻子在山谷里烧笋晚餐，得到苏轼的这首和诗，不禁哑然失笑，把一嘴的鲜笋都喷了出来。文同爱吃竹笋、赋竹诗，当然更少不了画竹，苏轼诗字面上是在嘲笑文同嘴馋吃竹，同时也在称赞文同那“胸有成竹”的艺术实践。苏轼诗一语双关，妙趣横生，所以令人解颐。

文同善画竹，但从不看重自己的画，只要是真心喜欢他的画的，他都欣然挥毫，以画相赠。但他为人刚直，像他所喜爱的劲竹一样，“素节凛凛欺霜秋”（苏轼《送文与可出守陵州》）。如果谁要以权势相欺，以富贵相诱，他就会把谁送来作画的素绢扔到地上，愤然骂道：“这些绢只配用来做裹臭脚的袜子！”有一次，文同写信给苏轼，说：“我最近告诉那些向我求画的人，我这画墨竹一派的佼佼者，现在彭城（今江苏徐州），你们可以到那儿去求画。现在做袜子的材料可以集中到你那儿去了。”当时苏轼在彭城做知府。文同还在信后附了两句诗：

拟将一段鹅溪绢，扫取寒梢万尺长。

苏轼当然理解文同的为人和当时的心情，便立即回了一封信，希望用轻松的玩笑，为朋友解愁。苏轼说：“你想画万尺长的竹子，那得用二百五十匹上等的鹅溪绢。大概你是厌倦了笔墨，想得到这么多绢来过逍遥日子了！”

文同被那些以权势富贵相逼的人气糊涂了，居然没有理解苏轼的一片心意，他匆匆写信给苏轼为自己辩解说：“世间哪有万尺长的竹子，是我一时胡言乱语了。”

文同的这种处境和心态，使苏轼感到既心酸又心疼。于是苏轼又写了《文与可有诗见寄次韵答之》给文同寄去。诗如下：

为爱鹅溪白蚕光，扫残鸡距紫毫芒。
世间亦有千寻竹？月落庭空影许长！

鹅溪是文同家乡四川梓州（今四川三台）盐亭县的地名，盛产绢，是作画的好材料。鸡距，即鸡爪；紫毫，即兔毛。鸡爪、兔毛都代指画笔，以此形容画笔的力量。第一、二句诗说，文同因为嗜画，不知用秃了多少画笔。后两句诗是说，虽然自然界并不生长万尺的竹子，但在某种特定的背景下，却可以看到它那万尺之长的风采和气势。

文同毕竟是丹青高手，他当然理解苏轼的苦心。从实处说，苏轼是劝自己不必为先前的胡言乱语而愧悔，事实上，我们有时是可以获得“千寻竹”的认识和感受的；从空灵处说，苏轼诗正是一种画意的启示，而这同他们向日切磋的“胸有成竹”、神韵气势一类画论是一致的。画面上虽然只画了不见根也不见梢的几节竹子，却往往可以有万丈凌空之势。因此，文同读了这首诗，非常高兴，立即写信给苏轼，说：“我真佩服你的聪敏和辩才！要是能得二百五十匹绢，我真要买田置地，告老还乡了！”其欣喜轻松之情，溢于言外。同时，他给苏轼寄去了一幅筼筜谷偃竹的水墨画。这幅画上的墨竹虽然长不过数尺，但生机勃发，神气冲溢，大有万尺凌空之势。苏轼得这幅画，大喜过望，一直珍藏着。

苏轼有《书晁补之所藏与可画竹三首》，第一首如下：

与可画竹时，见竹不见人。
岂独不见人，嗒然遗其身。
其身与竹化，无穷出清新。
庄周世无有，谁知此凝神？

这首诗是称赞文与可画竹时“嗒（tà）然遗其身”的境界。《庄子·齐物论》说有个南郭先生，他坐在靠椅上，仰天均匀地呼吸着，慢慢就进入了身心俱遗、物我两忘的境界。苏轼说，文与可作画时，就是这个样子，不仅不见竹，而且也完全忘了他自己的存在，身与竹俱化，所以笔下生花，新意涌现，可惜如今没有庄子那样的人了，所以没有人能理解文与可画竹时“凝神”的“化境”。

元代诗人柯九思，字敬仲，也以画竹名世，他有《题文与可画竹》诗：

湖州放笔夺造化，此事世人哪得知。

跫然何得见生气[1]？仿佛空庭月落时。

宋神宗元丰初，文与可授湖州知州，虽然未及赴任就去世了，但后世仍称他文湖州。柯九思这首诗用了苏轼的原意，称赞文与可画竹“笔夺造化”，所画之竹，勃勃有生气，这种生气让人产生“空谷足音”的喜悦。因为柯九思画竹，得文与可笔法，所以清代人顾嗣立说：“此诗所谓生气，非敬仲不能道也。”（《元诗选》三集）

元丰二年（1079年）二月，文同去世。七月七日，苏轼在湖州（今浙江吴兴）任上，曝晒书画，见到这幅墨竹，竟掩卷失声痛哭。

【参考资料】

《苏轼诗集》
《经进东坡文集事略》

① 跫（qióng），脚步声。《庄子·徐无鬼》说被流放到旷野空谷里的人，日子久了，听到人的脚步声就会高兴起来。

乌台诗案

乌台诗案，是宋代历史上一个重大政治事件，也是苏轼险遭杀身之祸的大冤案。

宋神宗元丰二年（1079年），苏轼在湖州知府任上。七月二十八日，中使（朝廷差官）皇甫遵到湖州，声称苏轼写诗讥谤朝政被弹劾，立即解送京城，交御史台勘问。北宋朝的御史台，又称乌台，是中央专事纠察官吏、考课朝官得失的机关。在统治集团内部的政治斗争中，御史台常常成为排斥异己的工具。

苏轼一生刚正不阿，从不与时沉浮，无论在朝在州郡，都“尽言无隐”，不怕“犯众怒”（《奏议集》卷九《杭州召还乞郡状》），“不顾身害”（《经进东坡文集事略》宋孝宗赵昚序）。早在他出任杭州通判时，他的好友文与可给他送行，就曾在送行诗中提醒他“北客若来休问事，西湖虽好莫吟诗”（《石林诗话》卷中），但苏轼至死不改其节。因此，当皇甫遵来宣诏解押他时，他还不能意识到已经大祸临头。

苏轼的妻子王氏，经受不住这突然打击，送他上路时，哭泣不止，说不出一句祝福的话。

苏轼拉着妻子的手，含笑地问：“夫人，你为何不能学学杨朴之妻呢？”

王氏抽泣着说：“如何学杨朴之妻？”

苏轼说：“几十年前，真宗皇帝想寻访天下隐士，听说杞人杨朴善诗，便下诏召见他，真宗皇帝要杨朴赋诗，杨朴说，‘我不会吟诗。’真宗问，‘那么你来时，有人作诗送你吗？’真宗想，既有人赠诗给你，你还不作诗酬答吗？杨朴人也老实，果然说，‘有的，我的妻子赠我一首诗，是这样四句：更休落魄耽杯酒，且莫猖狂爱咏诗。今日捉将官里去，这回断送老头皮。’真宗帝听了，大笑不止，连声说，‘好，好，你妻子劝你既不要一落魄就酗酒，也不要酷嗜咏诗招得文字之祸。后二句更是诙谐有趣，亲切动人。你有一个真正爱你、疼你、知你的好妻子，朕不忍心离散你们，还是放你还山吧！’贤妻，你不能也写这样一首诗送我吗？[①]”

王氏听罢，不禁破涕为笑，说：“我哪里有杨朴妻子的德与才，夫君就好自为之吧！”

苏轼带着这样轻松旷达的心情，告别了家室。他万万没有想到，一到京城，便锒铛锁身，下了御史台狱。

八月十八日，御史台坐堂，太子中允权监察御史何正臣亲自勘审，御史舒亶、谏议大夫李定预审。

何正臣说：“苏知州，自新法推行以来，你几乎无日无时不作诗文，谤讪朝政及内外臣僚，你可知罪？”

苏轼说：“何大人当然知道我对新法的态度和主张。早在嘉祐六年（1061年），我在应仁宗帝直言极谏的对策中，就指出我大宋朝如今只有治平之名，而无治平之实，存在着严重的政治、经济危机，亟须大力改革，我提出了一系列改革弊政的主张。那时，新法尚在酝酿之中，谁说我反对变法？”

权监察御史里行舒亶诘问说：“你的《山村五绝句》诗‘岂是闻韶解忘味，迩来三月无食盐’，攻击陛下盐禁之法太峻刻，使民数月无盐吃；‘赢得儿童语音好，一年强半在城中’，攻击青苗助役法，而使农人陷入债务累累、愈益贫穷的绝境；陛下明法考核官吏，你却在《戏子由》诗中说‘读书万卷不读律，致君尧舜知无术’。哼，昔日大作，赫然在目，能说你不反对变法吗？”

苏轼坦然回答，说：“是的，这些诗都是我写的，但这就能证明我反

① 参看本书《蓑衣钓客》篇。

对变法吗？”

舒亶说：“六年前，你任杭州通判，去钱塘江边观潮后，在安济亭上写了《八月十五日看潮五绝》，那第四首诗是怎么写的，苏大人还记得吗？”

“当然记得。吴儿生长狎涛渊，重利轻生不自怜。造物若知明主意，应教斥卤变桑田。”

“好记性，一字不差！你还在这一首诗后特别加了一个注，说什么‘是时新有旨禁弄潮’。陛下要兴修水利，你却说那是如吴儿弄潮，重利轻生，又如欲把盐碱地变为桑田，是明知不可为而为，这不是在反对兴修水利吗？”

苏轼说：“舒大人，你欲陷人于罪，也过于深文周纳了。下官之意不过是有感于弄潮的危险，劝诫吴人不要重利轻生而已，那也正是皇上之意。”

何正臣不敢正面同苏轼交锋，却说：“你还有一首《秋日牡丹》，‘一朵妖红翠欲流，春光回照雪霜羞。化工只欲呈新巧，不放闲花得少休。’苏知州，又该如何解释呢？”

苏轼笑了笑，说：“那也只是我在杭州与人共赏牡丹，随兴作的一首和诗，难道大人认为也有讥谤朝廷之意？”

舒亶阴险地一笑，说：“但愿你那‘化工’二字，不是指斥变法执政者，只顾玩弄新鲜奇巧的花样，骚扰得百姓无片刻安宁的吧！在我看，苏知州不只攻击朝臣，而且对皇上也有不臣之心呢！”

苏轼正色反问说：“有何证据？”

舒亶说：“‘凛然相对敢相欺，直干凌云未要奇。根到九泉无曲处，世间惟有蛰龙知。’可是大人的《塔前古桧》诗？”

苏轼说：“不错。”

舒亶说：“你以古桧自况，夸耀你秉性如何刚直，不仅树干是直的，在九泉之下的根也是直的，这且不说。当今皇上如飞龙在天，你却抱怨皇上对你无知遇之恩，反求之于地下的蛰龙，这不是有不臣之心吗？”

何正臣说：“请问苏知州，何谓‘蛰龙’？谁是‘蛰龙’？‘蛰龙’者，还没睡醒、还没有飞上天的龙，你竟说只有这个还没坐上皇位的人会对你有知遇之恩。这岂止是有不臣之心，你简直就是有叛逆之意嘛！”

苏轼听完，不禁纵声大笑："哈、哈、哈……大人，你弄错了！我那首诗的诗题叫《王复秀才所居双桧》，我所称赞的是王复秀才。钱塘人王复，精医术，一心救死扶伤，不避权贵，不贪钱财，被他救活的人不可胜计，在人前正直不阿，在私下亦刚正自处，所以我用古桧比他，哪里敢自喻。至于说我的诗用了'蛰龙'一词就有不臣之心，实为荒唐。大人也许知道王丞相有首《偶题》诗，'山腰水有千年润，石眼泉无一日干。天下苍生待霖雨，不知龙向此中蟠。'按照你的解释，丞相诗说龙不在天，而深居洞中，不解天下苍生待雨之情，岂不也有不臣之意吗？"

苏轼义正辞严，纵横捭阖，反驳得痛快淋漓，何正臣、舒亶等个个无言以对、面面相觑。原来，苏轼所言王丞相，正是当朝力主变法的宰相王安石，何正臣、舒亶都是王安石的追随者，连王丞相都写了这样的诗，又怎能加罪于苏轼！他们理屈词穷，久久不能判决，只好退堂。李定后来在崇政殿门外对同僚说："苏轼真奇才也，一二十年前所作诗文，引援经史，随问即答，无一字之差，其气势亦不可挡，真天下奇才也！"说罢，叹息不止。宋代人邵博说："盖世之公论，至仇怨不可夺也！"（《邵氏闻见后录》卷二十一）

一天，宋神宗赵顼忽然想起苏轼的事，询问说："众卿，苏轼一案，如今勘审得如何了？"

丞相王珪回答说："听说苏轼于陛下有不臣之意。"

赵顼不解地说："朕一向以为苏轼是难得的天下奇才，待他甚厚，他即使有罪，也不至于就对联怀叛逆之心。"

王珪说，"他有一首诗，说什么'根到九泉无曲处……'"

赵顼打断王珪的话，说："朕早已听说了。诗人之词，怎么可以那样去解释呢？他自咏他的桧树，与朕有何相干？"

这时，在旁边的章子厚立即说："陛下说得甚是。其实，不独君王可以称龙，就是臣民也可自称为龙。"

赵顼笑着说："是的，爱卿说得很对。诸葛孔明不就自称卧龙吗？他那时就是一个隐者嘛！"

赵顼本来就爱苏轼之才，诵读苏轼诗文，常常废寝忘食，如今单凭这些深文周纳的罪名，自然不忍深罪苏轼。

章子厚跟着王珪走出宫廷，突然叫住王珪，说：“你在陛下面前如此罗织苏轼罪名，不是存心要灭人家九族吗？”

王珪立即辩解说：“我哪里要给苏公加这样的罪名。这些话都是御史舒亶说的。”

“哼！舒亶吐的唾沫，你也吃得下去吗？”章子厚说罢，气冲冲地转身走了。

何正臣、舒亶等欲置苏轼于死地，终于没有得逞。最后，只把苏轼贬为黄州团练副使，糊里糊涂了结了这桩公案。但苏轼的一些朋友，还是因此受牵连被贬，他的好友、表兄文与可的后人，为避祸，后来把文与可诗文中有关苏轼的文字，几乎也都删去，因此我们在《笔扫寒梢》一篇中引用文同与苏轼交往的诗，都是残句。苏轼曾应滁州知府王诏之请，书欧阳修《醉翁亭记》，重刻立碑。乌台诗案已过去二十多年，忌恨者还是时时在翻旧账。崇宁二年（1103 年），宋徽宗准大臣奏，竟还下诏“天下碑碣榜额，系东坡撰者，并一例除毁。”（《能改斋漫录》卷十一）苏轼书欧阳修《醉翁亭记》碑再度被毁。

乌台诗案，流毒遗恶无穷！

【参考资料】

《宋史·苏轼传》
《诗林广记》后集卷四
《苏轼诗集》
《经进东坡文集事略》
《宋诗纪事》卷二十一

赤壁情思

苏轼因乌台诗案被贬为黄州团练副使。宋神宗元丰二年（1079年）冬末决狱，次年二月苏轼到黄州（今湖北黄冈），先寓居黄州定惠院，以后迁居黄州城外东坡。

团练副使是一个闲散官职，是国家在定员官吏之外设置的闲官，用今天的话说，属编外人员。苏轼被贬黄州的诏令，明文规定："不得签书公事'（《黄州谢表》），"使思过而自新焉"（《黄州安国寺记》）。乌台诗案对苏轼已是一次沉重打击，如今又改任这种有职无权、无所事事的闲官，他将如何度日呢?

旧时代绝大多数文人，在经历仕途坎坷、人生蹉跎时，或逃入佛老，或寄情山水，苏轼也不例外。

黄州城南有个安国寺，有茂林修竹，山亭水榭，环境清幽净寂，苏轼每隔三日两日，便去一次。"焚香默坐，深自省察；则物我相忘，身心皆空"，"旦往暮还"，直到他离开黄州，前后近五年时间（《黄州安国寺记》）。寺僧继连离寺时，僧徒和老百姓挽留他，他用老子的话回答说"知足不耻，知止不殆！"（知道满足就不会到侮辱，知道适可而止就没有危险）留下这两句话还是走了。苏轼在安国寺日久，以为参透了这话，自愧不如继连知足知止；然而，自幼便"奋厉有当世志"（苏辙《栾城集墓志铭》）的苏轼，到底不能通悟其玄妙，超脱尘寰，四大皆空，相反，忧国爱民之情，“若农夫之去草，旋去旋生”（《答毕仲举书》），不仅一日不能断绝，反而与日俱增。因此，苏轼虽流连风景，却常常不禁触景生情，发惊世浩叹。

黄州山水，确使诗人陶醉。所居之处，滨江带水，险峻壮伟，“长江绕郭知鱼美，好竹连山觉笋香”（《初到黄州》）。既可得耳目之快，又无生计之忧。所居对岸，则是武昌樊口，群山蟠曲，翠木蓊郁。远远近近，有当年吴王避暑的圆通阁，有伍子胥逃到昭关、以价值百金之剑酬赠渔父的解剑亭，有王濬率晋军沿江东下灭吴、用烈火烧熔千寻铁链的西塞山。所有这些胜地，都足堪诗人流连凭吊。苏轼说，他自到黄州以后，便与外界隔绝，常常穿一双草鞋登山，驾一叶扁舟泛江，与樵夫渔父杂处，很少人知道他就是大名鼎鼎的苏轼，以至不止一次被喝醉酒的人推搡辱骂。

黄州西北山麓横插江中，峭壁直立，山石赤红似火烧，它的对岸即是华容镇。人们传说，这儿就是当年“火烧赤壁”的古战场。苏轼曾数度在赤壁山下泛舟。或在白露横江，水光接天的金秋，或在山高月小，水落石出的初冬。元丰五年（1082年）十二月十九日，是苏轼四十七岁生日，他又同潘丙，郭兴宗、古耕道几个朋友，驾一叶小舟，夜游赤壁。秀才李委[①]，善吹笛，闻苏轼生日，作新曲《鹤南飞》表示祝贺。笛声激越高亢，穿云裂石，风起水涌，潜鱼跃江，栖鸟惊飞。苏轼触景生情，想到曹孟德和周公瑾，想到他们那辉煌壮伟而又悲凉慷慨的一生。李委的笛音，如怨如慕，如泣如诉，余音袅袅，不绝如缕，更使他神思飞扬，坐念孟德、公瑾，如在昨日。

大江东去，浪淘尽，千古风流人物。故垒西边，人道是，三国周郎赤壁。乱石穿空，惊涛拍岸，卷起千堆雪。江山如画，一时多少豪杰。　　遥想公瑾当年，小乔初嫁了，雄姿英发。羽扇

① 苏轼在黄州，曾数次泛舟赤壁下。绵竹道士杨世昌同游，亦善吹箫，吴文定有诗：“西飞孤鹤记何详，有客吹箫杨世昌；当日赋成谁与注，数行石刻旧曾藏。”《前赤壁赋》所谓“客有吹洞箫者”，即其人也。（《逸老堂诗话》卷上）

《宋词画谱》 （明）汪氏 编

纶巾，谈笑间，樯橹灰飞烟灭。故国神游，多情应笑我，早生华发。人间如梦，一尊还酹江月！

我们仿佛看见，在那烟波浩渺的江中，诗人挺立于一叶扁舟之上，襟袖飘举，仰天长歌！他就像站在俯瞰千古历史的高度，以评说古今风流人物的气魄，在江岸雄奇、江涛涌天的壮阔背景上，纵览吴蜀联军大破曹魏、火烧赤壁的战斗场景！词中，那年轻英俊、潇洒的周公瑾形象，栩栩如生，宛在目前，在壮丽雄伟的江山与战火的衬托下，显得格外光彩照人。江山如画，令无数英雄折腰，英雄盖世，使代代后人仰慕。苏轼在词中表达了对祖国山川的热烈歌颂，对“大江东去，浪淘尽，千古风流人物”的深沉慨叹！曹操和周瑜，都是一个时代的英雄，而千古以来，被历史所淹没的“风流人物”又何止曹操、周瑜两人？也许，他苏轼也是一个吧！

苏轼在黄州游赤壁，先后写下了《前赤壁赋》、《后赤壁赋》两篇精妙绝伦的散文和《念奴娇·赤壁怀古》一首气势磅礴的旷世杰作。这首词，影响很大，胡仔称此词“语意高妙，真古今绝唱”（《苕溪渔隐丛话》前集卷五十九），后人因此又称《念奴娇》词牌叫《大江东去》。而“苏东坡《赤壁赋》，文章绝唱也”（《鹤林玉露》卷十六），“欲写受用现前无边风月，却借吹洞箫者发出一段悲感，然后痛陈其胸前一片空阔了悟，风月不死，先生不亡也！”（《古文观止》卷十一）苦难玉成了诗人，这三篇作品是苏轼一生最辉煌的代表作！

在南北宋之交，就有人步苏轼《大江东去》词原韵，题词邮亭。胡仔说其词“语虽粗豪，亦气概可喜”，故录于他的《苕溪渔隐丛话》前集卷五十九。元代赵秉文，号闲闲道人，也曾作一首《大江东去》词，词如下：

> 秋光一片，问苍苍桂影，其中何物？一叶扁舟破万顷，四顾粘天无壁。叩枻长歌，嫦娥欲下，万里挥冰雪。京尘千丈，可能容此人杰？　　回首赤壁矶边，骑鲸人去，几度山花发。澹澹长空千古梦，只有归鸿明灭。我欲从公，乘风归去，散此麒麟发。三山安在？玉箫吹断明月。

这首《大江东去》，不仅步苏轼赤壁词的原韵，而且隐括苏轼赤壁词和《赤壁赋》的意境，“秋光”、“扁舟”、“叩枻长歌”、“乘风归去”等，都是苏轼词赋中所有，难得的是，赵秉文不是生吞活剥，而是化苏词苏意为己有，纵横挥洒，毫无挂碍；“京尘”二句，愤然发问，皇皇天地，竟不能容此人杰，对苏轼的不幸遭遇表示了深切同情；“我欲从公”以下，欲追随苏轼，乘风而去，而“三山（仙境）”何在？唯有吹箫自遣，这又与苏轼词的结尾同样意味深长，充满了出世入世的矛盾与无奈，有异曲同工之妙。赵秉文这首词颇得世人称赏。徐仇称赞说：“雄壮震动，有渴骥怒猊之势。视（苏轼词）《大江东去》信在伯仲（第一、第二）间”。（《词苑丛谈》）元好问也说：“东坡《赤壁词》，殆戏以周郎自况也。词才百许字，而江山人物，无复余蕴，宜其为乐府绝唱。闲闲公乃以仙语追和之，非特词气放逸，绝去翰墨畦径（没有模仿痕迹）。”（《无遗山集》）

宋哲宗赵煦元祐元年（1086年），苏轼除翰林学士。一天在翰林院与人谈起柳永词。苏轼问一位通晓音律的幕僚：“我的词比柳永的词如何？”那幕僚说：“柳郎的词，只好十七八岁的妙龄女孩儿，手拿精巧的象牙响板，轻敲慢打，柔声软语，唱‘杨柳岸、晓风残月’，而学士你的词，就必得关西魁伟大汉，击大铁钹，放声高唱‘大江东去’。”苏轼听罢，连连点头，拍手叫道：“说得好！说得好！”当时在场的人，也都为之叫绝。

原来，这位幕僚简短几句，正形象生动地说明了柳永词和苏轼词基本风格的不同。他提到的“杨柳岸、晓风残月”，是柳永的《雨霖铃·寒蝉凄切》词。这首词，充分体现了柳词的工巧细密、柔媚清奇、音律谐婉的艺术特色。而“大江东去”词则大气磅礴，雄豪刚劲，惊心动魄。如果说唱柳词宜用缠绵悱恻、低回婉转的轻音乐伴奏，那么唱苏词，则非多种配器的交响乐伴奏不可了。

【参考资料】

《苕溪渔隐丛话》后集卷二十八

《经进东坡文集事略》

江海余生

宋神宗元丰五年（1082 年）夏末的一天，有人奔丧似的向范景仁[①]报告说："苏东坡死了！"话音未落，范景仁就放声痛哭起来。他一边痛哭一边说："子瞻啊，子瞻！你赠送给我的诗墨香尚存，那'公老我亦衰，相见恨不数，临行一杯酒，此意重山岳'的诗句（《次韵景仁留别》），音犹在耳，何至今日老朽不死，而少壮先殁啊，呜……呜……"

家人看他这样悲痛，都围上来劝慰。他对身边的儿子说："赶快准备些金银布匹，立即动身去黄州吊祭子瞻，抚恤他的家属。"

儿子连连点头说："这就去，这就去！你老也要珍重啊！"

范景仁慢慢止住了哭泣。他的儿子看见父亲悲痛稍稍平息，才轻声地说："爹啊，说苏老伯去世了，还只是传闻，也不知是不是实情，还是先派人去看看吧，如果属实，再去祭奠也不迟。"

范景仁想了想说："许州离黄州倒也不算太远，就依你说的办吧！"

范景仁的仆人来到黄州，直奔"东坡雪堂"。这"东坡雪堂"是苏轼在黄州游憩之地，地点在黄冈山下州衙东百余步。苏轼贬谪黄州的第二年，由于生计困乏，一个朋友为他向州郡长官要来这片荒地。这里原是旧军营，周遭数十亩，地势平旷开阔，东边有一高丘，苏轼称这高丘为"东坡"，

① 范镇，字景仁。精通音律，有文名。宋英宗时为翰林学士，曾举苏轼为谏官。苏轼遭乌台诗案，还上疏为苏轼辩护。苏轼贬黄州，镇亦徙居许州（今河南许昌）。元祐二年（1087 年）卒，时年 81 岁。

在这高丘上修了几间茅舍，苏轼带领一家人在这里辛勤耕种，求得温饱。次年，苏轼亲自写了“东坡雪堂”四个大字，做成匾额，挂在正厢房的门楣上。他也因此自号“东坡居士”。从那以后，苏东坡的美名便传遍天下，以至于今。

再说范景仁的仆人被带进“东坡雪堂”，迎接他的正是苏轼。范景仁的仆人大吃一惊，连忙递上主人的书信。

苏轼拆开书信一看，忍不住放声大笑起来，“哈哈哈……请转告你家大人，子瞻大难不死，尚可濯清风，抱明月，乐吾所乐也！”

范景仁的仆人说：“那么，是什么人传出大人你已仙逝了呢？”

苏轼苦笑了笑，说：“我戴罪黄州，没有了供俸，一家人口又[illegible]天生活费不过百五十钱。每月初，从昔日一点积蓄中取出四千五百钱，分成三十份，高挂在屋梁上。每天早晨，用叉子挑一份下来，作为当天花销，然后就把叉子藏起来，虽然这样节俭，仍然不免连日饥寒，加之贬谪黄州已经三年多，我仍是惊魂未定，连做梦也梦见自己仍然身居囚牢，憔悴非人，疾病连年。近来，眼病复发，已有一个多月没有出门了，想必人们都以为我已经死了。”素日豪放旷达的苏轼，说起这些也不禁欷嘘叹息，说话的声调也变得异常凄凉了。范景仁的仆人听到这些，忍不住哭起来，“大人怎么就落到这个地步了！”

以后，苏轼回忆起这段往事，在《送沈逵赴广南》诗中还有这样几句：

我谪黄冈四五年，孤舟出没烟波里。
故人不复通问讯，疾病饥寒疑死矣。

过了些日子，苏轼的眼病全好了，便像往常一样出外访朋会友。一天晚上，他同几个朋友乘只小船泛江，当晚，月光朦胧，微风清凉，乳白色的夜雾笼罩着江面，江天浑然一色。一叶扁舟，如凫鸟戏水，点破千顷碧波。苏轼憋闷了一个多月，今日与朋友相聚，心情格外轻松。他们弹琴吹箫，高歌长吟，大碗斟酒，开怀豪饮。苏轼一向饮酒很节制，他的弟弟子由（苏辙）曾因饮酒过度引起旧病复发，他劝弟弟说，“云何不自珍，醉病又一挫”（《次韵子由病酒肺疾发》）。但今夜，不知怎么，他醉而醒，醒而醉，也不知醉了几回，醒了几回。

夜深了，江上轻风不再吹拂，江面皱绸般的波纹也都展平，朋友们还在放声歌吟他醉中赋的新词。

朋友们终于舍舟登岸，道别散去了。

苏轼拄着如龙蛇盘旋、行辄微响的铁柱杖摇摇晃晃，步履蹒跚从东坡走向临皋亭寓所（在黄州城南江边）。他走近院门，便听见家童熟睡的鼾声，如闷雷滚滚。他举手敲门，屋里鼾声似乎故意嘲弄他，更加打得山响。[illegible]头，笑了笑，索性转过身来，双手把铁柱杖拄在胸前，支撑住自己斜倚的身子，俯视着脚下的长江。

江水轻轻拍打着江岸，发出有节奏的泼刺泼刺的浪声。夜是那样静，江声是那样轻，苏轼的身心顿时感到一阵异样的宁静和虚空，仿佛要飘然飞升而去。啊，只因我才高名重，招来众人诽谤，如今孤坐幽幽百尺井，仰视不见一席天。我嘲笑我自己，为何平生为一口温饱而奔忙？我蔑视我自己，为何“竟无五亩继沮溺，空有千篇凌鲍谢[①]？”既然世俗是这样不容我，我为何不能轻身而远游？苏轼情不自禁，随口吟出了下面的歌词：

> 夜饮东坡醒复醉，归来仿佛三更。家童鼻息已雷鸣。敲门都不应，倚杖听江声。　　长恨此身非我有，何时忘却营营！夜阑风静縠纹平。小舟从此逝，江海寄余生。

《庄子·知北游》是专门论“道”的，文中有这样一则对话：舜问丞：“道可以获得而保有吗？”丞回答说：“你的身体都不是你的，你怎么能保有道呢？”舜又问：“那么，我的身体是谁的呢？”（吾身非吾有也，孰有

① 沮溺，即长沮、桀溺，春秋时二隐者。孔子周游列国，曾向二人问路，二人正在耕地，不仅不给孔子指路，而且还嘲笑了一通孔子。鲍谢，指鲍照、谢灵运，南朝宋著名诗人，诗风俊逸，深得李白、杜甫推崇。

之哉）”丞说：“是天地所委付的形体，所以你行动时不知道去何处，居留时不知道你在何处，吃饭时不知道是什么口味。这只是天地间气在运动。”《庄子·庚桑楚》记庚桑楚的一个学生问他，怎样才能达到养生的最高境界，庚桑楚回答说，“全汝形，抱汝生，无使汝思虑营营。”（**保全你的形体，护养你的生命，不要使你的心为外物的诱惑终日焦思积虑**）要不务俗事，不因人物利害受搅扰，不为浮名功利而劳心，要像婴儿一样纯真无知、无挂无碍、顺应自然，这就可以达到养生的最高境界。苏轼这首词中“长恨此身非我有，何时忘却营营”，就是隐括了庄子这两段话的意思，他“长恨”自己为仕途功名，奔波忙碌，“身非我有”，心为形役。何时才能解脱呢？他多么希望能“小舟从此逝，江海寄余生”啊！这首《临江仙·夜归临皋》词，一气倾泻出苏轼谪居黄州三年多来的痛苦与郁愤心情，清楚地表达出他厌弃功名利禄、追求精神自由、超脱尘世的强烈愿望！“长恨”二字，表明苏轼长时间陷入了想摆脱却又不能摆脱的矛盾和痛苦之中。

这首词很快就在黄州哄传开了。知州徐君猷读了这首词，顿时惊惧交加。他吃惊的是平时并没把苏轼当罪人看待，如今他却不辞而别，登舟长啸而去；他惧怕的是苏轼是朝廷交付监管的罪人，如今竟自逃走，岂不是他州官失职，倘若朝廷怪罪，后果怎堪设想？他想到这些，便急急忙忙带着衙役奔出城去，来到临皋苏轼寓所，只见苏轼仍是醉态可掬，酣然大睡。徐知州这才“啊”了一声，轻松地笑了起来。

【参考资料】

《避暑录话》
《苏轼诗集》
《经进东坡文集事略》

不赋海棠

宋神宗元丰七年（1084 年）四月，苏轼将解除黄州官散居生活，赴汝州上任。黄州府的幕僚们为苏轼饯行。按常例，席间有官妓歌舞助兴。这天是为苏轼饯行，自然也不例外。

苏轼是大诗人，又是有名的书画家，在席间，酒酣耳热，神采飞扬，官妓们常常带着团扇、纸绢，乘兴向苏轼讨要新词、书、画，而苏轼也总是醉墨淋漓，不吝与人。因此，时时从酒席间传出苏轼佳作。苏轼在苏州三年多，黄州府官妓几乎人人得到了苏轼墨宝，只有官妓李琪[①]，直到这次饯别宴上，仍未得苏轼惠赐。李琪知道，这是她的最后一次机会了，她下决心，一定要向东坡大人讨要。

其实，这位李琪姑娘，人很聪明，又略知诗书，只是内向矜持，同伴们每次侍候府宴，向苏轼讨要书画时，她总是不言不语，在一旁静静观赏，而苏轼见她这样，也心存好感。这天，苏轼已“量移汝州”，神宗皇帝又有手书说：“人才难得，不忍终弃”，想到自己“投老江湖终不失，（将）来时莫遣故人非（议）”（《别黄州》），心情就特别好，府吏们也为苏轼祝贺，所以席间欢声笑语不绝，当李琪走到苏轼面前，说出自己的愿望时，苏轼注视她许久，双目如炬，灼灼烫人，仿佛在欣赏一朵新蕊初绽的鲜花，继而又柔情如水，对眼前这朵富丽高洁的幽独名花，充满了同情与爱怜。

① 宋人陈岩肖《庚溪诗话》作李宜。

李琪见苏轼这么看着她，更像醉红了脸，羞涩地低下了头。苏轼终于说："李琪姑娘，给我研墨吧！"李琪顿时高兴起来，挽起红袖，手捏香墨，细细地研磨起来，待墨浓，李琪从怀中抽出早已准备好的一方围巾，请苏轼书写。苏轼立即握笔在方幅上纵情挥洒起来，瞬间就成丰劲跌宕十四字：

东坡四岁黄州住，何事无言及李琪？

苏轼写完，掷笔，竟离开了书案，又与众宾客放声谈笑，举杯畅饮，渐渐醉意朦胧，好像完全忘了题诗的事。可怜的李琪，在一旁焦急地看着，怯怯地等着，胡乱地思忖着："大人为何如此待我？"

坐中府吏也觉得奇怪，相互议论起来。一个说："这两句诗，实在太平常，无意趣，丝毫不见苏公往日才情！"

"是啊，而且也未终篇，连一首两韵绝句都不是，这是为何？"

"苏公今日如此惜墨如金，也太不给李琪姑娘面子了！"

眼看饯行酒宴就要曲终人散了，李琪终于鼓起勇气，走到苏轼面前，深深一拜，说："大人，你赐奴家的宝墨还没写完呢！"

苏轼仿佛这才记起李琪乞书的事来，竟纵声大笑，说："啊，我这就像应考，几乎忘记还未终篇，就要出场屋了！"说罢，又走回书案，提笔蘸墨，一挥而就，足成一绝：

东坡四岁黄州住，何事无言及李琪？
恰似西川杜工部，海棠虽好不留诗。

苏轼收笔，举座掌声四起，官妓李琪获此至宝，更是喜笑颜开。原来，这首绝句，首两句看似平常，三四句却峰回路转，精彩异常，是一首足堪玩索的佳作。西川杜工部即唐代大诗人杜甫，杜甫漂泊到四川多年，竟没有写一首咏海棠的诗，这就是苏轼诗"恰似西川杜工部，海棠虽好不留诗"的来历，苏轼在这里显然是用"海棠"代指李琪。这就出来问题了，苏轼为什么要用“海棠”代指李琪呢？他究竟想说什么呢？

中晚唐诗人薛能作《海棠》诗，他在诗序中说：“蜀海棠有闻，而诗无闻。杜子美于斯，兴象靡出，没而有怀。天之厚余，谨不敢让。”这段话的意思是说，四川的海棠花很有名，可没有咏海棠花的名篇传世。杜甫在四川多年，诗思如泉涌，是他创作的高峰期，可到死也没有一首咏海棠的诗，是杜甫心中有所感念啊。薛能此语一出，后代多以为话柄。宋人葛立方说：“杜子美居累数年，吟咏殆遍，海棠奇艳，而诗章独不及，何邪？郑谷诗云：‘浣花溪上堪愁怅，子美无情为发扬’是也。”（《韵语阳秋》卷十六）这里引的两句诗出于晚唐诗人郑谷《蜀中赏海棠》绝句，前两句是：“浓淡芳春满蜀乡，半随风雨断人肠。”在诗后，郑谷也注：“杜工部居西蜀，诗集中无海棠之题”。郑谷在四川屡屡咏到海棠，“秾丽最宜新著雨，娇饶全要欲开时”；“朝醉暮吟看不足，羡他蝴蝶宿深枝”（《海棠》）郑谷这首诗，写出了四川海棠之盛、之美，令诗人朝暮醉吟、观赏其间而犹感不足，以至于羡慕蝴蝶能藏身其间。以后王禹偁有“莫学当年杜工部，因循不赋海棠诗”（《送冯学士入蜀》）；石曼卿有“杜甫句何略，薛能诗未工”（残句）；王安石咏梅，竟然也有句“少陵为尔牵诗兴，可是无心赋海棠”（《与微之同赋梅花得香字三首》），王安石的意思说，梅花牵动了杜甫诗兴，杜甫却不肯咏海棠。拿杜甫在四川不肯咏海棠说事的诗不可计数，苏轼这首诗也算一例。

杜甫四千多首诗的诗集中，为什么没有海棠诗呢？宋人李颀解释说：“杜子美母名海棠，子美讳之，故杜集中绝无海棠诗。”（《古今诗话》）古人讲孝，当然不能直呼父母名字，所以要避讳。杜甫父亲叫杜闲，所以有人说杜甫诗集中无“闲”字，杜甫母亲姓崔，名海棠，所以杜甫终身不咏海棠。有人更进一步解释说，“海棠”是奴婢、侍妾常用的名字，有人正以杜甫无海棠诗为据证明他母亲出身寒微（实际出身望族）；郑谷的诗“浣花溪上堪惆怅，子美无情为发扬”，也是一种解释，他是说，杜甫住在成都浣花溪的草堂时，面对海棠花，想起他尚不记事就逝去的母亲，非常伤心，所以不愿用自己的诗句传扬海棠。

苏轼自然不会有杜甫一样的忌讳和“惆怅”，但苏轼在黄州写过多首海棠诗，也自有其原因。苏轼贬官初到黄州时，“寓居定惠院，（院）东，杂花满山，有海棠一株，土人（当地人）不知（珍）贵也”。苏轼以此记事语为诗题，成长诗一首，今录开头和结尾数联如下：

江城地瘴蕃草木，只有名花苦幽独。
嫣然一笑竹篱间，桃李漫山总粗俗。
也知造物有深意，故遣佳人在空谷。
自然富贵出天姿，不待金盘荐华屋。
……
忽逢绝艳照衰朽，叹息无言揩病目。
陋邦何处得此花，无乃好事移西蜀。
寸根千里不易致，衔子飞来定鸿鹄。
天涯流落俱可念，为饮一樽歌此曲。
明朝酒醒还独来，雪落纷纷那忍睹。

这首诗开头四联赞海棠，黄冈炎热地湿，定惠院杂草丛生，艳丽海棠笑傲野草桃李花中，虽然名花幽独，但苍天有意，宁遗佳人在空谷，也不让这天姿绝色成为华屋豪宅的欣赏品。显然句句双关，写花即写人，赏名花天姿不凡，即赞人的品格高洁；而言名花遗空谷、处幽独，也正是言人的处境，此数联实是苏轼以海棠为喻而夫子自道。诗的最后五联，正是抒发名花与诗人同是“天涯沦落人”，且“绝艳照衰朽”，“衰朽”者似乎更“可悲”；眼前处境如此，诗人更担心将来，或许明天，海棠落红纷纷，惨不堪睹，诗人在黄州的未来，亦或如之！诗中言及好事者从西蜀把海棠花移来黄州，暗用了杜甫诗不及海棠的典故。苏轼初到黄州见海棠而生的“惆怅”和感慨，非儿女私情，而是他在政治上遭到排挤打击后的痛苦悲情，可谓深矣！

苏轼还有一首《海棠》绝句，是苏诗的名篇之一，诗如下：

东风渺渺泛崇光，香雾空濛月转廊。
只恐夜深花睡去，故烧高烛照红妆[①]。

东风渺渺，即东风袅袅。在东风和煦的春夜，海棠摇曳着圣洁华彩的华光；在朦胧的清辉下，诗人伫立花前，独赏幽姿；时间悄悄消逝，月光已从回廊这边转移过去，可诗人仍不知疲倦，不知餍足，夜渐深了，诗人怕花会睡去，就点燃蜡烛，高擎在手，“红妆”一时仿佛又精神焕发，靓丽无比；这时，在诗人面前的，仿佛不是花，而是娇媚红艳、亦真亦幻的女子；啊，花红易残，良宵易逝，我多么怕你这就睡去，待到明朝，只拾残花片片！花草本无生命，自无从谈醒与睡，是诗人怕见落红而不愿睡去，诗人爱花、惜花，可谓痴人痴语，一往情深！

读完苏轼在黄州写的这两首著名的咏海棠佳作，我们就完全理解苏轼为什么在黄州三年多，没有为官妓李琪写诗。苏轼把李琪比作他所倾情赞美、无限留恋的海棠花，继而又以杜甫不咏海棠诗为喻，“恰似西川杜工部，海棠虽好不留诗”，既对李琪姑娘作了最好的解释和安慰，也十分委婉深沉地道出了诗人对一个“同是沦落人”的赏识、赞美和同情，那其中也包含着苏轼个人的身世感叹，真令人玩味无穷！

【参考资料】

《清波杂志》卷五
《庚溪诗话》卷下
《春渚纪闻》卷六

---

① 《冷斋夜话》卷一：“东坡作《海棠》诗，曰：‘只恐夜深花睡去，故烧高烛照红妆’，事见《太真（杨贵妃）外传》，曰：‘上皇（唐玄宗唐明皇）登沉香亭，诏太真妃子。妃子时卯醉未醒，命（高）力士从侍儿扶掖至。妃子醉颜残妆，鬓乱钗横，不能再拜。上皇笑曰：‘岂是妃子醉，真海棠睡未足耳！’”又晚唐诗人李商隐《花下醉》有“客散酒醒深夜后，更持红烛赏残花”句。

风流太守

宋哲宗元祐五年（1090 年）夏天的一个晚上，杭州知府苏轼与同僚们在西湖聚会，官府的乐工、歌妓们，说说笑笑，前呼后拥，奉命到宴会上添酒助兴。宴会开始后，才发现一个名叫秀兰的歌妓没有到。乐官派人去催了几次，她才匆匆赶来。

苏轼问："秀兰姑娘，你为何来晚了？"

秀兰上前施了一礼，说："奴婢因为洗澡后有些困倦，不觉睡去，因此来迟了。"

苏轼说："既然如此，也难得你气喘吁吁地赶来。"

座中有一个姓车的官员，早对秀兰不怀好意，便在一旁阴阳怪气地说："你一向巧言利舌，善于应对，今天众妓皆来，惟你后至，想必是有私情吧？"

秀兰低着头，怯生生地说："刚才所言，全是实情。"当时正是榴花初放时节，秀兰说罢，转身从旁边的石榴树上摘下一支榴花，走到知府苏轼面前，敛裾施礼说："奴婢已知罪，下次再也不敢了。" 那官员见秀兰连正眼也没看他一眼，反而摘枝火红的榴花讨好知府，更是满脸怒气，恼怒地说："哼！不是故意怠慢，就是必有暧昧私情，如不治罪，其他官妓日后定然效尤。"

秀兰见这个官员如此纠缠不放，欲辩无言，进退不能，一下急得哭了起来。苏轼拿着那枝新蕾初放的石榴花，见它浓艳而不妖冶，妩媚而又端庄，千层花瓣似紧锁着那金子般的花心。再看看眼前这素雅柔弱的女子，不禁生起一片怜爱之情。苏轼制止那位官员说："谁能没有困乏疲惫之时？一时睡熟误事，也是人所常有的，何必责之太过！"说罢，停了停，又对秀兰说："我想就今天的事写首新词，你唱给大家听听，就算谢罪了，你看好不好？"秀兰停止了哭泣，轻轻点了点头。

苏轼立即令人取来纸笔，片刻便写成一首《贺新郎》词：

乳痛飞华屋，悄无人，桐阴转午，晚凉新浴。手弄生绡启团扇，扇手一时似玉。渐困倚、孤眠清熟。帘外谁来推绣户，枉教人、梦断瑶台曲。又却是，风敲竹。　　石榴半吐红巾蹙。待浮花、浪蕊都尽，伴君幽独。秾艳一枝细看取，芳心千重似束，又恐被西风惊绿。若待得君来向此，花前对酒不忍触。共粉泪，两簌簌。

这首词记述了当天事情的经过，上片写了秀兰洗浴之后困倦小睡的情景，本来正梦游仙境"瑶台"，却被惊醒，疑是故人来，又像是风吹竹丛的沙沙声，极尽乍醒却还睡意朦胧的情态；下片则写秀兰到了府衙被恶官为难的情景，苏轼词以石榴花作比，称赏秀兰有谨慎自重的高洁品格，"浮花、浪蕊"不能与她争胜，唯有"芳心千重似束"的石榴可以在她孤独时作伴。结尾表达了苏轼怕见花与人同遭摧残，花瓣与泪水同时飘落的情景，寄托了他对下层女子的深切同情。词写得婉转而有情致，风格大不同于"大江东去"词。

苏轼写完这首词，命乐工配乐，秀兰歌唱，大家入席饮酒。秀兰清音悱恻，情态动人，一座府僚，无不击节称赏。那个咄咄逼人的官员见此情景，也只好收场。

这件事与苏轼的词，很快就流传开了。《古今词话》的作者、宋人杨湜记载了这件事，并说："子瞻之作，皆记目前事，盖取其沐浴新凉，曲名《贺新凉》也，后人不知之，误为《贺新郎》，盖不得子瞻之意也。子瞻真所谓风流太守也，岂可与俗吏同日语哉！"

关于苏轼这首词的本身和写作动机，后人有各种看法。南宋胡仔认为，杨湜的记载纯属荒唐，可以入《笑林》，并且说："东坡此词，冠绝古今，托意高远，宁为一娼而发邪？"（《苕溪渔隐丛话》后集卷三十九）所谓"托意高远"，胡仔虽语焉不详，不外就是"盖以兴君臣遇合之难，一篇之中，殆不止三致意焉。"（《项氏家说》卷八）胡仔还说："东坡此词，深为不幸，横遭点污，吾不可无一言雪其耻。"其实，苏轼对词中描写的女子分明充满了同情，并不一定有更高远的托意，即使认定此词是为一官妓而作，又有何不可？胡仔的话显然含有偏见。中国社会科学院文学研究所《唐宋词选》（1981年版）只说"表现的是一个女子的孤独、抑郁的情怀"，但没有明言是为秀兰而作。胡云翼《宋词选》赞同胡仔的意见，认为苏轼这首词"前段写的是一个高洁绝尘而孤寂的美人，后段写的是不与'浮花浪蕊'为伍而愿意'伴君幽独'的榴花，最后指明美人与榴花都在失时的边缘。不难明白，这是作者自抒其怀才不遇的抑郁心情。"然而，以龙图阁大学士出知杭州的苏轼，已大不同贬官黄州时，苏轼自己说，他这次来杭州，同白居易在杭州的年纪相仿，心境相似，"安分寡求"，更加旷达开朗，所谓"怀才不遇的抑郁心情"，不知何据。诸家意见，都可备读者玩索。

【参考资料】

《古今词话》
《苕溪渔隐丛话》后集卷三十九
《词苑丛谈》卷七

填词判案

杭州西湖西北有座灵隐山，灵隐山麓有座“云林禅寺”，俗称灵隐寺。灵隐寺里曾有一个和尚，法名了然。这个了然，口诵佛经，心存邪念，不守戒规，常常偷宿娼妓李秀奴家。日久天长，了然把化缘来的钱财全花光了，娼家鸨母爱的是钱，哪里还肯让他见李秀奴。

这了然一连去了几次，都被鸨母挡在门外。他原本无心拜佛诵经，如今连装样也不肯了，竟然化得一文钱，便去酒家饮一觞。化得多几文，便饮个酩酊大醉。醉了，他就又哭又笑，骂天骂地，骂鸨母势利，骂秀奴薄情。满城的人，见这了然，觉得又可气又可怜。

一天，了然又在酒家饮了一回酒，便趁着酒兴，直奔李秀奴家。鸨母远远看见他来了，早就横站在门口。了然也不说话，挥手把鸨母往旁边一拨，抬步就往里走。

“站住！你往哪儿闯？”鸨母立即追上去，拉住了然。

“会会相好的！”了然酒气喷人地回答。

“会相好的？拿钱来！”鸨母把手伸到了然眼皮子底下。

“没钱！”

“没钱？你就给我滚出去！”说罢，鸨母翻手就使劲把了然往外拖。了然一顶劲，把鸨母顶了个倒趔趄。了然趁势，快步如飞，闯入李秀奴卧室，二话不说，拳脚交加，如雷雨般落在秀奴身上。这个烟花弱女子，当时就被打死过去。了然见秀奴没了气息，反把秀奴抱在自己怀里，放声痛哭起来。

《唐诗画谱》　　（明）黄凤池 编

鸨母哭天喊地，招来了四邻街坊，把了然扭送到县衙。县衙见是人命官司，草草审过，便解送州府。

杭州知府苏轼，坐堂审案。不需多问，了然都如实招供。

苏轼问："你皈依佛门，可知佛门十戒？"

"尽知。"了然回答说。

"你说给本官听听，都是哪十戒？"

"不杀生，不偷盗，不淫，不妄语，不饮酒，不歌舞观听，不蓄金银财宝，不……"

"够了，"苏轼打断说，"你修行不诚，心生邪欲，纵淫嗜酒，又开杀戒，一违佛规，二犯王法，罪在不赦！你有何话说？"

了然伏在案前地上说："贫僧知罪，如今别无他言。"说着抬起右臂，撂开衣袖，“贫僧要说的，都在这上面了，请大人验看。”

文书官上前一看，原来臂上刺了一行字。便大声诵道“但愿同生极乐园，免教今世苦相思。”

苏轼听了，脸上浮出一丝凄凉的惨笑，说：“喔，你还有几分痴情。你既然尘缘未断，何必出家？既已出家，难成正果，用这种办法解脱相思苦，虽出无奈，也过于残酷了。我今日成全你，就了结你的相思债吧！”

苏轼说罢，当堂写出判词。这判词竟是《踏莎行》词一首：

这个秃奴，修行忒煞。云山顶上空持戒。一从迷恋玉楼人，鹑衣百结浑无奈。　毒手伤人，花容粉碎，空空色色今何在？臂间刺道苦相思，这回还了相思债。

“忒煞”，是极端、过分，此言了然和尚修行走入了邪魔，所以口念佛经，却不守戒规，一味沉迷于女色，实在是枉自披了一身破烂袈裟。上片描述了然和尚的丑态。“色空”，是佛家语。佛家把可以感触到的有形物质称为“色”，认为现实物质世界的一切事物（色），都是虚幻不实、旋生旋灭的，事物本身并不具有任何常驻不衰的个体，也不是独立存在的实体，本质上是不真实的，因此，又称之为“空”。可见，“色”即是“空”，“空”即是“色”。佛家劝人消灭妄念，解脱烦恼，彻底觉悟，回到“空”的佛性天国去。曹雪芹《红楼梦》第一回，有一个“空空道人”，在大荒山无稽崖青埂峰下同一块顽石对话之后，便“因空见色，由色生情，传情入色，自色悟空”，就是超脱现实世界、皈依佛门的例子。苏轼在这首词里反问“空空色色今何在”，既谴责了然修行不诚，置佛门的“色空”教义于不顾，又对人性受到压抑，恋情遭到扼杀，终于酿成无辜女子惨死的悲剧表示深深的同情。不过，按王法，杀人者偿命，苏轼也只好送了然去“极乐世界”了。

【参考资料】

《诗林广记》癸集卷十三

蒋山说字

宋神宗熙宁九年(1076年)十月,王安石第二次罢相后,即回到江宁府(今江苏南京)家中,从此结束了他的政治生涯。

江宁府和城东南的钟山中间,有一个地方叫白塘。王安石在这里修池筑室,建起一座"半山园",自号半山老人,全家便迁到这里安顿下来。在钟山南麓,有一座佛寺,叫定林寺,这定林寺的环境十分优美,古木参天,翠竹绕山,寒泉甘冽,涧水潺湲,野鸟逐波,闲花引蝶,是一个远离尘嚣的好地方。王安石在定林寺要了一所房子,常去那里居住。

王安石在定林寺做了一件重要工作,就是编写《字说》。他说,能懂他的《字说》,"则于道德之意已十九矣。"(《熙宁字说·序》)《字说》一书今已失传,但从上面的话可看出,这本书不是一般解说文字的书,他的基本倾向是在宣扬先王的道德。陈次升在太学看见《字说》,曾揶揄地说:"丞相岂秦学邪?美商鞅之能行仁政,而为李斯解事,非秦学而何?"(《宋史·陈次升传》)商鞅和李斯都是秦朝称霸过程中起过重要作用的变革家。王安石作《字说》,赞美他们的政绩和作为,不过是借古喻今,继续宣扬他的变法思想。因此,他对字的解释,常常穿凿附会,有意无意违背汉字的造字规律。

一天,有两客人来访。一客问王安石:"'霸'字的上边为什么是'西'字[①]呢?"

---

① 霸的异体字为"西"字头。

王安石说："《礼记·乡饮酒义》云：'天地严凝之气，始于西南，而盛于西北'，因此，天地以肃杀为心，金秋之时，西风袭来，万物凋零；又据阴阳五行之说，西方为金，此乃兵象。自古以来，诸侯立国，或王道，或霸道，都不免征讨侵伐之事，而霸道，则是专以力与刑得天下和治天下的。"王安石滔滔不绝，数百余言而意犹未尽，总之是"霸"字必然从"西"字而来。

另一位客人趁王安石稍停，插话说："其实，'霸'字不从'西'，而从'雨'字，这是为什么呢？"

王安石略一迟疑，想了想，又说："噢，从'雨'字，也是有道理的，比如及时雨之润育万物也。所谓'霸'，不过是作人主的担忧天下之人陷于不仁不义，所以解民倒悬，救民水火，加之以威，示之以恩，此犹干旱而施之雨也。"王安石本要继续阐述下去，两位客人笑着说："丞相博学，学生领教了。"说罢拜辞而去。

王安石的《字说》大都这样解字，因此，难免陷入牵强附会、主观臆断，以至于不能自圆其说。但是，王安石的《字说》后来影响很大。陆游《老学庵笔记》说，《字说》盛行时，有博士唐耜、韩兼作《字说解》数十卷，太学生作《字说音训》十卷，刘全美作《字说偏旁音释》一卷、《字说备检》一卷。更有人仿《字说》作《字会》二十卷。参政王瞻叔笃好字说，每与人相见，从早至暮，只谈《字说》，不谈其他，虽病卧床，也拥被指画口诵不绝。直到清代，还有某太史恪守《字说》，《字说》解释"诗"这个字的字义说："诗者，寺言也。寺为九卿所居，非礼法之言不入，故曰'思无邪'[①]。"这位太史同袁枚谈《字说》，即据此说"诗可以观人品。"袁枚就随口吟了一联诗："哀筝两行雁，约指一钩银"，问太史为何人所作，太史鄙薄地说："不过温、李耳[②]！"袁枚笑笑说："此宋四朝元老文潞公

① 九卿，从秦汉以至明，都有"九卿"，各代具体所指不同，其实都是指中央最高行政机关。寺，为官署名字，九卿办公地，如有大理寺、太常寺、太仆寺、光禄寺等。"思无邪"，是孔子提出的评价诗歌的标准。孔子说："《诗三百》，一言以蔽之，思无邪。"（《论语·为政》）意思是说《诗经》三百篇的内容纯正，符合礼教，所以无邪。

② 温，指温庭筠；李，指李商隐。二人以写情诗艳词著称，所以太史鄙视他们的诗不合"思无邪"的标准。

诗也。”太史竟瞠目结舌。袁枚又吟一联“便牵魂梦从今日，再睹婵娟是几时？”太史更是惊吓得瞪大了眼睛，袁枚说：“此李文正公《赠妓》诗也，一往情深，言由衷发，而文正公为开国名臣，夫亦何伤于人品乎？”（《随园诗话》卷二）

元丰七年（1084 年）七月的一天，王安石听说苏轼从黄州量移[①]汝州（今河南临汝），经过江宁，已泊舟江岸，便立即骑上毛驴往江边相访。王安石在半山园，经常骑毛驴出外游览风景，由一个小童替他牵驴。有时小童在驴前，则随小童而往；有时小童在驴后，则随驴而往，唯任情适意而已。今日自然是小童在前牵驴，直奔江边而来。苏轼在舟中听说王安石便服骑驴来访，连帽子也来不及戴就钻出船舱，上前施礼。二人见面，如老友重逢。

苏轼说：“拜见丞相！子瞻今日衣冠不整，像个山野之人，还望丞相宽恕！”

王安石笑着说：“如今我也是山野之人，朝廷礼法岂是为我等设的？快不要如此说。”

苏轼风趣地说：“是啊，我也知道，相公门下已用不着苏轼了。”

王安石一时语塞。大概他以为苏轼对往事还耿耿于怀，因此话中有话。不过，他稍一转念，又觉得苏轼为人，一向坦诚真率，幽默多趣，未必有什么弦外之音，也就释然了。

王安石说：“东坡，你看时值盛暑，酷热难当，你我何不同往蒋山[②]，一可消暑，二可揽胜，岂不美哉？”

苏轼说：“好！好！就依丞相之意。”

苏轼立即起身，随王安石而去。他们在山中，一边流连风景，一边谈禅说诗。忽然，苏轼想起了王安石的《字说》。苏轼说：“丞相四年前就著完了《字说》，如今‘荆公新学’已传遍天下。”

---

① 古代被贬降远方的官吏，遇赦被酌量移到近处任职，叫量移。

② 《景定建康志卷十七·山阜》：钟山一名蒋山，在城东北十五里。汉末秣陵尉蒋子文死难于此，吴大帝（孙权）为立庙，封曰蒋侯。大帝祖讳钟，因改曰蒋山。

王安石说："是啊，我编著这部书，耗费尽了我的平生精力。我常常在几案上放百余颗石莲，一边咀嚼，一边思索，往往把石莲嚼完了还没有找到一字的解释，以至啮咬手指，血流而不自知。"

苏轼说："我记得你编成《字说》之后，有一首小诗，题目是《成字说后》：

鼎湖龙去字书存[①]，开辟神机有圣孙。
湖海老臣无四目，漫将糟粕污修门。
正名百物自轩辕[②]，野老何知强讨论。
但可与人漫酱瓿[③]，岂能令鬼哭黄昏。

丞相用心如此良苦，有继往开来之功，又如此谦逊，实令人感佩。"

王安石接着说："也不是老夫故作恭谦，实是常感力拙。比如这'鸠'字，为什么从'九'从'鸟'呢？我就很费了些精神。"

苏轼说："《诗经·鸤鸠》云：'鸤鸠在桑，其子七兮。''鸠'鸟有七个儿女，加上爷和娘，不正好是九只？所以'鸠'从'九'从'鸟'，可是如此解？"

王安石听得津津有味，十分诚恳地说："对！对！子瞻果然博学多才，可惜几百年间才出你这样一个人杰！"

苏轼笑了笑，有些得意地问："那么'坡'字是什么意思呢？"

王安石说："这好解，'坡'者土之皮也。"

"哦？！'滑'字自然就是水之骨啰！"

王安石还没有来得及回答，苏轼又说："用竹鞭马，其声'笃、笃、笃'，

① 鼎湖，古代传说黄帝乘龙升天之处，见《史记·封禅书》。又，传说黄帝吏官苍颉始创汉字。

② 轩辕，即黄帝，传说中中原各族的祖先，他有许多发明创造，如养蚕、舟车、文字、音律、医术、算数等。

③ 酱瓿（bù），盛酱的器物，是"覆酱瓿"的省略，喻著作的价值不为人所认识，只能用来盖酱瓿而已。

所以‘笃’字从竹从马，看来有点道理。不过‘笑’字从竹从犬，用竹鞭犬，有何可笑？”苏轼说着，自己竟忍不住先笑了起来。

衰病迟钝的王安石，这时才恍然大悟，原来苏轼在故意玩文字游戏，同他开玩笑！

苏轼的玩笑，虽然有点令王安石下不来台，但这毕竟是游山玩水时的一些闲言碎语，聊以助兴而已，所以王安石也不介意。

按传统的观点，在北宋“熙宁变法”中，王安石、苏轼二人可谓势不两立的政敌。但客观实际比简单的论断复杂得多。他二人都颇有政治家的风度，二人始终保持着相当深厚的友谊，彼此都曾倾心赞赏对方的学识和才华。

就是这一次，王安石以近作《寄蔡氏女子两首》示东坡，东坡称赞说：“自屈（原）宋（玉）没，旷千余年，无复离骚句法，乃今见之。”王安石认为此“非子瞻见谀”，而王安石读苏轼《同王胜之游蒋山》至“峰多巧障日，江远欲浮天”，乃拊几叹曰：“老夫平生作诗无此二句。”也是发自肺腑（《西清诗话》）。

也是在这一次，二人谈论陈寿著、裴松之注的《三国志》。《三国志》是前四史（《史记》、《汉书》、《后汉书》、《三国志》）之一，是一部研究三国历史的重要史书。但陈寿著《三国志》太简略，裴松之为他作注，补充了大量重要史料，注的文字比原书多了数倍，且更有文采，是我国人民熟知的古典小说《三国演义》创作的重要基础。王安石奇怪裴松之为什么不自己写一部新《三国志》；王安石也抱恨欧阳修为什么不修《三国志》而要修《五代史》；王安石对苏轼说：“安石旧有意重修，今老矣，非子瞻，他人下手不得矣！”苏轼说：“我不是写史的材料啊！”苏轼直到晚年，还把王安石的重托铭记在心，郑重地委托刘壮舆来成就王安石的心愿。可见王、苏二人确实是惺惺相惜，老而愈笃。

王安石已罢相赋闲在家，苏轼也有了官做，二人同游蒋山，友谊更为增进。临别，王安石又为苏轼诵读了近作《池上看金沙花数枝过酴醾架盛开四首》，其三是：

北山输绿涨横陂，直堑回塘滟滟时。
细数落花因坐久，缓寻芳草得归迟。

读罢，王安石想得到苏轼墨宝，就请苏轼书写赠他，苏轼欣然握笔。王安石十分高兴，又旧话重提，劝说苏轼在江宁秦淮河畔卜居，好彼此为邻，日日相从。苏轼十分感动，写了《次王荆公韵》作答，其一如下：

骑驴渺渺入荒陂，想见先生未病时。
劝我试求三亩宅，从公已觉十年迟。

苏轼忙于公务，终于去汝州赴任，而在两年后，即元祐元年（1086 年）四月，王安石也离开了人世。苏、王二人蒋山说字，过去有人当作政敌之间的舌战，其实，那是记录着他二人的一段友谊的。清人蔡上翔对王、苏二人的蒋山之游，曾这样感慨地说："以两公名贤，相逢胜地，歌咏篇章，文采风流，照耀千古，则江山亦为之壮色。"（《王荆公年谱考略》）

【参考资料】

《宋人轶事汇编》
《王荆公年谱考略》
《苕溪渔隐丛话》前集卷三十五
《默记》卷中

诗法禅机

宋神宗元丰元年（1078年）七月，苏轼出知徐州。九月末一天，在府邸宴乐，门吏来报，有僧人参寥求见。

僧人参寥，俗姓何，初名昙潜，号参寥子，于潜（今浙江临安）人。苏轼在杭州时，爱其诗，一见如故。苏轼听说参寥来了，忙说："请！"

不一会儿，参寥身披袈裟，手持斋钵禅杖，神清体洁，面若琼英，飘然而入。声到人到："方外人参寥，久慕施主英名，妄期一晤。今不召而至，乞恕贫僧冒昧。"

苏轼忙迎上前，说："法师十年尘土窟，一寸冰雪清，俗官今日何幸，劳大师惠临！"

参寥说："独依古寺种秋菊，要伴骚人餐落英，故不惮千里，贸然造访。"

苏轼说："佛祖遗教，求法无懈，说法无吝，还望法师以智慧剑，破烦恼贼，普度我等出苦海。"

参寥合十闭目说："阿弥陀佛！"

两人相见，禅语机锋[①]，引得满堂欢笑。

"诸位，"苏轼延请参寥入座后，转身对众人说："本官早知参寥法师能参禅，工于诗，他有一首《经临平作》，极其脍炙人口：

① 禅机，佛教名词。禅宗认为悟了道的人教授学徒，往往在一言一行中都含有"机要秘诀"，令人触机生解。

风蒲猎猎弄轻柔，欲立蜻蜓不自由。
五月临平山下路，藕花无数满汀洲。

法师在夏初经过杭州东北的临平山，见风吹蒲柳（水杨），柔条乱拂，蜻蜓欲附着柳枝而不可得，而河堰汀洲，藕花碧莲满眼，法师即景生情，吟成此作。诗意精巧，诗句清新，诗境如画，本官吟叹再三，便把这首诗书写刻石。如今又有曹夫人据此诗意画的《临平藕花图》行世，人人争相摹画，实是一大胜事。今日法师正逢我辈聚会，更不可放过讨教求诗的机会。”

当时在场的有一个官妓叫马盼盼，听苏轼说了这番话，很想捉弄一下法师，便走到参寥面前，交手屈身施礼，然后从桌上端起两只酒杯，把一杯给参寥，挑衅地说：“‘有敦瓜苦，烝在栗薪，自我不见，于今三年。’法师，饮奴一杯酒，赏奴一首诗，以慰奴三年相思苦！”

马盼盼刚刚说完，一座哄然大笑。原来，马盼盼话中的“有敦”四句，出自《诗经·豳风·东山》诗。诗中主人公是戍边多年的士兵，幸而不死，解甲还乡，一路上想到妻子因思念自己而长叹，想到新婚之时，夫妻各执一半苦瓜瓢，饮交杯酒的情景，而如今那苦瓜瓢高高挂在柴火堆上，已经几年没有用了。马盼盼引用《东山》诗，是故意用这种世俗的儿女情嘲弄参寥，想要看看参寥是否真的断了尘缘。

苏轼听了马盼盼的话，开怀大笑，说：“好一个狡黠的盼盼！”然后幽默地对参寥说，“法师，怕你难守本心了啊！”

参寥微微一笑，当即口占一绝[①]：

寄语东山窈窕娘，好将幽梦恼襄王[②]。
禅心已作沾泥絮，不逐春风上下狂。

① 诗题《子瞻席上令歌舞者求诗，戏以此赠》。

② 参看本丛书《唐代篇·巫山搁笔》。

吟完，闭目合十，说：“阿弥陀佛！”

参寥话音一落，满座惊叹，纷纷称赞参寥回答得快、回答得妙：“法师新诗如弹丸，脱手不暂停。佩服，佩服！”

一个幕僚转身对马盼盼说：“你那阳台幽梦，只好去烦恼楚襄王了，我们的参寥禅师可是心清如水，心寂如死灰啰，哈……”

苏轼也赞叹说：“我也曾见柳絮落泥中的情景，几次想写进诗里，都没有如愿，今日不意由法师拈去。法师新诗如玉屑，出语便清警，俗官真不可企及了！”

参寥这次来晤苏轼，名声大振。苏轼留他同游，吟诗谈禅，十分投机。苏轼慢慢感觉到，参寥性情真率，入道有得，只是心中尚未彻悟，达到空静寂灭，所以时时不禁骂人与作诗，而他作诗，很有点像唐代张旭作草书，喜怒穷窘，忧悲愉悦，怨恨思慕，无聊不平，有动于心，必酣醉泼墨，任笔之所骋。苏轼有感于此，便在这次送别参寥时，特意写了《送参寥师》，委婉地作了规劝，诗的最后几联是这样的：

欲令诗语妙，无厌空且静。
静故了群动，空故纳万境。
阅世走人间，观身卧云岭。
咸酸杂众好，中有至味永。
诗法不相妨，此语更当请。

参寥本僧人，苏轼如果只把他当作诗友，只论诗而不谈禅，则不见参寥的佛僧本相，但如果同他只谈禅而不论诗，则又不见参寥的诗僧本色。因此，这首诗的结尾，禅与诗一起谈。诗本不碍禅，诗心与禅心为一，学诗如参禅，且下工夫二十年，多读书穷理，如参禅诸方，务求彻悟，有所心得，锲而不舍，豁然贯通，信手拈来，皆成文章，方得意于言外，如禅悟在心而不著言说；又如美食，梅止于酸，盐止于咸，饮食不可无盐梅，而其美常在盐梅之外[1]。但是，若要了悟禅机，必得“空且静”，否则，人难成佛，诗必多死句，难至淡泊空灵妙境。可惜苏轼的这一番话，参寥没有彻悟，以至后来遭奇祸。

元丰二年（1079年）七月，苏轼因乌台诗案入狱。十二月，贬为黄州团练副使。参寥闻讯，经长途跋涉，相从于黄州。十年后，元祐四年（1089年）七月，苏轼出知杭州，与参寥的交游更加密切。后来，参寥得居西子湖畔孤山智果院。苏轼偕十六人为参寥祝贺，席间众人以《圆觉经》中“大圆觉为我伽蓝身心安居平等性智”为韵，分韵赋诗，可见其当年盛况。绍圣元年（1094年）六月，苏轼远贬惠州（今广东惠阳），参寥得知这个消息，想到苏轼去后这几年来，再也不曾有过昔日诗友盛会，不禁万般感叹，写了《湖上》绝句二首：

去岁春风上苑行，烂窥红紫厌平生。
而今眼底无姚黄，浪蕊浮花懒问名。

城隈野水绿逶迤，袅袅轻舟掠岸过。
欲采芸兰无觅处，野花汀草占春多。

两首诗，正是参寥那种“忧愁不平气，一寓笔所骋”（苏轼《送参寥师》）的典型作品。第一首诗说，去年在京城御花园里，种满了姚黄魏紫[2]一样名贵的牡丹花，贪婪纵情地观赏，真是堪慰平生啊！而如今只有一些“浪蕊浮花”，他不屑一顾，也懒问姓名。第二首，春天了，水已染绿，风鼓船帆，可无处寻找馥郁的芸香和高洁的幽兰，只有微贱卑下的“野花汀草”占尽了春光。诗人对不见姚黄“芸兰”的惋惜，对独占春光的“浮花”、“汀

① 参看苏轼《书黄子思诗集后》。

② 唐代洛阳两种名贵的牡丹花品种。姚黄为千叶黄花，魏紫为千瓣肉红色花。各由姚、魏两家培育而得名。

《唐诗画谱》　　(明) 黄凤池 编

草’的蔑视与愤怒，实际上是指斥佞臣小人当道，排挤忠良，感叹苏轼一类人物的不幸。因此，这两诗传出，当权者以为诗含讥刺，交有司论罪，逼令参寥蓄发还俗，后来又把他流放，由州府编管，吃了不少苦头。

可见，世道不平，谁能空静寂灭，彻底了悟！苏轼不能，参寥也做不到！

【参考资料】

《冷斋夜话》卷六
《苏轼诗集》卷十七
《宋诗纪事》卷九十一

弈棋赌诗

王安石第二次罢相后，退居江宁。秀才薛昂从杭州跑来求学。一老一少，师生二人在一起讲经习传之余，常常一起下棋消遣。

冬尽春来的一天。一场春雪刚住，寒气阵阵袭人，但到底是江南春早，初日融融，也能照得人身暖烘烘的。王安石带着几位朋友，走出书斋，薛昂也跟在身后。

“啊，哪儿来的一阵清香？”王安石突然惊叹地说。他停下脚步，闻了闻，大家也都环顾四周，察看清香来自何方。

“看！先生！”只听薛昂惊喜地叫起来，“那边好像是一树梅花开放了！”

王安石向薛昂指的方向望去，果然一树梅花绽开了洁白的花朵，在阳春白雪的映照下，显得格外素雅明艳。王安石禁不住感叹起来：“好雪！好梅！该有好诗啊！”

大家齐声说：“就请老丞相赋雪咏梅罢！”

王安石到了晚年，很喜欢作小诗，每有新作，造语用字，间不容发，意与言会，言随意遣，浑然天成，雅丽精绝，脱尽流俗，句句堪吟。这时他正诗兴盎然，也不推辞，便行步吟哦起来，没走几步，便吟成《梅花》一绝：

墙角一枝梅，凌寒独自开。
遥知不是雪，为有暗香来。

薛昂听罢，第一个欢呼起来："好诗！好诗！"

王安石得意地回头反问："哦，你说说看，好在哪里？"

王安石看他一时说不上来，便自己解释说："老夫往日所作之诗，看似舒闲容与，但细考字句，必求精巧婉曲，蕴含深刻。今日仓促吟成，虽欠推敲，亦有讲究。"

薛昂恭谦地说："请丞相指教。"

"刚才我们是先闻着香气，才因香气而寻见梅花，可我为何到末句才逗出'为有暗香来'呢？'香'前著一'暗'字，又是为何？"

薛昂说："如果按闻香寻梅顺序写，诗就平淡无奇了，先写看见'雪'，又断定它不是'雪'，而是梅；怎知是梅？原来是有梅'香'飘来；所以是'暗香'者，乃梅香清淡，又从遥远处度来，其味似有若无，更不易被人觉察也。一首小诗，可谓层层转深，读时也当如剥笋，层层解析，方可得其奥妙。"

王安石赞叹说："解得好！诗人造境遣词，用心良苦，切不可草草放过。"

薛昂说："学生谨记了。"

关于这首诗，还有一则褒贬。王安石平生好改古人诗，此其一例。古乐府横吹辞曲有苏子卿《梅花落》，其词如下：

中庭一树梅，寒多时未开。
只言花似雪，不悟有香来。
上郡春恒晚，高楼年易催。
织书偏有意，教逐锦文回。

这首诗写上郡（**大都市**）高楼女子见梅花初开而伤春，叹年华易逝，思念远行在外的情人，想像苏若兰一样写回文诗织锦给情人寄去[①]。显然，王安石《梅花》诗是改苏子卿诗前四句而来。于是，赞扬者有之，批评者亦有之。元代人方回说："一字之间，大有径庭，知花之似雪，而云不悟

① 参看本丛书《先唐篇·璇玑图诗》。

《宋词画谱》 （明）汪氏 编

香来，则拙矣。不知其为花，而视以为雪，所以香来而知悟。荆公似更高妙。”（《瀛奎律髓》卷二十）清代人贺裳则从论诗到论其人，他说：王安石“虽用其语，却全反其意，亦自可喜。然细味之，则古人之意婉，介甫（王安石）之气直。大抵介甫一生，不徒事事立异，性亦不耐含蓄。”（《载酒园诗话》卷一）而钱钟书先生言辞似更激烈，钱先生说：“集中作贼，唐宋大家无如公（王安石）之明目张胆者”，“公在朝争胜，在野争墩（犹争强、争出头），故翰墨间亦欲与古争强梁，占尽新词妙句，不惜挪移采折，或正摹，或反仿，或直袭，或翻案。生性好胜，一端流露。”（《谈艺录》第245—247页）这些褒贬，可启发我们思考王安石其诗其人。

我们再回头说王安石同薛昂论诗之后，王安石转头向众人说：“今日天气晴和，瑞雪满眼，早梅又开，我们何不在敞轩一边下棋，一边观赏雪景？”

“谁输了棋，就罚谁赋雪梅诗一首。”一位客人说。

大家欣然赞同，彼此推让，结果先由王安石同薛昂对弈。

王安石下棋，一向不十分经意，见对方一落子，他便随手疾应，不假思索。如果遇到一个老谋深算的对手，他就不免连连失误。如棋成败局，他就抬手一划拉，坦然说："输了！输了！"他持这种棋风，也有一个道理。他说："下棋本来图个娱乐痛快，如果下棋时苦思劳神，务求赢棋，头可断，棋不可输，一着不慎，轻则破坏了自己的好心情，重则痛心疾首，后悔得直扇自己耳光，如此下棋，不如不下。其实，棋一下完，黑白棋子尽收入匣子（**两奁**），剩下一个空棋盘（**枰**），哪里还有什么输赢？"所以他写了一首绝句《棋》，表明自己的态度：

莫将戏事扰真情，且可随缘道我赢。
战罢两奁收黑白，一枰何处有亏成。

这天，王安石同薛昂下棋，王用黑子，薛用白子，战幕拉开，纵横布子的膈膊之声，时起时落。旁观的人，个个技痒，不免指指划划，吵吵嚷嚷。王安石兴致很高，时而大刀阔斧，气势逼人，时而悠游从容，以柔克刚，时而开拓疆域，摆开鲸吞囊括的架势，时而残留尺寸，露出鲜亮的笑靥。总之，他收纵随心，捭阖自如，很快便大获全胜。

王安石站了起来，这才觉得天寒手冻。他一边呵手，一边笑着对薛昂说："啊，你先输一棋，该你赋诗！"

薛昂也站起身，说："先生才思敏捷，棋路多变，学生莫及，甘拜下风。"他转身向轩外望去，凝视着远处的白雪，沉吟起来，只见他刚要开口咏出一句，又咽了回去，如此几次，额头上竟慢慢沁出汗珠来了。他终于说："在先生面前，学生实觉神思黯然，诗情全无，还是请先生代学生作一首吧！"

众客人说："岂有先生代学生受罚之理？薛秀才必得自作一首！"

王安石见薛昂那冷汗淋漓的紧张情景，有些不过意，便说："算了吧，本是游戏取乐，胜固欣然，败亦可喜，何必过于认真，弄得一人向隅，举座不欢呢？还是我代他作一首吧！"

薛昂立即一揖："多谢先生！"

王安石便咏成《又代薛秀才一首》：

野水荒山寂寞滨，芳条弄色最关春。
故将明艳凌霜雪，未怕青腰玉女嗔。

这首诗说，梅花生长在野水荒山，保持着傲雪凌霜的高洁品质，不畏寂寞，不怕主管霜雪的仙女（青腰玉女）嗔怪，在寒凝大地时含苞怒放，为人间带来盎然春意。言为心声，看来，王安石虽然罢相，但锐气不减。

薛昂再次谢过王安石后，他们又接着下棋。王安石因输棋被罚，又咏了一首梅花诗：

华发寻春喜见梅，一株临路雪培堆。
凤城南陌他年忆，杳杳难随驿使来。

薛昂在元丰八年（1085 年）进士及第，做过翰林学士，但此人没有真才实学，不久即因不称职而贬官。薛昂为人，品行低下，后来出知江宁，就有人传诵打油诗嘲笑他：

好笑当年薛乞儿，荆公坐上赌梅诗。
而今又向江东去，奉劝先生莫下棋。

薛昂同王安石对棋赌诗的事，不仅世人传为笑话，也写进了官修的《宋史》本传。

【参考资料】

《苕溪渔隐丛话》前集卷三十三
《宋诗记事》卷二十九
《宋史·薛昂传》

一字精警

北宋末年的一天，建安（今福建建瓯）人严有翼和同乡翁行可在汴河（今河南开封以东）泛舟。他们一边观赏风光，一边谈论诗文。

翁行可说："王荆公有一首《自金陵至丹阳道中有感》，你可记得？"

严有翼著有《艺苑雌黄》，对诗词的研究颇有见地。因此，他立即说："当然记得。"说罢，便吟了出来：

数百年来王气消，难将前事问渔樵。
苑方秦地皆芜没，山借扬州更寂寥。
荒埭暗鸡催月晓[①]，空场老雉挟春骄。
豪华只有诸陵在，往往黄金出市朝。

金陵是六朝旧都[②]，到王安石的时代，已七八百年，王安石从金陵去丹阳，丹阳在金陵东，滨长江，有六朝陵墓，因此王安石一路上见六朝遗迹，不禁感慨万端。六朝帝王紫气早已散尽，往事如烟，已难从渔父樵夫的闲话中追忆了；昔日的秦宫雄豪已成一片荒芜，扬州繁华也已沉静寂寥；在断垣残壁间，只有雄鸡在旧时残月中报晓、野鸡在春日骄阳下嬉戏；豪华

① 埭（dài），堤坝。
② 三国吴、东晋，南朝宋、齐、梁、陈，都以建康（今江苏南京）为都城，史称六朝。

的六朝帝王陵寝尚存，可昔日供帝王在归天后享受的陪葬品，常常有人在市场上叫卖！这首诗的首联出句，化用了唐人刘禹锡《西塞山怀古》诗的头两句，“王濬楼船下益州，金陵王气黯然收”①。入句则化用了略早于他的张昇词《离亭燕》中两句：“多少六朝兴废事，尽入渔樵闲话。”不过，王荆公诗中“难将前事问渔樵”含有更为深沉悲凉的感慨。

严有翼吟完王安石的诗，翁行可就笑着说：“荆公诗作得好，难为你也吟诵得如此苍凉慷慨！”

严有翼说：“过奖了。这的确是一篇咏史怀古的佳作。当年的六朝都城建康，确是繁华胜地。但是六朝君臣皆荒淫腐败，竞相奢靡淫乐，以致亡国，留下满目寒烟衰草，令千古之人对此兴叹！而帝王们陪葬的那些金银珍宝，本想万世享用，哪知尽被后人盗墓，成了市场上的玩物，这对历代帝王的腐败淫乐以至亡国是多么大的嘲讽啊！那些荒淫无耻的昏君，丧国辱身，死后千载，亡魂也不得安宁，这是何等悲惨的结局！”

翁行可接着说：“是啊，王荆公似乎对此时时感念在心，他还有一首词，叫《桂枝香·金陵怀古》：

登临送目，正故国晚秋，天气初肃。千里澄江似练，翠峰如簇。征帆去棹残阳里，背西风，酒旗斜矗。彩舟云淡，星河鹭起，图画难足。　念往昔、繁华竞逐。叹门外楼头②，悲恨相续。千古凭高对此，漫嗟荣辱。六朝旧事随流水，但寒烟、芳草凝绿。至今商女，时时犹唱，《后庭》遗曲③。

王安石这两首诗词，正是一样题材、一样主题、一样感慨，可谓异曲同工，动人心魄！”

---

① 此联写晋武帝派大将王濬乘大船从四川沿长江而下灭掉吴国事。参看本丛书《唐代篇·探骊得珠》。

② “门外楼头”，即“门外韩擒虎，楼头张丽华”（杜牧《台城曲》）之意。当隋朝大将韩擒虎带兵从朱雀门攻入京城时，陈后主还同宠妃张丽华等在结绮阁楼上寻欢作乐，因而被俘。

③《后庭花》曲，相传为陈后主所作，杜牧有“商女不知亡国恨，隔江犹唱后庭花”（《夜泊秦淮》）句。

严有翼说："先贤吟叹六朝遗事的诗篇，不下三十余首，唯荆公的这首《桂枝香》，堪称绝唱，苏东坡曾因此风趣地称颂王荆公说：'此老乃野狐精也。'（《古今词话》）所以把古今巨变，写得如此冷气森森，令人不寒而栗！"

翁行可说："荆公博学多才，作诗好使事用典，铺陈排列，了无痕迹，如出已意，绝非一般掉书袋可比。这首词，如同前一首诗，也化有前人的诗句和典故，大大增加了这首词的历史厚重感。确实可以同前面那首诗比美。"

"诗与词到底不同，诗须精炼，以一当十；而词尤其是长调词，可以尽情铺排，直至细微幽妙处。王荆公这两首同题诗词，可谓各尽其长！"

"你说得很对。不过，我更爱王荆公的诗，不只全诗好，而且还有诗眼，极见荆公诗的精妙！"

严有翼说："你指的是'空场老雉挟春骄'的'挟'字吧？"

"对。"翁行可说，"《孟子·万章篇》中有挟贵挟长之'挟'。孟子说不仗恃尊长富贵而盛气凌人，长者与晚辈，国王与匹夫都可以互相为友。王荆公反其意而用之，用一'挟'字，描写野鸡仗恃大好春光，更加放肆骄纵的气势。昔日的繁华胜地已成野鸡骄横无惧的天地了，不是写尽了原野的空旷与荒凉吗？"

严有翼说："的确，荆公善于下字，一字警策，精彩百倍，不愧画龙点睛之笔。"

严有翼和翁行可所论诗词，就全篇论，堪称佳作，所论诗眼"挟"字，也还平常。王安石用字精妙的例子，今人更熟悉更津津乐道的还是他那首《泊船瓜洲》：

京口瓜洲一水间，钟山只隔数重山。
春风又绿江南岸，明月何时照我还。

据洪迈《容斋续笔》卷八记载：吴中士人家藏有王安石这首诗的草稿，

最初是“春风又到江南岸”，后来圈去“到”字，自注说“不好”，改为“过”字，复又改为“入”字、“满”字，一共改了十多个字，最后才定为“绿”字。

这个“绿”字，原是形容词，色彩鲜明、柔美、自然，给人以视觉美感，此处用作动词，则更为传神。有此一字，那江南山山水水，似乎渐次染成鸭黄、浅绿、深翠、黛碧，以致成为无边无际的绿色世界。“绿”在萌生，“绿”在流动，“绿’在扩散，绿色赋予人的视觉已不是静态的美，而是动态的美。这个“绿”字确比“到”、“过”、“入”、“满”几个字都更能准确地表现江南春到的特点。而且这个“绿”字也很容易使人联想起唐代诗人王维《送别》诗句：“春草年年绿，王孙归不归？”这样就很自然地逗引出下一句诗，在写景中注入了思乡之情。

当代学者钱钟书先生别有一番见地。他认为“绿”字的这种用法，在唐诗中“早见而屡见”。丘为《题农父庐舍》：“东风何时至？已绿湖上山”，李白《侍从宜春苑赋柳色听新莺百啭歌》：“东风已绿瀛洲草”……于是发生了一连串的问题：王安石的反复修改是忘记了唐人诗句而白费心力呢，还是明知这些诗句而有心立异呢？他选定“绿”字是跟唐人暗合呢，还是最后想起了唐人诗句而欣然沿用呢？还是自觉不能出奇制胜，终于向唐人认输呢？ 袁枚曾说：“改诗难于作诗，何也？作诗，兴会所至，容易成篇；改诗，则兴会已过，大局已定，有一二字于心不安，千力万气，求易不得，竟有隔一两月，于无意中得之者。刘彦和所谓‘富于万篇，窘于一字’，真甘苦之言。”（《随园诗话》卷二）我们说，“暗合”也好，“沿用”也好，“认输”也好，王安石作《泊船瓜洲》诗，确实费了一番苦心，完成了一首脍炙人口的好诗，是值得称道的！

【参考资料】

《宋诗纪事》卷十五
《苕溪渔隐丛话》后集卷二十五
钱钟书《宋诗选注》
周振甫《诗词例话》

苏家小妹

在北宋朝，“三苏”的大名，如雷贯耳，至今仍叫得很响。这“三苏”就是苏洵、苏轼、苏辙父子。苏洵，字允明，号老泉，时称“老苏”；苏轼，字子瞻，号东坡，时称“大苏”；苏辙，字子由，号颖滨，苏轼之弟，时称“小苏”。这父子三人，不仅同朝为官，大苏、小苏同榜进士及第，后来二人均官至翰林学士，而且“三苏”都是学富五车，才高八斗，诗词歌赋文章，无不出类拔萃，为世人称道，我国文学史上奉为文章经典的“唐宋八大家”，苏氏父子就占了三家[①]，这在世界文学史上恐怕也是绝无仅有。而更令人拍案惊奇的是，老泉还有一个女儿，苏轼、苏辙的妹妹，名叫苏小妹，聪敏才智，竟在二位兄长之上，苏老泉曾感叹说，可惜是个女子，若是男儿，科场中必又多一位才子。真是山川之秀，钟于苏氏一家！关于苏小妹，有一段传奇，至今仍然脍炙人口。

苏轼生性幽默风趣，苏小妹才思敏捷，兄妹三人从小一块儿长大，朝夕讲习的不外诗书经史，就是兄妹之间玩笑，也不同凡俗，常是满口锦绣。据传，苏轼和小妹长得都不太漂亮，苏轼长了一副长脸，还有一脸又浓又密的络腮胡子；小妹的长相，用今天的话来形容，就是大奔儿头，凹抠眼儿，且凹凸对比十分强烈，凹者愈凹，凸者愈凸。一次，苏小妹刚要迈步走出

---

① 唐宋八大家，指唐宋两代散文最高成就的代表作家韩愈、柳宗元、欧阳修、曾巩、王安石、苏洵、苏轼和苏辙。此说始于明初，后世虽有异议，但此说至今难以动摇。

画堂，还没见到人，就听见哥哥苏轼的笑声，小妹立即笑着说：

口角几回无觅处，忽闻毛里有声传。

这是嘲笑苏轼一脸络腮胡子，看不见嘴唇，只听见声音。苏轼一听，也立即反唇相讥，说：

未出庭前三五步，额头先到画堂前。

兄妹俩都用了夸张，但苏轼的嘲讽更甚，他说小妹脚出闺房还没三五步，可她那大奔儿头已经先奔到画堂了[①]。

小妹毫不示弱，用一个指头指着自己的眼睛，作出流泪的样子，又嘲笑哥哥说：

去年一点相思泪，至今流不到腮边。

苏轼的脸何其长也！一滴眼泪，从去年流到今年，也还没流到腮边！苏轼走到妹妹跟前，抬起衣袖就给小妹擦拭眼眶，装出怪疼爱小可怜的样子，说：

几回拭脸深难到，留却汪汪两道泉。

兄妹俩相互嘲笑，可谓机智敏捷，把对方形象的特点抓得极准，又善于运用恰当生动的比喻，画龙点睛，寥寥数字，其人如在目前；同时又才华横溢，妙语连珠，清词丽句，字字堪吟，兄妹二人都是让人倾倒捧腹的“脱

① 这两句还有一个版本：妹嘲兄说：“欲扣齿牙无觅处，忽闻毛里有声传”；兄嘲妹说：“莲步未离香阁下，梅妆（女子脸上画的梅花妆）先露画屏前。”

口秀”！

小妹一天天长大了，她的才华，也因苏氏父子的传扬，早已名满京城。于是，上门求婚的就日渐多了起来。据说丞相王安石就曾为他的儿子王雱来提过亲，夸耀自己的儿子，读书只一遍，即能背诵。老泉说，谁家儿子要读两遍？不只是小儿，就是小女也只读一遍。但后来王安石因为听了上面苏氏兄妹互嘲的传闻，以为苏小妹真的长得不美，怕儿子不中意而作罢。苏老泉也怕委屈了女儿，一定要选一位可与女儿匹敌的才子，所以凡来求婚的，都要献上自己的诗卷，交小妹亲自审阅。有被小妹一笔抹倒的，也有点上三两行就掷出的。后来高邮秀才秦观也上苏家献上自己的诗稿，老泉照例把诗稿交给小妹。没有多大功夫，小妹就在秦观诗稿上批了四句，交还父亲：

今日聪明秀才，他年风流学士。
可惜二苏同时，不然横行一世。

苏老泉一看这批语，见女儿对秦观的评价竟是如此之高，说秦观眼下还是个秀才，可以后必然高中，成为翰林的大学士，只可惜秦观与她哥哥苏轼、苏辙同时，否则秦观会独步天下。老泉知道女儿是相中了这位秦秀才，便有意允诺了这门婚事。

一天，老泉同两个儿子谈起秦观，苏轼看了秦观献的几十首诗文，极力称赞秦观的词格已不在自己之下，又博综史传，通晓佛书。后来，苏轼甚至认为秦观有屈（原）、宋（玉）才，极力向王安石推荐秦观，王安石也说秦观诗文清新似鲍（照）、谢（灵运）①。你奇秦君之才，赞不绝口，我得秦君之诗，亦爱不释手。

苏老泉得了这样的佳婿，当然十分高兴，便为秦观与小女择日完婚。一对才子佳人，在洞房花烛夜，竟又演出一段三难新郎的闺中佳话。

---

① 屈原、宋玉，春秋时楚辞大家。鲍照、谢灵运，南朝大诗人，他们的诗歌风格以清新著称。

《宋词画谱》（明）汪氏 编

秦观在结婚大礼完成以后，正要步入洞房，却被小妹的侍女挡在了门外。侍女说：“新姑爷，小姐说了，你还得过三关呢！”

“过三关？什么三关？”秦观有些诧异地问。

侍女指着庭院中的一张桌子，说：“新姑爷你看，这桌上有纸笔墨砚，三个封儿，三个盏儿。”

“这是做什么用的？”秦观还是不解地问。

侍女说：“这三个封儿里，是三道考题。这个玉盏儿，是盛酒的，三试俱中，饮酒三盏，请进洞房；这银盏儿，是盛茶的，两试中了，一试不中，饮清茶一盏解渴，姑爷今晚就别想进洞房了，待明宵再试；这瓦盏儿，是盛淡水的，一试中了，就只能喝口淡水，小姐说了，就罚姑爷在外厢房读书三个月！”

“嗬，好严厉的考官！那就请小姐出第一道题吧。”秦观笑笑说。

侍女打开第一个封儿，是一首五言绝句，其中含有四字，要秦观用那四字也作一首绝句，秦观没费思索，就立即写了一首。侍女把秦观诗交给小姐，又打开第二个封儿，也是一首诗，含四位古人的名字，秦观到底博学，诗一念完，答案也出来了。侍儿又把答卷交给小姐，回来传话说：“姑爷两试已中，就看这第三题了。”说罢，打开这第三题，原来是要秦观对对子。秦观心想，这不是童子功吗？发蒙识字，老师就教对对子，这有何难？小姐如今竟用来考他，岂不小瞧了他这大名鼎鼎的苏家乘龙快婿，有辱苏门名声？秦观拿起试题，看见出联是：

闭门推出窗前月

秦观轻声念了两遍，竟一时对不上来，这才在心中感叹起来：“啊，小姐这句出联，看似平易，如在这淡月轻风的夜晚，触景得句，脱口而出，无僻字，无雕绘，可恰巧就难在这得之天然。闭门，自然不见月，但如若说‘闭门开窗见明月’，那就全无意趣了！”秦观这样琢磨着，口中念念有词，仿佛已求得对句，可接着又直摇头说“不好，不好！”如此反反复复，不知对了多少对，否定了多少对，眼看三更将尽，秦观越对，越觉自己的对句拙劣不堪，心中也越是发虚。

一直躲在一旁关注着这位新婚妹夫的苏轼，为秦观着急起来。心想，我这位妹妹才智过人，我常不免屈居下风，秦观岂能不为小妹所困？我不帮他一把，他今晚恐怕只能喝淡茶了。怎么帮他呢？庭院中有一只贮水的大缸，苏轼这时看见秦观正站在大缸前面出神，“有了！”苏轼灵机一动，从地上拣起一块小石头，轻轻咳了一声，秦观正要掉头看时，苏轼把石头投进了水缸里，水溅到秦观的脸上，秦观猛然醒悟，脱口而出：

投石冲开水中天

“好！好！”秦观兴奋地走到桌前，提笔一挥而就，交卷。屋里立即传出小妹的声音：“好对句！不仅字字工稳，‘窗前月’、‘水中天’也正好立意关联，又不犯复，确是天生一对！”话音未落，小妹已走出房来，向秦观施一礼，说：“夫君请进！”秦观一气饮完三盏美酒，满面春风，扶起新娘，联袂步入洞房。

苏小妹三难新郎，秦观与小妹喜结连理，这段才子佳人故事，经过明代人冯梦龙演绎成小说《苏小妹三难新郎》（《醒世恒言》），更是广播人口，川剧等剧种《三难新郎》曲目至今长演不衰。但是，这个故事的真实性却受到怀疑。有人认为，这纯属无稽之谈（《清波杂志校注》卷九）。同是明代人而早于冯梦龙的学者李诩就曾“辨苏小妹”，经他考证，“少游（秦观）之妻乃徐氏，非苏也”；苏老泉“生三子，曰景，早卒，轼、辙为某官；三女，皆早卒。”且“老泉之女皆亡于东坡兄弟未得第之前，而秦少游、黄鲁直（庭坚）诸公皆东坡既士之后所奖与而莫逆者也，安得妄相及耶？诸籍俱在，有目皆知，乃漫不根究，动作谈柄，最是可笑。”（《戒庵老人漫笔》卷六）清代人袁枚也说：经他考证，“东坡只有两妹，一适（嫁）柳（子玉），一适程（之才），今俗传为秦少游之妻，误矣！或云：‘今所传苏小妹之诗句对语，见宋林坤《诚斋杂记》，原属不根之论。’”（《随园诗话》卷十五）

诸家虽言之凿凿，似不可辩驳，但也属推论，并无确证，而苏小妹与秦观的故事，实属美谈佳话，包含了许多机智与文采，令人口颊生香，快意畅怀，所以至今仍被人们津津乐道。

【参考资料】

《宋史·文苑列传六》
《戒庵老人漫笔》卷六
《醒世恒言·苏小妹三难新郎》

山抹微云

宋神宗元丰元年（1078年）春，秦观三十岁，在彭城（今江苏徐州）第一次会见苏轼。次年，秦观去会稽（今浙江绍兴）探望祖父，恰好苏轼从徐州改任湖州（今浙江吴兴）知府，二人同行，过无锡，登惠山，经松江，直至吴兴，一路游览名山宝刹，诗酒唱和，十分相投。端午后，秦观告别了苏轼，到了会稽。

会稽湖山绮丽，千崖竞秀，万壑争流，草木葱茏，云蒸霞蔚。兰亭上，有王羲之酒酣赋诗的墨宝流芳；蓬莱阁，登临之胜，甲于天下；禹迹寺，古贤明德，遗泽后世。秦观在会稽得郡守程公辟殷情相待，游鉴湖，访兰亭，谒禹庙，憩蓬莱阁，过得好不畅快。“雅燕飞觞，清谈挥座，使君高会群贤。”（《蒲庭芳·茶词》）就是记述当时宴饮集会的热闹与欢乐的。

一天，程公辟在蓬莱阁宴会宾客，一个妙龄越女，有“绝坐标致，倾城颜色”，艳丽风流，“占天上、人间第一”（《满江红·姝丽》），向众位宾客分茶。这茶叫“密云”、“双凤”，用一品香泉水冲泡，用紫砂茶盅端来，极为甘甜馨香。这越女稳移红莲碎步，来到秦观面前，轻举翠袖纤手，美目流盼，十分动人。秦观动了爱慕之情，多饮了几杯，竟大醉睡去。待酒醒歌歇，月影当户，人去楼空，秦观尚自酣睡不醒。

这年岁暮将至，秦观要离开会稽回高邮（今江苏高邮）老家了，便写了《满庭芳》词留别：

山抹微云，天连衰草，画角声断谯门。暂停征棹，聊共引离尊。

多少蓬莱旧事，空回首，烟霭纷纷。斜阳外，寒鸦万点，流水绕孤村。　　销魂。当此际，香囊暗解，罗带轻分。谩赢得，青楼薄幸名存。此去何时见也，襟袖上，空惹啼痕。伤情处，高城望断，灯火已黄昏。

词的开头，便是警语。一抹浮云，遮映着隐约起伏的山峦，焦黄枯草延伸到绵延无际的天边，黄昏中从城楼上传来的号角声是那样凄厉悠长。这是一幅黯淡萧瑟的岁暮晚景。“连”字有作“粘”字的，清代文学家钮玉樵说，“少游词‘山抹微云，天粘衰草’，其用意在‘抹’字、‘粘’字。”（《词林纪事》卷六）这两字，好就好在“云”有了美的质感，“草”有了物的黏性，花木云烟有了人的动作情意，其景极为生动传神。所以这两句“尤为当时所传”（叶梦得《避暑录话》卷三）。而苏轼后来读到这首词，也极为称道，并因此呼秦观“山抹微云君”（《苕溪渔隐丛话》后集卷三十三）。上片，“斜阳外，寒鸦数点，流水绕孤村”，也是“天生好语言”（《诗人玉屑》卷二十一）。三句三景，三景又合为一景，正是一幅墨淡意远、空灵清丽的山水画。秦观词，体制淡雅，然而淡语皆有味，浅语皆有致，往往蕴含着深挚浓烈的感情。回首处，斜阳孤村，人已在天外，依依之情何其绵长！伤情处，黄昏独坐，孤舟趁流水，离情何其难以排遣！解香囊，赠罗带，襟袖啼痕，只为秦楼薄幸，相守不能，离别不忍，相见又无期，相思更无益，一切都只留得一个“空”字。总之，这首词起伏波折，一唱三叹，曲尽人情，“诗情画景，情词双绝”（《词则大雅集》卷二）。因此，此词一出，很快就“唱遍歌楼”（《双砚斋词话》）。

一天，范温在一富贵人家宴饮，这家人有一个侍女，善歌秦观词曲。开始她对范温很冷淡，看也没看他一眼，弄得范温很拘谨，不敢同她交谈一言半语。酒过数巡，大家畅谈起来，这侍女才问：“请问相公尊姓大名？”

范温仓惶站起来拱手说：“某乃‘山抹微云’女婿！”

大家一听，不禁笑得前仰后合。一个客人指着侍女和范温说：“一个慕秦观之才，一个爱秦观之女，也算你们二人因秦观有缘，不料对面相逢不相识，岂不有趣？”

话音一落，四座笑声又起。

在杭州，有一个歌妓叫琴操，也十分熟悉秦观的词曲。一次，她在官府陪宴，一个府吏喝了点酒，就忘形地唱起秦观的《满庭芳》词来：“山抹微云，天连衰草，画角声断斜阳……”

琴操在旁边轻声说：“错了，是‘画角声断谯门’，不是‘声断斜阳’。”

这个府吏不再唱了，醉眼惺忪地看着琴操，一字一顿地说：“我听着‘声断斜阳’也很好，你能依‘斜阳’韵，给我唱下去吗？”话中颇有看笑话的味道。

满座府僚都齐声叫起来，说：“好，琴操，你就唱下去！”

琴操在众人的要求下，无法推辞，便想了想，整认敛容，依“斜阳”韵唱了下去：

山抹微云，天粘衰草，画角声断斜阳。暂停征棹，聊共引离觞。多少蓬莱旧侣，频回首，烟霭茫茫。孤村里，寒鸦万点，流水绕低墙。　　魂伤。当此际，轻分罗带，暗解香囊。谩赢得，青楼薄幸名狂。此去何时见也，襟袖上，空有余香。伤心处，高城望断，灯火已昏黄。

琴操唱完，满座沸腾，喝彩声经久不绝！

“只易词韵数字，首尾一气，流转自然，而不易秦词命意境界，难得！难得！”

“韵脚用字，也几乎全从秦词中翻出，不得秦词烂热于心，彻悟其精妙，断不能即席脱口而出，翻得如此轻巧！”

“琴操姑娘，真是锦心绣口，聪慧灵巧，旷世才女！”

后来，苏轼也赞不绝口。他出知杭州时，还因此去访问过琴操！

再说苏轼别了秦观去湖州，到七月，便因乌台诗案下狱，以后谪官黄州。数年以后，他同秦观才有了机会在京城相会。

苏轼高兴地说：“与君久别，想贤弟词章比以前作得更好了，眼下京城中正在到处传唱你的‘山抹微云’词呢！”

秦观谦逊地说：“那已是几年前的旧作，我都快忘怀了。”

苏轼语气一转，说：“不料别后，贤弟学起柳七作词来了！”

秦观立即辩解说：“小弟虽见识浅薄，也不至于学柳七作词。兄长之言，恐怕太过了！”

苏轼哈哈一笑说：“‘销魂。当此际’，不是柳词句法么？”

秦观听苏轼指出的，正是《满庭芳》中的句子，不禁惭愧地低下了头，说：“这词已经传唱开了，想再改，也不能了。”

苏轼连忙宽慰说：“这词写得不错，不必改了，呼你‘山抹微云’君，当之无愧！”然后，转换话头，谈论起彼此的近作。

苏轼同秦观的这段话，涉及秦观词和柳永词的风格。秦观、柳永词都是北宋婉约派的代表，时人常以秦柳并称。事实上，苏轼并不低看婉约词，他自己的一些词也可入婉约一派。苏轼曾开玩笑地说，“山抹微云秦学士，露花倒影柳屯田”（《避暑录话》），这既赞赏秦柳词柔婉幽艳的长处，也指出秦柳词气格纤巧孱弱的短处。贺裳也说：“少游能曼声以合律，写景极凄婉动人，然形容处殊无刻肌入骨之言。”（《皱水轩词筌》）这是指出秦观词的内容还不够深刻。不过，蔡伯世说：“子瞻（苏轼）辞胜乎情，耆卿（柳永）情胜乎辞。辞情相称者，惟少游而已。”（《词综》卷六）乔笙巢又说：“少游词寄慨身世，闲雅有情思，酒边花下，一往而深……虽子瞻之明俊，耆卿之幽秀，犹若有瞠乎后者，况其下耶！”（《伯雨斋词话》卷六）蔡、乔二人对秦观词的评价很高，以为秦观词兼有苏轼词和柳永词的优点，苏、柳有些词作不及秦观词好，只能“瞠乎其后！”

其实，文学百花园里，应该是万紫千红，各竞其妍，各种风格、各种流派，尽可异彩纷呈，三家词的优劣，是难以一言定论的。

【参考资料】

《淮海居士长短句》
《能改斋词话》卷一
《铁围山丛谈》卷四

二遣朝华

宋哲宗元祐五年（1090年），秦观从蔡州（今河南汝南）被召入京城，任太学博士，校正秘书省书籍。在以后的几年里，有了机会与黄庭坚、张文潜、晁无咎一同出入苏轼之门，时人称他们为“苏门四学士”[①]。次年，秦观纳侍女边朝华。边朝华十九岁，京都人。秦观当时处在人生道路的顶峰，正春风得意，纳了边朝华，心情特别愉快，作了一首《纳侍儿边朝华》诗：

天风吹月入阑干，乌鹊无声子夜闲。
织女明星来枕上，了知身不在人间。

“织女”和“明星”[②]都是传说中的仙女。秦观以“织女明星”喻边朝华，得仙女朝华朝夕相伴，如临仙境，生活充满奇幻瑰丽的迷人色彩，自然完全不知自己是身在人间了。但是，风云突变，秦观很快从他的仕途的巅峰跌了下来。

---

①“苏门四学士”，指黄庭坚、秦观、张耒、晁补之。北宋初年的诗坛，承袭着五代以来晚唐诗的遗风，至欧（阳修）梅（尧臣）一变，至苏（轼）黄（庭坚）一大变。苏轼的诗，在当时名动天下，文学之士，归之如百川赴海，黄、秦、张、晁皆游于苏轼之门，世称“苏门四学士”。南宋人刘克庄说：“元祐以后，诗人迭起，一种则波澜富而句律疏，一种则锻炼精而情性远，要之不出苏、黄二体而已。”（《后村诗话》）

② 据《太平广记》卷五十九，“明星，玉女者，居华山，服玉浆，白日升天。”秦观《雨中花》词有“玉女、明星迎笑，何苦自淹尘域？”。

原来，自熙宁变法[①]以来，北宋的党争日趋激烈，翻云覆雨，险象丛生。苏轼被目为旧党中重要人物，而苏轼“于四学士中最善少游（与秦观的关系最好）”，对少游文章诗词“未尝不极口称善”（《避暑录话》卷三），因此，秦观不能不随苏轼在仕途中沉浮。宋哲宗元祐元年（1086 年），十岁的宋哲宗赵煦继位，高太后临朝，司马光执政，尽废新法，这年四月，王安石忧病而死。在这种形势下，苏轼得以几度入朝，秦观才有机会游于苏轼之门。但是元祐八年（1097 年）九月，高太后死，朝中形势再次遽变，苏轼立即被贬，由兵部尚书出知定州（今河北定县），次年三月，秦观便坐党籍而出为杭州通判。

秦观当时心情很坏。新旧党争，因王安石死而暂时缓和，但九月，司马光病死，原来的旧党立即四分五裂，帮派林立，互相攻击排挤。这一次苏轼与他遭贬，都是旧党内部相倾的结果。因此他伤心地说：“重来是事堪嗟”（《望海潮·梅英疏淡》），对前途感到从未有过的灰心。他本来就“通晓佛书”（《诗林广记·小传》），元丰二年（1079 年）过杭州，游会稽（今浙江绍兴），就曾与辩才法师、参寥道人等交游。“清风皓月，相与忘形”（《满庭芳·红蓼花繁》），元丰三年（1080 年）又与苏辙同游名刹金山寺，写有“幽光炯肝肺，爽气森庭户。区中多滞念，方外饶奇趣”（《和游金山》），如今党争残酷，个人不幸，更使他热衷于佛门。他决心割断红尘宿缘，不再贪恋儿女私情。为了一心向佛，他决定把边朝华遣送回家，令其嫁人，并送边朝华一些钱财布帛，作为嫁妆。

临别那天破晓，残月朦胧，晨雾茫茫，报更的木柝声显得格外悲凉沉闷。秦观把边朝华送出家门，口吟《遣朝华》诗作别：

月露茫茫晓柝悲，玉人挥手断肠时。
不须重向灯前泣，百岁终当一别离。

① 即王安石变法。宋神宗熙宁三年（1010 年）王安石出任宰相，在政治、经济、军事和科举等方面推行一系列新法，压抑了大官僚、大地主的势力，国家财政也有所改善，但推行新法操之过急，司马光等起而反对，形成统治阶级内部激烈的党派斗争。新党上台，不问青红皂白，把旧党一律斥逐；旧党上台，则以同样方式加以报复。党派斗争，愈演愈烈。

“百岁终当一别离”，是常人语，也是佛语。生生灭灭，天之常道，生不为乐，死不为悲，凡胎俗子不可违抗，也不必伤怀。秦观说得如此超脱，自然是为了劝慰朝华看穿看破，不必过分悲伤，以至肝肠寸断，回家后更不必独自独坐孤灯前哭泣。秦观一番话，确是有情有义，此时的他，其实与边朝华是一样的。

一二十天过去了，秦观也收拾好了行装，准备离京南下。不料，边朝华的父亲来了。

“官人，小女自回家后，茶饭不思，日夜啼哭，只要回官人这里来。你就让小女回来吧。”边朝华父亲声音颤抖，浊泪滚滚，向秦观恳求说。

“老伯，这不能啊！”秦观说，“我一生仕途坎坷，三十七岁才中进士，入朝四载，两度遭人诋毁贬官，如今远放外郡，前途未卜，我如带朝华前去，恐误她终身，不如让她嫁人，可以平安度日。”

边朝华的父亲说：“官人所说，朝华尽知，无奈她只求长随官人到天涯，不图富贵一日安。官人就成全了小女这点心愿吧！”

“唉！”秦观长叹了一声说，“两情若是长久时，又岂在朝朝暮暮！”秦观是一个多情、重情的人，听了边朝华父亲这番话，不忍再说什么，只好答应边朝华回来。

秦观带着边朝华，买了一条小船，便启程南行。时值暮春，飞絮落花，连天碧草，都让人惊叹韶光已逝，顿生无边的愁思。斜阳半山，夕烟两岸，北望京阙，只觉云雾迷茫，南瞻征程，又感道路迢迢。逐客情怀，游子离恨，真是无以叙说啊！不料，行至半路，又得圣旨，因御史刘拯论他增损《神宗实录》过失，再贬处州（今浙江丽水）。一波未平，一波又起，秦观更加感到处境的险恶，看着身边的朝华，不禁埋怨起自己来。

“唉，欲修仙学道，却不能看破红尘。图名城可依，恋儿女情长，害己累人，何时是了啊！”

恰在这时，秦观又遇到昔日的道友，二人游寺朝佛，谈禅说道，高谈清静无为，空静寂灭，逢苦不忧，得乐不喜，有求皆苦，无求即乐。秦观竟一时又似大彻大悟，见性成佛了。他回到驿馆，便派人回京城去把边朝华父亲叫来，同时对边朝华说：“你看，春间我贬官杭州，那本是十多年前的漫游之地，‘江南忆，最忆是杭州，山寺月中寻桂子，郡亭枕上看潮头，何日更重游’[①]，也是堪慰平生的地方，所以我带了你来。如今，杭州尚远，我又贬到更荒僻的小郡去了，怎好带你也同去受苦？我已决意斩断尘缘，去过无欲无念的清苦生活，你还是回京城家中去吧，我已派人去请老伯来了。”

边朝华听了，立即哭泣起来，说：“你去修行，我也去学道。你无欲无念，也得吃饭穿衣，我随你去，也好朝夕侍奉茶汤。”

秦观听了，连忙说：“这可不行。佛家最讲求修壁观，要心静得如墙壁一样沉稳不动，方可修得真佛。有你在身边，我怎能静心？也耽误你的青春年华，我于心不忍啊，你还是回去吧！”

无论边朝华怎样恳求、哭泣，秦观只是这些话。没几天，边朝华父亲来了，见事已至此，也只得把边朝华领回家去。临行，秦观写了《再遣朝华》诗赠别：

玉人前去却重来，此处分携更不回。
肠断龟山离别处，夕阳孤塔自崔嵬。

龟山，在江苏泗洪的淮河岸边，洪泽湖畔，夕阳中崇塔孤影高耸，倍增诗人的离情；这次与朝华的分别，将再也不会相聚，看得出，秦观的内心是十分痛苦的。“肠断”之人，不只是边朝华，也有秦观自己。边朝华走后，秦观记下了二遣朝华的本末，更见他不能忘情于边朝华。他的皈依佛门，不过是在北宋激烈党争中，承受不住残酷的打击而逃避一时的举动罢了。

【参考资料】

《宋诗纪事》卷二十六
《淮海居士长短句》
《东坡志林·墨庄漫录卷三》

---

① 白居易《忆江南词三首》之一。

春愁如海

宋哲宗绍圣三年（1096年）春，秦观因写佛书得罪，从处州（今浙江丽水）再贬郴州（今湖南郴州）。秋天，经过衡阳，衡阳郡守孔毅甫与秦观曾同列于朝廷，交游甚密，因此，秦观受到孔毅甫的热情接待。

一天，孔毅甫在郡斋设小宴，同秦观闲叙，秦观拿出他的新作《千秋岁》给孔毅甫看。秦观说："这是我今春在处州游府治南园时所作，当时情绪很坏，填出这种令人读之不快的词来。"

孔毅甫接过来，轻声吟唱起来：

水边沙外，城郭春寒退。花影乱，莺声碎。飘零疏酒盏，离别宽衣带。人不见，碧云暮合空相对。　忆昔西池会，鹓鹭同飞盖。携手处，今谁在？日边清梦断，镜里朱颜改。春去也，飞红万点愁如海。

这首词的上片由景入情。开头两句写寒尽春回的大好时光：和煦的春风，摇曳着满树繁花，黄莺儿在花丛树影中欢快地歌唱，这是多么赏心悦目的春景！但再往下读，便觉得秦观心中充满了孤独和痛苦，他的心情是如此阴沉，如同天际的碧云渐渐被暮色包围、吞食，只留下满天沉沉的阴云！面对明媚春色，秦观为什么是这样的心情和感受？原来，"人不见"，各自飘零东西，使他“为伊消得人憔悴”，衣带也日益变得宽松了。下片，紧接着转入忆“人”。“西池”，指宋朝首都汴京西郊的金明池，那是当朝皇上和群臣宴饮游乐的地方；“鹓鹭”，指品级大致相当的同僚。“飞盖”，车上遮阳的伞。秦观在京城时，常同好友到西池，如鹓鹭一样相伴而行，驱车飞驰，那是何等意气飞扬！可如今，这些好友都在哪里？想在朝廷（日边，即皇帝身边）轰轰烈烈干一番事业的美梦已经破灭了，镜中人已尽改昔日红颜！啊，大好春光已经逝去了，眼前只有万点红花飘落，他心中的忧愁就像大海一样深广！那么，秦观所说的“春去也”究竟是指什么呢？他所忆是什么人呢？这些人为何离散飘零呢？词中没有说，但是只要我们看一看这首词的写作时间和背景，我们就会完全明白这一切，就会掂出秦观心中那“愁如海”的分量。

秦观这首《千秋岁》词正是他被贬处州时触景生情之作。元丰八年（1085年）宋神宗死，十岁的哲宗即位，改元元祐，司马光执政，广开言路。于是，第二年苏轼被召入京为起居舍人，后改为翰林学士，黄庭坚、苏辙、张文潜、晁无咎、秦观等也相聚京城，文朋诗友，意气相投，皆望有所作为。谁料到元祐八年（1093年），风云骤变，新党得势，苏轼等尽逐出京，在京好友，转瞬之间如春花零落、星隐云散！当时秦观正值壮年，“强志盛气，好大而见奇，读兵家书与己意合”（《宋史·文苑六》）可谓胸怀奇才大志，是梦想干一番大事业的，这次政治打击，对秦观似乎特别沉重，他初贬杭州，途中再贬处州，旧痛未平，复增新痛，他在处州，时时想起这些往事，怎能不“愁深如海”？

孔毅甫当然是知道这些的，所以他读到“镜里朱颜改。春去也，飞红万点愁如海”时，不禁大惊失色，说：“少游兄，你正当盛年，为何说出如此悲凉怆恸的话来！”

秦观摇着头，深深地叹息了一声，说：“少游从京城外贬杭州，再贬处州，又贬郴州，两年三迁其地，颠簸蹉跎至此，得无悲痛吗？‘春去也，飞红万点愁如海’啊！”秦观说到最后，那声音几乎是痛苦的呼号了。

孔毅甫听了这番话，不由得也凄楚地说：“是啊，几年前，我们在京城西门外金明池集会，多至二十六人，纵饮高歌，步韵联句，彬彬之盛，何等可观！如今虽然转眼之间，飘零天涯，确实堪悲，但又何必如此英雄气短！”

秦观叹息说：“唉，‘日边清梦断’，一生锐气，都丧失干净了！”

两人相对无言，沉默了许久，后来还是孔毅甫打破了沉默，说：“也好，把一腔郁愤，借一调小词，倾吐干净，也畅快一点。不过，就此作罢，就不必再耿耿于怀了。我也步你的原韵，和一首词送你吧。”孔毅甫站起来，慢慢地踱着步子，一字一句吟道：

春风湖外，红杏花初退。孤馆静，愁肠碎。泪余痕在枕，别久香销带。新睡起，小园戏蝶飞成对。　　惆怅人谁会？随处聊倾盖。情暂遣，心何在？ 锦书消息断，玉漏花荫改。迟日暮，仙山杳杳空云海。

孔毅甫咏完，自己连连摇头，说：“哎，不好，不好！我本想宽慰一下你的心，结果，非但没有助你摆脱愁情，反而吟出‘孤馆静，愁肠碎’之类句子，倒不如你的词蕴蓄深厚了。”

孔毅甫留秦观在衡阳住了几天，又亲自把秦观送出郊外。长亭话别，从日出到日落，不胜依恋叮嘱。孔毅甫回到府中，就伤心地对亲近的人说：“少游气貌，大不同于平日，恐怕将不久于人世了！”

但是，秦观还是顽强地活着，直到四年后，元符三年（1100年）八月，赦还至藤州（今广西藤县）光华亭，他饮醉了酒，拿着一个碧玉杯去泉边汲水，不意倒在了泉边，脸上带着永远从苦难中解脱出来的微笑。就在他当年作《千秋岁》的同时，他曾写过“醉卧古藤阴下，了不知南北。”（《好事近》）。这好像就是他自吟的诗谶，如今，他果然就这样无牵无挂地去了，时年仅五十三岁！

秦观这首《千秋岁》词写出后，不仅使孔毅甫伤感不已，其他朋友的震动也很大。苏轼得到秦观和孔毅甫的词后，也用秦观词原韵和了一首，其中有“岛边天外，未老身先退。珠泪溅，丹衷碎。……道远谁云会？罪大天能盖”的话。崇宁三年（1104 年）秦观去世三年后，黄庭坚道过衡阳，见秦观《千秋岁》词遗墨，也用原韵和了一首，下片有“洒泪谁能会？醉卧藤阴盖。人已去，词空在。……重感慨，波涛万顷珠沉海。”这些话，更加凄婉，哀怨、催人泪下！

当年秦观在衡阳告别孔毅甫后，冬末到了郴州。次年春天，秦观又写了著名的《踏莎行》词：

雾失楼台，月迷津渡，桃源望断无寻处。可堪孤馆闭春寒，杜鹃声里斜阳暮。　　驿寄梅花，鱼传尺素，砌成此恨无重数。郴江幸自绕郴山，为谁流下潇湘去？

苏轼当时被远谪在儋州（今广东儋县），得到这首词，在心中产生了深深的共鸣，他非常理解秦观那“雾失楼台，月迷津渡，桃源望断无寻处”的真正含义，他能体会到秦观在“孤馆闭春寒’中的苦况，他更为“郴江幸自绕郴山，为谁流下潇湘去”句中饱含的惨痛凄厉的感情而慨叹。他不止一次把最后这两句词，书写在扇面上。当秦观去世的噩耗从藤州传来，苏轼悲痛欲绝，凄厉地哀号着，“少游死了，虽有万人去替他死，也不能把他赎回来啊！”清人王士祯深深为苏轼对秦观的相知之情感动，说：“高山流水之悲，千载而下，令人腹痛！”（《花草蒙拾》）

宋孝宗乾道四年（1168 年），范成大出任处州知府。徐子礼劝他在南园修建一座亭子，以纪念秦观作《千秋岁》的旧事，并借“花影乱，莺声碎”句，取名“莺花亭”。徐子礼还为此作了六首绝句诗。范成大很以为是，第二年春天，“莺花亭”修好了，范成大和了徐子礼诗六首。他不仅想到了《千秋岁》旧事，还想到《踏莎行》，想到秦观的一生，想到了苏轼。下面是其中的两首：

文章光焰照金闺[①]，岂是遭逢乏圣时。
纵有百身那可赎[②]，琳琅空有万篇垂。

古藤阴下醉中休，谁与低眉唱此愁。
团扇他年书好句，平生知己识儋州。

范成大这两首诗，以深挚的感情，追悼秦观的才华与不幸，同时，也为秦观平生得一知已苏轼而感到欣慰。

“莺花亭”落成后，后人题咏很多，南宋人芮晔有《题莺花亭》诗，也为秦观的不幸而深深感慨：

人言多技亦多穷，随意文章要底工？
淮海秦郎天下士，一生怀抱百忧中。

秦观是因为胸中郁积的愁怨过于深广而死去的。他的《千秋岁》词末句“春去也，飞红万点愁如海”，最生动形象地反映了他一生的痛苦，因而成为千古名句。清人冯煦说，“淮海（秦观）、小山（晏几道），真古之伤心人也。”（《蒿庵论词》）王国维则三次论及这首词，他强调冯煦的评语说：“余谓此唯淮海足以当之。”又说：“词以有境界为上，有境界则自成高格，自有名句”，“有有我之境，有无我之境”，“‘可堪孤馆闭春寒，杜鹃声里斜阳暮。’有我之境也。”所谓“有我之境，物皆著我之色彩”，这就是说客观景物，都染上了词人当时的感情色彩。王国维还说：“少游词最为凄婉，至‘可堪孤馆闭春寒，杜鹃声里斜阳暮’，则变为凄厉矣。”（《人间词话》）从王国维这些评论中，我们可看出他对秦观这首词，确实推崇备至。

① 金闺，金马门的别称，代指朝廷。
② 语出《诗经·黄鸟》，参看本丛书《先唐篇·黄鸟挽歌》。

还有不少研究家，热衷于从艺术上探讨。“愁”是人的一种心理情绪，既是具体的，又是极抽象的。怎样才能把人的“愁”表现得更形象、生动、具体呢？ 古代诗词家们，为后人创造了多种表现形式。有以山喻愁的，如杜甫的“忧端齐终南（山），澒洞（浩渺无边意）不可掇”（《咏怀五百字》），赵嘏的“夕阳楼上山重叠，未抵春愁一倍多”（残句）；有以江水喻愁的，如李煜“问君能有几多愁，恰似一江春水向东流”（《虞美人》），刘禹锡的“花红易衰似郎意，水流无限似侬愁’（《竹枝词九首》其二）；有以海水喻愁的，如李群玉的“请量东海水，看取浅深愁。”（《雨夜呈长官》） 秦观除了“飞红万点愁如海”外，还用雨喻愁，“无边丝雨细如愁”（《浣溪沙》之一）。最后，研究家们还举出贺铸的《青玉案》词，“若问闲情都几许？一川烟草，满城风絮，梅子黄时雨。”这是以三者比喻愁。这些传诵千古的不同范例，对我们展开想象，提高文学修养，都是有益的。

【参考资料】

《淮海居士长短句》
《石湖集》卷十
《能改斋词话》卷二

贺梅子赞

贺铸，字方回。因为他面色青黑，剑眉倒竖，状貌奇丑，却又机敏灵巧，极富口才，好雌黄人物，世人称他“贺鬼头”。又因他写有《青玉案》“梅子黄时雨”词，“人皆服其工，士大夫谓之‘贺梅子’。”（《竹坡诗话》）

宋哲宗元符三年（1100年），贺铸罢官以后，客游吴越，曾寓居苏州升平桥。在苏州盘门南十余里，有一处叫横塘。贺铸常乘小舟从城里去横塘野游。春末夏初，阴雨绵绵，梅子黄熟，一弯胥江上架着彩云桥，驿亭临水，接送着南北行人。诗人伫立在江边，极目四野，只见萋萋春草，无边无际，浸润在茫茫的雨雾中，那蒙蒙的细雨，就像飞飘不定的柳絮，搅得漫天纷乱。啊，这不阴不阳、不雨不晴的黄梅雨，不令人大喜，也不令人大悲，却令“路上行人欲断魂”（杜牧《清明》），产生剪不断、理还乱、道不明的无边闲愁！诗人当时触景生情，写了《青玉案》词一首：

凌波不过横塘路，但目送，芳尘去。锦瑟华年谁与度？月桥花院，琐窗朱户，只有春知处。　　飞云冉冉蘅皋暮，彩笔新题断肠句。若问闲愁都几许？一川烟草，满城风絮，梅子黄时雨。

词中说，曹植《洛神赋》有“凌波微步，罗袜生尘”的句子，描写美人步态轻盈。诗人说，我看见美人就像那凌波仙子飘然而至，却没有走到横塘这边来。我目送着你，见你的芳尘渐渐远去。“锦瑟无端五十弦，一弦一柱思华年”（李商隐《锦瑟》），你正是青春好年华，此去又与谁共度？我不知你归何处，大约只有春光能伴你在月桥花院，雕窗绣户。胥江两岸，芳草连天，暮云低飞，梅雨绵绵，如烟如雾。我心中所思的人啊，你若问我此时有多少闲愁，你就读读我刚借来彩笔写下的“断肠句”：那“闲愁”，恰如“一川烟草，满城风絮，梅子黄时雨”！

现在有的选本，直认词中的美人就是贺铸在横塘偶然相遇的女子，不知何据。其实，古代诗人中，惯常把“美人”比作明君哲人，或当作自己所追求的理想，不一定是实指某个女子。《蓼园词选》说此词“言幽居肠断，不尽穷愁，惟见烟草、风絮、梅雨如雾，共此旦晚，无非写其境之郁勃岑寂耳。”这就是说，这首词抒发的是作者一生沉沦下潦、不被知遇器重、郁郁不得志的愁怀。

这首词当时就十分有名。郭功甫因此称贺铸“真贺梅子也。”（《竹坡诗话》）黄庭坚在鄂州（今湖北武昌）把贺铸这首词亲手书写好，放在笔砚间，常常一个人品玩吟咏，并感叹地说：“这样的词，只有秦少游才能写得出来。”当时秦观已经死于藤州。黄庭坚吟诵着贺铸的词，不禁又想起了一件往事。

那是一年六月，他在当涂（今安徽县名），郭功甫从游。一天，两人谈起秦观的《千秋岁·水边沙外》词[①]。黄庭坚不无遗憾地说：“这首词文意精美，我很想和一首，只是词中‘春去也，飞红万点愁如海’的‘海’字韵难押。”郭功甫当时贸贸然连举了几个“海”字，如“孔北海”之类[②]。黄庭坚不仅不称意，且有些厌烦郭功甫的轻率。第二天，郭功甫又去了，问黄庭坚是否已找到满意的“海”字韵。

黄庭坚说：“昨夜偶然寻得一‘海’字。”

郭功甫问：“什么？”

黄庭坚讥诮地说：“羞杀人也爷娘海。”

---

① 参看本书《春愁如海》篇。

② 汉末孔融，曾在北海（今山东昌乐西）为官，人称“孔北海”。

郭功甫听了，知道这是在嘲笑他，只好怏怏地走了。郭功甫再也不敢同黄庭坚论文，这自然是后话。

黄庭坚想到这件往事，深深惋惜，没有人能真正理解秦观的江南断肠句，像郭功甫那样，无异玩弄文字游戏，更属可笑。如今黄庭坚读到贺铸这首《青玉案》词，觉得秦观真正有了知音，怎能不感到欣慰，于是，他写了一首《寄贺方回》诗给贺铸。

少游醉卧古藤下，谁与愁眉唱一杯。
解作江南断肠句，只今唯有贺方回。

宋徽宗崇宁二年（1103年）十二月，黄庭坚贬谪宜州（今广西宜山），他的哥哥黄大临步贺铸韵作《青玉案》词，为他送行。其词如下：

行人欲上来时路，破晓雾，轻寒去。隔叶子规声暗度。十分酒满，舞裀歌袖。沾夜无寻处。　　故人近送旌旗暮，但听阳关第三句[①]。欲断离肠余几许？满天星月，看人憔悴，烛泪垂如雨。

这首词写黄大临饯别黄庭坚的情景。一大早，雾刚散，尚轻寒，黄庭坚就要上路了，树丛中不断传来子规鸟的啼叫声“行不得也哥哥”，可是酒宴散、歌舞歇，唱断了“西出阳关无故人”之后，远行人还是去了。黄大临回到家中，仍然是愁肠寸断，他就像杜牧《赠别》诗“蜡烛有心还惜别，替人垂泪到天明”所说的那样，禁不住泪如雨下。

次年夏天，黄庭坚到了宜州，也和贺铸《青玉案》词“上酬七兄”，寄给黄大临，表示对兄长的感激与宽慰。词如下：

烟中一线来时路，极目送，归鸿去。第四阳关云不度。山胡新啭，

① 参见本丛书《唐代篇·阳关三迭》。《阳关三迭》第三句是“劝君更尽一杯酒”，第四句是“西出阳关无故人”。

宋朝奉郎賀公鑄

贺铸　　《於越先贤像传赞》

子规言语，正在人愁处。　忧能损性休朝暮，忆我当年醉时句。
渡水穿云心已许。暮年光景，小轩南浦，同卷西山雨。

黄庭坚这首诗是在宜州酬兄写的，所以词的重心是写他思家念兄之情。目送归鸿去，自己却羁身他乡，想临别时兄长言语，至今仍令人神伤；但黄庭坚反过来劝慰兄长，同时也自慰，他说“忧能损性”，不要伤了自己的身体；他也想起自己旧时的《夜发分宁寄杜涧叟》诗：“阳关一曲水东流，灯火旌阳一钓舟；我自只如常日醉，满川风月替人愁”，只要饮酒，像晋人旌阳令许逊一样，乘船漫游仙境，何必要为离散而忧愁；词的结句，是盼望着兄弟团聚。

黄庭坚兄弟二人的赠答词，都步贺铸词的原韵，可见他们对贺铸词的推崇与喜爱。同时，我们比较三人的《青玉案》词，确实不难看出，贺铸《青玉案》词可谓卓然独立，堪称绝唱。二黄词虽然也表达了兄弟二人一段真实的离别深情，但艺术上远不及贺词。

后世特别欣赏贺铸词的最后四句："若问闲愁都几许？一川烟草，满城风絮，梅子黄时雨。"罗大经《鹤林玉器》卷七说，诸家有以山喻愁者，有以水喻愁者，而贺铸"盖以三者比之愁多也，尤为新奇，兼兴中有比，意味深长。"[①]古人喻愁，或以山，或以水，只是单喻，而贺铸采用多层次多角度的博喻手法，连下三个比喻，就使抽象的、无迹可求和难以捉摸的愁情，变得更加具体、生动、绘声绘色了，所以给人以新奇之感。所谓兴中有比，那是说贺词不仅用三种景物比喻愁情，而且它很自然地兴起了诗人的身世之叹，因此不只景可观，而且情亦耐人寻味。我们不能只看到它修辞手法的高超，更要理解"方回之深于情也。"（况周颐《历代词人考略》卷十四）黄庭坚是深深理解贺铸的，因为贺铸心中郁积着的正是秦观那"飞红万点愁如海"一样的深愁！

【参考资料】

《唐宋词人年谱》
《能改斋词话》卷一
《词苑萃编》卷四

① 参见本书《春愁如海》篇。

画屏诗祸

黄庭坚列“苏门四学士”之首[①]，世称“苏黄”。苏轼见黄庭坚诗文，“以为超逸绝尘，独立万物之表，世久无此作”，黄庭坚“由是声名始震”(《宋史·黄庭坚传》)。以后，苏黄成了没齿不渝的好友。在北宋激烈的新旧党争中，苏轼屡遭打击，黄庭坚也因为是苏轼门生，不能免于厄运。

宋哲宗绍圣二年(1095年)，新党人物指责黄庭坚编修的《神宗实录》“多诬”(同上)，交御史台勘审。黄庭坚贬官涪州(今四川涪陵)，黔州(今四川彭水)安置，即在涪州做官，但必须居住在黔州。在当时，这是极边远险恶的地方了。

黄庭坚住在黔州，远距官所，实际无事可做。一天，有人给他送来一幅屏画，画上是两只蝴蝶撞在蜘蛛网上，看情形，蝴蝶飞舞时，得意忘形，无所顾忌，猛撞在蛛网上，其力不小，因此，羽翼双双折断坠落。一大群蚂蚁，纷纷赶来，密密麻麻，穿行其间，三五只蚂蚁，争抢一片断翼，你争他夺，横拽竖扯，把羽翼撕成碎片。大的叼，小的拖，匆匆忙忙，络绎不绝，往蚁穴搬运，煞是热闹。黄庭坚看了许久，先觉得画的题材虽极平常，画境却极有情趣。一对蝴蝶，乐极生悲，一群蚂蚁，福从天降，网上的没了生气，地上的热热闹闹，确是一幅充满天趣的蚁蝶图。

黄庭坚看着看着，脸上开朗喜悦的欣赏神色渐渐变得严肃起来，他拿

① 参看本书《二遣朝华》篇。

起笔来，凝思良久，就在屏画上题了一首六言诗：

蝴蝶双飞得意，偶然毕命网罗。
群蚁争收坠翼，策勋归去南柯。

末句中的“南柯”，是用唐人李公佐《南柯太守传》记述的一个故事：一个叫淳于棼的人，他家住宅南边有一株大古槐，枝干茂密，清荫数亩，他终日聚众在槐树下饮酒。唐德宗贞元七年（791 年）九月的一天，他在树下纵饮大醉，昏然睡去，飘飘然被二紫衣使者带到了槐安国。槐安国王招他为驸马，把次女瑶芳下嫁给他。不久，又任他为南柯郡太守。他为郡守二十载，功绩昭著，赐食邑，进爵位，封妻荫子，荣耀显赫，极一时之盛。后来，瑶芳公主死了，国王疑忌他，便把他送了回来。原来他是在古槐下做了一场美梦。所谓槐安国，就是槐树下的一个大蚂蚁穴，所谓南柯郡，也只是那棵大古槐朝南的树枝下的一个小小蚁穴而已。现在还有成语“南柯一梦”或“梦里南柯”。

这首《蚁蝶图》诗，是黄庭坚的一篇名作。“蝴蝶双飞”一读，写一个动作，再加“得意”二字，则“蝴蝶”和“双飞”皆神韵鲜活，如在目前。下接“偶然”，由“得意”跌到相反方向，事有必然，事有无常，事有不测，只两字，把意外“得意”又“偶然毕命”之徒的命运、经历，其中有多少污秽、多少险恶、多少悲喜，都尽数包罗干净。事态继续发展，“群蚁”亦在“偶然”之机坐收渔翁之利，它们又何其“得意”，以为建立了大功勋，于是回到蚁穴做它们的“南柯”梦去了，语尽意来尽，意尽情不尽，诗人的话外似乎在说：不知在“群蚁”正做“南柯”美梦时，还会发生什么“偶然”之事呢？统观全诗，言浅而意深，语近而旨远。诗人当时的彻悟，包含着对社会现实多么深沉而敏锐的感触，令人遐思无穷！在艺术上，用字经济，用笔曲折，如璞石美玉，愈琢磨愈见其光彩，显示出诗人的高超技艺。

徽宗崇宁二年（1103 年），黄庭坚又贬官宜州（今广西宜山）。

后来，黄庭坚曾题诗的那幅《蚁蝶图》，不知怎么被人带到了京城，在大相国寺的集市上出卖。

在北宋，相国寺是京城著名的大佛寺，也是百姓交易之所。每月开放五次，到开市之日，真是车水马龙，人山人海。飞禽猫犬，古董珍玩，应有尽有，彩棚幕帐，货位地摊，交错勾连。在资圣门前，是专门交易书籍、玩好、字画以及诸路罢任官员的土物香药的地方。来这儿做买卖的与他处不同，大都是达官显贵、帮闲清客、落魄书生、家奴走狗。有的作威作福，颐指气使；有的狐假虎威，仗势欺人；有的仰人鼻息，逢场作戏；有的穷困潦倒，悲吟长叹。世态炎凉，人情美恶，毕现出活脱脱的人生世相。

这天，权倾朝野的左丞相蔡京豢养的一帮清客，正在资圣门前的货摊中逛悠。

“买字画！买字画！丹青高手，翰墨行家，一幅精美的《蚁蝶图》，上有当今书法大家黄山谷题诗。‘学书右军尽善，下笔少陵有神’[①]，快来买呀！”

这一串响亮的叫卖声，把蔡京的清客王某招引了过来。王某上前接过字画一看，如获至宝，当即买了带回相府。

“丞相，门生今日在大相国寺得一屏画，丞相看了一定会感兴趣。”王某说。

蔡京居高临下地说：“是什么好画，展开给老夫看看！”

“倒是无甚佳处可供鉴赏，只是从中可知人之情伪。”王某一边说，一边把画展开。

蔡京一边看画，一边品诗，读到题诗落款，反复念着“山谷道人”四字，似乎想起了什么。

王某在一旁说：“这山谷道人就是黄庭坚，当年曾与苏轼一起骂赵挺之是聚饮小人。如今，赵挺之已为右丞相，屡屡在皇上面前参奏丞相您如何奸恶，与丞相您争权，黄山谷这题诗的寓意岂不是……”

蔡京怫然变色，说：“哼，好一个群蚁争利！”

① 洪朋《跋山谷帖用其韵》中的两句。右军，王羲之。少陵，杜甫。此二句称赞黄庭坚书如王诗如杜。

"诗画中那得意与丧命的无常，更是一种阴毒的诅咒。"王某在一旁小心地煽火说。

蔡京顿时勃然大怒，说："这是谤讥朝廷重臣，罪在不赦！明日上朝，定要狠狠参这道人一本。"

一幅画，一首诗，在北宋党祸迭起之时，又惹来了弥天大祸。

恰在这时，崇宁四年（1105 年）九月三十日，黄庭坚客死在宜州南楼的噩耗传到京城，他才免于再度被奸臣加害。岳飞之孙岳珂在叙述了上面的故事之后，十分感慨地说，黄庭坚当时在黔州时，曾摘白居易诗句为诗，"卒章曰：'病人多梦医，囚人多梦赦。如何春来梦，合眼在乡社。'一时网罗之味，盖可想见。然余观其前篇，又有'冥怀齐远近，委顺随南北。归去诚可怜，天涯住亦得'之句，浩然之气又有百折不衰者，存蚁计左矣。"（《桯史》卷十一）岳珂这里谈及黄庭坚黔州的处境，一方面时时感到身陷罗网，合眼便梦想自己得赦还归故乡，心境十分忧惧悲凉；一方面又能"齐远近"（把远和近看成是一样的）、"随南北"（听任命运安排在南或在北），随遇而安，旷达乐观，不被厄运压倒，犹存百折不衰的浩然正气；那些蝼蚁们，非要回却做南柯美梦，诗人嘲笑它们"计左"（计虑不当，无济于事），因为南柯梦终是要醒的。这首《题蚁蝶图》诗，正是黄庭坚当时思想和心境的真实写照！

【参考资料】

《桯史》卷十一
《黄庭坚和江西诗派》上卷
《宋史·蔡京传》
《宋史·赵挺之传》

灵香一瓣

唐朝诗人朱庆余去考进士前，写过一首干谒诗，自比新嫁娘[①]。无独有偶，北宋诗人陈师道，在以诗表达自己对师长的深情时，又把自己比作薄命妇。不过，前者是个喜剧角色，后者却是个悲剧人物。

话须从头说起。

唐宋散文八大家之一曾巩，字子固，建昌南丰（今江西南丰）人。《宋史·曾巩传》称“巩负才名”。王安石也有诗称赞说：“曾子文章众无有，水之江汉星之斗”（《赠曾子固》），可见曾巩当时是一位深孚众望的人物。陈师道十六岁时，带着自己的文章去拜谒曾巩。曾巩“一见奇之”，称赏他必定以文名于天下（《宋史·陈师道传》），并把他留下来，亲自教他诗文。陈师道家境贫寒，为人耿直不阿，又不满于王安石新法，因此一直只以诗酒自娱，不去谋求一官半职。

元丰五年（1082年），曾巩为史馆修撰，荐陈师道入史馆供职。事出意外，任用陈师道的诏命还没下来，曾巩奔母丧还乡，不久便去世了。陈师道得到恩师猝然病故的噩耗，不禁放声痛哭，他的哭声响彻长空，他的热泪像深泉喷涌。他痛楚地呼叫着，要以一死随恩师而去：

①参看本丛书《唐代篇·“闺意”传名》。

主家十二楼，一身当三千。
古来妾薄命，事主不尽年。
起舞为主寿，相送南阳阡。
忍着主衣裳，为人作春妍。
有声当彻天，有泪当彻泉。
死者恐无知，妾身长自怜。

叶落风不起，山空花自红。
捐世不待老，惠妾无其终。
一死尚可忍，百岁何当穷！
天地岂不宽，妾身自不容。
死者如有知，杀身以相从。
向来歌舞地，夜雨鸣寒蛩。

陈师道在极度的悲痛中，写下了这催人泪下的《妾薄命》诗二首。在这两首诗题下，陈师道自注“为曾南丰作”。诗中，诗人把曾巩比作夫主，把自己比作妻妾，以薄命人的身份和口吻，叙说了自己对夫主的一往深情和自悲自怜的复杂情怀。我们仿佛看见，也仿佛听到一个新丧夫主的妇人，在呼天抢地地哭诉着、呼唤着。

第一首的第一联说，虽然夫主家粉白黛绿，美女如云，不下数千之众，而惟有她得专房之宠。真可谓“后宫佳丽三千人，三千宠爱在一身”（白居易《长恨歌》）。谁知道，自古以来，红颜薄命，得了如意郎君，又无福消受。如今，夫主虽殁，旧情难忘，恩爱难断，哪里就忍心穿着旧日夫主的衣裳，妆点出像春天一样的娇妍容颜，去向他人献媚承欢？这首诗显然是说，在曾巩众多的门生中，陈师道是他最得意的一个，而陈师道感念恩师知遇，也表示矢志不渝，终生不背恩师。

后一首则在前一首的基础上，寄托着更深的意义。山无松柏、梓楠之材，徒有野花白红，不成其为山。这恰似人才凋零，世无栋梁，惟有恶草朽木塞道，这是国家的不幸！“捐世不待老，惠妾无其终”，感叹自己怀才而遭当世遗弃，虽得曾巩大力引荐，而又不果。天地之宽，竟无容身之地，这不是一己的悲哀。自叹与忧国，构成这一首诗的主调。结尾四句，诗人说他一想到“向来歌舞地”，在舞影婆娑、笙歌彻夜的繁华之后，也会只留下凄风苦雨、寒夜鸣蛩的悲凉，他就宁肯杀身，追随恩师而去，再次表达了诗人对恩师的无限深情！

在北宋文坛上，人们评论“江西诗派”，总以黄（庭坚）、陈（师道）并称。宋元之交诗人方回推崇江西诗派，首倡“一祖三宗”之说，他说：“古今诗人，当以老杜（甫）、山谷（黄庭坚）、后山（陈师道）、简斋（陈与义）为一祖三宗”（《奎瀛髓律》），可见黄庭坚、陈师道在北宋诗坛的地位，二人在艺术上确有相似的长处与短处。所谓江西诗派，以江西人黄庭坚为滥觞，标榜学习杜甫，但他们强调的是学习杜诗的字法、句法、格律，追求作诗无一字无来处，热衷于夺胎换骨、点铁成金的作诗方法，偏爱奇险硬涩的诗歌风格，形成风靡一时的形式主义诗歌流派。钱钟书先生在批评黄庭坚、陈师道二人诗歌的短处时，说得十分通俗有趣。他说：“假如读《山谷集》[①]好像听异乡人讲他们的方言，听他们讲得滔滔滚滚，只是不大懂，那么读《后山集》[②]就仿佛听口吃的人或病得一丝两气的人说话，瞧着他满肚子的话说不畅快，替他干着急。”（《宋诗选注》）这自然是就总体而言，陈师道哭曾巩这两首诗可算是例外。诗如古乐府，感情真挚深沉，语言朴质晓畅，且通篇以一个忠贞不二、以身殉情的侍妾节妇自比，表达了诗人对恩师的一往深情，令人感佩。宋人陈模说：“《妾薄命》、《送内》、《送三子》、《忆幼子》、《喜三子至》等作，可与工部（杜甫）《石壕吏》、《无家别》诸篇相表里。”（《怀古录》卷上）明人郎瑛则说：“二篇曲尽相知不倍（背）之义，形于言外，诚《骚》、《雅》意也，故诗话中多以二诗为首唱。”（《七修类稿》卷二十九）。这些评论充分肯定了《妾薄命》

① 黄庭坚自号山谷老人，故称其集为《山谷集》。

② 陈师道自号后山居士，故称其著作为《后山集》。

两首诗的地位，是后山诗的代表作，所以被列为《后山诗集》的首篇。

曾巩去世时，陈师道才三十一岁。六年后，陈师道得苏轼、孙觉推荐，在徐州做教授（州县学官名，掌学校课试等）。

宋哲宗元祐四年（1089年），苏轼出任杭州知府，一路东行。陈师道听到这个消息，就想方设法去会见苏轼。苏轼在北宋新旧党争中，始终被目为罪人，这次又因触怒宰相而外放，无数故旧门生都疏远了他，陈师道似乎无视这一切，跑去向徐州太守孙觉告假。

“大人，东坡谪官杭州，正在途中，下官欲往一晤。”

孙觉沉吟片刻说：“我与东坡相知二十余年，后又同遭党祸，他今日再度谪官外放，我也很想聊致问候，无奈其途非本州辖地……”

“这我知道，”陈师道接过话说，“按我朝律制，擅自离职出境是违法的。不过，想晋人羊祜督荆州诸军，郭奕不顾王法，送祜出境。虽然因此免官，他也毫无后悔之意，我又顾忌什么？”

“那又何必呢？当年东坡与我在湖州相聚，就规定彼此谁也不要谈论时事。你这时去见他，难免遭人非议，如果也因此罢官，不是违背了他的心愿吗？后会有期，还是等待来日吧！”

“来日！来日！当今世上有几个东坡这样的伟人，百年中又能见到几次？我决意要去，大人只当不知，他日罪我一人！”

陈师道不顾劝阻，星夜赶到苏轼途中停留之处，二人同舟东下，畅叙通宵。陈师道为表达对苏轼的敬慕，还写了《送苏公知杭州》诗赠别：

平生羊荆州，追送不作远。
岂不畏简书，放麑诚不忍。
一代不数人，百年能几见。
昔如马口衔，今为禁门键。
一雨五月凉，中宵大江满。
风帆目力短，江空岁年晚。

这首诗两联为一意。第一、二联，以苏轼比羊祜，自比郭奕，表示哪怕丢官，也要出境送别苏轼。这种行为类似释放被猎得的幼麑归山一样，虽然自己也畏惧法律，但也顾不得了。第三、四联说，自己如今因官系身，犹如上锁的门，不能轻易开启，想瞻仰一代伟人风采也没了自由。最后两联写惜别之景，一夜好雨，大江水满，风送去帆，渐行渐远，恨目力不能无限，人去江空，怅然若失，念年岁日近迟暮，惧相见不能再得。一片深情，尽在字里行间。

陈师道这次送别苏轼，果然成了大逆不道的举动。刘安世弹劾他说："师道擅去官次，凌蔑郡将，殉情乱法，莫此为甚。"（《弹章》）因此，改为颍州（今安徽阜阳）教授。

陈师道原是曾巩的门生，这次送别苏轼，表现出如此景慕的深情，引起了后人的注目。

有人说，陈师道早年为曾巩相知，东坡爱他的才华，想把他牢笼在自家的门下，劝说陈师道与曾巩"绝席（断绝师生的情谊）"（《宋史·陈师道传》）。陈师道竟不怕苏东坡的恼怒，写了"向来一瓣香，敬为曾南丰。世虽嫡孙行，名在恶子中。斯人日已远，千岁幸一逢"的诗句（《观究文忠公家六一堂图书》），表示自己不肯屈居苏门，背叛恩师。一瓣香，就是一炷香。据说，佛教禅宗长老开堂讲道，烧至第三炷香时，长老就说这一瓣香敬献授给我道法的某某法师。陈师道瓣香南丰，表明他如佛徒皈依佛门法师一样师事曾巩。不仅如此，他还以嫡孙自居，可见对曾巩推崇敬重之深。陈师道是遵守了他在《妾薄命》诗中许下的誓言的。

但也有人说，陈师道固然终身为曾巩门生，但不怕丢官而去送东坡，又写了"一代不数人，百年能几见"的赠诗，可见他也不寡情于东坡。陈师道于曾巩是师生，于苏轼为师友，他们的情谊都是真诚动人的，并不存在背叛先师、改换门庭的问题。

世情看冷暖，人面逐高低；"酌酒与君君自宽，人情翻复似波澜"（王维《酌酒与裴迪》）；"秋来纨扇合收藏，何事佳人重感伤？请把世情详细看，大都谁不逐炎冷！"（唐寅《题秋风纨扇图》）宋代人罗大经说："盖炎而附，寒而弃，从古然矣！”当你有权有势，就门庭若市，八竿子打不着的人都会成为你的亲戚、朋友和叭儿狗；当你一旦无钱无权，立马门可罗雀，亲生骨肉也可能离散；有钱有权就是爷，无钱无权就是孙子；“一贵一贱，交情乃见”，人情冷暖，世态炎凉，历来如此。所以罗大经对陈师道在苏轼落难时出境见东坡的事十分感动，他在列举了历史上李适之罢相、灌夫不负窦婴、任安不负卫青等事例后，说：“后山出境而见东坡，宜其足以响千载之齿颊也。”（《鹤林玉露》卷六）这是称赞陈师道之举必有口皆碑，流芳千古！

【参考资料】

《黄庭坚和江西诗派》下卷
《诗林广记》后集卷六

催租败兴

苏轼在《文与可画筼筜谷偃竹记》中，曾用形象化的语言，描述了创作灵感袭来之时，艺术家们如何及时捕捉、形诸于笔端的生动情景："画竹必先得成竹于胸中，执笔熟视，乃见其所欲画者，急起从之，振笔直遂，以追其所见，如兔起鹘落，稍纵则逝矣。"[①]为此，他"到处无不以笔砚自随。"（《六砚斋笔记》）苏轼还说过"作诗火急追亡捕，情景一失后难摹。"（《腊日游孤山访惠勤惠思二僧》）才华横溢，素来以作文赋诗为人生最快意之事的苏轼尚且如此，创作灵感的重要于一般人更可想而知了。清代人张问陶《论诗十二绝句》中也有这样两句："跃跃诗情在眼前，聚如风雨散如烟"，也极生动地说明了创作灵感的袭来和消逝都在极短暂的一瞬，看来这是一个不容忽视的文艺现象。所以，陈与义曾不无感慨地写过一首绝句《春晓》：

朝来庭树有鸣禽，红绿扶春上远林。
忽有好诗生眼底，安排句法已难寻。

大自然的美触发了诗人的诗兴，却因为着意寻章觅句致使灵感从自己眼下溜走了。这是自败诗兴。

① 参看本书《笔扫寒梢》篇。

更多的情形，却是因为客观环境的影响，使诗人创作冲动、艺术灵感如泥牛入海，永无消息。

潘大临，字邠老，是“江西诗派”人物，自称师承杜甫。谢苙（kē）曾高度评价他的诗说：“杜陵（杜甫）骨已朽，潘子今似之。欻（xū，忽然）观庐山作，乃类《北征》诗[1]。”（《读潘邠老庐山纪行诗》）王直方更说：“邠老作诗，多犯老杜，为之不已，老杜亦难为存活。”（《王直方诗话》）这些评论，虽属溢美之词，潘大临自不能与杜甫相提并论，但潘学杜诗还是有成绩的。他也曾向苏轼认真学习过句法，因此诗多佳句。与苏轼齐名的大诗人黄庭坚十分称赏他，说：“邠老天下奇才也。”（《潘子真诗话》）

潘大临虽有诗名，却终身布衣，家境十分贫寒。一天，潘大临收到了挚友谢无逸的来信，谢无逸也是屡举不第，以诗文自娱。两人同命相怜，无话不谈，时时切磋诗作。谢无逸来信问他：“时值三秋，金风送爽，江南景色宜人，可有新作？愿一睹为快。”

潘大临见好友问他近作，不由得连连摇头，叹息不止。一时有满腹委屈要向好友倾诉，当即提笔回信说：“秋来景物件件是佳句，只恨时时为俗事侵扰，无法成诗。就说昨天吧，窗外风雨吹打着竹林，淅淅沥沥，竹韵萧萧，我听着听着，只觉风雨满怀，四野之声，声声入耳，顿时诗兴勃郁，不禁欣然跃起，提笔在粉墙上写下‘满城风雨近重阳’句，正要往下续写，忽听得柴门被拍得乒乓山响，我悚然一惊，遐思顿飞，如大梦初醒，这时吆五喝六地冲进凶神般两个人来。我连忙放下笔问来者为何？原来是来催逼欠租的。待我好言好语把他们送走，再站到刚写下的那句诗前，却怎么也写不下去了。唉，诗兴早为催租人败坏，至今续不出第二句。今日你来信索诗，我只此一句奉寄，实在令人唏嘘叹息啊！”

谢无逸接到来信后，深深嗟叹，说：“唉，谁说诗穷而后工？连饭都没得吃的了，哪里还会有诗！”后来，谢无逸每每吟诵“满城风雨近重阳”，

---

① 《北征》诗，杜甫长篇叙事名作。

都禁不住摇头叹息不止。

宋人葛立方说：“诗之有思，卒（突）然遇之而莫遏（不可阻挡），有物败之则失之矣。”而小说载谢无逸问潘大临近作云云，“亦可见思难而败易也。”（《韵语阳秋》卷二）

著名诗人吕本中，字居仁，读了“满城风雨近重阳”也称赏叫绝，说：“文章之妙，至此极矣。”（《诗林广记》后集卷十）而赵蕃的评价更高，他说：“好诗不在多，自足传不朽……我谓此七字，已敌三千首。”（《书呈教授沅陵》）这句诗，有气势，有意境，绘声绘色，浑然天成，逗人遐想，耐人品味，在江西诗派中的确是不可多得的佳句。

不久潘大临便在贫困潦倒中死去了，他那时还不到五十岁。直到他离开人世，也没能把这句诗续下去。

潘大临的死，使谢无逸无限悲痛。他痛切怀念亡友的深情，耿耿于怀，日夜难忘。第二年时近重阳，竟然又是风雨大作，他伫立在窗前，凝望着那漫天的风雨，不由得想起亡友的诗句，又轻轻吟咏起来，“满城风雨近重阳……”他想，续完此诗，正是对亡友最好的纪念。心头闪过这一念头，当即兴奋不已，欣然命笔，一口气写了三首绝句，每首都用“满城风雨近重阳”开头。在三首绝句前有一小序道：“亡友潘邠老有‘满城风雨近重阳’之句，今去重阳四日，而风雨大作，遂用邠老之句，广为三绝。”

下面就是谢无逸《续潘邠老句》三首：

满城风雨近重阳，无奈黄花恼意香。
雪浪翻天迷赤壁，令人西望忆潘郎。

满城风雨近重阳，不见修文地下郎[①]。
想得武昌门外柳，垂垂老叶半青黄。

① 传说孔子弟子颜渊等八人死后在地下为修文郎。后世因此用“修文郎”称阴间掌著作之官。如陆游《赠论命周云秀才》：“地下不作修文郎，天上亦为京兆尹。”

满城风雨近重阳，安得斯人共一觞。
欲问小冯今健否[1]？ 云中孤鸿不成行。

潘大临是湖北黄冈人。苏轼谪居黄州，写有著名的《念奴娇·大江东去》词和前、后《赤壁赋》，而谢无逸穷困江南，所以，谢无逸诗中自然提到了“赤壁”、“西望”、“武昌”。三首诗，反复倾诉了对亡友潘大临的无限思念与诚挚情谊。同时，也是对亡友佳句的最好称赏。潘大临九泉有知，定会感到欣慰的。不过，作为续诗，已不是潘大临原来想创作的那首诗了，正像断臂维纳斯，无论多么高超的艺术家给她装上一只多么“浑然天成”的手臂，也仍然是千古的遗憾。

方回曾作《重阳吟五首》，他在诗序中说：“兴有不同，而皆极天下之感。陶渊明曰‘闲居爱重九之名’，此闲寂之极感也；苏长翁曰‘菊花开时即重阳’，此旷达之极感也；潘邠老曰‘满城风雨近重阳’，此衰谢之极感也；吕居仁曰‘乱山深处过重阳’，此羁旅之极感也。”所有这些例子，都说明，诗人有不同的境遇，就会有不同的感触，同是吟重阳，思想感情也会不同。方回继续说：“世人徒（只）赏邠老之句，窃意其未必得斯句之意，姑随声附和耳。”这是说，人们没有潘邠老那种催租败兴的经历，所以很难理解他当时的感触，也就很难真正理解他那句诗。于是，他在重阳日，也写了五首诗，抒发一时之极感。其三如下：

此身生死国兴亡，摇落年年本是常。
无奈邠郎解凄怨，满城风雨近重阳。

方回生活在南宋将亡之际，奸相贾似道当政，他曾上疏，谓贾似道有十大可斩之罪，其忧国忧时之心可知。他这五首重阳诗正是“乱离之极感

[1] 小冯，即小冯君，汉代人，与其兄先后为上郡太守，皆居官廉洁公正，时人称为大、小冯君。

《宋词画谱》　（明）汪氏 编

也！”所以他能理解潘邠老吟诵“满城风雨近重阳”时那种令人怅叹的“凄怨”之情，而不独赏其诗的美妙意境。

【参考资料】

《冷斋夜话》卷四
《宋诗纪事》卷三十三
《诗林广记》后集卷十
《苕溪渔隐丛话》前集卷五十二

夺胎换骨

北宋著名诗人张耒，字文潜，是“苏门四学士”之一。他的诗远承唐代大诗人白居易。晁补之曾称赞张耒诗说：“君诗容易不著意，忽似春风开百花”（《题文潜诗册后》），杨万里也有诗赞：“晚爱肥仙诗自然，何曾绣绘更雕镌。”（《读张文潜诗》） 张耒是个大胖子，一到夏天，稍一动弹，便大汗如雨，所以他得了一个雅号，叫“肥仙”。晁补之、杨万里指出张耒诗“不著意”、“自然’、不“绣绘”、“雕镌”，没有丝毫人工痕迹，正来源于白居易平易通俗的诗风。

张耒的诗友潘大临是以杜甫为诗祖的，对白居易诗多所指责。两位好友，由于师法异门，砥砺切磋中不免时有辩论。

潘大临是黄冈人，终身为布衣，宋徽宗崇宁年间（1102—1106 年），张耒谪居黄州（今湖北黄冈），得与潘大临为邻，平日杯酒论诗，过从甚密。一天，张耒又来到潘大临的竹篱茅舍，一进院门就高声呼叫起来：

“邠老，我这催租人又来了，可败了你的诗兴？[①]”

潘大临立即走出茅屋来，说：“啊，文潜来了，来得正是时候，你快进屋来看！”潘大临神采飞扬地拉着张耒进了屋。

张耒走至书案前，一幅素笺，几行新墨，他立即拿起来，见是五律两首。

① 参看本书前篇。

“嘿，《江间作》！”张耒叫起来，“果然来得是时候，早一刻来，我不真成了那败兴的催租人了！”

“嗯，玩笑话少说，快看看诗吧！”潘大临催促说。

白鸟没飞烟，微风逆上船。
江从樊口转，山自武昌连。
日月悬终古，乾坤别逝川。
罗浮南斗外，黔府古河边。

西山连虎穴，赤壁隐龙宫。
形胜三分国，波流万世功。
沙明举宿鹭，天阔退飞鸿。
最羡鱼竿客，归船雨打篷。

“好，大气鼓荡，笔力健举，果然不凡。好一句‘日月悬终古，乾坤别逝川’，可谓胸罗宇宙，意属今古。还有这第二首的‘形胜三分国，波流万世功’，指点江山，评说功罪，亦高屋建瓴，沉著痛快。无怪黄山谷称扬邠老是天下奇才！”

潘大临说：“过奖了，这不过是从杜甫诗脱胎而来。”

“是的，你这‘日月’二句，就有杜诗《登岳阳楼》的影子[①]，而‘形胜’一联，也透着《八阵图》的味道[②]。”

潘大临说：“写诗时倒没想到这些，不过杜甫那‘读书破万卷’（《奉赠韦左丞丈二十二韵》）的学识，那‘语不惊人死不休’（《江上值水如海势，聊短述》）的精神，确令人感佩。因此，我一向作诗也尤其精苦，力求沉

① 参见本丛书《唐代篇·洞庭题诗》。
② 杜甫《八阵图》诗：“功盖三分国，名成八阵图。江波石不转，遗恨失吞吴。”

郁顿挫，不效白乐天率尔为诗，落于平淡浅俗。”

张耒听到潘大临又情不自禁地批评起白居易来，便意味深长地笑了笑，然后慢慢从怀中拿出一卷诗稿来，说：“邠老，我新得黄山谷《谪居黔南》绝句十首，你不想一观么？”

“那当然。”黄庭坚是江西诗派的领袖，也是标榜学杜甫诗的，潘大临当然要拜读[①]。潘大临立即接了过去，一边读，一边品评起来。

其 一

相望六千里，天地隔江山。
十书九不到，何用一开颜。

“文潜，你可知道，山谷说，‘诗意无穷，而人之才有限。以有限之才，追无穷之意，虽少陵（杜甫）、渊明，不得工也。然不易其意而造其语，谓之换骨法；规模其意形容之，谓之夺胎法[②]。’山谷这首《寄行简》，正从杜诗点化而来。”

张耒说：“是的，我记得杜甫有诗云：‘九度附书向洛阳，十年骨肉无消息’（《天边行》），不过……”

潘大临没让张耒说下去，又继续读起来：

其 三

冷淡病心情，暄和好时节。
故园音信断，远郡亲宾绝。

① 参看本书前两篇。
② 洪惠《冷斋夜话》。

其五

冥怀齐远近，委顺随南北。
归去诚可怜，天涯住亦得。

其六

老色日上面，欢悰日去心[①]。
今既不如昔，后当不如今。

“好诗啊！这些诗，正是老杜漂泊西南时那‘亲朋无一字，老病有孤舟’（《登岳阳楼》）的诗情，诗情未变而造语一新，此正是夺胎换骨法。能用此法作得如此好诗的，也只有黄山谷，他人是决然不可企及的。”

张耒听了，竟纵声大笑起来，“高论！高论！”说罢，不更置一词，便告辞了。

过了几天，张耒请潘大临去家中吃饭。饭后，潘大临来到张耒书房，倚在书案上稍事休息。恰好案头有白居易诗一卷，他便信手拿起来翻翻。翻着翻着，似有所悟，不禁站了起来，自言自语说：“好奇怪，数日前文潜给我读的黄山谷《谪居黔南》绝句十首，怎么都在这里？”他立即走出书房找张耒。

“文潜，上次你给我看的山谷诗，怎么都在白居易诗卷中？”

“哈……”张耒丢出一串朗声大笑，“邠老，山谷那十首绝句，有七首都是白居易原诗，只有三首，略加点化而已，哈……”说完，他指点给潘大临看，说：“这其三，是白居易《花下对酒》；其五是白诗《委顺》，其六是白诗《东城寻春》，这几首诗，一字未易。只有其一和其十，都是从白居易《寄行简》诗中摘出。行简是白居易的弟弟。唐宪宗元和九年（814

① 悰（cóng），心情。欢悰，高兴的心情。

年），白行简赴剑南东川府（今四川三台）做官。元和十年，白居易贬江州司马，此诗即在江州作，原诗八韵十六句，黄庭坚只摘了后四韵八句，分为两首。白居易原诗是这样的：

相去六千里，地绝天邈然。
十书九不达，何以开忧颜。
渴人多梦饮，饥人多梦餐。
春来梦何处，合眼到东川。

而山谷诗是：

相望六千里，天地隔江山。
十书九不到，何用一开颜。

病人多梦医，囚人多梦赦。
如何春来梦，合眼在乡社。

此外，还有一首《岁晚》诗。只这三首，黄山谷改易了数字。"

潘大临看着都呆了，一时说不出话来，沉吟了好一会儿，才说："虽然如此，但因为山谷和乐天当时处境不同，所以，乐天是'梦东川'，思念其弟；而山谷有身陷罗网之感，所以'梦乡社'，思念的是回故乡，情感较乐天沉郁，犹如老杜；乐天诗长于敷衍，山谷诗巧于剪裁，仍显出山谷点铁成金的大家本色。"

张耒不再同潘大临争辩，彼此转移话题，尽欢而别。

其实，所谓"点铁成金"，是一个大笑话。

崇宁二年（1503年），黄庭坚贬官宜州（今广西宜山），次年五六月间到达宜州贬所。蜀郡范寥，仰慕黄庭坚诗名，便长途跋涉，追至宜州，拜谒黄庭坚。二人同住宜州南楼，"围棋诵书，对榻夜话，举酒浩歌，跬

步（半步）不相舍。”（范寥《宜州家乘序》）

一天，范寥问黄庭坚：“先生，士人都在传诵你的《谪居黔南》绝句十首，先生可否赐教一二？”

黄庭坚说：“我哪里作过什么《谪居黔南》十首，想必是好事者加的诗题。那十首诗是我少年时候诵读熟的，年久日深，忘了是谁的诗。后来，阻雨衡山（在湖南境内），偶然无事，信笔戏书罢了。”

“啊，原来是这样！”范寥说，“不过，其中有三首诗，与白乐天诗略有不同，像‘相望六千里，天地隔江山’确比‘相去六千里，地绝天邈然’更有情味，‘病人多梦医，囚人多梦赦’确比‘渴人多梦饮，饥人多梦餐’更为深沉。相形之下，白诗就显得浅俗了，所以有人说先生手笔有点铁成金之功。”

黄庭坚听了，竟大笑起来：“乌有是理，便如此点铁！”说完仍大笑不止。

如此看来，所谓《谪居黔南》十绝，虽然可能有借他人酒杯，浇心中块垒之意，如“病人多梦医”四句委婉而深沉地表达了黄庭坚谪居黔南、身陷罗网的处境和心态[①]，但把这些诗看作是有意的点铁成金之作，则完全是个笑话。

不过，黄庭坚确实首倡“夺胎换骨’的诗法，且据此理论，袭用古人诗意，只在创造新词与新诗意境上下功夫。后世之人，对他的这种诗歌理论与创作实践，毁誉兼半。南宋叶梦得曾说：“诗人点化前作，正如李光弼将郭子仪之军，重轻号令，精彩数倍[②]。”（《韵语阳秋》卷一）而金人王若虚则给予了尖锐的批评，他说：“鲁直（黄庭坚字）论诗，有夺胎换骨、点铁成金之喻，世以为名言。以予观之，特剽窃之黠者耳。”（《滹南遗老集》卷四十四）

---

① 参看本书《画屏诗祸》篇。

② 李光弼和郭子仪都是唐肃宗时名将，在平定安史之乱中起过重大作用。唐肃宗乾元二年(759年)三月，郭、李等九节度使大败于相州（今河南安阳）。唯李光弼整众还太原军营。李光弼一向以严治军，天下服其威名，军中指顾，诸将不敢仰视。相州之败后，李光弼代郭子仪为朔方节度使，“营垒，士卒，麾旗无所更，而光弼一号令之，气色乃益精明云。”（《新唐书·李光弼传》）

黄文节像

黄庭坚　　《古圣贤像传略》

黄庭坚“夺胎换骨”诗论的是非功过，今天的读者当不难作出自己的判断。

【参考资料】

《竹庄诗话》卷十
《宋诗纪事》卷三十三
《诗林广记》后集卷五
《黄庭坚和江西诗派》上卷

诗眼贵亮

诗人曾几听说汪藻要来任临川（今江西抚州）太守，十分高兴。曾几虚心好学，尤潜心于诗，他早就听说汪藻的诗名："江左二宝，胡伸、汪藻。"（《宋史·文苑七》）汪藻幼年所作《春日》诗①，脍炙人口，传诵极广，自己也烂熟于心。现在汪藻来临川，请教学习多了一位老师，切磋琢磨多了一位诗友，怎能不高兴！怎么表达自己的欢迎与仰慕之情呢？他想来想去，还是作首诗吧。于是他写了《汪彦章内翰除守临川以诗贺之》：

临川内史诏除谁？里巷传闻报客知。
金马门中曾草诏，水晶宫里近题诗。
行看画隼旌旗入，定把书麟笔札随。
若访毗耶旧居士，无人问疾鬓成丝。

诗的首联、尾联写自己的闻讯与感慨，中间四句则是对汪藻的赞美。主要从他昔日翰墨的声誉与地位着笔，这是曾几用力所在。曾几写成诗，推敲再三，仍放心不下，便去向他的老师韩驹求教。

韩驹字子苍，四川人，早年就学于苏辙，苏辙十分赏识他，"我读君

① 汪藻《春日》诗："一春略无十日晴，处处浮云将雨行。野田春水碧于镜，人影渡傍鸥不惊。桃花嫣然出篱笑，似开未开最有情。茅茨烟冥客衣湿，破梦午鸡啼一声。"

诗笑无语，恍然重见储光羲。”（《题韩驹秀才诗卷一绝》）苏辙将他比作唐代著名山水诗人储光羲，因而知名。韩驹写诗十分认真、刻苦，一字一句精心锤炼，有“磨淬翦截”（这四字都是打铁人冶铁打铁的方法）的功力。（刘克庄《后村诗话》）

曾季狸《艇斋诗话》说，有人向韩驹问作诗方法，韩驹只说，你读懂了唐人金昌绪《春怨》诗，便懂了诗法。曾季狸说：“予尝用子苍之言遍观古人作诗，规模全在此矣。”为什么这样说呢？

金昌绪的《春怨》诗如下：

打起黄莺儿，莫教枝上啼。
啼时惊妾梦，不得到辽西。

明代人谢榛说：“杜子美（杜甫）诗‘日出篱东水，云生舍北泥；竹高鸣翡翠，沙僻舞鹍鸡。’（《绝句六首之一》）此一句一意，摘一句亦成诗也。金昌绪诗‘打起黄莺儿，莫教枝上啼；啼时惊妾梦，不得到辽西。’（《春怨》）此一篇一意也，摘一句不成诗矣。”（《四溟诗话》卷一）谢榛这段话实际上是告诉人们，有两种作诗的方法，一种如杜甫《绝句六首之一》，一句一意，可以句摘。所谓名句，大多从这类诗中摘出。一种则如金昌绪《春怨》，一篇一意，句句意思想联属，不可句摘。这正如明人王世贞《艺苑卮言》所赞美的那样“篇法圆紧，中间增一字不得，著一意不得。”从这首诗，人们可以学到集句谋篇的作诗法，清沈德潜《唐诗别裁》说，诗“一气蝉联而下者，以此为法。”

金昌绪这首《春怨》诗不只章法上是学诗的标准典范，而且全诗虽是四句只一意，却蕴婉含蓄，层次迭出，极尽曲折之妙。每一句都是一个疑问，下一句即是上一句的回答，同时又是一个新的疑问。黄莺儿鸣声清亮婉转，人尽乐听，可“妾”为什么听而生怨，要轰走它？原来是讨厌它在窗外树枝上啼叫！为什么要讨厌？是它的啼叫惊醒了“妾梦”！她究竟做的什么梦呢？原来她想在梦中去“辽西”！直到结句，言有尽，而意不尽，仍让读者留下满腹疑问，真可谓愁肠九转！从这方面，读者又可以学到作诗怎样摅志言情。这首诗无论从思想性和艺术性上说，都堪称杰作[①]。韩驹本人从这首诗中大约曾得到过很丰富的启迪，所以他的诗风“淡泊而有思致，奇丽而不雕刻”（周紫芝《书陵阳集后》），不见工夫，而自然有佳趣，别人向他请教诗法，他才作出这样的回答。汪藻就曾写信给韩驹，说要拜他为师。

曾几把自己的诗交给韩驹。韩驹看了几遍，然后反复吟哦着“金马门中曾草沼，水晶宫里近题诗。”他一边踱着步，一边低吟着，拖着悠长的调子。

曾几见此情景，知道这两句有些不妥，便忙问：“先生，这两句有不妥的地方吗？”

韩驹道：“这两句诗对仗固然工整，但过于平实，气韵不够高扬。”

这一点拨，曾几顿时醒悟，说：“先生说的莫不是句中的‘中’、‘里’二字？”

韩驹说：“正是。这两句诗是纪实，说明汪彦章曾有待诏金马门、为皇上起草诏书的荣耀，有出任湖州太守、赋成新作的事迹，然纪实诗切忌过于粘皮着肉，要善于化实为虚，方能句中有句、言外有意。你如家常闲谈，一气顺势带出‘中’字、‘里’字，用此二俗字，全句便神气索然了。”韩驹说罢，沉吟了一会儿，才提笔圈去“中”字，改为“深”字，又圈去“里”字，改为“冷”字。

曾几念了两遍，“金马门深曾草诏，水晶宫冷近题诗”，不禁连连点头称是，说：“这样一改，全句就活了。‘金马门’本是汉代宫门，汉代应召入京的人，只有才学优异者才能待诏金马门，所以谢惠连说，‘登金马而名扬’（《连珠》）。用一‘深’字，正见‘金马门’非常人所能到，更见汪彦章内翰入金马门而为皇上草诏，为难得之殊荣。‘水晶宫冷’，也更切近湖州山川形势。”

---

① 参看《唐诗鉴赏辞典》陈邦炎《春怨》赏析。

《唐诗画谱》 （明）黄凤池 编

韩驹听曾几讲到了点子上，便捻着胡子呵呵笑了起来，随后说：“古人作诗讲究诗眼，诗眼贵亮、贵响。何谓诗眼？眼乃人精神之门户，诗眼就是句中用得活、念得响、传神的字，着此一字，则精彩倍出。古人炼字，只在眼上炼，下这些字，常是诗人最致力处。”

“那么，究竟应该怎样下字呢？”曾几问。

韩驹说：“这就没有定规了。作诗下字如弈棋，三百六十路都有好着，就要看临阵如何定夺了。不过，五言诗常着力于第三字，七言诗则在第五字，但也有着力于最后一字的，如杜甫《春宿左省》的‘星临万户动，月傍九霄多’，这‘动’和‘多’，就是诗眼在句底了。用字之妙，唯可默记，未易言传耳！”

曾几说：“我听说先生作诗改窜不已，甚至久或累月，远或千里，还把诗追回修改，直至无毫发遗恨，是不是都在这些字上下功夫呢？”

韩驹听了，哈哈笑了起来，说：“诗不惮百回改嘛！我改字不仅仅限于诗眼，只不过诗眼处我更用心罢了。”

曾几谢过老师韩驹，便把修改后的诗送给了汪藻。

刘克庄《后村诗话》中说：“子苍，蜀人，学出苏氏。”魏庆之《诗人玉屑》又说：“陆放翁诗，本于茶山”，“然茶山之学，亦出于韩子苍，三家句律大概相似，至放翁则加豪矣。”这里讲到苏辙、韩驹、曾几（号茶山居士）和陆游的师承关系。曾几对陆游的影响尤深，他的许多抗金爱国诗篇，开了陆游的爱国主义诗歌的先河。不过陆“学诗于茶山”，“其后冰寒于水”（《四朝闻见录》乙集《陆放翁》）。赵庚夫《读曾文清公集》诗也有这样两联：

新如月出初三夜，淡似汤煎第一泉。
咄咄逼人门弟子，剑南已见祖灯传。

剑南即陆游。这两联诗充分肯定了陆游是曾几的真传弟子，而且是“咄咄逼人”的弟子！陆游的成就远远超过了曾几，成为一代文豪。不过饮水思源，祖师的教诲和心血，却是弟子应该永远铭记的。

【参考资料】

《苕溪渔隐丛话》后集卷三十四
《宋诗纪事》卷三十三、三十七

伊边少人

北宋哲宗朝（1086—1100 年）有一个叫范仲胤[①]的人，在相州（今河南安阳）县衙做录事。官微俸薄，只得把一个新婚妻子抛舍在老家。从春到秋，从冬到夏，没有得到家书，思家之情，一日重似一日。眼看又一个秋天要过去了，可还是音信全无，不由为妻子担起心来。他不敢往坏处想，只是在心里一遍又一遍地为妻子祝福。

一天，仲胤得到了妻子的来信，不禁喜出望外，他颤抖着手打开一看，一幅彩笺上，写着《尹川令》词一首：

西风昨夜穿帘幕，闺院添消索。最是梧桐零落，迤逦秋光过却。　　人情音信难托，鱼雁成耽阁。教奴独自守空房，泪珠与灯花共落。

仲胤读着读着，不由得泪水模糊了双眼。眼前仿佛出现了妻子独守空房的凄苦情景：夜深了，阵阵西风扑打着门窗，掀起帘幕；庭院中，满树梧桐叶在冷风中沙沙作响，纷纷飘落；眼看着秋天这样一天天过去了！满腹情思难成书信，传递书信的鱼雁也不知哪里去了，纵有书信也都尽被耽搁；

① 《宋词纪事》作范仲胤；《全宋词》作花仲胤；《宋史》无传。

她孤零零独自守着空房，在摇曳不定的淡黄灯光下，双手托腮，串串泪珠同灯花一起簌簌滴落。啊，“但见泪痕湿，不知心恨谁”（李白《怨情》），“蜡烛有心还惜别，替人垂泪到天明。”（杜牧《赠别》）孤灯只影，她有多深沉的寂寞与悲凉啊！妻子说得对，纵然可以传递书信，但纸有限而情无限，相思离别之苦，哪里是短短书信可以言说的？何况就是有这样的书信，也难得鱼雁寄托啊！

范仲胤这样读着想着，叹息再三，决定立即给妻子回一封信。他想，尽管我的凄苦同她一般深，但我是男子汉，应该为她解忧宽怀，让她高兴。我这封信，该怎么写呢？他又拿起妻子的彩笺，“尹川令”三字又跳入他的眼帘，啊，好陌生的“尹川令”三个字。他不由得笑了，哪里有什么“尹川令”词牌，明明是“伊川令”[1]，想是妻子想我想得太苦，方寸已乱，慌忙中把“伊”字写成了“尹”字。他于是灵机一动，给妻子写了这么一首《南乡子》词：

顿首起情人，即日恭维问好音。接得彩笺词一首，堪惊。题起词名恨转生。　展转意多情，寄与音书不志诚。不写伊川题尹字，无心。料想伊家不要人。

范仲胤写好词，立即封好托人带走。但过了一两天，他却有些坐立不安了。他越想越觉得自己的词写得有些不妥。妻子是那样痴情，忍受着深重相思苦的煎熬，我却在词中说她“寄与音书不志诚”，甚至说她写信时是有手“无心”，“料想伊家不要人”，我虽是想同她开开玩笑，让她高兴，可把话说得这么重，反而弄巧成拙了。我这岂不冤枉了她！不知她要怎样伤心呢！

范仲胤就这么胡思乱想，焦灼不安。也不知过了多久，范仲胤终于得

① 伊川，古地名，在今河南西部，伊川斜贯其境，“伊川令”词牌名由此而来。

到了妻子的来信。他一看，又是一首词，没有写词牌名，只写“答外”[①]，词如下：

奴启情人勿见罪。闲将小书作尹字，情人不解其中意。问伊间别几多时？身边少个人儿睡。[②]

范仲胤读罢，忍不住笑出声来，连声说：“我该死！我该死！我怎么小看了我妻子的聪慧与才学！”仲胤顿时愁眉舒展，心情开朗，一股甜蜜幸福的热流奔涌全身。

范仲胤为什么说他小看了妻子的聪慧与才学呢？原来，这“伊”字拆开就是一个“人”字、一个“尹”字。他的妻子理解丈夫这“拆字法”的深意，因此，她也用这“拆字法”，倾吐自己思念丈夫的深情。

在古汉语中，“伊”字是一个代词，可译为“他”、“她”、“这个”、“那个”。现在，江南一带，说“他”或“她”，都还用“伊”字。而且在古代诗文中，还常用“伊”字指代意中人。最著名的是《诗经·秦风·蒹葭》：“蒹葭苍苍，白露为霜，所谓伊人，在水一方。溯回从之，道阻且长，溯游从之，宛在水中央。”这里的“伊人”，就是诗人所寻求的意中人。在一大早，露水未干，诗人就去追赶意中人，他沿着河水逆行，可道路又长又难行，他一会儿见她在水的那一边，一会儿又见她在水的中央，这样可望而不可即，他更加情急心慌。唐宋词中，更常见这种用法。如柳永名句“衣带渐宽终不悔，为伊消得人憔悴”（《凤栖梧》）；“镇相随，莫抛躲，针线闲拈伴伊坐，和我，免使年少光阴虚过”（《定风波》）；周邦彦词“拼今生，对花对酒，为伊泪落（《解连环》）；朱淑真诗“莫把倾城比颜色，从来家国为伊亡”（《牡丹》）。这些“伊”字，也都是指代思念中的人。“伊”字可译为“他”或“她”，甚至可直接译为“你”，“伊家”也是“你”，

① 此词失调名。古时，习惯上常称妻子为“内子”，丈夫为“外子”。

② 《全宋词》无‘睡’字，《宋词纪事》则有。

元曲中常有这种用法，如《倩女离魂》中“比及你远赴京华，薄命妾为伊牵挂”；《琵琶记》中“我年老爹娘，望伊家看承”。

所以，范仲胤词说：“料想伊家不要人”，可译为“你不要人”，这“人”自然是意中人。范仲胤在信中玩“拆字法”，是夫妻闺房中的善意玩笑；而范仲胤的妻子，在劳燕分飞、形单影只时，既恨又牵挂着丈夫不在身边，所以她的的词，“问伊间别几多时？身边少个人儿睡”，是一句饱含痛苦和夫妻情义的反问：你离家这么久了，难道不知我身边少了一个人的痛苦吗？“伊边少人”，她这样拆字，心情一点儿也不轻松！范仲胤在为自己妻子的聪慧和才学而欣喜之后，很快就陷入了更加铭心刻骨的相思之中！

【参考资料】

《宋词纪事》

《全宋词净》

月上柳梢

近代词人况周颐说："词学莫盛于宋，易安、淑真，尤为闺阁隽才，而皆受奇谤。"（《断肠词·跋》）李清照和朱淑真是宋代最有成就的两位女词人，她们蒙受了什么"奇谤"呢？据说李清照四十九岁改嫁，被世俗看作晚年失节[1]，而朱淑真有《生查子·元夕》[2]词，其词如下：

去年元夜时，花市灯如昼。月上柳梢头，人约黄昏后。　今元夜时，月与灯依旧。不见去年人，泪湿春衫袖。

词中女主人公回忆一年前同情人在元宵之夜幽会的情景，如今又是一年一度元宵夜，可景物依旧，情人已去，旧爱新恨，一齐涌上心头。小词像女主人公在叙事，没有修饰，没有华丽词语，只说了去年约会的时间，是在元宵夜，在月上柳梢头的黄昏之后，地点大约也就在那月光朦胧的柳树下，而今年，还是那时间、那地点，那月、那灯依旧，可去年赴约的人，今年却不见了，她忍不住珠泪滚落，打湿了衣衫。她为什么会这样呢？她

① 参看本书《愁字难了》篇。

② 这首《生查子·元夕》词，又见欧阳修《庐陵集》卷一三一，还有作秦观词、李清照词的。今人多信为欧阳修词。《全宋词》朱淑真下亦不载。然此词收入张璋、黄畬校注《朱淑真集》中（上海古籍出版社1986年版）。

没有说，只让人去想。小词清新柔美，淡雅如画，迭词重句，平易似口语，言短情长，风味隽永，富有浓郁的民歌韵味。

明代人毛晋说："淑真诗集，脍炙海内久矣……先辈拈出《元夕》诗词，以为白璧微瑕，惜哉！"（《断肠词·跋》）。不少人为了替朱淑真辩诬，把这首词归在欧阳修名下。王士禛《池北偶谈》说：此词"见《欧阳文忠公集》一百三十一卷，不知何以讹为朱氏之作，世遂因此词，疑淑真失妇德，记载不可不慎也！"陆以湉《冷庐杂识》说："后人误编入《断肠集》，遂疑朱淑真为佚（放荡）女，皆不可不辨。"甚至有人大声疾呼，朱淑真"蒙此不洁之名，亟应昭雪！"（《瑟榭丛谈》）欧阳修作得《生查子》，朱淑真却作不得，作了就成了放荡女子，失了妇德，这不是很奇怪的逻辑和观念吗？以这种观念"辩诬"，有说服力吗？甚至连词学专家唐圭璋先生编辑、影响极大、颇具权威性的《全宋词》也作欧阳修词，只在朱淑真下存目录，不收录全词。

杨慎说："词则佳矣，岂良人家妇所宜道邪？"他甚至举出朱淑真《元夜》诗来强调自己的意见：

火烛银花触目红，揭天鼓吹闹春风。
欣欢入手愁忙里，旧事惊心忆梦中。
但愿暂成人缱绻，不妨常任月朦胧。
赏灯哪得工夫醉，未必明年此会同。

朱淑真《元夜》诗共三首，写她元宵夜观灯的情景。这天晚上，华灯宝炬，火树银花，震天鼓吹，绕云歌舞，香车宝马，嬉笑游冶，真可谓热闹空前，而她的《元夕》词却只用了"花市灯如昼"五字轻轻点过。朱淑真融入了这热闹的灯市，杂在绮罗婵娟中，流连忘返，她希望这灯月交辉的夜晚能够永驻，同心上人永远沉浸在情意绵绵的幸福中，她惧怕明年今夜没有了今日的欢乐。

杨慎所引是这组诗的第三首。杨慎说：这首诗"与其词意相合"，这是对的，诗与词同是写朱淑真在元宵夜的一段感情经历；所不同的是，《元夕》词是写今日不见去年人，昔日的欢乐变成了今日的痛苦；而《元夜》诗是写在今日欢乐之时，惧怕明日的悲剧。但杨慎接着说“则其行可知矣。”（《词品》卷二） 杨慎的意思很明白，朱淑真是“良人家妇”，不应该有这种与情人幽会的伤风败俗之事，更不该写这种刻红剪翠、卿卿我我的淫艳之词，可见她的品行不端。杨慎的封建意识多么森严峻刻！

朱淑真，号幽栖居士，钱塘（今浙江杭州）人。家住涌金门内如意桥北的宝康巷。她自幼才华横溢，懂音律，工书画，擅诗词，是多才多艺的大家闺秀。出阁前有《秋日偶成》诗传世：

初合双鬟学画眉，来知心事属他谁？
待将满抱中秋月，分付萧郎万首诗[①]。

她长成一个青春少女，怀着刚刚萌生的纯洁爱情，热切等待着意中人，可这意中人是谁呢？她不知道，但那一定得是“萧郎”一样情投意合、才貌双全的意中人。朱淑真执著地追求着自己理想的爱情，寻求心灵相通的伴侣。而这样的情侣大约也曾闯入她的生活，前面所列两首记元宵的诗词，就是这种追求的热烈倾诉。

但是，有情人终未成眷属。在那个时代，妇女没有婚姻自由。朱淑真由父母做主，嫁给了一个俗吏。她在婚后，写过这样的诗：

寄 恨

如毛细雨蔼遥空，偏与花枝著意红。
人自多愁春自好，天应不语闷应同。

① 参看本丛书《唐代篇·侯门如海》。

吟笺谩有千篇苦，心事全无一点通。
窗外数声新百舌，唤回杨柳正眠中。

愁怀

鸥鹭鸳鸯作一池，须知羽翼不相宜。
东君不与花为主，何似休生连理枝。

黄花

土花能白又能红，晚节由能爱此工。
宁可抱香枝上老，不随黄叶舞秋风。

从这些诗可知，朱淑真的丈夫可能是一个重仕途经济而轻别离的薄情汉，“吟笺谩有千篇苦，心事全无一点通”，夫妻心不相通，极不和谐，她怨恨“东君不与花作主”，使她遭此不幸婚姻；朱淑真的丈夫长期在外做官，或有寻花问柳、宿娼狎妓、抛妻买妾之事。“鸥鹭鸳鸯作一池，须知羽翼不相宜”，况周颐说，此语“大似讽夫纳姬之作。近有才妇讽夫纳姬诗云：‘荷叶与荷花，红绿两相配；鸳鸯自有群，鸥鹭莫入队’，正与此诗暗合。”“待封一掬伤心泪，寄与南楼薄幸人”（《初夏》）朱淑真不能忍受薄情郎，她更不愿委曲求全，她像她所钟爱的梅花一样，“宁可抱香枝上老，不随黄叶舞秋风”，表示了她的最后决绝，并且毅然离开了她的丈夫，回到了娘家。但是，从下面的《减字花木兰·春怨》词可知，朱淑真回娘家后，一直过着孤寂的寡居生活。

独行独坐，独倡独酬还独卧。伫立伤神，无奈春寒著摸（撩惹）人。　此情谁见？泪洗残妆无一半，愁病相仍，剔尽寒灯梦不成。

这首词一连下了五个“独”字，行坐、诗酒、白天、黑夜，她都是孤身一人，春寒撩人，愁病相加，终日以泪洗面，朱淑真的寡居生活实在是太悲凉凄苦了！朱淑真传世的著作集旧名《断肠集》，这是南宋人魏仲恭在孝宗淳熙九年（1182年）辑朱淑真作品时给命的名。朱淑真的诗词中，随处可见“断肠”二字：“梨花细雨黄昏后，不是愁人也断肠”（《恨春》）；“哭损双眸断尽肠，怕黄昏后到黄昏”（《秋夜有感》）；“魂飞处临风笛，肠断谁家捣夜砧”（《长宵》）；“针线懒拈肠自断，梧桐叶叶剪风刀”（《闷怀》其一）；“芭蕉叶上梧桐雨，点点声声有断肠”（《闷怀》其二）；“自是断肠听不得，非干吹出断肠声”（《中秋闻笛》）；“逢春触处须萦恨，对景无时不断肠”（《伤别》），等。所以近人朱惟公说：“以此（断肠）名书，谁曰不宜？”（《朱淑真断肠诗词》序） 真是断肠人吟断肠词，篇篇诗词尽断肠！朱淑真的婚后生活可想而知，她为追求纯真的爱情，付出了多么大的代价！

清人梁绍壬说：“《漱玉》（李清照诗文集名）、《断肠》二词，独有千古，而一以‘桑榆晚景’一书致诮，一以‘柳梢月上’一词贻讥。后人力辨易安无此事，淑贞无此词，此不过为才人开脱。其实，改嫁本非圣贤所禁；《生查子》一阕，亦未见定是淫奔之词。”（《两般秋雨庵随笔》）说得好！这是对杨慎等人谬见的有力驳斥。

朱淑真现存词三十二首，诗三十三首，而散佚者十之八九，唐、宋以后，闺媛篇什流传之多，无过朱淑真者，就数量来说，亦得谓大家。她一生抑郁不得志，故诗中多有忧愁怨恨之语，每临风对月，触目伤怀，皆寓于诗，以写胸中不平之气。她的诗词，笔轻意重，文淡情浓，清新婉丽，出自肺腑，非泛泛者所能及，让人一唱而三叹。朱淑真与李清照诗词，各呈风采，如两峰竞秀，相映生辉，不愧为一代名家，一些道学家的偏见何损于二才女的光辉！

【参考资料】

张璋、黄畬校注《朱淑真集》

《蕙风词话》卷四

词比秦黄

朱熹说："本朝妇人能文，只有李易安与魏夫人。"（《朱子语类》卷一四O）黄异说："李易安，魏夫人，使在衣冠（男子）之列，当与秦七（秦观），黄九（黄庭坚）争雄，不徒擅名于闺阁也。"（《词品》卷二）而陈师道曾说："今代词手，惟秦七、黄九耳，余人不逮也。词家以秦黄并称。"（《古今词话》）我们姑且不论陈师道对秦观、黄庭坚在词坛地位的评价是否允当，但把他的话同朱熹、黄异的话联系起来，可以清楚地看到，在宋代词坛，李清照和魏夫人确是享有很高的声望。

魏夫人，名字已佚，生卒年月不详。她是曾布的妻子，曾布是唐宋散文八大家之一曾巩的弟弟，历宋仁宗、英宗、神宗、哲宗和徽宗五朝，支持王安石变法，以后在新旧党争中沉浮，徽宗时官至丞相。由此，魏夫人在世年代大略可知。

朱熹、黄异对魏夫人评价很高，但实际上魏夫人传世作品很少，远不能同李清照、朱淑真相比。诗残存两句，《全宋词》存词也只有十四首，其中一首还很可能是李清照词。

宋人曾慥《乐府雅词》记载说，魏夫人有"《江城子》、《卷珠帘》诸曲，脍炙人口。"下面是她的《江城子》词：

别郎容易见郎难。几何般，懒临鸾。憔悴仪容，陡觉缕衣宽。门外红梅将谢也，谁信道，不曾看。　　晓妆楼上望长安。怯轻寒，莫凭阑。嫌怕东风，吹恨上眉端。为报归期须及早，休误妾，一春闲。

词中女主人公说，因为郎君轻易离别远去，如今相见多么艰难，我已不知多少次懒得对鸾镜梳妆，今晨偶然一照镜子，才看见自己姿容憔悴，人瘦了，衣带一下子宽大了许多。不敢赏花，不敢登高，不敢凭栏，谁能相信，梅花都快凋谢了，我还没有去看过？怕的是春天的韶华光景，把埋在心中的离愁别恨驱上眉间；虽然是这样，我还是情不自禁，一大早起来，梳妆停当，登楼望长安，看郎君是不是归来。一回登楼，一回失望，郎君啊，你可要尽快回来，不要耽误了一生最美好的青春年华！

宋神宗元丰年间（1078—1085 年），曾布奉诏帅庆州（今甘肃庆阳），未至，又召还，至陕府，复还庆州，朝令夕改，奔走于庆州、潼关（今西安东）间。当时夫妻长期离别，魏夫人曾写诗同曾布开玩笑说："使君自为君恩厚，不是区区爱华山。"（陆游《老学庵笔记》卷七）这意思是说，使君（唐宋时对地方长官的称呼）你来回奔波，是感念皇上的隆恩，不是喜欢看华山风景。上面的那首词，很可能就是这时写给曾布的。这首词，清丽谐婉，曲尽衷肠，造语熨帖新巧，确是一首馨香入口的闺情词。

最为人称道的，是她的《菩萨蛮》：

溪山掩映斜阳里，楼台影动鸳鸯起。隔岸两三家，出墙红杏花。　　绿杨堤下路，早晚溪边去。三见柳绵飞，离人犹来归。

曾慥说，这首词尤其典雅纯正，深得《诗经·卷耳》遗风。《卷耳》是写女子怀念征夫的诗，诗以采摘卷耳起兴，先写她无心采摘，她采呀采呀，怎么也采不满筐，她索性把筐放在大路上，一心一意想起她的征夫来，她幻想征夫回来了，上山了，过冈了，马病了，人乏了。女子想得很专心，很苦，但诗写得很含蓄，除了有"嗟我怀人"外，无一字明讲她如何怀人。爱情是纯真专一的，表达却是蕴藉深婉的。这就是《诗经》留下的"雅正"之风（《乐府雅词》）。

魏夫人这首《菩萨蛮》词，也正是写的一个女人每天早晚去溪边等候远行人归来的。女子伫立溪边绿柳下，极目远眺，看见远山抹上了夕阳；溪流对岸三两家庭院，一阵响动，惊飞一对鸳鸯，红杏开得好繁茂，花枝已经伸出墙外；她就这样早早晚晚伫立溪边，冬尽春来，她已几度看见柳絮飘飞，可远行的人至今未还。这首词写得缠绵而不伤感，情长而不直露，溪山楼台，红杏绿柳，鸳鸯并宿，思妇独行，饶有诗情画意。在爱情纯真专一、表达蕴藉深婉方面，确实与《诗经·卷耳》有相似之处，所以说它得雅正遗风。

魏夫人同朱淑真是知己好友，常常置酒相邀，论诗填词，临字作画，共同度过不少难忘之夜。一天，魏夫人摆下酒宴，同朱淑真相对坐下，然后命一队年幼的姑娘在席前歌舞。这些姑娘们，腰细如柳，体轻欲飞，微步凌波，两袖回风。《伊州》、《凉州》舞，粗犷奔放；《春阳》、《凌波》舞，柔美婆娑；歌舞是那么迷人，如果杨贵妃见了，当年就不会再喜欢舞女阿蛮；身轻能做掌上舞的赵飞燕，恐怕也无脸再跳舞了。魏夫人同朱淑真，一边饮酒，一边赏舞，不知不觉到了深夜。朱淑真饮酒多了，有了几分醉意。歌舞完了，魏夫人要朱淑真写几首诗，就以“飞雪满群山”为韵。朱淑真醉中握笔，写成《醉中赋飞雪满群山五绝》。其中，以‘群”字为韵的一绝如下：

占断京华第一春，清歌妙舞实超群。
只愁到晓人星散，化作巫山一段云。

这首绝句，第一、二句称赞了歌舞精彩出众，第三、四句则抒发了作者惧怕热闹后的寂寞，欢乐后的愁苦。当众人如星散，那楚襄王思念巫山神女的忧伤，也就涌上心头。朱淑真这五首绝句，同这一首一样，虽是记舞，却又是言情，所以“不唯词旨艳丽，而舞态之妙，亦可想见也。(《宋诗纪事》卷八十七)

清代赵棻仪女士有一首《咏朱淑真》诗：

吹花弄粉惯伤春，冰雪聪明迥绝尘。
不用断肠嗟薄命，赏音曾有魏夫人。

朱淑真一生很不幸，然而她时时刻刻流露出来的内心痛苦，总是能得到魏夫人的理解与同情。况周颐说："淑真生（活着时）遇魏夫人，殁（死后）有魏端礼，二魏有缘，亦一奇事，生死有知，可以无憾！"（《断肠词·跋》）魏端，即搜集整理朱淑真诗词并命名为《断肠集》的魏仲恭；魏夫人是朱淑真的知音和词友，她的才情、诗词成就应该不凡，可惜今天能见到的不过数首，不能不是一大憾事！

【参考资料】

《古今词话》上卷
《词苑萃编》卷四

瘦比黄花

郭沫若生前有一副题联：

大明湖畔趵突泉边故居在垂杨深处

漱玉集中金石录里文采有后主遗风

这副题联的内容是什么呢？《崇祯历城县志》卷十六："历城山川清秀，李家一女郎"，"历人负有奇情，即乐府小道，亦足擅绝宇内。"清人王士祯也说："张南湖（明代人张綖）论词派有二，一曰婉约，一曰豪放。仆谓婉约以易安为宗，豪放惟幼安称首[①]，皆吾济南人，难乎为继矣。"（《花草蒙拾》）这"李家一女郎"、婉约词派之宗祖，就是宋代历城人李清照。

李清照，字易安，自号易安居士。今山东济南市，古称历城。历城自古记载有七十二泉，泉城美名传遍天下。列七十二泉之首是趵突，趵突泉三泉并涌，浪花飞溅，胜似白雪，泉池澄碧，清醇甘冽。趵突泉附近有柳絮泉、漱玉泉。宋神宗元丰七年（1084年），李清照就出生在这里。她后

① 明代以后的人论词，把唐宋以来的词分为两大派，一曰婉约，一曰豪放。明人徐师说："婉约者欲其词情慰藉，豪放者欲其气象恢宏。"（《文体辨》）宋代柳永、李清照都是婉约词的代表作家，而苏轼、辛弃疾则是豪放词的代表作家。前人这样划分词派风格和代表作家，也是大体而言，其实婉约派词人常有豪放佳作，而豪放派词人亦有婉约妙品。

来显示出的才华和取得的成就，为她同代人惊叹，令世世代代后人仰慕，而历城人无不引以为自豪。

李清照的父亲李格非，与廖明略、李膺中、董武子同有文名，号“后四学士”，以继黄庭坚、秦观、张耒、晁补之“前四学士”。李清照少女时代过着优裕的生活，有很好的家庭文学教养，因此，“自少年即有诗名，才力华赡，近逼前辈。”（王灼《碧鸡漫志》卷二）从李清照的《点绛唇》词，可知她少女时代的生活与才华。

蹴罢秋千，起来慵整纤纤手。露浓花瘦，薄汗轻衣透。　　见有人来，袜刬金钗溜。和羞走，倚门回首，却把青梅嗅[①]。

少女清晨一早起来就去花园打秋千，时间长了，汗水涔涔，把轻云似的薄纱衣衫也浸透了。打罢秋千，觉得有点累，懒洋洋地揉搓着微微有点麻木的小手。突然看见一个陌生男子来了，急急忙忙含羞逃走，袜子滑到了脚踝，发髻散了，金钗倒挂。啊，好慌乱，好羞人哟！可来人是谁呢？长得什么模样？跑到花园门口了，忍不住又回过头来，想看个究竟；可不能让那男子发现我在偷瞧他，就斜靠在门上，拉过一枝青梅，假装嗅嗅。

小小一首词，传神地塑造了一个顽皮、活泼而美丽的清纯少女形象，情调健康而明快，充满了青春气息，而文笔开合自如，层次迭出，“和羞走”以下，如图似画，形神宛在目前。

宋徽宗建中靖国元年（1101年），李清照十八岁，同太学生赵明诚结了婚。赵明诚自幼就喜欢金石字画，十七八岁便已开始收藏前代石刻。同时，又好文词，每遇苏轼、黄庭坚诗文，即使仅片言数字，也必抄录收藏。李清照同赵明诚志趣相投，全力支持丈夫的事业。虽然收藏古代名贵石刻字画，常常须花巨款，夫妻俩不免捉襟见肘、力不从心，但到每月的初一、十五日，他们总是拿些衣物去典当，得了钱，再走到相国寺资圣门前，去买碑帖、石刻、

① 此词作者是谁，诸家聚讼。今从胡云翼《宋词选》。

书画、果品。回家以后，夫妻俩在归来堂相对坐下，一边咀嚼果品，一边展玩，考辨真伪，指摘疵病，这时夫妻俩便沉浸在无穷的乐趣中。

一次，他们购得秦代泰山石刻拓片，可以清楚读出的有一百四十六字。尚有七十余字，侵蚀剥落，已难辨认。

赵明诚惊喜地说："夫人，你看这碑文，全用'小篆'……"

"慢！"李清照打断丈夫的话说。

"啊，我高兴得忘了，还没有把茶斟上呢！"赵明诚站起身来，亲自提起小壶，一边给每人斟上一杯茶，一边说："往日打赌，你自逞记性强，能指出某事在某书某卷某页某行，总比我先饮这第一杯茶，今日打赌，我定要获胜，先饮这第一杯。"

李清照只是抿嘴含笑看着丈夫，却不接茬，说："还是看这碑刻吧！"

"好！"赵明诚坐下，兴冲冲接着说，"这'小篆'是秦始皇统一六国后，诏令全国颁行的统一字体，字形工整，笔画圆健，瘦劲欲飞，俊秀神奇，实是难得的碑文镌刻。"

李清照说："我记得这是丞相李斯的篆刻。"

"是的，是的。"赵明诚想了想说，"我记得秦始皇于二十八年（公元前 219 年）东巡，登泰山，刻石记功，欲垂照万世。"

"这事在什么书有记载？"李清照立即反问说。

"哦，这我记得很清楚，在太史公司马迁的《史记》卷六第十五页第十七行上记载说，'二十八年，始皇东行'。"赵明诚说罢，得意地端起茶杯就要饮茶。

李清照说："且慢！你看这拓片，是秦二世胡亥诏书刻石[①]，又在某书某卷第几页第几行？"

"这自然也在《史记》里，是卷六……"赵明诚端起的茶杯停在半空，

① 秦始皇《封泰山碑》石刻现已无存，秦二世诏书残石两片，仅存四行十字，是已发现的我国最早的文字石刻之一，十分珍贵。传世有明安国旧藏北宋时金石拓本，存一百六十五字。赵明诚《金石录》卷十三有《秦泰山刻石跋尾》。

“是卷六第……”

“那是二世元年（公元前209年）。《史记》卷六第三十二页第十行记载说：‘春，二世东行郡县，李斯从。’秦二世这诏书后面，就刻着当时随从的大臣李斯等人的名字。”李清照说完，立即端起茶杯，大笑不止，把一杯茶全倒在了怀中。“哟，白赌赢了，白赌赢了，哈……”一边拂拭衣服，一边禁不住笑得前仰后合。

赵明诚也幸灾乐祸地笑起来，说：“好！好！这第一杯茶还是我先饮了！”

几年中，夫妻二人就这样搜集金石书画，藏品也日益多起来，装满书库，以致几案罗列，狼藉满床。二人意会心合，目往神交，夫妻之乐，远在声色犬马之上！“桐阴闲话芝芙梦，第一销魂是斗茶！”（陈文述《题漱玉词》）

但是，他们也并不总是如此快乐。有一次，一个人拿来南唐徐熙的一幅《牡丹图》求售。据说，这是一幅折枝牡丹，没有背景，不见全枝，落笔之际，不以敷色晕淡细碎为功，用粗笔浓墨草草写枝叶萼蕊，略施杂彩，不掩笔迹，而神气生动，生机勃发，充满野逸超迈之气。赵明诚同李清照看了，爱不释手。可卖主要价二十万钱。当时虽贵家子弟，求二十万钱，尚不易得，何况他们。夫妻俩请求卖主把画留下，容一二日期限筹款，但两天过去了，夫妻二人无计可出，只好让卖主把画取走。画取走后，夫妻俩像失去了什么宝贝，竟相对惆怅叹惜了好几天！

一年初秋，赵明诚因事要出远门。李清照想到夫妻离别，明诚一人乘舟远去，不禁顿生难以排遣的离愁。她拿出一方锦帕，铺展在桌上，用她那清新可爱的小楷字，写了《一剪梅》词一首：

红藕香残玉簟秋，轻解罗裳，独上兰舟。云中谁寄锦书来，雁字回时，月满西楼。　　花自飘零水自流，一种相思，两处闲愁。此情无计可消除，才下眉头，却上心头。

李清照写完，拿起锦帕，含泪对赵明诚说：“你把这方锦帕带在身上吧，见了锦帕就如同见到我，旅途劳顿、孤馆寂寞时，就拿出来看看，也可寄托一片相思之情。”

赵明诚双手捧着锦帕，看着自己新婚不久的妻子，深情地说：“啊，你看眼前，红藕香残，秋花飘零，美好时光已悄悄逝去，我怕离别也会带走我们夫妻的青春年华。你说得对，这离愁别绪，相思之苦，恐怕是难以消除的了。”

赵明诚挥别了妻子，独自乘舟而去。重阳节后不久，赵明诚又得到妻子的来信，有《醉花阴》词一首：

> 薄雾浓云愁永昼，瑞脑消金兽。佳节又重阳，玉枕纱厨，半夜凉初透。　　东篱把酒黄昏后，有暗香盈袖。莫道不消魂，帘卷西风，人比黄花瘦。

赵明诚反复读着，妻子孤独凄苦的情景如在眼前。他仿佛看到，妻子独坐家中，两手托腮，双眼痴痴地望着金兽炉中升起的瑞脑香烟，就像她满腹的愁思，一阵似薄雾，一阵如浓云，丝丝缕缕，团团散散；夜深了，只身孤眠，玉枕和薄纱，难御无情袭来的秋寒，重阳那天，她对酒赏菊，可她毫无陶渊明东篱把酒的闲情，眼见西风萧瑟，珠帘乱卷，秋菊枯焦，那人比菊花还要消瘦几分，真是黯然销魂，唯别而已啊！赵明诚读着妻子的新词，深深地被打动了。

赵明诚同李清照结婚虽不久，但他深深爱着自己的妻子，更倾心崇敬自己的妻子。那首题在锦帕上的《一剪梅》词，就语淡而意浓，言浅而情深，读着明白如家常话，细思却情曲而语新。这首《醉花阴》词，更是深情苦调，愁肠九回，用意造语，更加蕴婉含蓄，清秀雅畅。

赵明诚把李清照这首《醉花阴》词读了又读，对妻子一片热爱与敬重的心情，驱走了羁旅离愁，渐渐兴奋了起来。突然，一个念头袭来，他决定像同妻子读书斗茶一样，比比高低。倘若自己占了上风，也不辱没妻子，若居了下风，也是自己一生的福气，足令人羡慕。于是，他闭门谢客，

《宋词画谱》　　（明）汪氏 编

废寝忘食，三日三夜，冥搜苦求，尽平生才情，一气写了五十首词。然后一一誊清，把李清照的《醉花阴》也重新誊写一遍，夹在其中。

第四天，赵明诚请来好友陆德夫，把准备好的五十一首词拿给他品评，并且一定要他指出其中最佳者，陆德夫玩索品味再三，然后说："只有一篇三句最佳。"

赵明诚忙问："哪一篇？"

《醉花阴》词！"

"哪三句？"

"自然是'莫道不消魂，帘卷西风，人比黄花瘦'！"

赵明诚连连击掌，说："着啊！着啊！陆兄果然有眼力，这一篇三句，正是愚弟易安爱妻刚寄来的新词！"

"啊，如此，我更要仔细拜读了！"陆德夫立即又拣出《醉花阴》词，接着赞叹说："有妻如此，平生足矣！"

"最怜九日销魂句，吟瘦郎君总不如"（江宾谷《论易安词》），赵明诚站在一边，内心翻涌起层层的情爱波澜。据说赵明诚在很小的时候，在梦中读书，其中有这样几句："言与司合，安上已脱，芝芙草拔。"赵明诚醒后，就问父亲是什么意思，父亲解释说："言与司合"是个"词"字，"安上已脱"是个"女"字，"芝芙草拔"是"之夫"二字。父亲说："此离合字，词女之夫也。"（《癸巳类稿》）"赵侯一枕芝芙梦，难得鸳衾词女共"（樊增祥《题李易安遗像》）；"奇绝芝芙梦里情，先教夫婿识才名"（《乐钧《历下杂诗》）。姻缘前定，梦不足凭，但人们确实看到，赵明诚和李清照，一个词伯，一个文豪，是天生的一对淑女才子、绝代伉俪，他们的金石诗词之乐，风流高雅，脱尽平庸粗俗，令人嗟赏仰慕！他们的文学成就，犹如双子星座，在中国文坛上空闪烁着耀眼的光辉！我们在本文开篇所引郭沫若的一副题联，就是同时题咏赵明诚和李清照两人的。上联是题他们居家环境得山川灵秀，下联点明夫妻二人的传世著作，李清照有《漱玉集》，赵明诚有《金石录》。前代即有人把李清照同南唐后主李煜相提并论。李后主才情横溢，曲词善写男欢女爱、儿女情长，晚年词尤愁苦，多深痛的亡国之音，在词的发展史上又开后代文人词的先河；他的妃子周昭惠，通书史，精音律，在创作上给了他很大帮助，这些很像赵明诚和李清照，所以郭沫若题联"文采有后主遗风"，也是一语双关的。

【参考资料】

《李清照集校注》
中华书局《李清照集》

愁字难了

南宋高宗建炎三年（1129年）七月末，李清照在池阳（今安徽贵池）突然得到赵明诚来信，说染病不起，望火速前去建康（今江苏南京）。这个消息如晴天霹雳，几乎把李清照吓疯了。夫妻分手，才有多久？就在一个多月前，赵明诚出知湖州，先去建康见高宗皇帝，夫妻告别情景还历历在目。

当时，李清照驾船送出一程又一程，赵明诚终于舍舟登岸。李清照眼见夫君就要远去，心情顿时坏到了极点。自金兵南侵，汴京失守，中原沦陷，他们追随高宗南逃，原来留在青州（今山东益都）老家的书册物品十余屋，都已焚于兵火，化作灰烬，只有当时带来的十五车金石器物幸得保存。金兵得势，穷追不舍，朝廷立足未稳，前途难卜，如今丈夫要远去湖州，夫妻又分居两地，兵荒马乱中，不能彼此照应，万一有事，如何是好？

李清照想到这些，心急如焚，看着已经上马的赵明诚，就大声问："倘若池阳形势危急，我怎么办？"

赵明诚在马上回答说："随百姓逃难。"

"那些金石器物怎么办？"

"迫不得已，先扔下笨重家具，然后衣物，然后书册字画，然后古器，惟有那些独一无二的稀世珍品，要亲自带着，与身俱存亡。切记！切记！"说罢，驰马南去。

李清照想到这些，早已泪流满面。她再读来书，更加惊恐。原来赵明诚是盛暑驰驱，得了疟疾，而赵明诚脾气急躁，疟疾时发高烧，若服寒药，

《宋词画谱》 （明）汪氏 编

病势将十分危险。李清照不敢再想下去，急忙打点行装，昼夜兼程，赶到建康。果然，赵明诚大服柴胡、黄芩等性寒药物，以致疟疾、痢疾并发，已经病入膏肓。八月十八日，取笔作诗，绝笔而终。李清照抱着赵明诚遗体，放声悲号，亲自为赵明诚写了一篇祭文，北宋人谢伋《四六谈尘》中今存断句：

白日正中，叹庞翁之机捷。
坚城自堕，怜杞妇之悲深。

上一句用唐代襄州（今湖北襄樊）居士庞蕴的典故。庞蕴坐在蒲团上将入灭（死），让他女儿灵照在屋外看太阳，待太阳正午，就进屋报告他。当灵照报告说："日午了，只是日有蚀。"居士出门去看。等他回来，灵照已先登父亲蒲团合掌坐化（死）了。庞蕴笑笑说："我女儿敏悟天机了！"李清照用这典故，痛惜赵明诚先她而去。

下一句用远古杞梁妻故事。齐国有一个杞梁殖，在战争中死了，他的妻子没有子嗣亲故，当杞梁殖的尸体运回来以后，杞梁妻便枕着丈夫的尸体在城下哭泣，哭声悲惨，过路的人无不挥泪离去。她一连哭了十天十夜，城墙竟被她哭崩塌了[①]。李清照用这个故事，表达了自己对赵明诚之死的深重悲哀！

赵明诚去世时，李清照才四十六岁。她带着赵明诚遗留下来的金石刻、古铜器，在吴越间辗转迁徙。稍得安宁，便着手整理赵明诚写的《金石录》。《金石录》是我国金石学名著，为研究古代金石刻所必需的资料，被历代所推崇，得李清照之力，幸而保存下来。高宗绍兴四年（1134年）秋八月，李清照为《金石录》写了《后序》。宋代人洪迈说：赵明诚著《金石录》三十篇，"其妻易安李居士，平生与之同志，赵殁后，愍悼旧物之不存，乃作旧序，极道遭罹变故本末。"（《容斋四笔》）这篇《金石录后序》，叙述了他们夫妻生活和金石器物的聚散，铺叙曲折详尽，历历可观，存亡之感，沛然其中，笔墨俊秀，有识有情，充分显示了李清照的才华，读之令人叹为观止。

对李清照这篇《金石录后序》，后人评价极高。清人王士禄引《神释堂胜语》说，李清照此文颇得班（班固）、马（司马迁）作史之法，"往往于琐屑处极意描摹，故文字有精神色态"；陆游则引《才妇录》说："易

① 参看本丛书《先唐篇·孟姜哀歌》。

安居士能书能画双能词，而尤长于文藻，迄今学士每读《金石录序》，颇令人心神闲爽，何物老妪，生此宁馨，大奇！大奇！”至今，李清照的《金石录后序》仍是人们喜爱诵读的名篇。

李清照埋葬了赵明诚，也随同埋葬了自己的欢乐。绍兴五年（1135年）春，她住在金华（今浙江金华）。金华城南有东港、南港二水，春天来了，她听说双溪景色秀丽，很想去散散心。这个念头刚刚产生，她便陷入了深深的痛苦。赵明诚死后这几年，她像孤鸿独雁，飘泊江湖，夫妻竭平生心血搜集的金石古器，丧失几尽。她曾从痛苦中挣扎起来，希望重建新的生活，再嫁张汝舟，谁料人到桑榆晚景，竟遭市侩小人的粗暴虐待，所嫁之人张汝舟，只是贪图李清照手中残存的一些金石器物，婚后毫无夫妻情分，反而每日拳打脚踢，李清照忍无可忍，再婚不满百日，就不得不痛心离异。她绝望了，一生的忧患，心灵的创伤，在她孤苦伶仃的日子里，日益变成一种残酷的折磨，景物尚如旧，人情不似初，她怎能打起精神去流连光景？她拿出纸笔，含泪写了一首《武陵春》词：

风住尘香花已尽，日晚倦梳头。物是人非事事休，欲语泪先流。　　闻说双溪春尚好，也拟泛轻舟。只恐双溪舴艋舟，载不动，许多愁。

在同样的情怀下，在一个秋天风风雨雨的日子里，李清照又写了《声声慢》词：

寻寻觅觅，冷冷清清，凄凄惨惨戚戚。乍暖还寒时候，最难将息。三杯两盏淡酒，怎敌他，晚来风急。雁过也，正伤心，却是旧时相识。　　满地黄花堆积。憔悴损，如今有谁堪摘？守着窗儿，独自怎生得黑。梧桐更兼细雨，到黄昏，点点滴滴。这次第，怎一个，愁字了得！

这首《声声慢》词，是李清照晚年的名作，凡读李清照词的人，无不能稔熟成诵。李清照把眼前的种种凄凉景和心中种种感伤情，水乳交融地写进了词里，既深沉又哀婉，真是“回肠九回后，犹有剩回肠”（李商隐《和张秀才落花有感》），把家国破亡之痛、身世流离之苦发泄无余。造语尤其新奇大胆，开头连用十四个叠字，前无古人，后启来者，为历代称道不绝。而结尾又用“点点滴滴”四个叠字，押“得”与“黑”这种难押、无人押的“险韵”，自然妥帖，不着痕迹，奇横而不妨音律，有特殊的节奏感。真是“一片神行，愈唱愈妙”（《云韶集》卷十）。所有这些，都显示出李清照惊人的艺术才华。

“宋代闺秀，淑真、易安并称隽才，同被奇谤”（许玉瑑《断肠词》序），明人毛晋也曾把朱淑真《断肠词》和李清照《漱玉词》作为姊妹篇，并刻于《诗词杂俎》；而词人况周颐说：“以词格论，淑真清空婉约，纯乎北宋，易安笔情近浓至，意境较沈博，下开南宋风气。”（《蕙风词话》卷四）所谓“浓至”、“沈博”，正是南宋初年国家和人民苦难的投影，这正是李清照词特殊价值之所在；至于“被奇谤”，是因为她在赵明诚去世后又嫁了人，说她已经是桑榆晚景，还嫁人，是失节。所以明清以后不断有人为李清照“辩诬”。其实，李清照先改嫁后即离异是事实，所以“被奇谤”，不过是一些人的封建贞节烈女观念作祟罢了。

大约在绍兴二十五年（1155年），李清照离开了人世，她给后代留下了不朽的《漱玉词》和《金石录后序》等诗文，她是中华民族的杰出女诗人。郭沫若生前为李清照写的那一副题词[①]，高度概括了她的一生和成就，为李清照树立了永不磨灭的纪念碑！

【参考资料】

《李清照集校注》
中华书局《李清照集》

① 参见本书《瘦比黄花》篇。

桃源仙乡

宋神宗熙宁四年(1071年),大宋同高丽中断了十余年的关系又恢复了。高丽使臣朴寅亮,以黄慎为向导,率百余人乘船由海路来朝,打算从四明(今浙江宁波)登岸。眼看就要到了,突然,天气骤变,黑沉沉的乌云压向海面,飓风愤怒地咆哮,掀起排天恶浪,把高丽使者的楼船抛向浪峰,又掷进波谷。楼船完全失去了控制,随着海浪疯狂地颠簸沉浮。黑暗中,天茫茫,海茫茫,只有风声涛声在撕裂着人的心。船上的人绝望了!

一连几天,船仍在海上漂流着。终于,风息浪平了,船上的人们居然活了下来。人们欢呼起来,纷纷奔向甲板。蓝色的海,蓝色的天,银色的海鸥在海天中欢快地穿云戏水,欢快地鸣叫。

"看,海岸!"一个人突然惊叫起来。

"海岸!""海岸!"船上所有的人发出多重合唱。

船向海岸驶去。不久,靠岸登陆。岸边已经涌集了许多人。黄慎上前询问:"老爹,这是什么地方?"

老人回答:"大宋朝通州府海门县!"通州府治所在今江苏南通。看来,朴寅亮的楼船经过几天几夜,随风进入长江口,漂到了通州。

高丽的使者们又欢呼起来,庆幸他们大难不死,终于到了大宋国。

有人早已报告了通州太守,太守带着官员卫队,浩浩荡荡,前来迎接。

太守对高丽使者朴寅亮说:"贵国使臣,不畏海路艰险,来朝我大宋,本官来不及远迎,失礼!失敬!"

朴寅亮连忙回礼说："大人如此客气，下国使者，实不敢当！我等未及先期通报，实多惊扰，望勿见怪！"

彼此互致问候之后，太守把朴寅亮一行接进了州府客馆，然后在府邸设盛宴款待。席间，朴寅亮向太守诉说了海上遭遇大风改变了航程的经过。

太守说："如此说来，今日能同朴大使一行相聚一堂，是本州有幸。"

朴寅亮说："望斗极以乘槎，初离下国；指桃源而迷路，误到仙乡。是我等有幸了！"

太守听了朴寅亮的话，脸上顿时露出惊喜的神情，说："朴大使刚才数语，真是一篇锦绣文字，句法似楚歌骚体，用意则直攀魏晋奇文。朴大使莫非也好中国文章之学？"

朴寅亮说："哦，下国君臣士庶，无不精习中国学术，国主王徽曾诵华严经[①]。一天夜里做梦，竟到了大宋京城，看见街市宫殿宏丽辉煌，醒来无比羡慕，当即赋诗一首记其事。"

"哦？朴大使能否吟诵一下，让我等领教领教？"

"啊，诗是这样的：

恶业因缘近契丹，一年朝贡几多般。
移身忽到京华地，可惜中宵漏滴残。

我王感叹恶缘恶业（佛家语，冤孽），地近契丹，阻隔了两国通好，在梦中到了贵国都城，可惜又夜短更残。我王的美梦和记梦诗，对贵国充满了向往之情。在下也是自幼熟读经史，学习诗赋。这次来大宋途中，我等唱和，也得诗七十余篇呢！"

太守听了这话，大加赞赏，说："难怪大使刚才几句话，用典十分切当。我国远古传说，天河与海通，有神仙乘槎（木筏）而去天界。唐代诗

① 华严经，佛教经书名。全称《大方广佛华严经》，是中国主要佛教宗派之一华严宗主要典籍。华严宗，创始于唐代，武则天曾赐号它的创始人法藏为"贤首大师"，故又称"贤首宗"。

人李商隐就有‘海客乘槎上紫氛，星娥（嫦娥）罢织一相闻’的诗句（《海客》）。晋人陶渊明记武陵人，沿溪行，遇桃花林，入世外仙境，见那里人民衣食富足，安居乐业，世风淳厚，人情古朴。大使刚才‘乘槎’、‘迷路’之语，恰用了这两个典故，既是此次旅途纪实，又对我宋倾诉了爱慕之情，大使精熟中国之学，令人敬佩！”

主客之间，欢饮畅谈，通宵达旦。朴寅亮一行流连数日，取道北上，沿途水乡城郭，山寺古刹，无处不令他们惊讶赞叹。经过泗水（今江苏泗洪），他们游览了龟山寺。朴寅亮写了《泗水龟山寺》诗：

塔影到淮沉液底，磬声浮月落云间。
门前客棹洪涛急，竹下僧棋白日闲。

泗州龟山寺，在淮河岸边、洪泽湖畔，水中映着山巅塔影，月夜传来寺院钟声，客船往来繁忙，山僧弈棋悠闲。一句一景，对仗工稳，音韵流畅，饶有画意诗情。一个外国使臣，用异国诗格写异国风情，至于此境，实是难能可贵。中州士人，当时传诵，多有称赞。

自朴寅亮这次出使大宋，高丽与宋朝往还甚为密切。徽宗大观年间（1107—1110年），高丽派使臣韩缴如来，叶梦得为馆伴使。按惯例，使者来京只留月余，即须返回。但这一次，徽宗留韩缴如观看进士放榜盛况和元宵节观灯火，竟然住了近七十天才回国。在这七十天中，叶梦得照顾韩缴如十分周到热情，韩缴如十分感激，临行，已经上马，仍恋恋不忍离去，取出一条大玉带，送给叶梦得，说：“此唐朝旧物，是我家世传的珍宝，今日献给大人，以为纪念。”并且马背上索笔，在笏板上写了一首相别诗：

泣涕汍澜欲别离，此生无复再来期。
谩将宝玉陈深意，莫忘思人见物时。

韩缴如写完，把笏板交给叶梦得，然后策马而去。诗虽然写得朴拙，

《宋词画谱》 （明）汪氏 编

却饱含着一片深情。韩缴如说，临别了，他一想到彼此的情谊，想到今生没有再见的机会，他就忍不住涕泣涟涟（汍澜，流泪的样子），他为了表达自己的深情，把玉带送给叶梦得，希望叶梦得能睹物思人，永不相忘。叶梦得读了这首诗，十分感动，详细地把这件事记录了下来，使我们今天能有机会了解这些中朝人民源远流长的友谊佳话。

【参考资料】

《石林诗话》卷中
《渑水燕谈录·杂录》
《宋诗纪事》卷九十五

京华倦客

宋徽宗赵佶，是一个贪色荒淫之徒，虽有三十六宫、二十四苑、三千粉黛、八百烟娇，都不能使他常留宫内。在奸贼佞臣的带引下，他不时脱去龙袍，改作白衣秀才打扮，偷偷跑出皇宫，到市井的秦楼楚馆寻花问柳。汴京城名妓李师师家，便是他常去之处。

一天傍晚，赵佶在高俅、杨戬的引导下，出了皇宫，又来到金环巷李师师家。这是一座白色粉墙的高门大院，从墙上的花窗望去，院里几丛修竹，疏疏朗朗，幽雅清秀。

事不凑巧，当朝大词作家周邦彦正在这里。李师师听说徽宗到了，一时不知如何是好。周邦彦回避不及，只好在屋里找个旮旯藏了起来。

赵佶进门就叫道："师师，你看朕今天给你带来了什么？"

李师师赶忙迎上去接过来说："啊，好新鲜的橙子！从哪里来的？"

赵佶说："朕贵为天子，富有天下，什么东西没有？这是江南新进贡的。你把它剖开，朕要同你一起尝尝新。"

李师师拿来一把并州（今山西太原）剪子，在灯下慢慢划开橙皮。

屋里，锦绣窗幔低垂，精巧的兽炉燃起袅袅轻烟，赵佶坐在几案边，抚弄着古筝，李师师随着琴音，低回轻柔地唱着。夜渐渐深了，城楼上又响起了更鼓，赵佶兴犹未已。李师师对徽宗低声说："天已三更了，外边恐怕已经下霜，天黑路滑，不如就留在这儿！"赵佶看李师师那神态，听李师师那声音，哪里还肯离去。只是苦了那周邦彦，这一夜站在旮旯里又困又乏，挨冻受累，也不知是怎么熬过的。

第二天夜晚，赵佶又来到李师师家。戏谑间，李师师给徽宗唱了这么一支曲子：

并刀如水，吴盐胜雪，纤手破新橙。锦幄初温，兽烟不断，相对坐调笙。　　低声问向谁行宿，城上已三更。马滑霜浓，不如休去，直是少人行。

赵佶一听，这首词写的正是昨晚他同李师师的私情，就问："这词是什么词牌？"

李师师说："商调《少年游》。"

"是谁作的？"

"周美成[①]。"

"周邦彦怎么知道我们昨晚的事？"

李师师被迫问，只得照实说明。

赵佶听罢，龙颜震怒，说："这还了得！他的名声很大，贵人学士、市井妓女都爱他的词、唱他的词，倘若把这词传唱出去，还不叫天下人骂朕废弛纲纪，是个狎妓宿娼的荒淫之君吗？朕定要治他一个造词谤朕之罪！"说罢，竟拂袖而去。李师师一时给吓呆了，竟也没有去送徽宗。

次日，徽宗临朝，怒犹未消，下旨说："开封府有个监税叫周邦彦，玩忽职守，京兆尹为何不拿来治罪？"这样，周邦彦便因"职事废弛"罪（《宋史·周邦彦传》），被逐出了汴京。皇上荒唐，还要治知情者的罪，以为如此，就能堵天下人的嘴，不是更加荒唐吗？

几天后，赵佶又到李师师家来了。李师师不在，问家里老鸨母，鸨母

① 周邦彦，字美成，号清真居士。

只说外出了，也不知去了哪里。赵佶左等右等，也不见李师师露面。直到入夜初更时分，李师师才姗姗归来。

赵佶见李师师形容憔悴，愁眉紧锁，眼睫毛上还挂着泪花，好不奇怪，就问："你去哪儿了？朕已等候你多时！"

李师师连忙谢罪说："臣妾知周美成得罪，被押出京城，特去驿亭，奉杯薄酒饯别，让陛下久等，罪该万死！"

赵佶问："席间，周美成有新词吗？"

李师师说："有《兰陵王·咏柳》词。"

赵佶说："你唱一遍给朕听听。"

李师师走到琴台边坐下，一边抚琴，一边唱起来：

柳阴直，烟里丝丝弄碧。隋堤上、曾见几番，拂水飘绵送行色。登临望故国，谁识京华倦客。长亭路，年去岁来，应折柔条过千尺。　　闲寻旧踪迹。又酒趁哀弦，灯照离席。梨花榆火催寒食。愁一箭风快，半篙波暖，回头迢递便数驿。望人在天北。　　凄恻。恨堆积。渐别浦萦回，津堠岑寂。斜阳冉冉春无极。念月榭携手，露桥闻笛。沉思前事，似梦里，泪暗滴。

这是一首慢词，共三节。第一节，汴京城外汴河岸上，即将远去的游子，见满堤垂柳，想到又是一番折柳送别的情景，心中不免充满离情，回望京城，又不禁勾起旅居京城的无限辛酸。第二节，在饯别的宴席上，彼此话别，叙说昔日情谊。虽有管弦声歌侑酒，但酒入愁肠，歌不成欢，终是一别。寒食节已经过去，按习俗又用梨花榆柳取新火恢复吃热食，节令变换真快呀，离舟趁着暖风行如箭逝，转眼便过了几个驿站，回望送行人，已远在天之北。第三节，行人在旅途上，孤帆只影，只见清冷沉寂的渡头，冉冉西沉的夕阳，他望着那无边的暮色，沉思往事，恍如大梦初醒，一腔愤懑，才欲说破，又强咽住，只独自一人，暗自落泪。

这首词，从柳起兴，咏柳与送别结合，眼前景与昔日情交织，一韵三迭，一唱三叹，淋漓痛快地倾吐出一个“京华倦客”的复杂情怀，凄婉哀怨，悱恻缠绵，催人泪下。全词布局，极为缜密，“京华倦客”为一篇之主，前以写景作铺垫，收笔以“沉思前事”遥遥挽合，中间或歇拍，或点染，或倒叙，或顺接，状物抒情，皆曲尽其妙。用字遣词，也极显功力，充分展示了周邦彦词典丽软媚、富艳精工的特点，尤其是“斜阳冉冉春无极”七字，“绮丽中带悲壮，全首精神振起”（梁启超语，见《艺术馆词选乙卷》）；“‘斜阳’七字，微吟千百遍，当入三昧，出三昧”（《谭评词辨》卷一）。这首词在唱法上难度也很大，低回婉转，高亢激越，极富变化，被喻为《阳关三迭》[①]，非教坊老乐师，不能依声按节为歌者伴奏。

李师师是京城名妓，妙善音律，她同周邦彦的交往，也非一日，对周邦彦不能没有了解。因此，周邦彦的这首《兰陵王》，她唱得十分动情。也许正因为这个缘故吧，赵佶听到曲终，似乎也受了感动。他本来久等李师师不归，已是满腔怒气，这时不仅消了气，而且还决定把周邦彦召回京城，作大晟乐府的提举官。这自然是后话了。

本文所讲的这段故事，一些文学史家认为不可靠。近代学者王国维先生作《清真遗事》，力证其失实。但他说“徽宗微行始于政和而极于宣和[②]。政和元年，先生（指周邦彦）已五十六岁，官至列卿，应无冶游之事”云云，论证似也不够有力。因为与晏殊同时且长一岁的张先，八十五岁尚有买妾事，苏轼曾有诗嘲他。而本篇故事最早见于张端义《贵耳集》下，张端义是南宋淳熙、绍定年间（1174—1233年）人，距周氏不过百年，恐怕也不会纯属子虚乌有、捕风捉影。为了慎重，我们不妨把这个故事作为小说家者言。不过，这个故事告诉我们两个事实，却是无疑的：其一，它揭露了宋徽宗赵佶的荒淫腐败。他不仅沉醉于声色，而且昏聩专横，以一己的喜怒滥施生杀予夺大权，这正表现出末代皇帝的本质特征。其二，它对我们了解周邦彦其人，提供了一个形象的资料。

① 参看本丛书《唐代篇·阳关三迭》。

② 政和、宣和都是宋徽宗年号，政和元年是1111年，宣和元年是1119年。

周邦彦在北宋词坛极负盛名。“清真最为知音，且无一点市井气，下字运意，皆有法度”（沈义父《乐府指迷》）；“美成负一代词名，所作之词浑厚和雅”（张炎《词源》），“长调尤善铺叙，富艳精工”（陈振孙《直斋书录解题》），王国维甚至说，如果以宋词比唐诗，那么，“词中老杜（杜甫），则非先生不可。”（《清真遗事》）杜甫被称为诗圣、诗之宗祖，由此可知周邦彦在词坛的地位。

然而，“能知美成何如人者百无一二也”（陈郁《藏一话腴外编》），这是为什么呢？这是因为他曾流连于秦楼楚馆，所作之词大都是写男女恋情和羁旅愁怀，因此许多评论家又对他有微词。其实，他那些樽前花下生活的描写，蕴含着他内心的深沉痛苦与强烈郁愤。本文中的两首词，恰是很好的例证。人们往往出于对艳情艳词的偏见而忽视词下汩汩跳动的心理潜流，以致作出不公平的判断，令千年亡魂委屈。

【参考资料】

《宋史·周邦彦传》
《清真先生遗事》
《清真集》
《宣和遗事》

徽宗绝艺

宋徽宗赵佶作为一个皇帝，是昏庸腐败不足道的，但是作为一个书画家和鉴赏家，却是一名高手。

邓椿《画谜杂说》里就记载着这样一则赵佶评画的趣事。

赵佶修建龙德宫竣工，命当朝名家国手画宫中屏壁。画成后，他逐一观赏，对名家手笔，一无称许，却独独注意到殿前柱廊拱眼上的一幅画。画上一枝月季横斜，枝上缀着几朵红花、几片绿叶。

赵佶在画前站了好一会儿，一边欣赏，一边频频点头。含笑问："这幅画出自谁的手笔？"经查问，原来是一位少年画家，赵佶更是欣喜，立即传见，给少年不少银两，还加绯衣一件。

跟随的大臣们十分诧异，其中一个上前躬身问："陛下，臣愚昧，不知陛下何以独赏此画？"

赵佶微笑着说："爱卿可知，月季花四时朝暮，花、蕊、叶皆不同，所以很少有人能画好。这幅画画的恰是春季正午时的月季，毫发无差，难为他体物精细，故朕奖赏他。"

众大臣听了个个咋舌，无不为徽宗的鉴赏力惊叹。

宣和年间的一个初夏，保和殿前的一棵荔枝树结果了，徽宗带着群臣兴致勃勃来观赏尝鲜，说："众爱卿看，这棵荔枝树今年第一次结果子，就如此果实累累，红艳鲜亮，实在喜人啊！"

众文武齐声称贺说："吾皇恩泽，被及万物，国家大幸！万民大幸！"

徽宗亲手摘下一串荔枝，赐给身旁的王安中，说："想当年，杨贵妃最爱吃荔枝，今日朕与众卿也可同享此味了！"

王安中在翰林供职，是当时有名的马屁精，用尽了天下好辞美句，因此十分得势，人称"王内相"，得了一串荔枝，受宠若惊，当即叩谢说："谢主隆恩！"

"平身吧。杨贵妃当年要吃新鲜荔枝可不容易啊，众卿可记得晚唐诗人杜牧有一首《过华清宫绝句》？"

"微臣记得。'长安回望绣成堆，山顶千门次第开；一骑红尘妃子笑，无人知是荔枝来'。"王安中回答说。

徽宗说："是啊，那时的荔枝是南蛮（今四川）所贡，从南蛮至京城长安，用快马疾驰数千里，为保证荔枝色香味不变，不知要跑死多少马匹，如今我们就不必这样劳民伤财了，想吃新鲜荔枝，就容易多了。"

"吾皇爱民如子，天下幸甚！万民幸甚！"众文武又齐声舞拜。

"今日君臣一同品尝荔枝，实为盛事，必得有诗有画，快去召画院的画师前来作画，朕先为众爱卿赋诗一首。"说罢，徽宗绕着荔枝树走了几步，便吟诵道：

保和殿下荔枝丹，文武衣冠被百蛮。
思与近臣同此味，红尘飞鞚过燕山。

这时画工们到了。徽宗性嗜图画，他画画与前代不同，特别重视写生，极尽描摹之能事，务求纤毫毕现。画工们时常跟徽宗画画，画完以后，徽宗常会指出所画失真之处，画得好的，徽宗就在画上题诗，这即是我们现在能看到的所谓"御题画"。画工们深知徽宗对画艺的追求，放好画板后，就认真观察起荔枝来，生怕观察不仔细。恰在这时，飞来几只孔雀，时而停在树下，时而飞上枝头。徽宗同群臣一边品赏荔枝，一边闲谈。过了一两个时辰，画工们先后画完，送徽宗品题。

徽宗逐一看了画师们的画，说："你们的画都不错，荔枝红艳，孔雀华灿，一静一动，相映成趣，只可惜又犯了老毛病，失真！你们再仔细观察观察，孔雀向高处飞时，一定是先抬左脚，可你们画的是先抬右脚，这样画出的孔雀，体形、力量、动势都不对了！”

画师们连声谢罪说：“臣等愚顽，不能洞悉万物精微，有污吾皇圣聪！”

由于徽宗画画特别重视写生，所以他的山水花鸟画，形神毕肖，精美绝伦。徽宗的画之所以被后人视为国宝，不独因为他是皇帝，他确实是一代杰出的画家，“徽宗绘事，世称绝艺”（《四库全书总目提要》）。“作山水花鸟人物入妙品，作墨花墨石间有如神品者。历代帝王能画者，至徽宗可谓尽意。”（《汤垕《画鉴》）

公元1127年，宋高宗赵构继位后，继承了徽宗一柄画扇，“绘事特为卓绝”（《桯史》），高宗总是带在身边，每次把玩，睹物思人，总不禁热泪满面。一次，高宗把徽宗御画扇带到了睿思殿，一个当值的宦官趁高宗不注意，下班时把徽宗御画扇带回了家，恰好康与之来了，这个宦官留康与之吃饭，席间得意忘形，吹嘘他有一柄徽宗画扇，是稀世珍品，说着就拿出来让康与之观赏。康与之是个文人，当时在朝廷是专事应皇上诏作诗的人，他见了徽宗画扇，不禁技痒，就诓骗这个宦官去再弄些吃的来，宦官走后，他拿起笔就在画扇上题了一首绝句[①]：

玉辇宸游事已空，尚余奎藻绘春风。
年年花鸟无穷恨，尽在苍梧夕照中。

玉辇，是皇帝所乘的车，秦汉后还专指皇后所乘的车，所以有帝辇、凤辇之说；宸游，即帝王出游；奎藻，帝王书画诗文的美称；苍梧，在今湖南境内，相传舜帝及二位妃子湘夫人即葬于此。这首诗说，当年徽宗“玉

① 岳珂《桯史》记此诗为康与之作。张端义《贵耳集》卷上、李慈铭《越漫堂读书记》均证此诗为曾觌奉旨进《祐陵林檎鹦鸪画扇诗》，并指出《桯史》所记误。祐陵，即徽宗；林檎，即花红，春夏之交开花，花蕾为红色，花开色褪带红晕。从曾觌诗，可知扇页所画。

辇宸游”之事已成陈迹，现在只留下美如春风拂面的书画，画上的花鸟，年复一年，似有无穷怨恨，就像苍梧山上的二妃，只能为舜帝的死去而空洒珠泪。这首小诗，词简而味长，以画中的花鸟代言，在今昔沧桑慨叹中，寄托了对扇画作者的一片缅怀之情。

不久，去弄酒菜的宦官回来了，见扇画上有未干的新墨痕，顿时吓得灵魂出窍，可此时，康与之已醉，正呼呼酣睡，也奈何他不得。第二天，只好硬着头皮把画扇送回去，瞅个合适的功夫向高宗请罪，高宗看了画，也只是痛哭一场而已，因为当时宦官势力很大，朝廷执政大臣，多因像奴仆一样侍候宦官才至富贵，奸相蔡京曾被贬杭州，即是走了宦官童贯的路子，才重被重用的，高宗拿这些宦官还有什么办法！

在宋徽宗朝，百般杂艺，都不乏名家国手，棋有刘仲甫，琴有僧人梵如，教坊琵琶有刘安，笛有孟水清，舞有雷大庆。陈师道称赞苏轼词如教坊雷大使舞（《后山诗话》），“雷大使”即是这位舞蹈大师雷大庆。“独丹青以上皇自擅其神逸，故凡名手，多入内供奉，代御染写，是以无闻焉耳！”（《铁围山丛谈》卷六）于是，徽宗传世的《写生珍禽图》、《芙蓉锦鸡》、《池塘秋晚》、《四禽》、《江雪归棹》等十九幅画作，究竟哪些是他的亲笔画，哪些是“御题画”，就成了古文物鉴赏家们伤脑筋的问题。当代权威文物鉴赏家认定，这十九幅画中，有六幅是御题画。

2002 年 4 月下旬，宋徽宗《写生珍禽图》公开拍卖。经专家鉴定，这是徽宗的亲笔作品，作品长五米余（512.5 厘米），高 27.5 厘米，分十二段，每段一幅花鸟写生，上有“政和”、“宣和”（均徽宗年号）两玺和九方双螭印，清乾隆及各著名收藏家印 40 余方。画中花鸟，形态逼真，小鸟羽毛蓬松而有质感，金钜抓握枝干充满力度，眼珠如点漆，明亮如有神，个个栩栩如生，呼之欲出；画中花草，笔势俊俏，尤其是画中竹叶，“作墨竹紧密，不分浓淡，一色焦墨，严密处微露白道，自成一家。”（徐邦达《古书画伪讹考辨》）这幅画曾是宫中藏品，大约在清代嘉庆以后流落民间，这次的拍卖品来自日本的一位私人收藏家。因此根据有关法律，这件作品不能在国内定向拍卖，全世界收藏家都可以参加竞拍，经过激烈竞拍，最终以 2530 万人民币的天价，被美国波士顿美术馆买走。这件被视为稀世国宝的《写生珍禽图》，流落海外近五百年，本有望回归祖国，却从此又流落海外，不知是幸还是不幸！

《宋史·徽宗本纪》在分析徽宗亡国的原因时说，是他“恃其私智小慧，用心一偏，疏斥正士，狎近奸谀”。可见其中的重要原因就是徽宗把心思都放在了书画诗文上。明代人夏元吉有《咏徽宗墨竹画》诗一首，其诗如下：

宝殿无心论治安，碧窗着意写琅玕。
枝枝叶叶真潇洒，争奈金人不爱看。

夏元吉在明代历事洪武等五朝，官至户部尚书，有古大臣风，谥忠靖，所以他这首诗无情地嘲笑徽宗坐在金銮宝殿上，却无心于国家长治久安的大事，整天泼墨挥毫一心一意画他的墨竹，墨竹倒是画得很潇洒，可惜金人不爱他的画，爱的是大宋的江山。宣和七年（1125 年）北宋为金人所灭，南宋开始；靖康二年（1127 年），徽宗和钦宗二帝被金人所俘，胁持北上，后死于五国城（今黑龙江依兰），这就是我国历史上所谓的“靖康之耻”。所以夏元吉《咏徽宗墨竹画》“责徽宗之不君也。”（《七修类稿》卷三十八）这是说，夏元吉谴责徽宗不像个皇帝，不做皇帝该做的事，犯了天下头等重大的渎职罪，以至给家国和自身带来“靖康之耻”。

上帝就是这样作弄人，给徽宗一个天生杰出的画家坯子，却让他做了皇帝。结果，我国历史上就多了一位遗臭万年的荒淫昏君，少了一位可以流芳百世的平民画家。

【参考资料】

《桯史》卷四
《铁围山丛谈》卷六及附录
《老学庵笔记》卷三

米癫诗书

在我国书法史上，宋代有著名的四大家，即苏（轼）、黄（庭坚）、米（芾）、蔡（襄）。蔡是何人，史有争议，据说，蔡原是指蔡京，因蔡京是个大奸臣，遭世人唾骂，所以后人就把这顶桂冠戴到了蔡襄身上。

本文单说米芾。米芾，字元章，号鹿门居士，海岳外史，世称米南宫，《宋史》说他是吴（今江苏）人，一说他是襄阳人，故又称米襄阳。米芾从小就开始学书法，"随意落笔，皆得自然，备其古雅"，可知他早年书法追求"自然""古雅"风格；但及壮，仍未自成一家，"人谓吾书为集古字，盖取诸家长处，总而成之。既老，始自成家，人见之，不知以何为祖也。"（米芾《论书》）这段话，说明米芾学书，不肯师法一家，转益多师是吾师，尽去前人书法蹊径，形成了自己的独特风格，同时也说明了这种风格的学习及其形成过程。

米芾学书，志在博取诸家之长。取诸家之长，就得先有诸家墨宝，为达目的，米芾可谓到了痴迷、疯狂甚至不择手段的程度。许许多多有关的言行，都因为米芾书法取得的辉煌成就而得到人们的谅解，不论是非黑白，尽为美谈佳话。

米芾最常用的方法是借古本名帖回来临摹，临好后，把真本和临本一起还给借主，任借主选取其一，借主不能辨其真假，往往把赝品留下，米芾就是用这种方法得到很多古书画真品。米芾的造假本事确实很大，临本和古本，书法、墨色和纸张会有很大差别，要做到以假乱真，绝非易事。

苏轼曾写诗嘲笑说："巧取豪夺古来有，一笑谁似痴虎头？"（《次韵米芾二王书跋尾》）虎头，谓头形似虎，古时以此为贵相；又晋代大画家顾恺之字虎头，苏轼此诗中的"痴虎头"，兼取二意，嘲笑从古以来，没有谁像米芾那样疯狂"巧取豪夺"，也没有谁像他那样痴癫而有福气，竟得到那多古本名帖。

湖南有道林、岳麓二寺，是一方名刹，存唐代沈传师墨宝《道林诗》，字大如拳，寺僧珍藏于一小阁内，米芾知道后，乘船到寺，求长老借观，到晚上，米芾竟带着这幅字连夜乘船逃跑了。第二天，寺僧发觉，报到官府，官府派健步差役缉拿窃贼，因当时米芾正得一小官赴任，才免吃官司，还了赃物也就了事。此等偷窃勾当，大有孔乙己之"读书人，偷书不是偷"的前辈风范，不免成世人嘲笑的口实。

一天，米芾在真州（今江苏仪征），听说太保蔡京船泊江边，就去拜谒。谈话中，蔡京拿出新得的王羲之《王略帖》给米芾看，《王略帖》共二十八字，米芾看了，惊叹不已，以为"天下第一"（米芾《跋王右军帖》），想用别的名帖交换，蔡京也是一代大书法家，知道此帖的珍贵，哪里肯换！米芾说："蔡公若不肯，在下也不想活了，就此投江而死。"说着，就大声哭喊着，奔向船边，纵身投江，船夫一把拉住他，蔡京在后面追出船舱，说："何至如此！何至如此！我给你就是了！"此事为蔡京心腹所记，当不是子虚乌有。明骗暗偷之外，此举又近于赖皮了！

米芾的洁癖，也是出了名的，有时到了不近人情的地步。他有一个习惯，从来不用别人的器物。有一次，他去拜访一位朋友，朋友请他写一幅字，他欣然挥毫，朋友十分高兴。当他写完时，朋友殷勤地端来一盆热水，亲手拧了一把热毛巾送上，请他擦去手上的墨渍，米芾竟不接，自己在水里洗了手，把手拍得山响，又不停地甩手，弄得朋友很是尴尬。

周穜，字仁熟，与米芾交往很密切，凡有书画，米芾想要，他都毫不吝惜地给米芾。一天，米芾对仁熟说："我近日得到一方砚台，不是世间寻常物，乃天地密藏，专等我来赏识它呢！今天也让你开开眼界。"

仁熟笑着说："你呀，虽然是有名的鉴赏家，但你收藏的东西，也是真假参半，只是自夸罢了。”米芾说：“你这话，我已听过多次，信不信由你，想不想见识见识？”

仁熟说：“那好吧，就拿出来看看。”

米芾拿出一个小箱子，仁熟也赶紧拿起手帕擦手，装出诚心恭敬的样子。米芾看见仁熟这个样子，很是高兴，从箱子里拿出一个布包，打开一层层包裹，取出砚台，仁熟眼睛一亮，连声赞叹说：“果然是尤物，好砚台！不知发墨如何？快去取一盅水来。”

米芾转身去厨房取水，还没回来，仁熟就向砚台中吐了一口唾沫，用手轻轻研磨，看看砚中石纹的变化。这时米芾回来了，顿时脸色大变，愤怒地质问：“你为何开始时那么恭敬，现在竟这样唐突无礼？我的砚台被你玷污了，不可用了，你拿走吧！”

仁熟原来也是因为米芾有洁癖，故意这么做，想同他开个玩笑，见米芾如此，连忙用清水把砚台洗干净，又用手帕擦干，连说对不起，捧砚还给米芾，没想到米芾执意不要，弄得仁熟下不来台，只好拿着砚台转身走了。

米芾如此爱干净，但也有例外。宋徽宗即位后，酷意访求天下书法图画，置御前书画所，诏米芾为书画博士。一日，徽宗幸后花园，召米芾至便殿，拿出一轴素绢，说：“盛传你的大字写得很好，今日为朕写一轴。”米芾以为，大字极难写。他曾说，唐代大书法家欧阳询的大字“道林之寺”，寒俭无精神；柳公权书“国清寺”，大小不相称，费尽筋骨。自古以来，大字真正算得上写得好的极少，而米芾自己却十分自负，以为他得到了写大字的奥妙。所以这时徽宗要他写一轴大字，他自然跃跃欲试。但他说：“臣此时没有带笔砚来。”徽宗手指御案上的端砚，说：“就用朕的御砚吧。”米芾兴奋地舞拜后，立即挽起衣袖，五指撮笔，其势翩然若飞，结字飘逸而少法度，立成大字二十言：

目眩九光开，云蒸步起雷。
不知天近远，亲见玉皇来。

这二十字是写米芾见到皇帝的感觉，说是徽宗在前，如玉皇下临，伴随着炫目的光芒、云霞和惊雷。这种内容和米芾那神韵超迈、笔势放达的书法，徽宗自然十分高兴，正要颁赐，米芾拿起还盛有墨汁的御砚说："此砚经微臣濡染，不堪皇上再用，就赐给臣吧！"说罢，不等徽宗说话，就把砚台塞进了宽大的袖袍里，墨汁立即渍污了一大片衣袖，徽宗看了，哈哈大笑，说："人人都叫爱卿'米癫'，果然名不虚传！"

"米癫"之名，与上述"巧取豪夺"、"爱洁成癖"的种种言行有关，也与他的做人操守有关。《宋史·文苑传六》称他"不能与世俯仰，故从仕数困"。这就是说，因为他不合潮流，不媚世俗，所以仕途极坎坷，以致穷得叮当响，后来他想买一处住宅，不得不拿他心爱的宝物去换取。

米芾书房久用的一方研山，是南唐李后主的遗物，尺余见方，研前高耸三十六峰，名华盖、月崖、翠峦、玉笱、上洞、下洞（三曲折通上洞），皆大如手指，左右为坡岭，无斧凿痕迹，浑然天成；中凿墨池，名龙池，天欲雨则润，天霁则干，虽盛夏滴水少许，经旬不竭；上有"宝晋斋"三篆字和"襄阳米氏世珍"。陶宗仪著《南村辍耕录》卷六有"宝晋斋研山图"。米芾为了得到御砚，竟不顾自己的洁癖；为了有个安身之地，他却不得不忍痛割爱。米芾看中了甘露寺（今江苏镇江北固山上）下的一块晋、唐人墓地，背山滨江，林木丰茂，当时的主人是学士苏仲恭家。苏家早知米芾这方砚台是南唐后主的奇物，垂涎已久，米芾要他的地，出多少钱都不肯，只要米芾的这方砚台，米芾只好答应。砚山入了苏家，米芾常常思念，多次请求再看看，苏家就是不肯。米芾痛心地说："苏家的人真残忍啊！"宋徽宗崇宁元年（1102年）八月，米芾见到友人为他画的砚山图，想起失去的旧物，不禁伤心落泪，写了《怀南唐砚山》一绝：

研山不复见，哦诗徒叹息。
唯有玉蟾蜍，向余频泪滴。

玉蜍蟾，传说中的月中蟾蜍，此指砚台[1]。米芾不说自己为砚落泪，而反说砚为他落泪，他是把宝砚视为有情物了，可知人与砚长久相依相伴，情感之深，失之之痛！此时离米芾去世仅仅五年。

米芾珍藏的这方宝砚，以后数易其主。五百多年后，清代人王士禛见此奇物，曾念念于心，想作一篇纪念文字，三年始作成长句一篇，又附一首绝句：

南唐宝石劫灰余，长与幽人伴著书。
青峭数峰无恙在，不须泪滴玉蜍蟾。

王士禛在他的著作中，多次提起米芾南唐砚事，虽然当时还知其下落，但每每忆及，都不禁兴叹。这首诗像是在告慰米芾的在天之灵，说宝砚安然无恙，要他不必为宝砚落泪。

米芾作为书法大家，世人尽知；雅号“米癫”，其中虽不乏喜乐，实多辛酸。他的诗文之妙绝，世人知之者更少，此又一不幸！所以如此，大约因为米芾书法家的名气太大了，掩盖了他的诗名。王安石爱其诗，曾摘米芾诗书于自己的折扇上；苏轼也曾说：“元章奔逸绝尘之气，超妙入神之字，清新绝俗之文，相知二十年，恨知公不尽。”（《带经堂诗话》卷二十二宗柟附识）明代人杨慎尤爱米芾《望海楼》、《垂虹亭》诸诗。今录《垂虹亭》诗如下：

断云一叶洞庭帆，玉破鲈鱼金破柑。
好作新诗寄桑苎，垂虹秋色满东南。

垂虹亭，在太湖东侧的吴江上，桥形环若半月，长若垂虹，因此得名，

---

① 唐代诗人刘禹锡《唐秀才赠端州紫石砚以诗答之》：“玉蜍吐水霞光静，彩翰摇风绛锦鲜。”此以玉蟾蜍形容端砚。

米員外像

米芾　　　　　　《吴郡名贤图传赞》

宋代不少诗人游此歌咏过它。米芾善画山水，他的山水画不求工细，但用水墨点染，信笔作之，多以烟云掩映树石。他以一个画家的眼光写垂虹亭，别出新意。明代著名画家沈周作《垂虹暮色》图，可与米芾诗同读，更可见米芾诗之精彩。诗以八百里洞庭形容太湖的烟波浩渺（**太湖古有洞庭之称**），以“断云”、“一叶”，写孤帆远影碧空尽、秋水共长天一色，进一步渲染太湖的明丽风光；用鲈鱼白如玉，柑橘灿似金，同蓝天碧水对比，浓淡远近，金玉柔蓝，勾画出色彩丰富绚丽的太湖秋色。后两句，诗境进一步拓宽，诗人渴望把眼前的太湖美景寄回遍植桑苎的家乡，让垂虹秋色，染满整个东南。这首小诗，如一幅绘画杰作，纸短而境远，让读者在广阔的无纸画境里驰骋想象！

【参考资料】

《清波杂志》卷五、卷十一
《铁围山丛谈》卷四、卷五
《春渚纪闻》卷七

赋梅见赏

宋徽宗赵佶不仅留意画，也颇留意诗。崇宁、大观年间（1102—1110年），蔡京执政，设元祐（宋哲宗年号）党禁[1]，十分严酷。苏轼的文辞字画，一律被焚毁，王诏因重刻欧阳修《醉翁亭记》而削籍为民。当时甚至有令，诗是元祐学术，士民百姓如有传习诗赋的，杖击一百。奸相蔡京的小儿子蔡絛著《西清诗话》，"叙述旧闻，具有文采"，书中"多称引苏（轼）、黄（庭坚）诸人"，"于三苏（苏洵、苏轼、苏辙）尤极意推崇"，"至于元祐党籍，不置一词，词气之间，颇与其父异趣。"蔡絛的这种立场，并不因为他是蔡京的儿子而幸免，"竟以崇尚元祐之学，为言者论列"，几乎被杀！当时文坛，禁锢之森严，可想而知。（《铁围山丛谈》卷六）

但是，"诗言志，歌永（咏）言"（《尚书·尧典》）。"言"，就是情，情动于心而形于外就是言。谁无志无情？有志必申，有情必发，中国的诗歌传统源远流长，谁想禁都是禁不了的。宋徽宗自己就禁不住出尔反尔。他一方面不断下诏禁锢"元祐学术"，一方面又沉溺于诗画，下面就是一个典型的例子。

一年冬天，瑞雪初降，赵佶十分高兴，带着一大帮朝臣赏雪赋诗。徽

① 北宋元祐年间（1086－1093年），王安石变法以后，统治阶级内部出现了激烈的两派斗争，最终旧派得势，尽废新法，苏轼等在新旧两党中受尽排挤打击。参看本书《乌台诗案》、《二遣朝华》、《春愁如海》、《画屏诗祸》、《灵香一瓣》等篇。

猷阁待制蔡居厚立即赋了三首咏雪诗献上，徽宗大喜，当即依韵和诗，下赐群臣。此后，徽宗时时有诗作传出，从那时起，诗禁大开，更盛行天下，于是“元祐学术”，屡禁不止。

宣和五年（1123年）的一天，宰相王黼向徽宗推荐陈与义《和张矩臣水墨梅五绝》诗：

刻画无盐丑不除[①]，此花风韵更清姝。
从教变白能为黑，桃李依然是仆奴。

病眼昏花已数年，只应梅蕊故依然。
谁教也作陈玄面[②]，眼乱初逢未敢怜。

粲粲江南万玉妃，别来几度见春归。
相逢京洛浑依旧，唯恨缁尘染素衣[③]。

含章檐下春风面[④]，造化功成秋兔毫。
意足不求颜色似，前身相马九方皋。

自读西湖处士词[⑤]，年年临水看幽姿。
晴窗画出横斜影，绝胜前村夜雪时。

---

① 无盐，人名，姓钟离，名春。因系齐国无盐邑（今山东东平东）女子而得名，貌丑陋，关心政事，曾自谒齐宣王，面责其奢淫腐败。宣王感动，立为王后。后世遂借以称颂、比拟貌丑而有德行的妇女。

② 陈玄，墨的别称，墨存放越久越好，与陈年酒同理。

③ 京洛指京城洛阳。谢眺《酬王晋安》诗；“谁能久京洛，缁尘染素衣。”缁尘，黑色灰尘。诗意说，在京城久了，白色的衣裳都被尘垢染黑了。本诗即化用此意。

④ 西汉和南朝刘宋均有含章殿，此指后者。宋武帝刘裕的寿阳公主，“人日（正月初七日）卧含章殿下，梅花落额上，成六出花”。此古代妇女“梅花妆”的由来。

⑤ 处士指北宋隐士林逋，关于他有“梅妻鹤子”的传说，以咏梅诗名世，“暗香”、“疏影”即林逋赋梅之词。参见本书《梅妻鹤子》篇。

这五首绝句是咏墨梅画的。所咏梅花是白色，但画是水墨画，画上梅花是黑色，所以是“缁尘染素衣”。可是，同画家无论怎么刻画也改变不了“无盐”的丑陋一样，梅花虽然听凭画家“变白为黑”，她的风韵却更加娴雅清姝，而桃李花虽然红艳，同她相比，就俗不可耐，只配作她的奴仆！这第一首就写出了梅花幽雅清高、孤芳自赏的品格。第二、三首写诗人对梅花的思念与重逢。几年没见梅花了，她是否风姿依然？现在是谁给我带来了这形神俱在的墨梅，又让我想起江南洁白素淡、光彩熠熠的梅花？唉，我落魄“京洛”许多年，可恨白色的衣裳，已被尘垢污染成黑色了。诗人与梅花重逢，被黑白颠倒的世事人生兴无限感叹！第四、五首，赞赏画家的高超画技。画家画梅花，就如同九方皋相马，能够遗貌取神，重神似而不重形似，画家着意处，不在花的形态颜色，而在她的“疏影横斜水清浅，暗香浮动月黄昏”（林逋《山园小梅》）的意境和“幽姿”。这墨梅画得实在太好了啊，远远超过了唐代诗僧齐己《早梅》诗“前村深雪里，昨夜一枝开”给我的意象[①]！这组诗是陈与义二十九岁时的成名作。此组诗虽用典颇多，却造语平淡，词意显豁，层次分明，波澜迭起（如第一首就几多转折），句句写墨梅，却字字有真情，或激赏，或感叹，寄兴深微，格调高远，“由简古而发秾纤”（《鹤林玉露》），足令人一唱三叹。

宋徽宗赵佶反复品玩这五首诗，然后赞叹说：“好诗，许久不见这样的好诗了！朕特别喜爱这第四首。一朵梅花，墨分五色，尤其难得的是遗貌取神，韵味醇厚，品诗如见画，难得，难得！”赵佶喜形于色，连连赞赏不已。

宰相王黼说：“陈与义精通书画诗文，所以这五首绝句的可贵之处，正在于他能以一个画家的眼光去欣赏张矩臣的墨梅画，又能以诗人的才情把画境诗意融为一炉，所以诗中见画，由画生情，以情为诗，令人品玩不尽！”

“说得好，朕欣赏的也正是这一点。这个陈与义现在哪里，立即把他

① 参看本丛书《唐代篇·一字之师》。

召来见朕。"

不多时，陈与义来了，三十出头，仪貌凛然有正气。

徽宗问："陈卿何处人士？平时可常侍翰墨？"

陈与义回答说："臣洛阳人氏，自幼留意翰墨。政和三年（1113年）进士及第，供职之余，仍酷爱赋诗作画。"

徽宗说："朕适才读爱卿《墨梅》诗，十分喜爱。尤其欣赏'意足不求颜色似，前身相马九方皋'两句。"

陈与义说："陛下慧眼。臣自幼习画，至今无所长进。只是臣听说九方皋为秦穆公相千里马，三个月回来，向穆公报告说，他找到一匹黄色公马，但马牵来后，穆公一看，却是一匹黑色母马。虽然穆公埋怨他不辨雌雄与颜色，但九方皋得其精而忘其粗，在其内而忘其外，验之乃真千里马也。臣以为，九方皋相马法与绘画实为一理。"

"对！对！对！"徽宗连连击掌说，"绘画也当讲求神韵而不在形似。所以，朕欣赏你这两句诗。后之鉴画者，也能知此理，那就好了。"

徽宗与陈与义谈得十分投机，谈着谈着，彼此竟忘了君臣之隔，成了行家之间对诗赋绘画的切磋研讨了。徽宗大有相见恨晚之感。

"爱卿，你现居何职？"

陈与义这才醒悟，立即施礼说："臣现为太学博士。"

徽宗想了想，对宰相王黼说："即日授陈爱卿秘书省著作佐郎。"

陈与义赋梅见赏这件事，影响很大。与陈与义同时的葛胜仲为陈与义诗集作序说："世言诗能穷人，予谓诗不唯不能穷人，且能达人"（《简斋诗集序》），陈与义因诗而宦达即是例子。宋徽宗在对陈与义的诗大加褒奖的时候，大约完全忘了他禁锢"元祐学术"多次下的诏书吧！

南宋陈善《扪虱新语》上集卷四记载，一天，一位客人向陈善吟诵陈与义的《墨梅》诗，并且说："前人确实没有写过这样的好诗。"陈善说："世人称誉陈与义的诗为'新体'，是不是就是指的《墨梅》这类诗？"客人说："正是。"

什么是"新体"呢？因为陈与义原是推重苏轼和黄庭坚的，尤其佩服陈师道。因此元人方回论诗，把杜甫、黄庭坚、陈师道和陈与义当作“江西诗派”的一祖三宗。其实，他与陈师道、黄庭坚是不同的。虽然他们都以杜甫为鼻祖。陈与义曾对人说：“吾平生得意十字，云：‘闭门知有雨，老树半身湿。’”（《休日早起》）这是从实际生活中观察得来的诗句，他学的是杜甫作诗的精神，而不是陈师道追求的“无一字无来处”（陈长方《步里客谈》卷下），只在字句形式上下工夫。陈与义的诗同“江西诗派”中一些人只知“参死句”[①]的做法是大相径庭的。尤其重要的是，像《墨梅》之类，还是少年时的作品，南宋高宗建炎（1127—1130年）以后，陈与义“避地湖峤，行路万里，诗益奇壮。”（《后村诗话》前集卷二）钱钟书先生讲得更清楚：“靖康之难发生，宋代诗人遭遇到天崩地塌的大变动，在流离颠沛之中，才深切体会出杜甫诗里所写安史之乱的境界，起了国破家亡、天涯沦落的同感”，“诗人要抒写家国之痛，就常常自然而然效法杜甫这类苍凉悲壮的作品”，陈与义就发生了这样根本的转变，所以他的诗才“有了雄阔慷慨的风格。”（《宋诗选注》）内容和形式上的深刻变化，都使陈与义的诗呈现出崭新姿态，而迥异于“江西”诗。因此，“缙绅士庶争传诵，而旗亭传舍，摘句题写殆遍，号称‘新体’。”（《简斋诗集·序》）也因此，陈与义成为北宋、南宋之交享誉最高、影响最大的诗人。

【参考资料】

《陈与义年谱》

《诗林广记》

《宋诗纪事》卷三十八

---

① 曾几《读吕居仁旧诗》：“学诗如学禅，慎与参死句，纵横无不可，乃在欢喜处。”

诗指权贵

南宋高宗绍兴七年(1137年)八月，金朝统治者纠合傀儡政权刘豫南侵，被南宋抗战将士彻底粉碎。这时，金朝统治者金熙宗完颜亶为了赢得重新积聚兵力的时间，提出议和，愿把刘豫统治下的河南、陕西地区交还给宋朝，条件是宋高宗要像刘豫那样向金称臣，每年纳贡。十月，金朝派萧哲为江南诏谕使来宋，要高宗跪拜接受诏书。金使不称宋国而称江南，不称“通问”而称“诏谕”，明摆着要把南宋变成金朝属邦。

金朝所谓“议和”的实质暴露无遗，朝野上下一片沸腾。抗战名将韩世忠奏请拒绝“和议”，全力抗金；岳飞指斥秦桧“谋国不臧(善)，恐贻后世讥”；枢密院编修官胡铨上疏，请斩秦桧等三人头示众，同时拘留来使，然后兴师讨伐金国问罪，以长我三军将士之气，否则，他宁可赴东海而死，也决不苟活下来做小朝廷的臣子。

高宗和秦桧等不顾群臣反对，决心议和，不惜使用一切手段，罢斥、迫害抗战派，加紧投降活动。绍兴九年(1139年)正月，秦桧代表高宗拜受金国诏书，向金称臣，接受一切条件。这就是历史上臭名昭著的“绍兴和议”。

胡铨的奏疏慷慨激烈，义正辞严，表现了威武不屈的忠贞气概，反映了人民的呼声与愤怒。宜兴进士吴师古把胡铨奏疏刻成木版印刷，一时流布四方，金朝竟不惜千金购买，搜寻三日始得，君臣读后，大惊失色，说“南朝(指南宋)有人”。因此秦桧始而心惊胆战，既而恼羞成怒，必欲置胡铨于死地而后快。秦桧给胡铨定了个“狂妄凶悖，鼓众劫持”（《宋史·胡诠传》)的罪名，罢官送昭州(今广西平乐)编管(罢官为民，编入当地户籍，交地方管制)。十二年，再谪新州（今广东新兴）编管，永不许返回京城。

在一个凄风苦雨的严冬早晨，胡铨孤零零地上路了。他对自己今天的结局，早有思想准备，所以心中除了义愤，没有丝毫悲凉。当他走出城门，来到第一个驿亭，从道旁走出一个老者，夺下他手中缰绳，请他到亭子里坐下，随后便有人端上酒菜。老人端过一杯酒，庄重地说：“老朽知大人为国遭害，今日远行，特备薄酒，为大人饯行。”说着，高捧酒杯，“请大人先饮此杯！”

胡铨连忙站起身，满眼热泪，说：“卑职获罪，昔日亲故避之唯恐不及，哪肯来送行，你我素昧平生，为何独自前来？”

那老者说：“我一个穷书生，且年逾七十，还怕什么？至多也赶我出京城，把一把老骨头扔在穷乡僻壤。来，饮了我这杯酒吧！”

胡铨这才接过老人手中的酒杯，一饮而尽。“多谢老丈！”胡铨抱拳拱手，深深一拜。

席间，两人感叹国事，痛骂国贼，纵饮高歌，慷慨激昂。

那老者说：“大人，让老朽聊赋两诗，以壮行色吧！”说罢，展纸挥毫，写出《送胡邦衡赴新州贬所》两首[①]：

囊封初上九重关，是日清都虎豹闲。
百辟动容观奏牍，几人回首愧朝班。
名高北斗星辰上，身堕南州瘴海间。
不待他年公议出，汉廷行召贾生还。

大厦元非一木支，身将独力拄倾危。
痴儿不了公家事，男子要为天下奇。

① 胡铨，字邦衡，溢忠简，有《澹菴集》行世。

当日奸谀皆胆落，平生忠义只心知。
端能饱吃新州饭，在处江山足护持。

第一首诗说，胡铨当初上疏直达皇上（九重天），朝中众大臣（百辟）无不动容，愧煞了多少权要；此等壮举，实在可与日月星辰争辉，虽然一时被贬南蛮瘴疠地，相信就像当年汉文帝把贾谊放逐到长沙，不久就把贾谊召回一样，今上（高宗）不久也会召他回朝。第二首则为胡铨树立了一块丰碑，赞扬他独力支撑着南宋将倾的大厦，相信胡铨活着，南宋的每一寸土地就有了护持。这两首诗，不仅表达了作者对胡铨的高度评价与敬佩，更写出了作者的一腔忠义、一腔浩然正气。

胡铨读了这两首诗，再也禁不住热泪夺眶而出，他接过诗稿，珍藏在怀中，然后满满斟了一杯酒，端在老者面前，动情地说："先生爱国爱民深情，晚辈终生铭刻在心，特敬这杯酒，奉上我的无限感激之情！"待老者饮下酒，他自己也满饮一杯，道声"珍重！"然后上马扬鞭，向南疾驰而去。

不料，这一切都被小人欧阳识看在眼里，他当即禀报了秦桧。秦桧听了，勃然大怒，问："此人是谁，竟如此大胆！"

欧阳识说："是小人同乡，王庭珪。"

秦桧说："他与胡铨什么关系？"

欧阳识说："王庭珪只与胡铨同郡，以前并不相识。"

秦桧当即派人去王庭珪家搜捕。最后，秦桧给王庭珪定了个诽谤朝政的罪名，流放到僻远荒凉的辰州（今湖南沅陵）。

胡铨到了新州，尽管郡守张棣待他如囚徒，但他仍是一身正气，不肯稍屈。他这时写了一首《好事近》词：

富贵本无心，何事故乡轻别？空使猿惊鹤怨，误薜萝风月。
囊锥刚要出头来，不道甚时节。欲驾巾车归去，有豺狼当辙。

《宋词画谱》　　(明)汪氏 编

胡铨说，他本来不贪图功名富贵，可为什么轻率地离别了家乡，弄得家乡美景无人赏，猿惊鹤怨，辜负了好风月？或许是自己想要施展雄才大略，如锥子放在布袋里，锋芒不意露了出来，可不看看这是什么时候。现在可好，想要驾着有围幔的车子回乡闲居也不可得了，有豺狼挡住了归路。在这首词中，胡铨对当政者的不满与怨恨十分明显。郡守张棣认为这是一首讥讪之词，上奏秦桧，秦桧愈怒，移送吉阳军（驻今海南岛）编管。

再说年过古稀的王庭珪一去竟是二十多年。郡守知道他是秦桧的眼中钉，年复一年地把他当囚徒对待，每月数次向秦桧报告王庭珪的一举一动。王庭珪顽强地生活着，坚信总有得到昭雪的时候。

一天，郡守派吏卒请他到官府赴宴。王庭珪感到十分奇怪，这是从来没有过的事。他怕郡守加害，不敢赴宴，郡守前来相邀的人不绝于路。王庭珪不得已，满心狐疑地去到府衙。郡守见面后，竟谦恭殷勤，敬酒把盏，相待甚厚。王庭珪回到住处，百思不得其解。第二天，他才知道，原来秦桧死了，孝宗赵眘（shèn）即位，要把他和胡铨召回京城。昨天邮传已送来邸报，善于见风使舵的郡守，于是才收起昔日威风，换了一副笑脸。王庭珪知道了这些，不禁轻蔑地“哼”了一声，提笔在寓所粉壁上写了一首《题辰州壁》诗：

辰州更在武陵西，每望长安信息稀。
二十年兴缙绅祸[①]，一朝终失相公威。
外人初说哥奴病[②]，远道俄传逐客归。
当日弄权谁敢指，如今忆得姓依稀。

诗人回顾了二十多年的历史，真是悲喜交集，感慨万端。想当年奸臣弄权，炙手可热，谁敢指斥他们！如今不是威风扫地，甚至连他们的姓名都被人遗忘了吗？沧海桑田，岁月无情啊！他凝望北方，遥念汴京，不禁陷入沉思：“今后的朝廷又将是怎样的呢！”

秦桧死后，胡铨也复官。魏国公张浚曾说：“秦桧专权误国二十年，只干了一件好事，就是成就了胡铨一个人的美名！”张浚志在恢复，终身不主和议，亦遭秦桧迫害，功虽不就，人称其忠，所以他能出此论。这既是对秦桧的无情嘲讽，也是对胡铨的赞美！

【参考资料】

《桯史》卷十二
《宋诗纪事》卷三十九
《宋人轶事汇编》卷十六
《鹤林玉露》卷六

---

① 缙绅，旧时高级官吏的装束，此处用作官宦的代称。
② 哥奴，此指秦桧。

满江红颂

南宋高宗绍兴十年（1140年），金军再度大举南侵。岳飞率“岳家军”飞驰北伐，在短短两个月内，连下数城，收复西京洛阳，大破金兀术“拐子马”，取得郾城（今河南县名）战役的辉煌胜利，进军距汴京（今河南开封）只有四十五里的朱仙镇。同时，南宋各路抗金部队，均大获全胜，全线告捷，中原大震。岳飞无比兴奋，号令将士：“直抵黄龙府，与诸军痛饮尔！”（《宋史·岳飞传》）这黄龙府（今吉林农安县），就是金军的巢穴。

正在金兀术欲弃汴京北归、中原指日可以收复之际，朝廷一日下十二道金牌，诏令岳飞班师回朝。岳飞去留两难，悲愤欲绝，失声痛哭，向南叩拜，说：“十年之力，废于一旦了！”

岳飞班师之日，乡亲父老，从四面八方涌来，挡道拦马，哭着哀求：“元帅不能走啊！你们走了，中原百姓就又没活路了！”

岳飞也痛哭不已，取诏书给父老们看，说：“皇上已经下了十二道金牌，我再留下，就是抗旨不遵了，为臣子的不能不忠君啊！”

军民一处，相抱痛哭。哭声震野，天暗云愁。一个老者捧来满满一碗酒，对岳飞说：“金寇说‘撼山易，撼岳家军难’，元帅南归，要多多珍重，中原百姓盼你早早打回来！”说罢，双膝跪地，高捧酒碗过头。

岳飞感动万分，泪如泉涌，说：“父老深情，我岳飞没齿不忘！只要还有捐躯报国的机会，我一定回来！”说罢，接过酒碗，一饮而尽。

那正是七八月间，岳飞率师南来。形势的骤变，父老百姓的哀求，自己平生的抱负与艰辛，使他一日也不能安宁。“靖康耻，何时能洗雪？臣子恨，何时能熄灭？”他登高眺望渐渐远去的中原神州，面对眼前萧萧悲泣的秋风秋雨，想到“壮士一去兮不复还”的荆轲，他悲苦难诉，孤愤难平，凄怆地唱起了《满江红》：

怒发冲冠，凭阑处，潇潇雨歇。抬望眼，仰天长啸，壮怀激烈。三十功名尘与土，八千里路云和月。莫等闲，白了少年头，空悲切。　靖康耻[①]，犹未雪，臣子恨，何时灭？驾长车，踏破贺兰山缺[②]，壮志饥餐胡虏肉，笑谈渴饮匈奴血。待从头，收拾旧山河，朝天阙[③]。

岳飞登高凭栏，眺望神州大地，不禁仰天长啸，心中涌起深沉的悲愤和一腔浩然正气；他想起自己年近四十，把功名等同尘与土，与八千里风云为伴，纵横驰骋，南征北讨；他一刻也不敢懈怠，怕自己“等闲白了少年头”，不能及时完成收复中原、复兴宋室的大业；他心中燃烧着国家的耻辱和臣子的仇恨，恨不能挥师百万，长驱直入，踏破贺兰山，直捣黄龙府，痛食敌人肉，笑饮仇敌血！一腔英雄气，势足贯长虹！他坚信收复中原，重整山河，报捷奏凯，朝见皇上，指日可待！可惜啊，肠断中原一梦中，十年征战，功亏一篑，他不能不面对现实；壮志未酬，他只能在这里按剑长啸，徒自悲切！他那悲壮苍凉的歌声，传遍四野，回荡在天宇，深深地震撼着中原大地！震撼着世世代代中华儿女的心！

岳飞回师经过瓜州（今江苏邗江），游金山寺，道月禅师劝岳飞不要

① “靖康”是北宋末代皇帝宋钦宗赵桓的年号。靖康二年（1127年），北宋首都汴京被金兵攻陷，宋徽宗、钦宗父子被俘虏北去，康王赵构率满朝文武南迁，在南京（今河南商丘）即皇帝位。从此北宋灭，南宋立，史称“靖康之耻”。

② 贺兰山，是今宁夏和内蒙古两自治区的界山，当时被金人占领，故说残缺。

③ 当代学者余嘉锡在《四库全书总目提要辨证》卷二十二《岳武穆遗文》条下，提出疑问，认为今传岳飞《满江红》词，很可能是明人的伪托，而不是岳飞所作，然此词早已归属岳飞，传诵至今，人民的感情和学术上的考证，毕竟不是一回事。现在通行的宋词集仍归于岳飞。

回京城临安（今浙江杭州），说此去必是大难临头。岳飞想到当今皇上御笔亲书的“精忠岳飞”，想到老母在自己身上亲刺的“尽忠报国”，没有听从道月禅师的劝告。临行，道月送给岳飞一首诗：

风波亭下水滔滔，千万坚心把舵牢。
只恐同行人意歹，将身推落在深涛。

风波亭，在今浙江杭州小车桥畔，是当年岳飞遇害的地方。道月当然不可能是先知，这首诗是否就是这时作也很可疑，但这首诗确实表达了人们一种愿望，就是提醒岳飞要警惕秦桧之流的陷害。这事早有耳目报给了秦桧。秦桧立即派心腹何立追捕道月。何立去到金山寺，道月禅师正聚集众生说法，何立只得站立一旁。不知过了多久，道月禅师说法完毕，忽然口念一偈[①]：

吾年四十九，是非日日有。
不为自家身，只为多开口。
何立从南来，我往西方走。
不是佛力大，几乎落人手。

念完，端坐蒲团，寂然化去。

果然，岳飞回到临安，没有见到高宗，便被收捕入狱。坐系两月，勘审无据，年底，岳飞便被秦桧暗杀在风波亭。当时岳飞仅仅三十九岁，他的养子岳云也同时被斩首弃市，年二十二岁。

令敌人闻风丧胆的一代抗金名将岳飞，就这样饮恨含冤地死了，他究竟犯了什么罪?

元帅韩世忠曾愤怒地质问秦桧，秦桧说：“莫须有。”

---

① 偈（jì），即“颂”，佛经中的唱词。

《宋词画谱》　　　　（明）汪氏 编

韩世忠说："'莫须有'三字，何以服天下？"

"莫须有"一词，历来有不同解释，或曰"不须有"，或曰"也许有"、"大概有"。俗话说，欲加之罪，何患无辞。"莫须有"三字，不管怎样解释，说明秦桧陷害岳飞，连罪名都编排不出来。秦桧制造冤狱，谋害忠良，遭千载谴责、万世唾骂！

三百年后，明代著名画家文征明，一天偶然看见一篇碑文，是宋高宗赐岳飞的御札，似乎发现了一个新的秘密。他当时也填了一首《满江红》词:

拂拭残碑，敕飞字，依稀堪读。慨当初，倚飞何重，后来何酷！果是功成身合死，可怜事去言难赎。最无辜，堪恨更堪怜，风波狱。　岂不惜，中原蹙，且不念，徽钦辱！但徽钦既返，此身何属？千载休谈南渡错，当时自怕中原复。笑区区，一桧亦何能？逢其欲。

文征明首先慨叹，宋高宗赵构当初是何等倚重岳飞，他不止一次对岳飞说："中兴之事，一以委卿。"（《宋史·岳飞传》）而后来，对岳飞又何等残酷！难道高宗真的不痛惜中原沦落，不思念徽宗赵佶、钦宗赵桓被俘北去的耻辱？不！问题是赵佶是他父亲，赵桓是他哥哥，倘若徽、钦二帝回来，他赵构还做得了皇帝吗？后世一味谴责南渡错了，其实最该谴责的是宋高宗自己怕收复中原啊！可笑秦桧，一区区宰相，就能杀尽忠良，阻止北伐吗？他究竟有什么能耐？杀害岳飞的真正罪魁祸首是赵构，秦桧的最大能耐不过是善于迎合宋高宗的一己私欲罢了！

赵佶死于绍兴五年（1135年），赵桓死于绍兴三十一年（1161年），赵构的皇帝瘾还远远没有过够，怎能容忍岳飞等北伐大业成功？高宗与秦桧勾结，这才足以置岳飞于死地！岳飞当时哪里知道高宗皇帝的心事，即使知道，他又怎能违背"尽忠报国'的母训？因此，他不可能不扮演这一出令千古之人痛惜垂泪的历史悲剧！

岳飞含冤死于风波亭，但他那"壮怀激烈"的悲歌，传唱至今，他那慷慨忠愤的《满江红》词，"千载后读之，凛凛有生气焉！"（《白雨斋词话》）

【参考资料】

《宋史·岳飞传》
《宋人轶事汇编》卷十五
《古今词话》上卷

梦断沈园

南宋高宗绍兴十四年（1144年），二十岁的陆游在临安参加礼部考试落榜，心情抑郁地回到山阴（今浙江绍兴）故居。不料，一个更沉重的打击正等着他。

陆游同妻子唐琬结婚后，夫妻和美，情意绵绵，生活得十分幸福美满。陆游这年虽然省试不中，但夫妻朝夕相伴，恩爱反胜于昔日。

秋天来了，黄灿灿的菊花，散发出阵阵清香。陆游同唐琬来到花园，一边观赏嬉笑，一边采下片片花瓣。他们回到卧室，由唐琬找出针线，缝了一个小布囊，陆游把花瓣一片片放进布囊里，唐琬再把口子缝合，成了一个菊花枕囊。从此，卧室里总是弥漫着淡淡的菊花幽香。夫妻伉俪如此，使青年陆游心中充满了温暖与甜蜜。他写了《菊枕诗》赠给妻子，而且把诗拿出去给好友共赏。这首描写新婚夫妻生活的爱情诗，很快广播于人口。

但是，陆游的母亲对他们夫妻的这种生活，却很不满意。她责怪唐琬说："你是游儿的妻子，本该竭尽妇道，勉励丈夫潜心功名，可你却朝云暮雨，让游儿沉醉于儿女私情，以致懈怠课读，荒疏学业。今春游儿省试落第，你仍不省悟，嬉戏游玩，不改故常。如此下去，岂不耽误了游儿前程？"

陆游见妻子受母亲苛责，心里很难过，就向母亲辩解说："今春儿省试不第，实因奸相秦桧弄权，怒儿的文章纵论恢复中原之事，因此责令主司令儿下第。这事临安士人尽知，实不是儿的诗文不好，更与儿妻没有关系，望母亲大人鉴谅。"

陆游的父母，满怀着一腔爱国热情，对秦桧这样的奸臣，早已恨入骨髓。士大夫中的主战派，常来陆家谈论国事，往往“或裂眦嚼齿，或流涕痛哭”（《渭南文集》卷三十一《跋傅给事贴》）。他们相信儿子说的是实情，自然愤恨不平。但是，他们一向管教儿子甚严，如今虽然仕途一时受挫，也不许稍有懈怠。陆游母亲仍然固执地认为，唐琬不明大义，用女人的一片如水柔情，引逗丈夫贪恋闺房之乐，长此下去，终有一天会消磨尽男子汉经时济世的浩然锐气。因此，她对唐琬的责怪一日比一日苛严，终于发展到不能容忍的一天，强迫儿子立书休妻。

陆游深深地爱着自己的妻子，时时为妻子抱屈，也不知多少次向母亲求情。母意不改，母命难违，在母亲再三逼迫下，他不得不写了休弃妻子的文书。

但是，夫妻情深意笃，哪忍割舍！陆游瞒着父母，在城里找了一所房子，偷偷把唐琬安顿下来，三日两日，便设法与唐琬相聚。然而，日子长了，怎能瞒过母亲！

一天，陆游母亲带着几个家丁仆婢，怒气冲冲地奔出大门。陆游一见，知道事情泄露，便抄近道赶到唐琬住所，拉着唐琬逃走。虽然母亲没有追上他们，但他们遭到这样的突然袭击，深深感到，夫妻再要厮守一处，已是不可能的了。陆游只能把唐琬送回娘家。夫妻决绝，相抱恸哭，肝肠寸断，痛不欲生！

转眼几年过去了，到了绍兴二十一年（1151年）的三月五日，相传这天是大禹的生日，山阴人不论男女老少，都到禹庙去游玩。禹庙在城东南数里，附近还有禹陵、禹池、禹穴亭多处景观，四周群山环抱，松竹青翠，到这里拜禹庙，踏青游春，成了山阴人的习俗。这天，陆游也随着人流来到禹庙，然后到附近的沈家花园游赏。

这沈家花园环一池清水，垂柳弄姿，画桥卧波，假山堆秀，水榭迎风，格局玲珑精巧，甚是幽雅宜人。陆游独自一人，一边走一边观赏。他刚要走进水榭，猝然与亭中一娘子的目光相遇，二人一时竟惊愕失声。

“啊，你……？！”

原来，陆游遇到的正是他几年前休去的妻子唐琬。二人不期而遇，万种情思，一时俱上心头。还是唐琬强抑住感情波澜，邀陆游入座，并指着身边一名官人说："表兄，这是赵士程，奴的夫君。"然后又对赵士程说："他是我姑妈的儿子陆游陆务观，我们已有几年不见了。"

赵士程同唐琬成婚后，早听说陆游与唐琬那段悲痛的婚变，今日相遇，也属难得，便起身对妻子说，"这里还有黄封酒一坛，你就打开同你表兄好好叙叙，我到别处走走。"然后转身诚恳地对陆游说："陆兄，我就失陪了！"

黄封酒，即黄縢酒，是一种官家酿造的酒，用黄纸或黄罗绢封住瓶口，所以也叫黄封酒。唐琬默默打开酒坛，为陆游斟满一杯酒。陆游看着唐琬那红润的秀手，看着那滴滴注入杯中的官酒，不禁凄然长叹："唉……"他想到夫妻耳鬓厮磨时的情意，想到几年来离异索居的孤寂，想到山盟虽在、锦书难托的痛苦，他内心的遗恨、怨愤和悲哀，如云山堆积，似春江潮满，压得他喘不过气来。唐琬在一旁愈是殷勤劝酒，陆游的神色愈加黯然颓丧。"愁肠已断无由醉。酒未到，先成泪。"（范仲淹《御街行》）陆游猛然站起身来，索笔在院壁上写下一首词，词牌名《钗头凤》：

红酥手，黄縢酒，满城春色宫墙柳。东风恶，欢情薄，一怀愁绪，几年离索。错，错，错！　　春如旧，人空瘦，泪痕红浥鲛绡透。桃花落，闲池阁，山盟虽在，锦书难托。莫，莫，莫！

陆游掷下笔，回身看了看唐琬，那充满凄凉和无可奈何的目光，仿佛在说：这园中绿柳，虽是盈盈春色，却被关在这深深的院墙里，令有情人可望而不可即。东风险恶，人情淡薄，一腔心事付流水，徒污粉墙奈谁何？他哀怨地道了声："表妹，珍重！"就抛下唐琬，匆匆奔出了沈园。

唐琬呆呆地看着陆游离去，禁不住热泪滚滚。陆游词中倾吐的悔恨与哀怨，相思的痛苦与无可奈何的悲伤，又何尝不是她这几年的心境！世情薄，人情恶，作为一个女人，她承受的社会压力和摧残又不知要比男人多多少倍！而且，她的痛苦，还只能深深地埋在心里，即便夜深人静时，她也欲哭不能，为了不被人察觉，她往往还要咽泪装欢。这种痛苦才是真正铭心刻骨的啊！今日同陆游竟然是这样相遇，又这样离别！她再也不能抑制自己，竟不顾一切地伏案放声痛哭起来……泪尽了，声哑了，唐琬站起来，提笔走向粉墙，在陆游词后依韵和了一首词：

世情薄，人情恶，雨送黄昏花易落。晓风干，泪痕残，欲笺心事，独语斜阑。难，难，难！　　人成各，今非昨，病魂尝似千秋索。角声寒，夜阑珊。怕人寻问，咽泪装欢。瞒，瞒，瞒！

唐琬题完词，就同赵士程回家去了。不久，陆游便得到消息说，唐琬从沈园游春回去，终日茶饭不思，如痴如呆，竟郁郁死去了。

梦断沈园，魂归何处？
生死恋情，千古同悲！

陆游的心灵上，留下了终生不能平复的创伤！

陆游与唐琬在沈园院壁的题词墨迹，在三四十年间一直受到精心保护，不知有多少游人，看到这两首题词，为陆游和唐琬的爱情悲剧而潸然泪下！

【参考资料】

《齐东野语》卷一
夏承焘、吴熊和《陆放翁词编年笺注》
郭光《陆游传》

沈园寻梦

陆游同唐琬的爱情悲剧，暴露了封建礼教的残酷。悲剧的直接导演者是陆游的母亲。陆游不得不服从母命，休弃唐琬，他内心深处却不能不对母亲滋长不满与怨恨情绪。在这种情绪中，陆游想到了姑恶鸟。

姑恶鸟是南方一种水鸟。据传说，是一个媳妇受婆婆虐待致死，化而为鸟，常哀怨地鸣叫。它的叫声听起来像“姑恶！姑恶！”“姑”是姑嫜的省称，是旧时女子对婆婆公公的称呼。陆游在诗中，多次写到姑恶鸟。

宋孝宗淳熙九年（1182年）夏夜，陆游在船上听到姑恶鸟凄苦的叫声，感慨万分，便立即作了一首诗，以一个弃妇的身份和口吻，叙述了她如何殷勤侍奉公婆，“恨不美熊蹯（熊掌）”来讨好公婆，但仍然是“姑色少不怡，衣袂湿泪痕”，最终不免惨遭遗弃。诗的最后说：“君听姑恶声，无乃遣妇魂”（《春夜舟中，闻水鸟声甚哀，若曰姑恶，感而作诗》）。诗中明显流露出对弃妇的同情，对姑嫜的怨恨。陆游到了八十二岁高龄，还写了一首《夜闻姑恶》，抒发他内心的宿怨。

陆游一面借姑恶鸟的冤魂来表达他对母亲的不满，一面又念念不忘唐琬，眷恋之情，愈老愈笃，至死不衰。

孝宗淳熙十四年（1187年），陆游六十三岁时，在严州（今浙江建德）知州事。这里秋天多菊花，他偶然间去采摘菊花缝制枕囊，不禁想起了二十岁时同新婚妻子唐琬一同采菊作枕囊的往事，心中无限凄楚，赋成这样两首绝句：

采得黄花作枕囊，曲屏深幌闷幽香。
唤回四十三年梦，灯暗无人说断肠。

少日曾题菊枕诗，蠹编残稿锁蛛丝。
人间万事消磨尽，只有清香似旧时。

这两首诗的诗题是："余二十时尝作菊枕诗，颇传于人，今秋偶复采菊缝枕囊，凄然有感。"诗中说，当年同爱妻同采黄菊缝制枕囊，挂在窗帘低垂的闺房里，闷出幽香；记述当年夫妻这份情爱的诗稿，如今虽然被虫蛀坏，结了蛛网，今日偶然采摘菊花，不料唤起四十三年前那段甜美的记忆，可是孤灯只影，物在人亡，向谁倾诉自己这柔肠寸断的悲伤！人间万事都已被岁月的风霜消磨尽，只有当年唐琬留下的清香还时时沁入心房。这两首绝句，触景生情，抚今追昔；昔日事，一往情深；眼前景，凄苦难言；首尾照应，回环婉转，一片真情，可谓淋漓悱恻！

五年后，陆游住在山阴故里的老学庵，他情不自禁地去重访禹迹寺南的沈园。园已数换主人，当年同唐琬相遇题的《钗头凤》词，也已蒙上了厚厚的尘灰；往事茫茫，如断云幽梦，是那样萦回不绝，又是那样飘浮不定。唐琬，你在哪里？唉，"林亭感旧空回首，泉路凭谁说断肠。坏壁醉题尘漠漠，断云幽梦事茫茫！"（陆游《禹迹寺南有沈氏小园》）

又过了几年，到宋宁宗庆元五年（1199年），陆游已经七十五岁。春天，他再次重游沈园，作了著名的《沈园二绝》：

梦断香销四十年，沈园柳老不飞绵。
此身行作稽山土，犹吊遗踪一泫然。

城上斜阳画角哀，沈园无复旧池台。
伤心桥下春波绿，曾是惊鸿照影来。

陆游这次来沈园凭吊遗踪，同四十多年前（1151 年）与唐琬邂逅沈园，都是春时春景，但人亡物非，事事堪悲。颓垣断壁，斜阳余照，柳老枝残，一片凄凉萧疏景象，而那伤心桥下，仿佛又掠过昔日的翩翩惊鸿影，怎能不深深触动陆游的心呢？他虽已风烛残年，就要化作稽山下的尘土，可心中的爱与怨，仍然是这样强烈，禁不住一边凭吊，一边流下伤心的热泪！在那衰败的柳树下，在字迹模糊的颓壁前，在波水荡漾的曲桥上，我们仿佛看见一个佝偻蹒跚的老人，一步一驻足，一停一洒泪！

这两首诗“幽艳动人”，令人“凄苦不忍多读”（《唐宋诗醇》评语）；“无此绝等伤心之事，亦无此绝等伤心之诗。就百年论，谁愿有此事？就千秋论，不可无此诗！”（《宋诗精华录》评语）几百年过去了，诗中那饱和着血和泪的字字句句，仍带着一股强大的感情冲击力，令人荡气回肠，落泪叹息！是啊，我们不愿看到陆游唐琬的爱情悲剧重演，可我们却禁不住千百回要诵读那“凄苦不忍多读”的诗！

宁宗开禧元年（1205 年），陆游八十一岁。这年冬十二月二日，陆游梦中来到城南沈园，愈近沈园，他的脚步愈加沉重滞缓。他想去，但又怕去，怕那里的一切都让他伤心。但是他还是不由自主地一步步走向沈园，去那里睹物思人，不也可以寄托自己的哀思么！他终于走进了沈家花园。园中一派冬尽春来的景象，梅花盛开，幽香拂袖。岸柳绿了，池水涨了，仿佛大地回暖，天宇更新，万物欣欣向荣。而他所思念的佳人玉骨早朽，只留下壁间风尘侵蚀的斑斑墨痕。这新与旧、荣与枯的强烈对比，在陆游心中留下了复杂而斑斓的投影。一梦醒来，他追记成《岁暮夜梦游沈氏园两绝》：

路近城南已怕行，沈家园里更伤情。
香穿客袖梅花在，绿蘸寺桥春水生。

城南小陌又逢春，只见梅花不见人。
玉骨久成泉下土，墨痕犹锁壁间尘。

宁宗嘉定元年（1208年），陆游八十四岁，这是他逝世前一年。这时，他贫病交加，有米无柴，有病无医，但他仍然不能忘情于唐琬。春天，他外出春游，又去沈园，得《春游》诗一首：

沈家园里花如锦，半是当年识放翁。
也信美人终作土，不堪幽梦太匆匆。

陆游走进沈园，所见半是当年记识的旧物，历历往事又尽在目前。这时，他似乎清醒地意识到唐琬死去，倏然已过五十余年，而他自己也老迈年高，行将就木，这沈园珍藏着他一生中的那一段幽梦，难道就将这般匆匆永逝？他一想到再来凭吊遗踪的机会已不多了，怎么也无法支撑住他那衰老虚弱的身体，就像遭到致命的一击，他的整个身心都崩溃了。

就在次年冬末，陆游便带着他一生寻觅的沈园幽梦，离开了人世。

据宋人周密《齐东野语》卷一《放翁钟情前室》记载："翁居鉴湖之三山，晚岁每入城，必登寺眺望，不能胜情。"是的，陆游到了晚年，对唐琬的怀念更加执著，仿佛随着岁月的流逝，他内心的遗恨与痛苦也越来越深重、强烈和不可排遣；他不知多少次身到沈园，梦到沈园，让那令他幸福而又痛苦的回忆，伴随他走完人生的道路！

纯真深沉而执著的爱情，有时很脆弱，往往被强大的旧势力所摧残，但有时它又很顽强，生命不息，爱情之火就总是在心中燃烧。陆游同唐琬的爱情及其悲剧就是这样！

【参考资料】

夏承焘、吴熊和《陆放翁词编年笺注》
郭光《陆游传》
《陆游集》

梅花知己

我国唐宋时代，产生过许多伟大的诗人。他们的诗，不仅思想艺术价值高，而且数量也很可观。他们的诗作，都是博大精深的文学宝库。陆游从十八岁作诗，创作尤其勤奋刻苦。到八十五岁临终绝笔已是“六十年间万首诗”（陆游《小饮梅花下作》），成为我国古代创作最高产的诗人。陆游今传诗九千三百余首，但实际上远不止于此数，他四十二岁以前的作品，大都散佚了，今存者不过“百之一”（赵翼《瓯北诗话》）。

在陆游今存的近万首诗中，有两类诗特别引人注目，一类是他的爱国诗篇，一类则是他的咏梅诗。陆游今存咏梅诗百余首，此外还有数首咏梅词，占总集的百分之一。一个诗人，写了如此多的咏梅诗词，在古今文学史上恐怕也是独一无二的。

陆游对梅花有特殊的偏爱。他曾说，“平生不喜凡桃李，看了梅花睡过春”（《探梅》）。老师曾文清（曾几）曾问他，梅花与牡丹谁胜，他回答说：“曾与诗翁定花品，一丘一壑过姚黄’（《梅花绝句十首》其二）。姚黄魏紫，是唐代最名贵的牡丹花，陆游认为论花的品格，丘丘壑壑的梅花都胜过最名贵的牡丹。从古至今的人都爱兰，陆游在兰与梅之间也表现出偏爱。他有《梅花五首》之一如下：

造物作梅花，毫发无遗恨。
楚人称芳兰，细看终不近。

楚人指屈原，他的辞赋常写到兰草，以兰草比贤士君子。《离骚》中有“纫秋兰以为佩”的句子，可谓时时刻刻与兰草为伴。但在陆游看来，兰类的香草，同品性高洁的贤士君子，似乎还有距离，二者并不相称，因此，不足以寄托自己的理想。他以为，只有梅花才没有这种遗憾。

细检陆游诗集，几乎每年冬末春初，都有咏梅诗。他逝世前一年，梅花开得很迟，他一直惦记着“卷中今岁欠梅诗”（《梅开绝晚有感》），所以，到二月梅花开了，他不顾年高体衰，仍去雪中寻梅。

陆游爱梅，可谓成癖。不论寒风袭人，冰雪铺地，细雨蒙蒙，冷月淡淡，早梅初动，梅老枝残，他都要携酒前往，或“花前起舞花底卧”（《携瘿尊（瘿木作的酒杯）醉梅花下》），或“相逢月底却无言”（《梅花绝句六首》之一），或“把酒花树下，不觉日既夕”（《大醉梅花下走笔赋此》），或“排日醉过梅落后，通宵吟到雪残时”（《小饮梅花下作》）。一个冬天的大半时间，无论晴晦朝暮，花开花谢，他都流连在梅林中，时而花前起舞，时而花下醉卧；有时相看无言，有时长吟狂歌，真正一个癫狂疯傻的花迷！花痴！

孝宗淳熙二年至四年（1175—1177年），陆游在成都任职，家居城西南的浣花溪，从浣花溪到青羊宫，处处是梅花的疏影幽香。“造物无心还有意，引教日日放翁来。”（《梅花绝句六首》之六）那个时候，陆游闭门谢客，无日不徜徉在这二十里长的花溪香径上。

当年走马锦城西，曾为梅花醉似泥。
二十里中香不断，青羊宫到浣花溪。

《梅花绝句六首》之二

好一个“曾为梅花醉似泥”！不为酒醉，而为花醉，且酣醉如泥。诗人当时那种痴迷癫狂、情感无限的情景，不难想象。

陆游在成都还写过这样一首奇特的咏梅诗：

闻道梅花坼晓风，雪堆遍满四山中。

何方可化身千亿，一树梅花一放翁。

《梅花绝句六首》之三

“四山”的梅树在晓风中绽开了，陆游多想从花开到花落，“树树梅花看到残”（《梅花绝句六首》之四）啊！于是，他顿生奇想，有什么办法可以分身呢？如能变为“千亿”个陆放翁，“一树梅花一放翁”，那该是多好！陆游心中充溢着巨大的占有欲和对欢乐的追求，他对梅花的深爱和从梅花得到的欢乐，同样是巨大而惊人的。

唐代诗人柳宗元因参加变革，屡遭贬谪，四十七岁便含悲饮恨死在柳州。他在柳州，写过“若为化得身千亿，散上峰头望故乡”[①]的诗句，表达了诗人对北方故乡和李唐王朝的无限思念和深沉的痛苦。陆游这首咏梅诗，显然受了柳诗的影响。但“柳州之化身何其苦，此老之化身何其乐？”（《宋诗精华录》）一悲一喜，两相对照，愈见其不同情怀。

陆游为什么如此爱梅呢？这就不能不看看陆游心中笔下的梅花形象。

幽谷那堪更北枝，年年自分着花迟。

高标逸韵君知否，正在层冰积雪时。

《梅花绝句二首》之一

雪虐风饕愈凛然，花中气节最高坚。

过时自合飘零去，耻向东君更乞怜。

《落梅二首》之一

驿外断桥边，寂寞开无主。已是黄昏独自愁，更著风和雨。

无意苦争春，一任群芳妒。零落成泥碾作尘，只有香如故。

《卜算子·咏梅》

① 参见本丛书《唐代篇·三渡湘江》。

宋寶章閣待制渭南伯陸公游

陆游　　《於越先贤像传赞》

在陆游笔下，梅花疏影参差，幽香远逸，淡色冷蕊，枯瘦清癯，高洁坚贞，超尘脱俗，不近市朝，处地幽僻。她无争春之意，有报春之情！无乞怜之相，有守节之心。愈是“雪虐风饕”，寒凝大地，它愈是冷艳照人，花香四溢。虽然“零落成泥碾作尘”，但它花香如故，花魂长存。它是花中君子，人中巢许[①]，为世代怀德守节之士所仰慕与效法。陆游的百余首咏梅诗词，对梅花的外在形象和内在品格，作了这样多方面、多角度的描绘，其中倾注着他个人的人生慨叹和理想追求。

陆游一生中寻梅、探梅、看梅、赏梅、咏梅、插梅、梦梅、送梅，从来都不是调风弄月的旁观者和鉴赏者，他始终把自己当作梅花的朋友、知己。“月地云阶暗断肠，知心谁解赏孤芳”（《梅花四首》之二），“高标赖有诗人识，艳艳真穷造化工”（《南园观梅》）。正因为这样，作为知心

① 巢许，指巢父、许由，相传为尧时人，尧要让位给二人，二人义辞不受，终身隐居不仕。

人和赏识者，诗人常常对梅花表现出最深的同情与理解，同梅花一起分享着寂寞、哀愁和怨恨。“与卿俱是江南客，剩欲尊前说故乡”（《梅花四首》之二），“池馆登临雪半消，梅花与我两无聊”（《梅花绝句十首》之九），“只有梅花知此恨，相逢月底却无言”（《梅花绝句六首》之一）。这些诗都表达了诗人与梅花的共同命运与心境。

陆游一生怀抱着强烈的爱国激情和恢复中原的雄心壮志，虽然他一生都不得志，被朝廷冷落、排挤，得不到施展怀抱的机会，但他不气馁、不妥协、不变节，矢志不移，老而愈笃，临终绝笔，还写下彪炳千古的《示儿》诗。陆游一生的性格和遭遇，颇类他笔下的梅花，因此后人称他为“梅花知己”，“借梅花发胸中所欲言”（清人吴焯《批校剑南诗稿》）。梅花实际是陆游的自况、自赏、自赞和自叹。

宋代以后的诗歌研究家对陆游咏梅诗多所称美。宋人刘辰翁曾称他的《看梅二首》“沉绝通达，警绝千古”（《精选陆放翁诗集评语》）；清人潘德舆说：“放翁作梅诗，多用全力，笔力横绝，实能为此花写出性情气魄者”（《养一斋诗话》）；吴焯则说：“公之咏梅，直是‘横看成岭侧成峰’[①]，无往不妙”（《批校剑南诗稿》）。这些赞语，充分肯定了陆游咏梅诗的艺术成就。

陆游笔下的梅花，有高标独韵的气节，但也有强烈的孤独感，他总是把梅花放在“群芳”的对立面，这一点显然不是我们今天所应追求的，所以毛泽东同志一“反其意”，赋予梅花“俏也不争春，只把春来报。待到山花烂漫时，她在丛中笑”（《卜算子·咏梅》）的崭新形象和品格[②]。

【参考资料】

《陆游集》
《陆游作品评述汇编》

---

① 苏轼《题西林壁》诗句。

② 毛泽东《卜算子·咏梅》小序：“读陆游咏梅词，反其意而用之。”词如下：“风雨送春归，飞雪迎春到。已是悬崖百丈冰，犹有花枝俏。俏也不争春，只把春来报。待到山花烂漫时，她在丛中笑。”

示儿绝笔

近人梁启超有一首《读放翁集》诗，是这样的：

诗界千年靡靡风，兵魂销尽国魂空。
集中什九从军乐，亘古男儿一放翁。

在这首诗下，梁启超自注说："中国诗家无不言从军苦者，惟放翁则慕为国殇，至老不衰。"（《饮冰室文集》卷四十五下）所谓"国殇"，是指为国捐躯，献身沙场的战士。屈原《九歌》中有《国殇》一篇，在一场血雨腥风、天怒神怨的残酷厮杀中，那些为国而战的将士们忠勇威武，刚强不屈，身首分离，义无反顾，生为人杰，死为鬼雄，诗人屈原为那些阵亡将士们谱写了一首壮丽的赞歌。梁启超说，屈原以后这千百年来的中国诗坛，再也见不到这样的壮烈的军魂国魂，只是吹送着阵阵柔靡无力的弱风，唯独陆游，写了大量从军诗篇，他的诗集中十篇有九篇，写他的从军之乐和乐于从军的情怀。他不仅终生向往沙场征战，而且"慕为国殇"，抱定为国捐躯的志向和决心。因此，陆游堪称千古以来的真正英雄！

梁启超对陆游的爱国诗篇和壮伟一生，作了最崇高的评价。

是的，陆游是当之无愧的。陆游生于北宋末年，三岁时便逢"靖康之耻"，在兵荒马乱中成长，父母辈每言虏、言叛臣，必愤然扼腕裂眦。"少小遇丧乱，妄意忧元元。"（陆游《感兴》）在这种时代和家庭的哺育下，陆游从小就产生了从戎抗金、恢复中原、拯救百姓的爱国热情。到二十岁，更立志“上马击狂胡，下马草军书”（《观大散关图有感》），进京寻求抗金杀敌的机会。

宋高宗绍兴三十一年（1161年），陆游三十七岁，在临安朝中任职。这年九月，金主完颜亮亲统百万之师渡淮，大举南侵，入扬州，直逼瓜洲。陆游眼见形势如此严重，便不顾一切，“泪溅龙床请北征”（《十一月五日夜半偶作》）。随即，他到了瓜洲前线，在大雪封江的夜晚，不顾个人安危，驾舟侦察敌情。

宋孝宗乾道八年（1172年），陆游四十八岁，从军南郑（今陕西南郑）。秋天，参加了防秋的军事行动，“朝看十万阅武罢，暮驰三百巡边行”（《秋怀》）。当时，北起渭上，西至大散关（陕西宝鸡南），东到骆谷（今陕西周至西南），在广阔的战线上，屯驻着十万王师，防御金兵趁秋高马肥南侵。陆游骑战马，着戎衣，冲风沙，踏冰雪，坚壁临关，随时准备抗击金兵侵袭，雪夜涉渭，衔枚噤声，侦察敌人动向。那时的军旅生活是紧张的，“铁衣上马蹴坚冰，有时三日不火食”（《江北庄取米到，作饭香甚有感》），但也是愉快的，“投笔书生古来有，从军乐事世间无”（《独酌有怀南郑》），陆游说，从古至今，书生投笔从军不算什么稀罕事，但能把从军当作天下最大快乐的人却是不多，你看他三天没有吃饭，一闻到米饭香那种快乐心情，就知道这确实不是虚言。

陆游在南郑的从军生活，对他的思想和诗风都产生了深刻影响。光宗绍熙三年（1192年），陆游回忆起这段生活，写了《九月一日夜，读诗稿有感，走笔作歌》：

我昔学诗未有得，残余未免从人乞。
力孱气馁心自知，妄取虚名有惭色。
四十从戎驻南郑，酣宴军中夜连日。
打球筑场一千步，阅马列厩三万匹。
华灯纵博声满楼，宝钗艳舞光照席。

琵琶弦急冰雹乱，羯鼓手匀风雨疾。
诗家三昧忽见前，屈贾在眼元历历[①]。
天机云锦用在我，剪裁妙处非刀尺。
世间才杰固不乏，秋毫未合天地隔。
放翁老死何足论，广陵散绝还堪惜[②]！

这首诗首四句说，陆游在四十八岁以前，并不真正懂得诗，所作的诗也都是从别人那儿乞讨来的摹仿之作，因此诗格孱弱无力，徒有虚名。中间四联八句，写他在南郑的军旅生活，军中宴饮，打球，阅兵，博彩（游戏），观歌舞，所有这一切，是那样令人胆气豪壮，精神抖擞，奋身赴难，不虑生死。就是这样的军旅生活和内心体验，诗人陆游顿悟诗家三昧，辞章宗祖屈原、贾谊辈的精华，仿佛顿显眼前。然后两联四句说，陆游顿悟之后，懂得了作诗奥妙，因此他的诗如得之天成，是那样容易而完美。“天机云锦用在我，剪裁妙处非刀尺”，“文章本天成，妙手偶得之”（陆游《文章》），“汝果欲学诗，工夫在诗外”（《示子遹》）。陆游多次用这样的诗句来说明他所领悟到的“诗家三昧”。诗意和诗境的美，不是诗人可以像裁缝随心所欲用“刀尺”（文章作法）“剪裁”出来的，它存在于真实的生活之中，存在于诗人独特的感受之中，捕捉到现实生活的客观美和心灵的主观美，把它表现出来，就可以产生真正的“诗！”陆游从南郑生活中顿悟到“诗家三昧”，听起来似乎很玄，其实就是南郑的军旅生活，铸造了陆游全新的性格，给了他对生活的特殊体验，于是诗境渐变，自成体格。就内容说，站到了时代的高峰，视野开阔，无个人一己之私爱，多征伐恢复之激情；就风格说，“豪俊感激，典丽清新”（欧小牧《陆游年谱》）。元人方回也说，放翁诗“豪荡丰腴”（《读张功父南湖集并序》），“放翁苦为悲壮，

---

① 屈，指屈原；贾，指贾谊，西汉初年大辞赋家。

② 广陵散，古曲名。《晋书·嵇康传》载，嵇康由于不满于司马氏集团而被杀害，临刑前弹奏广陵散曲，并说：“广陵散于今绝矣。”所幸其曲今传。参看本丛书《先唐篇·广陵散绝》。

然无一语不天成。”（《跋遂初尤先生尚书诗》）。丰厚饱满的爱国激情，妙手天成的诗风追求，构成了陆游诗歌的基本特征。

但是，南宋君臣，偏安江左，醉生梦死，无意恢复，从赵构南渡至南宋覆亡，妥协投降始终是基本国策，这就决定了陆游的爱国主张无法实现，也决定了陆游的诗歌一方面是高亢的抗金灭虏、收复河山的呐喊，一方面则是空怀激烈的悲凉喟叹。明人郎瑛曾说：“《晓叹》一篇，《书愤》一律，足见其情。至于临终一绝（《示儿》），此亦有三跃渡河之意。史称天才豪迈，正似其诗也。”（《七修类稿》卷二十一）

《晓叹》作于孝宗淳熙元年（1174 年），诗人陆游当时任蜀州通判。他在诗中回顾赵宋王朝南渡五十年来，赤县神州，仍是戎狄横行，主忧臣辱，奇耻未雪。他日夜焦虑，“安得扬鞭出散关，下令一变旌旗色！”可是，灭贼无期，报国无门，他一想到这些，就会对案不能食，泪落湿衣衫。

《书愤》作于淳熙十三年（1186 年），诗如下：

早岁那知世事艰，中原北望气如山。
楼船夜雪瓜洲渡，铁马秋风大散关。
塞上长城空自许，镜中衰鬓已先斑。
出师一表真名世，千载谁堪伯仲间[①]？

短短一首小诗，是陆游一生的总结。早年志大，气壮如山。他为实践壮志，图略中原，在瓜洲渡前线驾舟侦察敌情，在南郑餐风露宿，年复一年驻守大散关（在今陕西宝鸡西南，南宋与金以大散关为界），这是他最值得骄傲的英雄壮举，但“志大浩无期，醉胆空满躯”（《观大散关图有感》），如今年过六旬，鬓发斑白，竟一事无成，收复中原，已成虚言；而朝野上下，又有谁像写过《出师表》、坚持北伐、复兴汉室的诸葛亮？小诗前两联阔大豪壮，后两联慷慨悲凉，一腔爱国热情，浸透纸背。元人方回评此诗说：

① 古时用伯、仲、季论长幼次序，伯为长，仲为次，季为最小。

陸放翁像

陆游　　《古圣贤像传略》

“悲壮感慨，不当徒以虚语视之。”（《瀛奎律髓》）纪晓岚说：“此种诗是放翁不可磨处。集中有此，如屋有柱，如人有骨。”（《瀛奎律髓刊误》）方、纪二人的评价是很恰当的。

陆游一生屡仕屡罢，大半时间闲居故里山阴，终于是“床头孤剑空有声，坐看中原落人手”（宋人林景熙《书陆放翁诗卷后》）。

一片耿耿忠心，终成虚话，他死也不瞑目。宁宗嘉定二年（1209 年）腊月将近，陆游大病不起，孩子给他洗沐、按摩，他时而昏睡，仿佛梦见自己在万顷荷花中行走，风无际，路茫茫，又仿佛听见挂在床头的孤剑在铿然作响；他时而又清醒，想到“有剑知谁与，无香可得留”（《病中示儿辈》），悲叹自己一事无成，壮志无所托。他就这样，走到了人生的尽头，临终写下《示儿》诗一绝：

死去元知万事空，但悲不见九州同。
王师北定中原日，家祭无忘告乃翁。

人一死去，没有了知觉，万事皆成空虚，无悲无喜，无怨无恨。但是陆游“死前恨不见中原”（《太息》），因此，他含恨九泉，亡灵不散，日夜盼望着“王师北定中原”，嘱咐儿孙在那时不要忘了祭告他。诗人在一息尚存之时，用尽最后一点力气，唱出如此凄怆沉痛的悲歌，“忠愤之气，落落二十八字间”（胡应麟《诗薮》杂编卷五），可以感天地、泣鬼神！这首小诗，明白如话，毫无雕饰，知陆游者，无不能吟诵，而每一吟诵，无不热泪盈眶。这是一首千古传唱不朽的动人悲歌！

陆游死后六十六年，元师灭宋后，南宋遗老林景熙等人收得宋徽宗赵佶、宋钦宗赵桓遗骨掩埋。林景熙在陆游这首《示儿》诗后题了一首绝句：

一线青山怨未终，干戈况满大江东。
九州同矣儿孙见，家祭如何告乃翁？

九州是统一了，但那是元朝统治者入主中原，在祭奠家父之时，儿辈们该怎样说呢？真是无颜面对亡灵啊！

【参考资料】

《陆游集》
《陆游作品评述汇编》

使金纪行

宋孝宗赵昚，做太子时便积极主张北抗金朝，收复中原。公元1163年，赵昚正式即皇帝位，便立即任用主战将领张浚统帅兵马，积极准备北伐。同时，他对屈辱的“绍兴和议”[①]极为不满，不甘心屈居丧权辱国的附庸地位，更以成为金朝的“侄国”而羞耻。乾道六年（1170年）六月，赵昚终于决定遣臣使金，索取徽宗赵佶、钦宗赵桓陵寝地，要求改订受书旧礼。

在遣使的朝会上，左相陈俊卿极力反对，他说：“现在不是庆贺新年、生辰、娶嫁之时，若违反常例派遣使臣，金帝会以为我们无故挑衅，势必惹起祸端。”

起居舍人李焘听说右相虞允文举荐他和范成大为使，即出列向孝宗说：“臣以为陈左相所言甚是。若遣微臣出使，不是要葬我于荒漠穷壤！臣实不敢领旨。”

孝宗赵昚看到陈俊卿和李焘这种态度，极为不满，就对李焘说：“朕素日以为你禀性刚正，敢直言而无所回避，在朝野也算是有些气节的人，今日不料你如此贪生怕死！”然后转问范成大：“朝野之人对这件事议论很多，一些朝臣也谈虎色变，视为畏途，卿以为如何？”

范成大说：“诚然，眼下不是派遣常使的时候，这时遣使索取陵寝之地，

① 参见本书《诗指权贵》篇。

又要求更改受书旧礼，这同无事寻衅很近似。因此，使臣不被金国杀害，也可能被扣留。然而为国家计，臣义无反顾。臣已立后嗣，安排了家事，为不能回来做了应有的准备，就请陛下下诏吧！”

孝宗听了范成大的话，十分感动，说：“朕不毁约发兵，谅金人也不至于杀害你。不过，像当年苏武被囚十九年，啮毡餐雪的事也可能发生，卿若不愿去，就明说，朕不忍有负于卿！”

范成大再三请旨，毅然奉命出使北去。

范成大沿大运河北上，看到汴河自泗水以北都干涸了，满目都是荒滩乱石。忆当年北宋都城汴京至江南的水陆干线上，龙舟巡游，商船如织，“半天下之财富，并山泽之百货，悉由此路而进”（《宋史·汴渠志》），而如今湮没已经五十年了，他感到无边的悲凉。汴河沿途的百姓问他，什么时候皇上才能回驾，何时才能疏浚这条水道，复通航运？范成大听了这些话，感触万端，一股诗情涌上心头，吟成《汴河》七绝一首：

指顾枯河五十年①，龙舟早晚定疏川？
还京却要东南运，酸枣棠梨莫蓊然。

是啊，中原一旦收复，汴河经过疏浚，重通航运，酸枣棠梨一类荆棘就不会长得现在这样茂盛了！

范成大经过南京（今河南商丘），拜谒了“双王庙”，那是祭奠唐朝英勇抗击安禄山叛军，壮烈殉职的张巡、许远的，二人合力守城，至粮草断绝，仍坚持抗敌，食死鸟腐鼠，杀爱妾以飨士卒，城陷被俘，俱不屈，骂贼而死。范成大想到“二王”抗贼的事迹，想起当年金兵渡过黄河围攻汴京时，曾笑谈南宋若以一二千人守河抵抗，我辈岂得渡哉，范成大不禁发出这样的责问：究竟是“谁遣神州陆地沉？”他又写了《双庙》诗：

① 宋朝于公元1127年南渡，至此时四十四年，此举其整数。

平地孤城寇若林，两公犹解障妖祲。
大梁襟带洪河险，谁遣神州陆地沉[1]？

州桥，即天汉桥，跨汴河，由皇宫正门宣德楼往南直通汴京正南门朱雀门。范成大来到故都汴京，登上州桥，南望朱雀门，北望宣德楼，南北通衢，正是当年的御道。百姓们听说大宋的使臣来了，都跑来观看，不少人痛哭失声，询问："王师何时才能回来？"范成大深为感动，当晚就写了《州桥》诗，忠实地记下了故国遗民的心声：

州桥南北是天街，父老年年等驾回。
忍泪失声询使者："几时真有六军来？"[2]

范成大到了邯郸（今河北邯郸），在古赵国都城的西边祭扫了蔺相如墓。当年秦始皇诡称割十五城换取价值连城的和氏璧，蔺相如奉命出使，在秦廷上怒斥秦王，不辱使命，完璧归赵，令千古仁人志士仰慕。如今，范成大持玉节（手中所持代表使臣身份的符节）出使金朝，也如蔺相如一样视使命如璧重，视己身如叶轻，他洒酒祭奠蔺相如，并在《蔺相如墓》诗中立下誓言：

玉节经行虏障深，马头洒酒奠疏林。
兹行璧重身如叶，天日应临慕蔺心。

范成大到金朝都城燕山（今北京）的那天，正是九月九日重阳节。三天前，一场大雪，西山诸峰，尽披银装。范成大从温暖的南方乍来，尤感

① 妖祲（jìn），妖氛。大梁，即汴京。洪河，即黄河。"大梁襟带洪河险"，言形胜险要之地。
② 六军，古时王者建六军，诸侯建三军。唐时有左、右"龙武"，"羽林"，"神武"六军之称。后以"六军"泛指王师。

天气的苦寒。他独自一人住在城外的客馆里，不顾风尘仆仆、旅途劳顿，考虑着即将朝见金国皇帝的每一个细节。突然一个看守客馆的小吏蹑手蹑脚地走进来。

"大人。"小吏轻声叫道。

范成大从沉思中醒来，问："嗯，你有什么事？"

小吏说："大人来京，满朝哗然。我听说不少大臣在商议要劝皇上把你扣留在这里哩！"

"哦？为什么？"

"小人也不知。还听说皇太子十分愤怒，声言要杀了你。"

小吏说完，就慌慌张张退出去了。范成大顿时思绪起伏，焦急地在屋里踱来踱去。他又想起临行前的那次朝会，想起一路上的见闻。皇上的重托，旧京的凄凉，陷金地区老百姓的痛苦和期望，蔺相如、张巡、许远诸先贤誓死报国的壮烈，都燃烧着他的心，他感到自己责任的重大。他没有死的恐惧，只有宣扬皇威、拼死报国的正气。他立即奋笔写下《会同馆》诗一首，以明心愿：

万里孤臣致命秋，此身何止一沤浮？
提携汉节同生死，休问羝羊解乳不。

会同馆，即燕京客馆。他范成大以西汉出使匈奴的苏武自比。当年匈奴把苏武放逐到北海(今俄罗斯境内贝加尔湖)荒无人烟的地方放牧羝羊(公羊)，并且说："什么时候公羊能产羊奶了，就什么时候回来。"苏武在北海饥吞毡，渴饮雪，手执汉节，不屈不挠十九年。范成大说，如今我已把生命看作"沤浮"（水泡），誓死同汉节共存亡，管你公羊能不能产奶。是身死敌国还是侥幸生还，范成大已经置之不顾了！

果然，第二天朝会，风云诡谲，异常紧张。范成大上殿，在金世宗面前，不卑不亢，行礼如仪。呈递国书，词气慷慨。突然，范成大又从袖中取出一份奏疏，说："汴京，是我大宋朝先皇陵寝之地，臣此次奉使，除了有

《宋词画谱》　　　　　　　　　　　　　　　　（明）汪氏 编

还我陵寝之地的请求，已尽见于国书之外，尚奉诏请求更改受书旧礼。金国与我大宋，既非君臣，更非叔侄，我皇在接待金国来使时，不当向金国使臣行跪拜礼……”

金世宗完颜雍一听，勃然大怒：“哼，岂有此理！”他转身责问负责外交事务的大臣，“宋朝使臣，从来没有人敢如此放肆，在我大金朝廷呈递私人草奏。你还不把他轰出去！”

原来，金国朝会之法极严，不许使臣在朝上递交私人奏疏。范成大临行前，因为一些朝臣反对遣使索地改礼，孝宗赵昚不得不决定在国书里只写索地，而要求改礼之事，由范成大自己设法交涉。因此，范成大到了燕山客馆，密草奏疏，在朝上突然呈递。他明知这样做，违反金国朝会制度，风险很大，但为了洗雪大宋耻辱，也顾不得了。

金世宗完颜雍训斥完外务大臣，立即站起来，要退朝，气氛十分紧张。范成大屹然不动，大声说："我乃大宋使臣，秉君之命，意在必成，若不受书，宁死不退出朝堂！"

完颜雍怒视着范成大，然后对遣伴使（负责迎送使者的官）说："明日去客馆取奏。"说罢转身退入后宫。

第二天，范成大在客馆还没起床，金国的遣伴使就来取走了奏疏。金太子企图杀害范成大，也被劝阻未行。范成大终于不辱使命，全节而归。

范成大这次出使，到一地，遇一事，就有一首诗记下自己的所见所闻，所思所感，都是七言绝句，一共七十二首，自成一卷，不仅全面反映了范成大的爱国主义思想，而且体现出范成大端庄雅丽、婉峭秀淡的诗风。当代学者周汝昌先生说："此一卷诗，感人至深，文学价值与史料价值皆高，为石湖（范成大号石湖）集中精华所在。""我曾说老杜（杜甫）有诗史之称，无人可继此美，范石湖庶几（差不多）无愧于此义乎。闻者大不以为然。"周先生说，其实，清代的一位重要诗论家潘德舆早就说过，像《州桥》这样的绝句，"沉痛不可多诵，此则七绝至高之境，超大苏（轼）而配老杜者矣！"（《范成大诗选》注）所以周先生又说：这一卷诗"内容饱满，精彩倍出。我觉得，这一卷诗是范成大集中最好的组诗之一，值得我们特别称道。"（《范成大诗选》引言）

【参考资料】

《范石湖集》
《宋史·范成大传》
《宋史·孝宗本纪》
《鹤林玉露》卷一
《宋人轶事汇编》卷十七

诚斋之死

宋宁宗庆元三年（1197 年）二月，慈福（高宗宪圣太后）下诏以别园赐太子少师平原郡王韩侂胄，其园在武林[①]东麓，西湖之水汇集山下。韩侂胄得了这块宝地，便大兴土木。奇花异卉，清流秀石，飞观崇阁，虚堂广厅，均依其自然，辅以雅趣，极湖山之美，尽人工之巧。林园建成后，取曾祖魏忠献王韩琦的诗句命名“南园”，园中诸景，题名许闲堂、和客厅、寒碧台、藏春门、凌风关、归耕庄，其他如夹秀、鲜霞、忘机、照香、清芬、远尘、幽翠，景点无数，不可尽数。

韩侂胄修好南园，写信给杨诚斋（杨万里号诚斋），要他为南园作记，并在信中许诺，只要他答应为南园作记，就可以再来朝中做官。杨万里一生为人刚毅，宋孝宗赵昚死后，韩侂胄以阴谋手段窃得高位，培植亲信，排斥异己，朱熹等数十名朝士名流，先后被放逐。杨万里对韩侂胄的奸佞行径十分不满，便弃官归田，发誓不再出山。因此，杨万里斩钉截铁地回答说：“官可丢，记不可作。”

韩侂胄无奈，又写信给闲居故里山阴的陆游。杨万里得知这个消息，立即写了一首《寄务观》的诗，劝说陆游不要为韩侂胄作记。诗是这样写的：

① 武林，指杭州灵隐、天竺诸山，故旧时又称杭州为武林。

君居东浙我江西，镜里新添几缕丝？
花落六回疏信息，月明千里两相思。
不应李杜翻鲸海，更羡夔龙集凤池①？
道是樊川轻薄杀，犹将万户比千诗②。

当时，陆游家居山阴，杨万里家居吉州（今江西吉安），人各东西，花开花落，两人有六年没见面了，彼此都怀着深挚的相思情。杨万里劝说陆游，应效法唐代李白、杜甫，潜心诗文，创作出雄深博大、气象万千的千古传世之作来，何必羡慕虞舜时的夔、龙，集居凤池？晚唐杜牧被人讥笑为“轻薄”文人，他尚且知道勉励诗人张祜蔑视万户侯的爵位，难道你我连杜牧都不如，以垂老之年还去追逐高官厚禄？杨万里的诗写得坦率、真诚，出自肺腑，表现出一个正直忠良文人的崇高气节。

陆游没有听朋友的劝告，他有自己的想法。陆游一生志在恢复中原，但整个南宋王朝文恬武嬉，纸醉金迷，无意北图，主和派始终占着上风，有志之士，收复中原的激情壮志无不付诸东流。梁启超《读陆放翁集》写得好：

辜负胸中十万兵，百无聊赖以诗鸣。
谁怜爱国千行泪，说到胡尘意不平。

梁启超的这首诗可谓深察陆游一生心事和痛苦。陆游见韩侂胄执政后，力倡北伐，重新起用一批抗战派人物，便和辛弃疾起而响应。尽管韩侂胄主张北伐的动机可能是欲“立盖世功名以自固”（《宋史·奸臣传四》），但是，北伐之议总给陆游一线希望、一丝鼓舞，所以他说韩侂胄“勤劳王家，

①“翻鲸海”，杜甫《戏为六绝句》有“未掣鲸鱼碧海中”句。夔是虞舜时的乐官，龙是谏官。“凤池”指封建政府中最高执政部门。

② 樊川，今江苏扬州附近，此指杜牧。杜牧有“十年一觉扬州梦，赢得青楼薄幸名”句（《遣怀》）。赠张枯诗有“谁人得似张公子，千首诗轻万户侯”句，参看本丛书《唐代篇·诗轻王侯》。

勋在社稷”（《南园记》），还是欣然答应为他作南园记。

韩侂胄得到陆游的回答十分高兴，把陆游从山阴接到临安南园，大开宴席，让他宠爱的张、谭、王、陈“四夫人”出来弹唱歌舞，为陆游助兴。陆游即席作了“飞上锦茵红绉”词（今存残句）。韩侂胄如此礼遇陆游，陆游的《南园记》自然也作得特别用心。《四朝闻见录》称赞这篇记文写得极其古朴精粹。

杨万里对陆游为韩侂胄作记深感失望和痛心。他决不相信，韩侂胄能成就北伐大业。眼看韩侂胄日益专权，甚至伪造御笔，假传圣旨，升黜将帅，所用之人，又大都是纨绔之徒，不懂军事，吵吵嚷嚷要北伐却没有切实的准备，杨万里对国家的命运和北伐的前途感到万分忧虑，对韩侂胄更加痛恨，终日郁郁不乐，以至忧愤成疾，一病不起。家里人为了让他静心休养，凡是载有时政边防大事的邸报[①]，都不给他看，不让他知道。

不料，宋宁宗开禧二年（1206 年）的一天，他们家族中的一个青年急急忙忙从外边跑进来，大声嚷嚷道："韩侂胄出师北伐，全线溃败，金兵又分九路南侵了！"

杨万里听了，大吃一惊，焦急地问夫人罗氏："你们怎么一点也不告诉我？"

罗夫人宽慰他说："你如今都是八十岁的人了，还为这些国家大事担忧什么？"

"糊涂话！"杨万里呵斥说，"我日夜做梦都想着中原，如今南国半壁江山也岌岌可危，人臣赤子，怎能不忧？"他转身催促青年说："你快说，到底是怎么回事？"

青年说："去年，韩侂胄就下令各军秘作北伐准备，今年五月，皇上正式下诏北伐，从江淮、四川东西两翼进兵，但西翼出了叛徒，金兵全力对付东翼，江淮一线不久便全面溃败，战局很快从北伐转为金兵大举南侵了……"

---

① 邸报，古代官府用以传知朝政的文书抄本和情报。

杨万里听到这里，不禁失声痛哭，连连骂道："韩侂胄，韩侂胄，你这奸臣贼子，危我社稷，败我江山，天下之人皆得而诛之！天啊！我头颅如许，救国无路，惟有孤愤而已！"他那苍老而悲号的哭声，谁听了都要忍不住下泪。

杨万里在悲痛和愤怒中，用尽最后的力量写下别妻子十四言诗，诗写完，掷笔气绝身亡。杨万里临终绝笔，今已失传。不过，他去世前不久，有一首《夜读诗卷》，很能表现他当时的心情：

幽屏元无恨，清愁不自任。
两窗两横卷，一读一沾襟。
只有三更月，知予万古心。
病来谢杯杓，吟罢重长吟。

"幽屏"即退隐幽居。诗人说退休在家原不应该有什么怨恨，但还是禁不住愁思满怀，他那万古不灭的爱国忧国之心，又有谁知道呢？诗人就是怀着这样的遗恨去世了。

陆游、杨万里对韩侂胄的不同态度，引起后人的争论。《宋史·陆游传》说陆游"晚年再出，为韩侂胄撰《南园》、《阅古泉记》，见讥清议。"元人刘埙更记载说："务观耻于附韩，初不欲出。一日，有妾抱其子来前，曰，'独不为此小官人也邪？'务观为之动，竟为侂胄作记。由是失节，清议非之。"（《隐居通议》）这后者是说，陆游为韩侂胄作记，是为了儿孙考虑了。清人金学莲有诗说陆游："一时误作南园记，已觉高风让石湖"（《书陆放翁诗后》）。这些议论，都是褒杨万里而抑陆游的。当然，不少人不同意这种看法，最有力的例证是陆游临终的《示儿》诗。罗大经说，陆游作《南园记》，并无阿谀逢迎之词，只有勉励收复之意。柳亚子有一首《王述庵论诗绝句，诋諆（诋毁）放翁，感而赋此》：

放翁爱国岂寻常，一记南园目论狂。
倘使平原能灭虏，禅文九锡亦何妨。

诗的前两句，是批驳那些讥议陆游写了《南园记》的人的，说陆游的爱国之情岂能诋毁。后两句则说，如果平原郡王韩侂胄伐金成功，就是真的篡位当了皇帝，又有什么关系，不强过做亡国奴吗？那么陆游为他作《南园记》又有何不可？这真是一番独具慧眼的史论！

其实，杨万里和陆游都是爱国忠诚之士，他们对韩侂胄的态度，都有各自的道理。当韩侂胄北伐失败，被投降派暗杀之后，宋宁宗赵扩说过一句话："恢复岂非美事，但不量力尔。"（《宋史·奸臣传四》）韩侂胄用人不当，又无认真充分的准备，是他失败的原因。杨万里大约是看准了这一点，才那样痛心疾首地咒骂韩侂胄。

【参考资料】

《宋史·杨万里传》
《宋史·韩侂胄传》
《鹤林玉器》卷四
周汝昌《杨万里选集》

挑灯看剑

宋孝宗淳熙十五年（1188年）冬的一个雪夜，罢官闲居的辛弃疾，卧病在床。突然家人来报告说，有客人来访。

这时，裹着一股令人瑟缩的寒气，传来了洪亮快活的喊声："稼轩[①]兄，别来无恙！"声未落，人已到。

辛弃疾连忙披衣下床，走近来人，上下端详了半日，口中只说出一个字："你……"

来人说："怎么？一别十年，你我就都老得不认识了？我是同甫啊！"

"啊，同甫？同甫！果然是你来了！"辛弃疾一边叫喊着，一边用手扑打掉同甫身上的雪花，然后扭头向范氏夫人喊道："夫人，快拿酒来！"

这同甫，就是南宋著名的思想家、文学家陈亮，同甫或同父，是他的字。十年前，即淳熙五年（1178年）晚春，辛弃疾召为大理少卿，当时陈亮到京城临安参加进士考试，二人相识，杯酒之间，"话头多合"（陈亮《贺新郎》），便结为知己。但陈亮因为上书论国事，力主抗金，言辞激烈，触怒了朝中的投降派，因而落第，不久便回家乡永康（今浙江县名）去了。以后，二人常通书信，互致问候。淳熙十年（1183年）春，陈亮给辛弃疾写信说："现在我是一介农夫，亲自耕种，正值春忙，待秋后稍暇，将往带湖造访。"

---

① 淳熙八年（1181年），辛弃疾卜居江西上饶城北灵山外的带湖，罢官后，即躬耕闲居在这里，故以"稼"作为自己的轩名，自号稼轩居士。

但至期因事牵挂，未能成行。次年春，陈亮被人诬陷下狱，鞭打得皮开肉绽，体无完肤，前后七八十日，二人又无相见的机会。一拖几年，今天相见，实为难得。

二人坐下，辛弃疾凝视着陈亮，深深叹息说："我记得你是绍兴十三年（1143 年）生的，比我还年轻四岁，可你却面目憔悴，气象凋落，未老先衰了。"

陈亮说："是啊！不过，我只要一见到老朋友，仍然能开怀大笑的哩！"说罢，真的纵声大笑起来。

辛弃疾听到这笑声，心上像受了刀戳一样，浑身一颤，形容更加凄然，说："贤弟，我知道你有推倒一世之勇、开拓万古之心，但你怀才不遇，又遭冤狱，吃尽了苦头，你的笑声里含着深深的悲愤与痛苦啊！"

陈亮岔开话题说："噢，你的剑呢？我要为你舞一回剑，唱一曲歌。"

辛弃疾站起身，从床头的墙上取下宝剑，双手捧着，深情地看着闪亮的剑鞘，掂了掂，转身交给陈亮。陈亮接过剑，刷地一声，拔剑出鞘，昏暗的灯影里立即闪出一道熠熠寒光。陈亮展势起舞，左劈右刺，下扫上挑，轻若飞燕，稳如泰山，柔胜游龙，矫赛猛虎。霎时间，斗室之内如电闪雷鸣，惊风四起，令人心荡神摇。陈亮舞了一回，意气飞扬，引亢啸吟，边舞边唱起来：

老去凭谁说。看几番，神奇臭腐，夏裘冬葛？父老长安今余几？后死无仇可雪。犹未燥，当时生发。二十五弦多少恨，算世间，那有平分月！胡妇弄，汉宫瑟。　树犹如此堪重别。只使君，从来与我，话头多合。行矣置之无足问，谁换妍皮痴骨。但莫使，伯牙弦绝。九转丹砂牢拾取，管精金，只是寻常铁。龙共虎，应声裂。

这首词的首句"老去凭谁说"，有无限感叹：人到老，无诉说对象，更无可以掏心窝子说话的知己，这是何等的可悲！陈亮想说什么呢？这一句又领起下文。原来，他想说的是天下事的反复颠倒和变化无常。他说，他已经看过不知多少次腐朽化为神奇、神奇化为腐朽；炎夏穿皮袍、寒冬穿薄纱，华夏神州，经历了几多沧桑！北宋南来的老一辈，如今还有几人幸存？年轻后生们，出生时乳毛未干，如今随着偏安的南宋君臣，做稳了亡国奴，过惯了苟安生活，早忘尽“靖康耻”，已无仇可雪。可赤子恨，怎忍看，神州大地分南北，金人掳去了大宋多少财富，胡虏妇女，弹奏我汉宫的琴瑟！陈亮把一腔“靖康耻、臣子恨”，发泄无遗！下片承接上片第一句，“老去凭谁说”，原来陈亮的知己就是辛弃疾，“只使君，从来与我，话头多合”，我上次访问你，虽不忍离别，别后又难禁相思，但这不要紧，你我堂堂仪表下掩藏的报国痴心、铮铮忠骨（妍皮痴骨），虽无人赏识，但只要你我如姜子牙、钟子期一样，保持“高山流水”的知音友情，经过哪怕是九转丹炉的熔炼，就是寻常铁，也会变成精金，到那时，我们就会如龙虎丹炼成而迸裂出炉一样，铿锵之声，惊天动地！陈亮这一连串的比喻，勉励辛弃疾，也是勉励自己，只要不失去信心，报国终有时，收复中原的宿志定会实现！

陈亮唱完这首《贺新郎》词，一个收势站定。辛弃疾大声叫道：“好！好慷慨的歌！好威风的剑！真是英雄本色，光彩照人！这剑随我南渡二十余年来，一天也没有离开过我，把剑登高，中宵起舞，可有谁懂得？今日到底遇到了知己！”辛弃疾接过剑来，捧在灯光下，凝视着寒光逼人的剑锋，接着说：“剑啊剑，我委屈你了啊！”

辛弃疾同陈亮重新坐下，斟酒对饮，纵论天下大事，情绪更加兴奋激昂。他们愤恨朝廷上下苟且偷安，一片死气沉沉，毫无振作之机；他们怒斥所谓南北已成定局，吴楚脆弱之地，不足以争衡中原的谬论；他们主张迁都建业（今江苏南京），或以武昌为行宫，西据荆（州）襄（樊）之地，东通吴会，西连巴蜀，南极湖湘，北控关洛（陕西关中商洛），左右伸缩，进取中原，或北渡江淮，兵出山东。山东之民，意气刚勇，不甘为金人奴隶，必闻风响应，山东指日而下，则河朔望风而震。二人志同道合，浩气凌云，硬语盘空，同仇敌忾，竟畅叙通宵。

陈亮这次来访，一住十余日，临走那天，辛弃疾尚恋恋不舍。陈亮走后，他又去追赶，只因雪深路滑，他实在不能追及，才怅然而回。

几天后，陈亮写信来索要新词，辛弃疾正郁郁不乐，独自沉浸在这十多天故旧重逢的回忆之中，于是便立即提笔写了一首《破阵子》，还加了一个副题“为陈同甫赋壮语以寄”[1]：

醉里挑灯看剑，梦回吹角连营。八百里分麾下炙，五十弦翻塞外声，沙场秋点兵。　马作的卢飞快，弓如霹雳弦惊。了却君王天下事，赢得生前身后名。可怜白发生！

这首词，回顾了辛弃疾五十多个春秋的经历。南宋高宗绍兴三十一年（1161年），金主完颜亮统领大军南侵，对金统治者早就“怨已深，痛已巨，而怒已盈”（辛弃疾《美芹十论·观衅第五》）的中原人民，乘机爆发了大规模起义。二十一岁的辛弃疾也率两千人马投入了耿京的农民起义军，在军中“掌书记”，与耿京共图恢复大业。从此，这支义军声威大震，渐渐聚众数十万，在数百里的田野山林扎下营盘。晚上，巡夜的士兵吹起了号角，营营相应，角声四起，在宁静的原野上空回响；白天，各营将士习武练阵，漫山遍野；金鼓齐鸣，杀声震天；战马奔驰，迅疾如飞；张弓鸣镝，霹雳作响。在操练的间歇，全军上下，将士同乐，琴瑟弹奏着苍凉悲壮的塞外乐曲，到处都在烤炙肥鲜的牛羊，空气中飘溢着诱人的肉香。“了却君王天下事”，复仇雪耻，重整山河，该是指日可待的了，全军将士充满壮志豪情和必胜信心。后来耿京被叛军杀害，辛弃疾率众抗金，献俘行在（皇帝临时驻地），于是辛弃疾被召入朝。可渡江南来，除了做过一些地方小官外，一直被南宋朝廷冷落，得不到施展宏韬大略的机会。“了却君王天下事”的宏愿，眼看尽付东流！

这首词，前五句为一意，写他在军营里的生活，这种生活，可能是辛

① 据邓广铭《稼轩词编年笺注》，此词写作年月不可考，“姑附缀于辛、陈二人这次相会的诸唱和词之后。现在，大多依此。这首词与二人相会的情景事迹完全吻合。

弃疾在耿京军中生活的回忆，也可能是他和陈亮的一种理想。开头一句“醉里挑灯看剑”，六字三个动作，极生动形象，写出了作者的凌云壮志、豪迈英姿和无以发泄的忧愤。“梦回”二字，可有二解。一解：直接承上句，说将军昨夜醉酒舞剑睡去以后，第二天一大早梦中醒来，听到号角声四起，一场激烈的战斗开始了，接下去就是战斗场面；另一解：“梦回”是将军昨夜醉酒后睡去，在梦中与敌人展开了一场生死拼杀，因为南宋王朝主和派占上风，不允许辛弃疾、陈亮这样的抗战派有所作为，所以到梦醒，才有理想成空的浩叹。但无论是对真实生活的回忆，还是梦中的理想，这首词的前五句，都写得慷慨激昂，大气磅礴，令人振奋！后一句为一意，理想和梦境破灭，跌入伤心失意，苍凉凄苦。这种艺术氛围和气韵上的大起大落，由意气昂扬转入低沉颓丧，正是辛弃疾感情上的巨大冲突、理想与现实尖锐矛盾的反映。

清人徐釚《词苑丛谈》卷四引黄梨庄的话说：“辛弃疾当弱宋末造，负管、乐之才[①]，不能尽展其用，一腔忠愤，无处发泄。观其与陈同甫抵掌谈论，是何等人物！故其悲歌慷慨，抑郁无聊之气，一寄于其词。”《破阵子·为陈同甫赋壮语以寄》所表现出来的艺术特色，正是“一腔忠愤”的爱国激情凝聚而成的，我们切不可把它看作等闲文字。

【参考资料】

《稼轩词编年笺注》
《宋史·陈亮传》

① 管，管仲，春秋时齐国著名的政治家；乐，乐毅，战国时燕国著名的军事家。

京口怀古

宋宁宗嘉泰四年（1204 年）三月，六十五岁的辛弃疾出任镇江知府。一年前，韩侂胄开始起用主战派人物，积极准备北伐金朝，收复中原。辛弃疾在长期被南宋王朝废置不用之后，这才有了施展“管、乐之才”（《词苑丛谈》卷四）的机会。

辛弃疾一到镇江任上，就积极进行北伐准备，一面派人深入金国的幽燕、中山、济南等地侦察金兵数目、屯戍地点、将帅姓名、仓廪位置，一面赶制军衣一万套，供边界沿线新招募的兵丁过冬。

镇江城北一里许，有北固山，下临长江，三面环水，峭壁耸立，气象雄伟，形势险固，名胜古迹无数。辛弃疾常来北固山登高眺远，寻踪怀古。

这年秋天，他同好友姜夔再次登上北固山。凭槛远眺，波澜壮阔的长江奔腾在脚下，大江北岸的城郭村庄依稀可辨。辛弃疾令随从摆下酒馔，同姜夔临窗而坐。两人一边饮酒，一边指点江山，纵论古今，又不觉慨叹一回。

姜夔说：“这后峰上的甘露寺，曾是当年刘备来东吴招亲的地方，狼石、试剑石、走马涧等遗址，都还历历可指。英雄遗韵，至今令人神往。”

“是啊，当年吴蜀联合抗曹，堪称惊天动地的壮举！”辛弃疾说，“孙权继孙策为吴主，西联蜀汉，北抗曹魏，终于三分天下，迁都建业，是何等英雄，何等伟业！”

"稼轩兄说得对，孙权的仇敌曹操也不得不说，'生子当如孙仲谋，刘景升儿子若豚犬耳'[①]！"

辛弃疾有些激动起来："那是在赤壁大战之后，曹操虽然惨败，但在建业城下的濡须坞见到孙权战船、装备、队伍是那样整肃威武，仍不失英雄本色，情不自禁由衷赞赏孙权，而鄙视那闻风而死的刘表、不战而降的刘琮，骂他们父子二人不过是猪狗！"

姜夔见辛弃疾越说越激动，就首先端起酒杯来，说："稼轩兄，你我说了这许多话，竟忘了饮酒，来，干一杯吧！"姜夔知道辛弃疾为什么这样激动，显然他是有感于当今北伐的形势啊，有谁能如曹操身处困境而不失英雄本色！

果然，辛弃疾端起酒杯一饮而尽，深深的喟叹说："如今世无英雄，遍地猪狗，何谈北伐抗金！"

姜夔风趣地说："当今有如刘景升父子一般的软骨头，可也不乏倒转乾坤的英雄人物，小弟看陆务观（陆游）和稼轩兄便是！"看来，姜夔是想让谈话轻松点。

辛弃疾长长地叹息了一声，站起身来，凭槛北望，说："尧章（姜夔的字）贤弟，你看满眼风景依旧，却举目唯有江山之易啊！"说罢，便陷入了沉思。

辛弃疾在镇江，时时感到不安与不平。他一生"以气节自负，以功业自许"（范开《稼轩词序》），可是"渡江天马南来，几人真是经纶手？长安父老，新亭风景，可怜依旧！"（《水龙吟》）如今，以六十五岁高龄"追往事，叹今吾；春风不染白髭须。"（《鹧鸪天》）他想到恢复中原大业的渺茫，想到自己年事已高，须发皆白，壮志未酬，他怎能不郁闷、不悲愤！而韩侂胄虽然已经作出姿态要北伐，可他引进朝中的大都是蔡京一流人物，这些人只知以虚名谋私利，并不认真做北伐准备，一出重蹈历史覆辙的悲剧就要上演的预感，时时搅扰着辛弃疾，使他终日忧心忡忡、焦虑不安。

---

① 语见《三国志·吴书·吴主传》。刘景升，即刘表，东汉末年为荆州刺史。建安十三年（208年），曹操攻取荆州，大军未至而刘表死，刘表少子刘琮便举州投降。

辛弃疾默默地站立了很久，忽然反过身来，向随从索要纸笔，发愤写下《永遇乐·京口北固亭怀古》：

千古江山，英雄无觅，孙仲谋处。舞榭歌台，风流总被，雨打风吹去。斜阳草树，寻常巷陌，人道寄奴曾住。想当年，金戈铁马，气吞万里如虎。　元嘉草草，封狼居胥，赢得仓皇北顾。四十三年，望中犹记，烽火扬州路。可堪回首，佛狸祠下，一片神鸦社鼓。凭谁问，廉颇老矣，尚能饭否？

孙权似的英雄人物已一去不复返了，他们那感召后世的风流余韵，随同他们当年豪华的楼台林苑，也几乎被岁月的风雨吹打干净。那个乳名叫寄奴的南朝宋武帝刘裕，北伐南燕诸国，推翻东晋，也曾是“金戈铁马，气吞万里”的英雄，他曾住过的地方，如今也成了“斜阳草树”中的寻常街巷。他的儿子文帝刘义隆，没有充分准备，在元嘉二十七年（450年）便草草北伐，梦想挺进到狼居胥山（今内蒙古克什克腾旗西北），效法古代帝王封禅刻石，记功传名，结果被北魏太武帝打得大败。太武帝长驱南下，在长江北岸瓜步山（今南京六合县东南）建起行宫佛狸寺。宋文帝元嘉惨败，留下千古笑柄，而不堪回首的是，如今佛狸寺前迎神赛社，香火旺盛，土地人民仍非我有。

词的上、下片，以强烈的古今对比，借壮丽江山和英雄伟业的赞颂，抒发了作者坚持北伐、老而愈笃的壮志豪情，十分有气势；又以南北朝时南宋文帝轻举妄动、草草北伐、导致惨败的历史救训，表示了作者对抗金大业前景的忧虑，同时展开对自己渡江南来四十年的回顾。南渡前，随耿京起义，在烽火弥漫的扬州以北英勇抗敌；南渡后，“却将万字平戎策，换得东家种树书”（《鹧鸪天》），空怀壮志，只能闲居农耕；现在还有谁来问，赵国的廉颇将军的景况？他虽然年迈，可壮心犹存，仍然能跨马横刀！诗人这是以老将廉颇自比，借一阕长调，高歌悲吟，反复咏叹，把满腔忠愤，抒发得淋漓酣畅！

姜夔读了辛弃疾这首词，感动不已，当即和了一首，其中有“前身诸葛，来游此地，数语便酬三顾”，“中原生聚，神京耆老，南望长淮金鼓。”（《永遇乐·次稼轩北固楼词韵》） 在姜夔看来，辛弃疾不只是年事虽高、雄风犹存的廉颇，而且是指挥若定、计安天下的诸葛亮。隆中对策，足以酬谢刘备三顾茅庐的盛情；东征北伐的伟业，造就了三国分立的一代繁荣。所以，姜夔说，中原父老，旧京百姓，都日夜盼望他率领王师北伐。姜夔词表达了对辛弃疾的理解和鼓励！

辛弃疾在镇江，常常填了新词就邀集宾客数人宴饮，酒席之间，命歌女演唱他的新作。这天，辛弃疾写了新作《永遇乐》，十分满意，照例设宴请客同赏。宴席开始，歌女们首先演唱了辛弃疾的一首《贺新郎》词：“甚矣，吾衰矣！恨平生，交游零落，只今余几……”辛弃疾在一旁听着，用筷子敲着杯盘打节拍，听着听着，他禁不住扔下筷子，然后站起来，吟唱其中最得意的警句，“我见青山多妩媚，料青山见我，应如是。情与貌，略相似”；“不恨古人吾不见，恨古人不见吾狂耳！知我者，二三子！”吟唱完，拍着大腿开怀大笑，环顾宾客，问：“如何？”左右立即掌声四起，同声称赞。

接着，歌女们开始演唱《永遇乐》，辛弃疾仍是一边听，一边敲打着节拍，吟唱其中自己最得意的句子。当歌女们唱完之后，辛弃疾又遍问宾客：“如何？这次诸位不准只说好听的，一定要指摘出词中的瑕疵来。”

也有一两个人，说一两句的，但都是空泛之谈，隔靴搔痒，不着皮肉。辛弃疾只微微一笑，不加可否。席间，坐着一个二十岁出头的青年，名叫岳珂，是抗金名将岳飞的孙子。岳珂年幼，一直默坐无语，也不敢贸然发表意见。

辛弃疾走到岳珂身边，亲切问道：“小将军，你有何高见？”

岳珂说：“童子何知，敢议大人杰作？”

“你的文章，很有见地，我很喜欢读。你不妨说说。”

岳珂说：“大人才情富艳，大气磅礴，雅健雄壮，独标一格，脱尽前人窠臼，晚生仰慕不及，大人曾说，谁若能写出大人一样的词句，上苍都会惊讶的，晚辈一向以为此言不虚，又岂敢妄议？”

辛弃疾有些不高兴了，说：“你怎么也同别人一样，虚辞溢美，一味客套？只要你讲真话！”

岳珂说：“我记得范仲淹范文正公写完《严陵祠记》后，曾以千金求一字之易，大人如果真有此意，那么，晚辈就不惶冒昧地进一言。”

辛弃疾听了，大喜，连连说：“好，就以千金求一字之易，你快说。”说着，在岳珂身边坐了下来。

岳珂说：“这首词意境宏深，体格沉郁，感时忧世，荡气回肠。全篇可谓豪视一世，唯‘千古江山，英雄无觅，孙仲谋处’与‘凭谁问，廉颇老矣，尚能饭否？’这首尾两腔，其雄豪气概，首强尾弱，不太相称；且全词化用典故旧事也太多了，读来总欠流畅，可谓白玉微瑕！”

辛弃疾听完，拍案而起，拿起酒壶满满斟了一杯酒，对岳珂说：“小将军，你说得好！我作词，不唯这一首，乃常犯此病。小将军今日可谓一语切中我作词的痼疾。谢谢你，来，敬你一杯！”

岳珂赶忙站起来说：“还望大人恕晚辈冒昧！”

辛弃疾坐下，立即取来词稿，提笔修改。这天以后，每天都要拿出反复琢磨，竟一天改动十几处，一个月还没有把词稿改定。从善如流又刻意求工，真可谓用心良苦！现在流传于世的这篇《永遇乐》词，大概就是经过岳珂指摘瑕疵、辛弃疾反复修改过的。虽然仍然是通篇化用典故旧事，却十分自然妥帖，用典与抒情相渗透，既避免了故实干涩，也避免了感情的浮躁，在慷慨激烈的豪情中溶进了苍凉悲壮的色彩，堪称是辛弃疾词中的上品。

【参考资料】

岳珂《程史》卷三

《古今词话》上卷

《稼轩论词》

邓广铭《稼轩词编年笺注》

宝钗分词

封建时代的文人大都养有侍女，辛弃疾也不例外。他的侍女可考者六人，她们的名字叫整整、钱钱、田田、香香、卿卿、飞卿。她们大都擅长琴棋书画，是一些有教养的侍女。因为是侍女，她们同辛弃疾自然存在着人身依附关系。

辛弃疾在江西上饶时，一天，妻子病了，请来医生看病。善于吹笛的侍女整整在一旁侍候。辛弃疾指着整整，开玩笑地对医生说："你把夫人的病治好了，我就把这个女子赠给你。"

医生说："果然？"

辛弃疾说："绝无戏言！"

过了几天，辛弃疾妻子的病果然好了，为了实践诺言，他真的把整整赠给了医生。整整走时，辛弃疾随口赋了一首《好事近》词：

医者索酬劳，那得许多钱物？只有一个整整，也盒盘盛得。
下官歌舞转凄惶，剩得几枝笛。觑着这般火色，告妈妈将息。

这首词，辛弃疾的口气有些调侃。上片说是医生要酬劳，自己拿不出许多钱，只有一个侍女整整，权且可以充数。下片则说整整走了，自己将再也没有兴致歌舞，妈妈你（对女仆或已婚女子的称呼）也多多保重。

这首词一传出，好事者便争相唱诵。一个大活人，只当作医生治病的酬劳，而且被当作某些人茶余饭后的笑料，正反映了那个社会里人与人的不平等。辛弃疾尽管是南宋时代杰出的爱国词人，但他也不能不因此而遭后人的批评。

不过，一般来说，辛弃疾同他的侍女还保持着相当亲近和善的关系。

侍女钱钱，写得一手好字。平时，辛弃疾得到信函，总由钱钱作书代答。后来，辛弃疾五十多岁了，要离开江西上饶去福建为官，钱钱不能同行，辛弃疾怀着深深的惜别之情，写了一首《临江仙》词：

一自酒情诗兴懒，舞裙歌扇阑珊。好天良夜月团团。杜陵真好事，留得一钱看。　　岁晚人欺程不识，怎教阿堵留连。杨花榆荚雪漫天。从今花影下，只看绿苔圆。

这首词里，每一句都包含着一个“钱”字。“歌扇”与“夜月”都是圆形，类古铜钱，首句“阑珊”句，还暗含一个团团的“月”字，这是化用“舞低杨柳楼心月，歌尽桃花扇底风”（晏几道《鹧鸪天》），就是歌舞通宵至夜尽的意思。杜甫（少陵）在秦州（今甘肃天水）时生活极苦，几乎家贫如洗，写有“囊空恐羞涩，留得一钱看”诗句（《空囊》）。程不识，西汉人，与李广是同时名将，曾被灌夫骂为“不值一钱”（《史记·魏其武安侯列传》）。“阿堵”也是“钱”的代称。六朝人王夷甫平日故作清高，他自己从来不说一个“钱”字，更瞧不起女人们开口闭口就是“钱”。有一天，他的妻子想试一试他，就趁他清晨沉睡未醒，用一串串铜钱把床的四周绕得严严实实，让他没法下床。王夷甫醒来之后，见此情景，便大声呵斥侍女说：“把阿堵物给我拿掉！”“阿堵”是六朝人口语“这”、“这个”之意，王夷甫硬是不说一个“钱’”字，而说“把这个东西给我拿掉”。榆荚又称榆钱，绿苔也称绿钱。

辛弃疾借用这么多典故和比喻，细密委曲地抒发了他内心的惜别之情；眼前虽是“好天良夜月团团”之时，他却必须送走钱钱；杜甫即便十分困窘，也还能“留得一钱看”，而他迫于“人欺”，却不能使钱钱“流连”不去。想到钱钱去后，只能看见漫天作雪飞的杨花榆钱和满地苔藓，一片萧索凄凉景象，将使他感到无限伤感和孤寂。

据传，辛弃疾身边还有一个女子，是同代人吕正己之女，后来也因事被逐。辛弃疾在晚春季节，睹物思人，想起了这位被逐的吕氏女子，万分惆怅，写了《祝英台近》记怀：

> 宝钗分，桃叶渡，烟柳暗南浦。怕上层楼，十日九风雨。断肠片片飞红，都无人管，更谁劝，啼莺声住？　　边鬓觑，试把花卜归期，才簪又重数。罗帐灯昏，哽咽梦中语：是他春带愁来，春归何处？却不解，带将愁去！

词的开头一句，连用了三个典故，都是写送别的。宝钗，是女子发髻上的饰物，由两股合成，夫妻或情人分别时，把宝钗分开，各留一股作为信物。桃叶渡，在今南京秦淮河与青溪的合流处，相传晋代人王献之的爱妾名桃叶，曾从这里渡江而去，因此这里叫桃叶渡，当时王献之作歌送她："桃叶复桃叶，渡江不用楫。但渡无所苦，我自迎接汝"，表示了王献之对桃叶的惜别与安慰。以后，六朝盛唱这首诗。南浦，则用江淹《别赋》中"送君南浦，伤如之何"的意思。辛弃疾一开始用这三个典故，引起人们丰富的想象和深沉的离愁别恨。紧接着，借眼前景来抒心中情。

"'断肠'三句，一波三过折"（《谭评词辨》卷二），十日九风雨，风侵雨袭，落红片片，啼莺叮咛，催春归去，这是实景；抒情主人公触景生情，怨春无情，这是一折；春既无情，为何无人管，忍见落红飞飘，听任啼莺碎语，这又是一折；春将归去，无人管无人问，不关作者的事也就罢了，无奈这一切都牵动了他心中情思，这情思就是令人黯然神伤的离别、惜别之情，这又是一折。一语三折，自然引出了下片。

下片，抒情主人公的心理历程也有几个层次。白日送行时，看着女子鬓边插花，用数花瓣占卜归期，数后刚插上，又摘下来重数，一次又一次，半信半疑，又信又疑，这是一层；夜晚人去，孤灯只影，彻夜难眠，偷声悲泣，才昏昏睡去，又梦中呓语，这又是一层；梦是白日苦思极虑的幻境，比直接写白日情状又进一层；春来无情，忧乐皆由自找，不怨自己，却只怨春，再见曲折；春带愁来，却不带将愁去，春归愁不归，怨恨何其深！抒情主人公伤春怀人的心情，缠绵悱恻，哀婉委曲，令人喟叹感怀。

清人沈谦说："稼轩词以激扬奋厉为工，至'宝钗分，桃叶渡'一曲，昵狎温柔，魂销意尽，才人伎俩，真不可测。"（《填词杂说》）这段话对辛弃疾的艺术才能和风格作了高度而准确的评价。后世评唐宋词，以为有两大流派，即以温庭筠、柳永、李清照为代表的婉约词派和以苏轼、辛弃疾为代表的豪放词派。其实，这只是大致而言。辛弃疾词不仅"豪放"，"慷慨纵横，有不可一世之概"（《四库全书总目提要》），而且在"豪放"中见精致，见妩媚，见富艳，见潇洒。他熔"婉约"词之长，却不失于纤巧媚俗；他豪迈雄放，却不失于粗疏鲁莽。他的词风，有性情，有境界，是多样而统一的。黄昇《中兴词话》说，这首"宝钗分"词，"风流妩媚，富于才情，若不类其为人矣（不像辛弃疾写的词）。"因此，欲知辛弃疾其人，必得知"宝钗分"词，欲知辛弃疾词，必得读"宝钗分"词。

【参考资料】

邓广铭《稼轩词编年笺注》

张端义《贵耳集》下

暗香疏影

宋光宗绍熙二年（1191 年）冬，姜夔带着凄凉哀怨的心情离开了合肥，南下苏州，应范成大的邀请去石湖。范成大当时已经六十五岁，在这里隐居已经十余年了，姜夔刚三十五六岁。姜夔到石湖时，正下着大雪，范成大十分感激姜夔不辞艰难，雪中相访。范成大的热情真挚，使姜夔暂时忘了合肥之行的不快。

这年冬天，江南特别寒冷多雪。这天夜里，纷纷扬扬的鹅毛大雪，一阵紧一阵地下着。范成大同姜夔伫立窗前，看着窗外，只见白茫茫一个碎琼乱玉的银装世界。静听，万籁俱寂，只有雪花无声飘落。范成大说："在我这宅院南边，隔河是范村，那里有一座梅园，园内白梅数株，翠竹数竿，十分幽雅。明日，你我一定去那里踏雪赏梅。"

第二天，雪仍在疏疏密密、整整斜斜地下着。范成大不服老，不畏寒，带着姜夔来到范村梅园。二人在梅树下漫步、闲话。每株梅树，都如粉妆玉砌，晶莹耀眼，蓓蕾初绽，幽香缕缕。范成大见此情景，仿佛自己变得年轻健壮了，佳词丽句，时时如从天外飞来，脱口而出。范成大说："我自己作了一支高平调曲子，可惜还没有填词，贤弟何不以雪梅为题填一首词？"

姜夔看范成大如此高兴，便即景填了一首《玉梅令》词：

疏疏雪片，散入溪南苑。春寒锁，旧家亭馆。有玉梅几树，背立怨东风，高花未吐，暗香已远。　　公来领略，梅花能劝。

花长好，愿公更健。便揉春为酒，剪雪作新诗，拼一日，绕花千转。

“啊，果然精妙。”范成大称赞说，“我最爱结尾三句，平易中见机巧，清淡中出醇厚，初读觉新鲜，愈读愈有味。”

“上片不过是些熟语陈言，晚生惭愧！”姜夔说。

“是啊，赋诗填词，求一语之工易，求全篇之工难。古今诗赋，一语之工多，全篇皆工少。贤弟不必过谦。”范成大说。

“诗之不工，只是不精思的缘故，不思而作，虽多又有何用？”姜夔好像不肯原谅自己。

“贤弟刻意求工的精神可嘉。你看，今日有如此好雪、好梅，你又精通音律，喜欢自己谱曲，你就再为老夫作支新曲、填首新词如何？”

姜夔沉吟了一下，说：“刚才的词，就败在率尔成章。范公之命，岂有不从？就容晚生明日交卷吧！”

范成大同姜夔回到梅园的暖阁饮了一回酒，见天色不早，便一同回到石湖。

晚上，范成大早早就安歇了，姜夔回到卧室，却丝毫没有睡意。范成大的石湖，在苏州城西南盘门外十里，与太湖相通，有越来溪萦绕，随地势高下，有亭观堂阁，竹木花草，梅树尤多。姜夔站在窗前，凝望着窗外的冰雪世界，屋宇、树木、大地都是一片白色，清冷的下弦月只现出淡淡的影子。微风摇曳着梅影，悄悄送来阵阵冷香。姜夔心里一惊，这雪和梅，又勾引起他那难舍难忘的合肥之行。他立即回到书案旁，在充满欢乐与悲伤的回忆中，写下了《暗香》、《疏影》两首词：

旧时月色，算几番照我，梅边吹笛？唤起玉人，不管清寒与攀摘。何逊而今渐老，都忘却，春风词笔[①]。但怪得，竹外疏花，香冷入瑶席。　江国，正寂寂。叹寄与路遥，夜雪初积。翠尊

① 何逊，南朝梁朝诗人，他有《咏早梅》和《咏春风》诗。此处，作者以何逊自比。

易泣，红萼无言耿相忆。长记曾携手处，千树压，西湖寒碧。又片片，吹尽也，几时见得。

苔枝缀玉，有翠禽小小，枝上同宿。客里相逢，篱角黄昏，无言自倚修竹。昭君不惯胡沙远，但暗忆，江南江北。想佩环，月夜归来，化作此花幽独。　　犹记深宫旧事，那人正睡里，飞近蛾绿[①]。莫似春风，不管盈盈，早与安排金屋。还教一片随波去，又却怨，玉龙哀曲。等恁时，重觅幽香，已入小窗横幅。

这两首词，是写雪中梅花，同时也是忆人。第一首开头就由眼前景“月”与“梅”起笔，同时关涉梅与人，然后层层展开。见到旧时月，却不见旧时人；看到梅花，想起吹《梅花落》曲子的“玉人”，更想起两人不畏清寒，雪中摘梅的往事。如今我已渐老，失去了当年寻梅赋梅的才情和雅兴，偏偏又见竹外疏花的横斜梅影，闻到酒宴上弥漫的阵阵梅香，勾起我对往事的记忆。可叹人各东西，不能相见，大雪封路，音信也无。“翠尊”，作者由杯中酒，想到点点滴滴是离人泪，所以说是“易泣”；“红萼”，从对方设想，她那里，对梅花，默默无言，唯寄相思。相思什么呢？当年千树梅花压枝低，携手同游梅树下。可如今，眼见梅花片片飘落将尽，彼此却相见无期！

第二首一连用了五个典故，用五个美女来描写梅花，赋予梅花不同的形象和风采，寄托诗人不同的感悟和情趣。隋代的赵师雄夜遇梅花女神，天亮后梅花的侍女化为“翠禽”，在枝头相顾啼鸣。“翠禽同宿”，作者在描绘梅花的迷离绰约中寄托失偶索居之叹。第二、三两个典故，都借用了杜甫的诗意。杜甫有《佳人》诗，“绝代有佳人，幽居在空谷”；“天寒翠袖薄，日暮倚修竹”；梅竹相伴，俱是高洁孤高的风姿神韵，客里相逢，

① 南朝宋武帝寿阳公主大白天在含章殿屋檐下睡着了，一朵梅花落在公主的额头上，醒后，额上留下五色梅花痕，洗之不去，以后女子仿此化梅花妆。

作者有途穷遇知音之感。杜甫又有《咏怀古迹五首》，其三专咏王昭君，昭君去了塞外荒漠，最后死在了那里，如今唯有“环佩空归月夜魂”，又“化作此花幽独”；作者赋予梅花这种哀怨凄苦的形象，正是他思念中的失意人。第四个典故是用寿阳公主的事，第五个用汉武帝“金屋藏娇”的故事，表达作者爱花惜花护花的深情，可作者惋惜当年没有及时安排，以至落花随风飘去。最后，姜夔从回忆中回到现实，写法上与上一首词相照应，他伫立窗前，见“旧时月色”，透过纱窗，映出窗上疏枝横斜的梅影，恰似一幅清丽幽雅的图画。

姜夔写完，仍然觉得不能吐尽情怀。于是，他又拿出玉箫，一边吹奏，一边为这两首词谱写新曲。他先写下“仙吕宫”调三个字，便完全沉浸在自己创造的音乐境界里了……

第二天，姜夔把《暗香》、《疏影》两首词和自己创作的新曲交给范成大，范成大立即叫家妓小红来习唱，姜夔在一旁吹箫伴奏。范成大听得如痴似醉，微闭着双眼，不住地点着头，随腔打着拍子。

“精彩，实在精彩！”乐曲刚完，范成大就喝起彩来，“‘此曲只应天上有，人间能得几回闻？’（杜甫《赠花卿》）老杜此言不虚啊！不想，老夫我今日也有此耳福！”

“范公谬奖了！还要感谢小红姑娘唱得好。”姜夔说。

“不过，还是你的词写得好。”范成大说，“这两只曲用‘仙吕宫’也恰到好处，‘仙吕宫’声情清新，缠绵邈远，正可把梅花暗香疏影的精神风采，表现得淋漓酣畅。声情与词情，如裁云缝月，天然妙合。”

姜夔说：“晚生昨夜只是情之所至，不能自已罢了，写时倒也没有想得许多。”

“嗯，你说得很对，老夫已感受到了。只是词意精妙高远，老夫一时不能尽悟，其中似有不可明言的隐情。”范成大说。

姜夔长叹了一声，然后一五一十向范成大讲述了自己的一段往事。

那已是十多年前的事了。那时姜夔寓居在合肥赤阑桥西，离姜夔寓所不远，有一家姓乔。一天，姜夔路过乔家帘下，同乔氏小女偶然相遇，彼此产生了爱慕之情。以后，二人在湖上泛舟，山野采花，元宵节相随观灯，雪晴日携手赏梅。乔氏女子善弹琵琶，姜夔又精工词曲，二人恰似高山流水，情胜知己。不幸，由于某种我们现在尚不清楚的原因，姜夔来不及见乔氏女子一面，不得不仓皇离开了合肥。十几年过去了，姜夔怎么也不能忘情乔氏女子。"肥水东流无尽期，当初不合种相思"（《鹧鸪天》），"梦寻千驿意难通，当时何似莫匆匆"（《浣溪纱》），"旧约扁舟[1]，心事已成非。歌罢淮南春草赋，又萋萋。飘零客，泪满衣。"（《江梅引》）姜夔一直在寻找机会去合肥，但都不能成行。直到这次来石湖访范成大之前，他才有机会重访旧日踪迹。但是他在合肥，哪里还能找到乔氏女子的踪迹，见到的只是衰草寒烟，翠凋红落。"空赢得，今古三星炯炯，银波相望千顷。"（《摸鱼儿》）姜夔就是这样心事茫茫，郁郁不乐地离开了思念十余年的合肥，来到石湖。

范成大听了姜夔这段动情的故事，心中不胜伤感，似乎也更理解了他那《暗香》、《疏影》词的含义。范成大对姜夔说："我家小红，粗通音律，就让她跟你去吧，说不定，她可以帮助你慢慢忘掉那一段伤心的往事。"

姜夔在石湖住了一个多月，除夕前告别了范成大。路上写了《除夜自石湖归苕溪》绝句十首。其九是：

少小知名翰墨场，十年心事只凄凉。
旧时曾作梅花赋，研墨于今亦自香。

又有过《垂虹亭》诗：

自作新词韵最娇，小红低唱我吹萧。
曲终过尽松陵路，回首烟波十四桥。

---

① "旧约扁舟"，用范蠡携西施乘扁舟入五湖归隐事。

这些诗所记的事与情，都同《暗香》、《疏影》词一脉相通。《暗香》、《疏影》两首词，历来被认为是姜夔的代表作。词题是从林逋《山园小梅》诗“疏影横斜水清浅，暗香浮动月黄昏”而来。但是，两词究竟表达了什么内容，历来聚讼纷纭。尤其是《疏影》一首，不少人认为是伤悼北宋亡国旧事。如张惠言《词选》说：“以二帝（宋徽宗，钦宗）之愤发言。”郑文焯校《白石道人（姜夔）歌曲》进一步说：“此盖伤心二帝蒙尘，诸后妃相从北辕，沦落胡地，故以昭君托喻，发言哀绝。”张惠言则“石湖盖有肥遁之志，故作此二词以沮之（劝阻范成大归隐）”（《词选》）但夏承焘先生说：“二曲作于绍熙二年辛亥（1191 年）之冬，即是白石离合肥之年，读‘寄与路遥’、‘翠尊易泣，红萼无言耿相忆’及‘早与安排金屋’诸语，正亦可作怀人体会。且是年除夕自石湖归苕溪，作十绝句，有云：‘少小知名翰墨场……’若即是二曲之纪事，则‘十年心事’之语，亦甚可玩味。”这就是说，《暗香》、《疏影》词，是姜夔为怀念十年前的情侣而作，因是应范公之请，只是“偶然流露其感情”，故没有那么句句著实。（《白石怀人词考》）

姜派词人张炎，对《暗香》、《疏影》词曲，评价极高，认为“诗之赋梅，唯和靖（林逋）一联而已[①]，世非无诗，不能与之齐驱耳；词之咏梅，惟姜白石《暗香》、《疏影》二曲，前无古人，后无来者，自立新意，真成绝唱。”（《词源》）而宋代词人，凡是填《暗香》、《疏影》词的，也都是咏梅之作。姜夔谱写的《暗香》、《疏影》曲谱，至今还保存在他的《白石道人歌曲集》里。

【参考资料】

《唐宋词人年谱》
夏承焘校辑《白石诗词集》
《本事词》

① 参看本书《梅妻鹤子》篇。

荒诞诗解

宋宁宗嘉泰三年（1203 年）冬的一天，浙东安抚使辛弃疾在绍兴府邸大宴宾客，宾主正要举酒，只听大门外人声喧哗，吵吵嚷嚷。

辛弃疾十分奇怪，问役卒："何人如此放肆，在门外喧哗？"

一个役卒慌忙禀报说："门外一个人径自要闯进来，小的们阻拦不住，故此吵闹。"

辛弃疾问："是邀请的客人吗？"

役卒说："此人穿得十分褴褛，自称姓刘名过，字改之，号龙洲道人，今慕大人英名而来。"

辛弃疾有些不快地说，"本官正宴宾客，叫他改日再来。"

役卒说："是。"

"慢！"此时席间走出两个人来，一个是已故大将张浚的儿子张拭，另一个是饱学之士朱熹，两人齐声对辛弃疾说："刘改之乃当今豪士，天下奇男子，曾上书朝廷，陈恢复中原方略，未被录用，故放浪江湖，且此人工于诗词，大人若见，定恨相见太晚！"

辛弃疾说，"哦？如此，快请！"

这时，张拭、朱熹四目相视，会心一笑。原来，刘过也抱有辛弃疾一样收复中原的渴望与豪情，他有这样的词句："想刀明似雪，纵横脱鞘，箭飞如雨，霹雳鸣弓。威撼边城，气吞胡虏，惨淡尘沙吹北风"（《沁园春》）；他与辛弃疾有同样的忧愤，"关河景物异南北，神州不见双泪"（《多景楼》）；

他早已引辛弃疾为知己。他说："古岂无人，可以似吾，稼轩者谁？"（同前调）他理解辛弃疾一生壮志未酬的悲愤，但他仍然说："中原事，纵匈奴未灭，毕竟男儿"（同上），对辛弃疾怀着深深的敬慕之情。岁月荏苒，相见无缘，直至这次来绍兴以前，他仍只是心慕神往。刘过同张拭、朱熹早就相识，几天前，刘过向张、朱二人表明要访谒辛弃疾的愿望，二人便如此这般地出了一个主意。于是便有了上面那场穷书生闯府闹宴的戏。

不一会儿，大步流星走进一个人来，衣服虽然寒酸，却浑身透着英迈之气。此人来到辛弃疾面前，长长一揖，说："道人无礼了！"

辛弃疾见刘过穷困而不沮丧，谦恭而不卑琐，目光炯炯，神态飘逸，早有几分喜欢。便径直问道："道人免礼！听说你工于诗词，可是真的？"

刘过说："平生豪气，消磨酒里，翰墨游戏，偶一为之。"

辛弃疾说："好！说得畅快，就请赋诗一首。"

这时，正好端上来一大碗羊腰肾羹。辛弃疾指着羹汤说："就以此为题赋诗一首吧！"

刘过说："道人遵命，只是天气甚冷，刚才又在门外站了多时，请赐酒三杯，让道人暖暖身子！"

辛弃疾仰身大笑："哈……是老夫怠慢了！"说罢连忙命人为刘过连斟三大杯酒。刘过由于衣着单薄，在外面早已冻僵，接过酒杯，手禁不住直颤抖，酒洒了不少在胸前衣襟上。待饮完三杯酒，刘过放下酒杯请韵。

辛弃疾说："就以'流'字为韵吧。"

刘过略一沉吟，片时吟成《赋羊腰肾羹》诗一绝：

拔毫已付管城子，烂胃曾封关内侯。
死后不知身外物，也随樽俎伴风流。

管城子，毛笔的别称。首句说羊毛已拔下来做成毛笔。第二句是说，羊腰肾都烂在了肚子里，所以成了"关内侯"。这一句还巧妙地借用了东汉歌谣中的一句："烂羊头，关内侯"，讽刺小人封侯。第三、四句说，羊死了，自然已不知外界的事物，但它却在挨了刀杀以后，在酒宴上风流了一回。这首小诗，句句切题，却又应景抒情。既是代已死之羊立言，死而无知，死亦无恨，也是作者托物言志，视功名富贵如浮云，把穷达出处若等闲，只管去过那种坐则高谈风月，醉则恣眠芳草，风流潇洒的自在生活。诗虽短小，却十分得体。

辛弃疾听了，十分赞赏。张拭风趣地说："不是我等略施小计，今日岂不错失知己！"说罢，与朱熹同声笑起来。辛弃疾先是迷惑，既而醒悟，也跟着开怀大笑。

这次酒宴后，刘过与辛弃疾成了好友，彼此往来甚密。

开禧三年（1207 年），辛弃疾写信邀请刘过相聚，当时刘过在杭州，未能赴约，便写了一首《沁园春》词作为答复。词如下：

斗酒彘肩，风雨渡江，岂不快哉！被香山居士，约林和靖，与坡仙老，驾勒吾回。坡谓："西湖正如西子，浓抹淡妆临镜台。"二公者，皆掉头不顾，只管衔杯。　　白云："天竺飞来。图画里峥嵘楼观开。爱东西双涧，纵横水绕，两峰南北，高下云堆。"逋曰："不然，暗香浮动，争似孤山先探梅。须晴去，访稼轩未晚，且此徘徊。"

刘过说，他接到辛弃疾的邀请，十分高兴：因为到了绍兴，与知府大人相会，席间有猪蹄膀、大斗酒，可以像樊哙在鸿门宴上一样，拔剑切肉，大嚼豪饮，"岂不壮伟痛快！"不料，他正要上路，却被唐代大诗人白居易（晚号香山居士）约上北宋大诗人林逋（谥和靖）和苏轼（号东坡），三人一齐拽住我的马缰，硬把他拉了回去。三人异口同声地劝我，苏东坡首先说：还是西湖好，不若留下与三位诗仙诗豪同游。苏轼曾两度在杭州做官，写有名篇《饮湖上初晴后雨二首》。他就神采飞扬地吟唱道：

水光潋滟晴方好，山色空濛雨亦奇。
欲把西湖比西子，淡妆浓抹总相宜。

苏轼说：“这西湖啊，晴天湖光摇曳闪动，景色姣好；雨中山色空灵朦胧，也很神奇。我把西湖比作美人西施，她自有天然风韵，淡妆浓妆，对镜怎么梳妆打扮都适宜！”白居易和林逋听到苏东坡这一番话，也不看我一眼，在一旁闭目摇头，只管饮酒。白居易也曾做过杭州知府，写过大量题咏西湖的诗篇，如“烟波淡荡摇空碧，楼殿参差倚夕阳”（《西湖晚归回望山寺》）；“湖上春来似画图，乱峰围绕水平铺”（《春题湖上》）；“东涧水流西涧水，南山云起北山云”（《寄韬光禅师》）等。白居易晚年崇信佛老，“或伴游客春行乐，或随山僧夜坐禅”（《达哉乐天行》），过着随性逍遥的生活。在杭州灵隐寺南，有上、中、下三天竺山，山上各有一座寺庙：法喜寺、法净寺和法镜寺。白居易爱西湖与苏轼不同，他不是爱西湖美比西子，而是爱它的佛影灵光，爱的是天竺山、飞来峰和南高峰、北高峰等佛教家圣地。林逋隐居西湖孤山二十余年，终生不做官、不婚娶，梅妻鹤子，他有“疏影横斜水清浅，暗香浮动月黄昏”的名句传播。刘过说：苏轼、白居易和林逋三人各以西湖不同的美景来劝我，要我先与他们同游西湖，饱览山光水色、顶礼寺院佛光、探访月中梅影。

刘过这首《沁园春》词，巧妙地用三位作古诗人的诗意，组成对话，展现出西湖不同的画面。苏东坡夸赞西湖，津津有味；白乐天、林和靖“掉头不顾，只管衔杯”，观此场面，真是形神毕肖，妙趣横生。接着白乐天和林和靖各抒己见，相互驳诘，思彼持论，可谓机锋理趣、回味无穷。作者展开飞腾的想象翅膀，超越时空，令古人再世，死人复活，古人今人相互沟通，相互对话。这种奇幻诡异的构思，新颖独特，令世人瞠目！当代川剧《潘金莲》，打破国界，让时空倒流，在同一个舞台上出现了武则天、红娘、贾宝玉、安娜·卡列尼娜和吕莎莎等不同时代、不同国籍的人物。原来，我们的古人早就有过类似的大胆奇想。用现代文学流派的划分法，如果川剧《潘金莲》是荒诞戏，那么刘过的《沁园春》该是荒诞诗了！

正因为刘过词是“荒诞诗”，所以岳珂有一天同刘过等几位朋友在西园饮酒，席间刘过自己说起这首《沁园春》词，捋着长须，眉飞色舞。岳珂看着他那得意之色，一本正经地说：“词固然是好词，只可惜没有仙丹灵药来医治你这白日见鬼症！”岳珂的话音未落，满座哄堂大笑。

辛弃疾也十分欣赏这首词的豪放不羁，在狂逸之中，饶有情致。因此他得到这首词后，特遣人强邀刘过至府，宴乐月余，唱酬不倦。临行，又馈赠重金，让刘过置买田产，不再过从前那种困窘生活。

不过，形式的荒诞，并不等于内容的荒诞。词中确实蕴含着刘过的追求和志趣。俞文豹《吹剑录》说：“与三贤游，固可睨视稼轩。观林、白之清致，则东坡所谓‘淡妆浓抹’已不足道，稼轩富贵，焉能俯我哉？”（《词林纪事》卷十一引）在俞文豹看来，刘过不图辛弃疾眼前的富贵，也不羡苏轼的耳目之快，他所追求的是林逋、白居易远离尘嚣俗事、不被金钱名利污染的清闲高雅生活。所以，辛弃疾馈赠给他买田置业的钱，他都买了酒喝。刘过“荒诞诗”中究竟包含了他怎样的追求和志趣，因为诗中所引三位诗人及其诗歌的复杂性和丰富性，读者会见仁见智，恐怕很难作这样简单的解释。

【参考资料】

《桯史》卷二
《词林纪事》卷十一
《宋诗纪事》卷五十八

道学先生

朱熹，字元晦，号晦庵，名声一直不大好。提起朱熹的名字，人们就想起那副道学先生的可恶面孔：峨冠博带，一本正经，顽固迂腐，一脸死相；张口便是天经地义，古圣先贤，闭口又是君要臣死，不得不死，父要子亡，不得不亡；什么女人饿死事小，失节事大，满是说教，一无人情。朱熹在世时，就有人向皇上弹劾他“本无学术，徒窃张载、程颐绪余[①]，谓之‘道学’。”（《宋史·道学三·朱熹传》）

但是如果读读朱熹的诗，你就会觉得朱熹其人可亲可爱了。

有一个小故事。朱熹跛脚，多年来，必须拄杖行走。一天，程道士给朱熹针灸治疗，朱熹的脚顿时感觉轻松自如了许多，十分高兴，厚礼重谢外，还写了一首诗给道士，诗题是《晦翁足疾，得程道士针之而愈，戏赠此诗》，诗如下：

十载相扶借瘦筇，一针还觉有奇功。
出门放杖儿童笑，不是从前勃窣翁。

这首诗说，朱熹腿脚有病，十多年来都要拄着竹杖才能行走，程道士

① 张载（1020—1077），北宋哲学家、教育家，他的学说中，包含很多辩证的和唯物主义的成分。程颐（1033—1107），北宋哲学家、教育家，北宋理学的奠基者。他的学说为朱熹所发展，后称程朱学派。

给针灸，一针就见了奇效，立马就可以扔掉拐杖出门行走了，儿童们见了都禁不住发笑，咦，这不是从前那个在地上爬的老头吗？程道人得了厚礼和赠诗就匆匆走了。谁料，不一会儿，朱熹脚病复发，而且比针灸前更厉害。朱熹当即派人去追赶道人。但是追赶的人回来说，道人已不知去向。朱熹叹息说："唉，我不是要怪罪道人，我只是想追回那首赠诗，我怕他日后拿那首诗去害别人。"

还有一个小故事。一天，朱熹有一个问题，去找学生蔡沈研讨。蔡沈是他的女婿，正巧出门去了。朱熹女儿见到父亲，自然很高兴，但发愁的是做不出什么好吃的。朱熹宽慰女儿说："这有什么好为难的，你又不是不知道，我们家原本贫寒，米缸子常是空的，有时还不免借贷。许多弟子门生大老远来求教，我也只能煮豆饭菜羹给他们吃，最好也不过把茄子煮烂，再加些姜丝水，拌成茄泥，算多了一个好菜。你看家里有什么就做点什么吧。"

女儿高兴地说："那么，女儿就委屈父亲了。"

不一会儿，女儿端出来葱汤麦饭，仍然不安地说："这实在不成样子，父亲就多少吃点吧。"

朱熹看了，哈哈一笑，说："你去拿纸笔来，我给你写一首诗吧。"

女儿取来纸笔，朱熹立即写了一首小诗：

葱汤麦饭两相宜，葱补丹田麦疗饥。
莫谓此中滋味薄，前村还有未炊时。

写完，朱熹便端起碗，有滋有味地吃起来。女儿看着父亲吃饭的样子，捧着诗笺，忍不住热泪夺眶而出。多好的父亲啊，心怀这么宽广，秉性这么亲切、风趣，不为自己贫贱而戚戚，反为他人断炊而兴叹！

据说，朱熹有一个做御史的学生去拜访他，他也拿这种葱汤麦饭来招待，同时赠给这位御史一首诗：

葱汤麦饭暖丹田，麦饭葱汤亦可怜。
试上楼头高处望，人家几户有炊烟？

清代人金埴说：“二诗一意，此仁人所当念也。迩（近）来农岁偶荒，辄见哀鸿四起，城乡一望，多有未炊，待哺嗷嗷，而督赈之官，势难遍及，奈之何哉！”（《不下带编》卷五）金埴在同样的灾荒年月，读朱熹的诗，深感朱熹对灾民的关爱之情。从前面的三首诗可知，朱熹是一个十分平易可亲、处处能为他人着想的人。

朱熹曾说：“吾平生所学，惟此四字。”这四宇，就是“正心诚意”（《宋史·道学三·朱熹传》），用这四字支配自己的言语行动，待人处事。因此，他一生中，从不肯屈从权势，更不肯在逆境中消沉。一次，太常少卿胡纮去武夷山拜访他。正是这个胡纮，攻击他“伪学猖獗，图为不轨”（同上），而朱熹仍然拿他同弟子们日常吃的糙米饭和姜拌茄泥招待胡纮。胡纮当时没有发作，过后对人说：“朱熹不通人情，杀只鸡，弄杯酒，山中又不是没有，可他竟用不能下咽的东西给我吃！”诚然，不是没有，是朱熹持操守一，不肯曲意逢迎。

宋光宗绍熙二年（1191 年）四月，朱熹自漳州（今福建漳浦）卸职回他居家的崇安(在今福建西北)。诗人乘一叶小舟，溯闽江而上，经过水口（今福建古田水口镇）。这夜风雨大作，满江浪涛，汹涌澎湃——。夜茫茫，风怒吼，江咆哮，一个多么险恶可怕的天气。然而，次日清晨，卷起船篷一看，风息浪平，蓝天如洗，青山、绿树依旧一派生机。诗人紧张了一夜的心情，顿时变得轻松起来，他似乎得到了一种绝处逢生的快感，啊，青山不老，绿树常青，狂风恶浪终归是会平息的！

朱熹在船舱里，立即写了《水口行舟》诗二首，其一如下：

昨夜扁舟雨一蓑，满江风浪夜如何？
今朝试卷孤篷看，依旧青山绿树多。

《唐诗画谱》　　（明）黄凤池 编

从诗人这一问一答中，从那“夜如何”的反问中，我们仿佛听到一个胜利者的嘲笑声。朱熹晚年被韩侂胄等目为道学、伪学、伪党以至逆党，甚至上疏乞请皇上下诏杀他。朱熹的处境十分险恶，因此他触景生情，发此身世沉浮之浩叹，寄托他相信天理常在、黑暗势力不会长久横行的人生理想。

朱熹一生从教五十余年，弟子门生遍天下，他为后世留下了丰富的教育理论和实践经验。有一次，学生问他作诗之法。朱熹说，诗言志，“志”修养到什么程度，诗就能作到什么水平；诗本无工拙之别，只看作诗人志之高下而已。于是他写了《观书有感》两首诗给学生看。诗如下：

半亩方塘一鉴开，天光云影共徘徊。
问渠那得清如许？为有源头活水来。

昨夜江边春水生，蒙冲巨舰一毛轻。
向来枉费推移力，此日中流自在行。

前一首以半亩池塘作比喻，说池中倒映出天上云影，清晰可见，天上云走，池中云也走，如果要问，池塘怎么这样清澈明净如镜呢？原来是池中不断注入了新鲜的活水。后一首以中流行舟作比，江枯则舟行费力，江满则舟行自在，沉重巨大的船只（蒙冲）就会如羽毛一样轻。从诗题可知，这两首诗不是写景，而是读书心得，也是教学生做人和修养的心得：坚持读书，不断吸收新知识的人，就会变得耳聪目明，洞察秋毫；无知则处处捉襟见肘，计穷智短；知识丰富则事事左右逢源，游刃有余。坚持修养，使方寸之中，无一丝世俗言语意态，则其诗不期于高远而自高远，水涨船高，志高人品高，则立身高，诗的境界和格调就高，否则，满肚肠秽物，芳润之气入不得，心源不澄净，何来高品位的好诗。诗中的道理，是十分丰富而深刻的，但朱熹没有板起面孔进行抽象说教，而是让无穷理趣，从平易、生动的形象中自然溢出。

朱熹是哲学家、教育家，但他“游戏翰墨，则行云流水之自然”（黄东发《黄氏日抄卷三十六》），他的诗清新明朗，朴素淡雅，在萧散冲淡的诗情画意中，常常“寓物说理而不腐”（《宋诗精华录》卷三），给人以美学享受和哲理启迪。

朱熹，旧称“道学先生”，然其为人有可亲，其为诗有可爱！

【参考资料】

《鹤林玉露》卷乙编卷五、甲编卷六
《宋人轶事汇编》卷十七
《宋史·道学三·朱熹传》

妓中义侠

在唐宋时代，从中央到地方，官府都蓄养着一批乐工、妓女。妓女，是能歌善舞的艺人，史称“官妓”或“营妓”，用今天的话说，她们中的许多人是出色的歌唱家、舞蹈家。他们同文人雅士结交，出入官府侍宴，大多保持着高洁的情操，与被迫卖身为职业的女子有很大的不同。

宋孝宗淳熙年间（1174—1189年），浙东天台（今浙江县名）有一名营妓叫严蕊，字幼芳。她不仅姿色出众，而且多才多艺，琴棋书画，无一不能，歌舞弹唱，无一不精。她博通今古，文思敏捷，作诗填词，常有新意，待人接物，机警大方。因此，官府宴席之间常少不了她。四方名士有不远千里慕名登门的。太守唐仲友十分看重她，时时召她入府邸侍宴。

一日春宴，唐仲友见院中红白桃花开得正盛，便令严蕊以此为题，填词一首。严蕊欣然从命，顷刻成《如梦令》一曲：

道是梨花不是。道是杏花不是。白白与红红，别是东风情味。曾记，曾记，人在武陵微醉。

据李时珍《本草纲目》记载，桃树品种很多，其花有红、有白、有紫、有千叶、有二色等。这红白桃花，则是一树而花分二色。北宋人邵雍有一首《二色桃》诗：

施朱施粉色俱好，倾城倾国艳不同。
疑是蕊宫双姊妹，一时携手嫁东风。

这首诗用倾城倾国的美女来比喻双胞胎姊妹二色桃，同时携手下嫁人间。所以严蕊的小词，首先从颜色上落笔，写出眼前的桃花非白梨花亦非红杏，却又与它们同受春风吹拂，红白相映，精彩倍出，更是别有一番风韵；接着以陶渊明《桃花源记》中武陵人迷路入桃花源仙境的故事应眼前景，诗境顿时开阔：一是说此花非俗卉凡花，她来自仙界，自有超凡脱俗的品格；二是写出宴席间的情况，个个如身临仙境，为名花而倾倒，快活如神仙；其三，“曾记，曾记”，又仿佛是反复叮咛，要众人不忘今日盛会，更不要小看眼前名花。小词写得清新活泼，饶有情趣，有严蕊自己的寄托。词中那来自仙境、超凡脱俗的名花，或许正是严蕊情怀和品格的自我写照。

唐仲友听了，大喜，当即命人从库房中拿出双丝细绢两匹奖赏严蕊，同时命乐工配乐演唱。

七月七，郡斋开宴，在池边赏月乞巧，严蕊又应召侍宴。座中有一位豪士，叫谢元卿，早慕严蕊之名，今天目睹她的风采，便上前请她赋七夕词，并请以自己的姓为韵。严蕊仍不推辞。大家劝酒一遍未完，严蕊说已得词一首，满座无不惊讶。乐工弹奏，严蕊歌唱。这词叫《鹊桥仙》，用的正是谢元卿的姓“谢”字韵：

碧梧初出，桂花才吐，池上水花微谢。穿针人在合欢楼，正月露，玉盘高泻。　　蛛忙鹊懒，耕慵织倦，空做古今佳话。人间刚道隔年期，指天上，方才隔夜。

上片写景中，点出时间和民间乞巧风俗。那正是梧桐和丹桂刚开花、池水渐落的时候，月儿高挂天际，洒下满天清辉，在绣楼上，未出闺的姑娘们，在月光下穿针引线，祈求吉祥。下片则俏皮地写了一年一度七月七日牛郎织女鹊桥相会事。古时女子七月七日夜或以穿针乞巧，或把蜘蛛放于盒内，看结网疏密，密则巧多，疏则巧少，这是以蛛丝卜巧。这首词说，蜘蛛结网，鹊鸟搭桥，牛郎耕种，织女纺织，是忙是懒，是堕是倦，从古至今，人们传说纷纷，其实天上人间相隔，牛郎织女的事终是朦胧，空作了佳话。这首词虽无多少深意，难为她作得快，唱得好，也应景。谢元卿听了，不觉为之陶醉。

这样的事，自然不只一件两件。

淳熙八年（1181 年），浙东饥荒严重，朱熹出任提举，救灾拯民。赴任前即颁行公文于各州县，募米商，减征税，等他到任时，各地客商米船已云集。朱熹轻车简从，天天微行私访，了解民情，凡是赋税、徭役、买卖，有不利于民的，或废除，或改革。朱熹所作所为，自然触动一些人的利益，便有人上疏弹劾他。不过，孝宗赵昚说："朱熹政事却有可观。"（《宋史·道学三·朱熹传》）。在这些被触动的人中，就有台州知府唐仲友。"熹行部至台，讼仲友者纷然，按得其实，章三上。"（同上） 唐仲友是当朝丞相王淮的同里儿女亲家，朱熹到任后得到台州官民纷纷诉讼，又经调查核实，便多次上奏朝廷，论唐仲友罪，可谓执法不避权贵。尽管受到多方阻挠，朱熹最后还是胜利了。

朱熹在办唐仲友案中，把营妓严蕊牵扯了进去，此事正史没有记载，但《齐东野语》等书，都说朱熹"欲摭与正（唐仲友字）之罪，指其尝与蕊滥。"这是说，朱熹想治唐仲友罪，就指控唐仲友与严蕊有不正当的男女关系。朱熹把严蕊捉拿下狱，要她招认与太守有伤风化之事。严蕊在狱中一月余，多次遭受严刑拷打，都咬住牙龈，不吐一字。

一个狱卒看严蕊实在被打得太惨了，便劝她说："你便早早招了，亦不过受一次杖罪，何必一次次吃这冤枉苦呢？"

严蕊说："我虽是卑贱的营妓，亦知纵然真与太守有伤风化之事，也不至定死罪。然而太守一案，其中的是非真伪，奴家岂可妄言而玷污士大夫名节？我宁可自己被鞭笞至死，也不能诬陷他人。"

朱熹从严蕊那儿得不到任何情况，便继续拷打刑讯。两个月中，严蕊又多次遭受杖击，终于奄奄一息，生命垂危。虽然如此，严蕊在狱中的气节和品格，在社会上广为传扬，备受称赞。

朱熹在台州加紧办案，他的政敌则在京城加紧活动。丞相王淮授意他提拔的监察御史陈贾，在孝宗面前，指责朱熹鼓吹张载、程颐之学[①]，欺世盗名，图谋不轨，朱熹不得已只好卸职去主管台州的崇道观。

朱熹走了，岳霖继任，知道严蕊无辜，决定放她出狱。岳霖早闻严蕊是台州名妓，工于词章，便在释放她的那天，让她在公堂上作词一首，自述身世心愿。严蕊不假思索，当堂就出口吟成《卜算子》词：

不是爱风尘，似被前身误。花落花开自有时，总是东君主。
去也终须去，住也如何住？若得山花插满头，莫问奴归处。

这首词以花自代，诉说自己的身世，同时也含蓄地表达了请求岳霖为自己释罪的愿望。词的上片说，不是自愿沦为风尘女子，就像花开花落，都是东风作主，这大概也是前生命定，委婉地吐出了旧时代一个弱女子不能主宰自身命运的心酸，使人心悸。下片倾吐了她对自由独立生活的渴望，她说像她现在这样以色艺事人的日子，终不会长久，总有一天是要脱籍离去的；若不去，现在这种日子，怎么还能过下去？“若得山花插满头”，做一个村夫山民的良家妇，就心满意足了。情曲词悲，使人听之下泪。

岳霖听了这首词，大为同情，当堂判严蕊无罪，除了她的乐籍[②]，任她自择从良，真的也没追问她的去处。

据《雪舟脞语》记载，当时朱熹和唐仲友互相申奏，孝宗问左右丞相两人的是非曲直，回答说：“秀才争闲气耳。”其实，哪里是“争闲气”，分明是一场尖锐的政治斗争，严蕊为保持自己的节操，成了这场斗争中一个小小的牺牲品。

---

① 参看本书《道学先生》篇。

② 乐籍，指乐户的名籍，后为妓女登记册的通称。官妓或营妓，都是在官府注了册的，从簿籍上除去名字，叫除籍。除籍原因是多种多样的。

《宋词画谱》 （明）汪氏 编

【参考资料】

《齐东野语》卷二十
《宋诗纪事》卷二十
《词林纪事》卷十九
《历代词话》卷八

血染苍山

南宋度宗咸淳十年（1274年）七月，赵禥病死，四岁的赵㬎做了皇帝，号恭宗，谢太后临朝。这时元军水陆并进，大举南下灭宋。西路出襄阳，沿汉水入长江东下，东路道取扬州，两路大军，直逼都城临安(今浙江杭州)。德祐元年（1275年）三月，临安危急。当时的南宋王朝怎样呢？ 谢太后的一番话说出了实情："我朝三百余年，待士大夫以礼。现在我和新皇帝遭难，你们大官小官都不曾说一句救国的话。朝中的官员离职逃去，边防的守将丢印弃城。你们平日读圣贤书，自许如何，而在国家危难之时作这种贪生怕死之事，活着有何面目见人，死后有何面目见先帝？"到了德佑二年(1276年)初，连丞相也一个接一个地逃跑了，任命新丞相时，上朝的文官只有六人。谢太后命人去元军求降，请称侄或侄孙，元军也不允许。宋王朝如此卑躬屈膝，蒙垢忍辱，也不能保得一寸土地。三月，元军入临安，宋王朝宣告灭亡。

元军灭宋后，继续平定南方各地的反抗。元军兵入临海(今浙江县名)，奸淫妇女，杀害无辜，抢夺钱财，焚烧房屋，到处是火光、尸体、血污、哭声。一座临海城，转眼变成了废墟坟场。

元军闯进一家姓王的人家，长官见王家少妇年轻貌美，便上前调戏说："哈，好迷人的小娇娘，跟我去做行辕夫人可好？"一边说，一边就动手动脚。

"住手！"王氏的丈夫上前用身体护住妻子，愤怒地对元军军官说，"贼寇，给我滚出这家门！"

元军长官愣了一下。“嗬，不怕死的亡国奴！”说着，一手抓住王氏丈夫的前襟，用力扔给士兵，“给我乱刀砍死！”

王氏丈夫当时就死在乱刀之下。王氏和公婆齐声痛哭，扑向丈夫、儿子。

“把这女人给我带走！”

王氏的公婆从儿子身边猛然站起来，发疯似的一头撞在军官身上，大声哭号：“还我儿子！老夫也没活头了，同你拼了！”元军军官推开王氏公婆，拔出佩剑，一人一剑，老翁老妇惨叫了一声，先后倒在血泊中。

可怜一个柔弱女子，眼见丈夫、公婆为自己惨死，自己也必将受辱，就去拔军士的剑要自刎，可被元军挡住。她求死不得，终于被元军掠进了军营。

在军中，王氏终日悲泣恸哭，不饮不食。元军军官天天来逼迫，非要王氏做她的小老婆。王氏无奈，对军官说：“我的公婆、丈夫都死了，我不为他们守孝致哀，天理不容。要纳我为妾，要我终身服侍你，就给我七七四十九天服孝日，期满便由你作主，如若不然，我宁死不从。”

元军军官不敢强求，只好依了王氏，把王氏同其他被俘的妇女们监禁在一起，令军士小心看管。

第二年春天，元军还师，把王氏及众多妇女监押军中北上。一日，行至嵊县（今属浙江）青枫岭。这青枫岭背倚绝壁，下临深渊，艰危难行，军旅松松散散，蜿蜒在崎岖的山路上。王氏见前后没有士兵，便毅然咬破手指，用鲜红的热血，在苍色的石壁上，扭扭曲曲，和泪带血，写了一首《题青枫岭崖石》诗：

君王无道妾当灾，弃女抛男逐马来。
夫面不知何日见，此身料得几时回？
两行清泪偷频滴，一片愁眉锁未开。
回首故山看渐远，存亡两字实哀哉！

王氏写完，遥望南方，仰天长叹：“苍天啊，你为何冷酷无情，听任

《宋词画谱》（明）汪氏 编

贼寇横行？夫君啊，你在哪里？奴家今日去寻你了！”说完，纵身跳下了悬崖，她前后的妇女们见到这种情景，竟相抱伤心地哭作一团。

五十多年后，嵊县县丞经过这里，见当年王氏的碧血已浸入山岩，尽化为石，字迹清晰如初。当地百姓说，遇到阴雨天，行行血泪字都隆起像一个坟堆，更令人触目惊心。县丞重读王氏的诗句，仿佛听到她怒斥君王无道、致使百姓遭殃的声音，仿佛看见她满脸泪痕、依恋故乡的情景，那“存亡两字实哀哉”的慨叹，尤其使他痛定思痛、反躬自省，在心中引起强烈的共鸣。县丞把王氏的事迹上奏朝廷，在山上建立宗祠，改“青枫岭”为“清风岭”，以此表彰那些在国破家亡之际，保持了纯贞节操的妇女们。当地守官，为她刻石塑像，建立祠庙，让百姓永以为祭。明代人叶盛曾亲历其地，见血化为石，追念当时事，彷徨不忍离去，万分感慨地说，一个匹夫妇人能做出如此壮烈之事，足以惊动万世，如果伟烈丈夫为此，人人为此，哪来破家亡国之忧！叶盛还记康里巎《清风岭》诗一首，前四句如下：

清风岭头清风起，佳人昔日沉江水。
一身义重轻鸿毛，芳名千载清风里。

同时，叶盛还记述了这样一件事，有人怀疑清风岭事的真实性，写了一首诗：

啮指题诗似可哀，斑斑驳驳上青苔。
当初若有诗中意，肯逐将军马上来？

叶盛说：王氏清风岭事“昭然在金石，烨然在简册（史籍），可征（查考）也。”竟然“世有小人好诬善为恶，指正为邪，蔑忠为奸，目廉为贪者”，所以此人后世湮没无闻，实在令人警戒！（《水东日记》卷十四）

【参考资料】

《宋史·列女传》
《南村辍耕录》卷三
《水东日记》卷二十四
《宋诗纪事》卷八十七

汗青丹心

南宋端宗景炎三年(1278年)十二月，文天祥率南宋残兵驻扎五坡岭(今广东海丰北二里)，坚持抗元，企图替宋朝保住一角江山，以图东山再起。一天，全军将士正在吃饭，元军突然奔杀而来，文天祥不幸被元军俘虏。

文天祥被押到潮阳(今广东县名)，见元军张弘范，左右军校要文天祥跪拜，文天祥傲然挺立，目光逼人。

张弘范见此情景，哈哈一笑，向左右一扬手，说："退下。"然后对文天祥说，"文丞相，久违了！部下无礼，望莫见怪！"

文天祥鄙夷地看了一眼这个叛国的降将，就转过头去，不再看他。

张弘范像是没有看见文天祥对他的蔑视，吩咐军校："来呀，给文丞相看酒！"

不一会儿，酒肴盛备。文天祥处之泰然，神态自若，端起酒杯就自斟自饮。张弘范见文天祥此时毫无刚才的盛气，便绕到文天祥案前，提起酒壶为文天祥斟酒，堆满一脸假笑，说："文丞相，如今南宋王朝已彻底覆亡，只剩崖山(今广东新会南海中)张世杰一个据点，力单势孤，存亡只在旦夕。丞相如能写书招降，就可保全张世杰官兵性命，这也是一件仁义之事。"

文天祥大义凛然地说："哼，你也有脸谈'仁义'二字！为子死孝，为臣死忠，死又何妨？我不能捍卫君王父母，难道还教别人去做叛臣逆子吗？"

张弘范厚颜无耻地说："事已至此，还谈什么忠孝！即使丞相想持守忠孝而殉节，也未必人人都如丞相一样，谁不想活着？丞相还是写封书信为好！”

文天祥见张弘范执意要强迫他写这封招降书，便自己满满斟了一杯酒，仰头一饮而尽，愤然把杯子摔在地下，砸了个粉碎，说：“好，拿笔砚来！”

张弘范喜出望外，立即转身对军校说：“快，笔砚伺候！”

文天祥执笔，双眉紧蹙，凝视着面前的书笺，万千往事，顿时浮现在眼前，他脸上的表情时而兴奋，时而颓丧，时而愤怒，时而悲凉，时而黯淡无光，时面光彩照人。突然，他濡笔落纸，疾走如风，写下四韵八句《过零丁洋》：

辛苦遭逢起一经，干戈寥落四周星。
山河破碎风飘絮，身世浮沉雨打萍。
惶恐滩头说惶恐，零丁洋里叹零丁。
人生自古谁无死，留取丹心照汗青。

这首诗说，我自幼刻苦攻读经史，考中进士，步入仕途；自恭帝德祐元年（1279 年）元军再度南侵，我在江西率两万义军勤王，可挥戈勤王者寥寥，我孤军奋战，至今物换星移，已经整整四个年头；山河破碎，如今风吹柳絮，飘摇欲坠；身世沉浮，如雨打浮萍，起伏不定；在空坑（今江西吉水附近）一仗战败，仓皇撤退，经过惶恐滩（在今江西境），曾伤心反思；如被拘困在零丁洋畔（今广东中山县南有零丁山，山下海面即零丁洋），又悲叹零丁；看来我已必死无疑，然而人生自古谁无死，我所求的是芳名留史册（汗青，竹简），丹心照千古，激励世世代代后来人，永保华夏九州好河山。作者通过对自己一生的回顾，抒发了自己在山河破碎、国家危亡之际的满腔悲愤，袒露出一颗忠君爱国、至死不变的赤子之心。全诗气骨刚劲，音韵铿锵，中两联对仗自然工整，“惶恐滩”和“零丁洋”相对，富感情色彩，更使诗情沉雄郁勃，成一唱三叹之势。结句，诗人壮怀豪情，蓄一股浩然正气，化出气壮山河的千古绝唱！后世多少仁人志士、革命先烈，就是高唱着这“人生自古谁无死，留取丹心照汗青”，慷慨就义，走上刑场的！

文天祥写完这首诗，掷笔在案，仰首长啸："人生自古谁无死，留取丹心照汗青！哈，哈，……"

张弘范拿起诗笺，一句话也说不出来，灰溜溜出去了。

不久，崖山失守。张弘范把文天祥押送元大都（今北京）。文天祥经过金陵，见满目凄凉，物是人非，痛心地写下了《金陵驿》诗：

草舍离宫转夕晖，孤云飘泊复何依？
山河风景原无异，城郭人民半已非。
满地芦花和我老，旧家燕子傍谁飞。
从今别却江南路，化作啼鹃带血归。

金陵，今江苏南京，南宋初，高宗曾住南京，在南京建有行宫，即"离宫"。如今文天祥经过这里，离宫里长满了野草，又笼罩在夕阳里，斜阳衰草，一片凄凉景象；浩劫之余，繁华尽逝，为臣为民，没了依靠，如无根的浮萍、漂泊的孤云；山河城郭依旧，人物世事全非；国家将亡，自己也将被杀，旧家燕子，失去了主人，将飞往何处？从今一别江南，日后就只有如古蜀国国王杜宇，死后化为杜鹃，思乡啼血、魂归故乡了！文天祥触景生情，内心充满了无尽的亡国之痛。这首诗与文天祥其他的爱国诗篇一样，写得柔婉而悲壮。

文天祥经过南京（今河南商丘），拜谒双王庙[①]，在庙壁上题了《沁园春》词一首：

为子死孝，为臣死忠，死又何妨。自光岳气分，士无全节，君臣义缺，谁负刚肠？骂贼睢阳，爱君许远，留得声名万古香。后来者，无二公之操，百炼之钢。　　人生翕欻云亡。好烈烈轰轰做一场。使当时卖国，甘心降虏，受人唾骂，安得留芳。古庙

① 参见本书《使金纪行》篇。

幽沉，仪容俨雅，枯木寒鸦几夕阳。邮亭下，有奸雄过此，仔细思量。

文天祥面对死守睢阳（今河南商丘南）壮烈殉职的许远、张巡遗像，遥想二公痛骂叛贼安禄山的情景，对许远、张巡的高风亮节充满敬意，哀叹如今大三光（日月星）五岳巨变、国家存亡之时，尽忠报国之志士少，而投敌叛国的无耻之徒多；人生在世，应该轰轰烈烈，假如许远、张巡当年甘心降虏，卖国求荣，必然落得千古骂名，怎能流芳百世？文天祥决心引许张二人为同调，再次坚定了他那“留取丹心照汗青”的意志。

文天祥在路上绝食八日，没有能死去。到燕京（今北京），元人设盛宴，他不吃不寝，坐到天明。于是，元人把他投进了监狱。当时，元世祖忽必烈急需南方人才，曾命人劝降，文天祥宁死不从。从此，文天祥受到种种非人的待遇。他被投入一个又低矮又狭窄的土牢里，夏天雨水入牢，浮动床几，泥墙潮湿，物件霉烂，乍晴暴热，土牢更成闷罐子，腥臊污垢，烂尸腐鼠，炎虐秽气，阵阵逼人。他在这里一关两年，以孱弱之躯，幸而无恙，是什么原因呢？ 文天祥说：“孟子曰：‘吾善养吾浩然之气’（《孟子·公孙丑上》）”，而“浩然者乃天地之正气也！”于是他在土牢中写下《正气歌》长篇古风一首，现节录如下：

天地有正气，杂然赋流形。下则为河岳，上则为日星，于人曰浩然，沛乎塞苍冥。皇路当清夷，含和吐明庭。时穷节乃见，一一垂丹青……是气所磅礴，凛烈万古存。当其贯日月，死生安足论……顾此耿耿在，仰视浮云白。悠悠我心悲，苍天曷有极……

文天祥正是怀着这样光耀日月的天地之正气，如虎豹陷笼中，元朝统治者虽想百计驯服，终不可得，无可奈何，在囚禁文天祥四年之后，元世祖忽必烈于至元十九年（1282 年） 终于决定杀害他。

文天祥被推出柴市斩首，他从容而平静地对押送他的吏卒说：“我的

文忠烈像

文天祥　　《吴郡名贤图传赞》

事完了。”然后面向南方，拜了三拜，坦然就义。几天后，文天祥的妻子欧阳氏赶来收敛丈夫遗体，见文天祥面如生时，同时发现文天祥的衣带里藏有一幅小笺，也染满血迹，上面写着这样的话：“孔曰‘成仁’，孟曰‘取义’。惟其义尽，所以仁至，读圣贤书，所学何事，而今而后，庶几无愧。”文天祥最后取义成仁，视死如归，用自己壮烈就死，谱写了一首人间《正气歌》！

【参考资料】

《宋史·文天祥传》
《词苑丛谈》卷五

无土墨兰

公元1279年，有史三百余年的赵宋王朝灭亡了，同历史上一切朝代更迭时一样，旧朝的遗老遗少，大都归顺了新朝，但也有极少数至死不肯屈志变节，甚至为恢复旧朝效命献身，参加各种反抗新朝的斗争。

宋末元初，有一位遗民叫郑思肖。他原本不叫这个名字，南宋灭亡时，他已经三十岁。国家与民族的深重耻辱，使他与元朝统治者不共戴天，便愤然改名为郑思肖，字忆翁，号所南。“思肖”，就是“思赵”（繁体字“赵”写作“趙”），意即永远不忘赵匡胤建立起来的赵宋王朝；“忆翁”，即忆宋翁；“所南”，即以南方为自己的处所。他在元朝活了近四十年，坐卧从不北向，表示自己决不心向元朝。他为自己的堂屋写了一块匾“本穴世界”，把“本”字去“大”剩“十”，把“十”字写入“穴”中是“宋”字，合起来便读为“大宋世界”。他著有《大无工十空经》一卷，“空”字无“工”而加“十”，又是一个“宋”字，合读即是《大宋经》。他还在卷后题记说：“大无工十空经，臣呕血三斗书此，后有巨眼者当识之。”可见，“本穴世界”、《大无工十空经》这些稀奇古怪的名字，不是他玩的文字游戏，而是呕心沥血之作，实在是用意良苦、忠心难灭！

郑思肖是南宋末年的著名画家和诗人，他自然更把自己的爱国情怀寄托在自己的诗画中。他最喜欢画的是菊和兰。他曾画有一幅秋菊，并在画上题了一首《画菊》诗：

花开不并百花丛，独立疏篱趣未穷。
宁可枝头抱香死，何曾吹落北风中。

小诗用简洁明白的语言，描写和歌颂了菊花的坚贞节操，抒发了作者的一片爱国深情和政治抱负。前两句表示作者不愿与元朝统治者合作，保持自身的独立，不与那些随节令变化就取悦于人的“百花”为伍；后两句则表明作者宁死不屈，决不受元朝欺凌的决心。观画诵诗，一股高亢的凛然正气直扑胸中。

郑思肖画兰十分特别，他画的墨兰，总是有根无土。一天，一位老朋友问郑思肖：“忆翁君，你为什么画兰总不画土呢？”

郑思肖愤愤地反问说：“中国土地，为夷狄夺去了，你不知道吗？”

那位朋友说：“自靖康以来，赵宋江山只残存一隅，今得天下统一，也是幸事嘛。”

郑思肖听着，觉得好不刺耳，说：“哼，这也是幸事！我这一生除了君王父母外，没有接受过别人的恩惠。‘纵使圣朝过尧舜，毕竟不是真父母。千言万语只一语，还我大宋旧疆土。’我这两联《心史》诗，赠你三思吧！”

郑思肖还有一首《题郑子封书塾》诗，表达了同样的意思：

天垂古色映柴门，千古传家事且存。
此世只除君父外，不曾重受别人恩。

就是这样，郑思肖在无土墨兰中，对亡宋寄托着深切的思念，同时也对那些不忠不孝之徒表示了极大的蔑视。据《图绘宝鉴》记载，郑思肖“工画墨兰，尝自画一卷，长丈余，高可五寸许，天真烂漫，超出物表。题云：纯是君子，绝无小人。”他几乎天天画无土墨兰，画好，便随手撕毁，从不轻易给人。他曾在画上题词说：“求则不得，不求或与；老眼空阔，清风万古。”这意思是讥嘲当今之世，有的人不配得到他的墨兰。元朝的官吏新贵们，知道他精画墨兰，向他索要，他总是断然拒绝。一次，县令要

《宋词画谱》 （明）汪氏 编

他一幅墨兰，他就是不画。县令明目张胆威逼说：“你有田地三十多亩，你若不肯画，本官就要加倍收你的赋税！”

郑思肖大怒，说：“头可斩，兰不可画，横征暴敛又何惧哉！”县令终于奈何他不得。

郑思肖的墨兰也曾赠与好友，因此得以留传。他的同代词人张炎，曾见到他的一幅墨兰画，寥寥数笔，峻影高洁，清香远溢，感慨很深，就写了一首《清平乐》词：

三花一叶，比似前时别。烟水茫茫无处说，冷却西湖风月。
贞芳只合深山，红尘了不相关。留得许多清影，幽香不到人间。

这首词的上片说，画上的兰花，只残存疏花筒叶，与从前大不相同了。那都是因为如今烟水茫茫，西湖月冷，兰花失去了故土，没有了依托。下片说，兰花本是国香，独得天地清雅，不以色香自夸，专为圣哲贤人开放，因此，它合当生长在水淡石荒的深山，不让自己的清影幽香留给俗世尘寰。

张炎的词，以咏物著称。这首小词不仅表现了那闲雅空灵、清远蕴藉的咏物词特色，而且“深得忆翁画兰微旨。”（《词林纪事》）。这“微旨”，就是郑思肖忠心爱国的一片苦心孤诣。那自恃高洁，远离人间，超脱尘俗的无土墨兰，正是郑思肖洁身自爱，忠心不灭，至死不与元朝合流的写照。

元代著名诗人倪瓒，亦工书画，其人洁身自好，不与俗人为伍，所以他十分欣赏郑思肖其人其画，他有《题郑所南兰》诗，如下：

秋风兰蕙化为茅，南国凄凉气已消。
只有所南心不改，泪泉和墨写离骚。

这首诗说，南宋已经灭亡了，就如幽兰香蕙都在秋风中变成了茅草，只有郑思肖的一片忠心不变，日日夜夜用眼泪研墨，像屈原“忧愁幽思而作《离骚》”（《史记·屈原贾生列传》）一样，书写了那么多思君念国的诗歌书画。

郑思肖的爱国精神，包含着强烈的民族主义意识和封建忠君观念，从历史的角度看，这在中国旧传统思想文化中有相当深厚的土壤。

【参考资料】

《戒庵老人漫笔》卷三
《词林纪事》卷十六
《宋人轶事汇编》卷十九

魂销故园

张炎，生于南宋末世，他三十岁时，临安破，南宋亡。从此，张炎抱着亡国之痛，漂泊于江浙苏杭之间，共四十余年。他的六世祖张俊，是与韩世忠、岳飞齐名的南宋名将，但晚年与秦桧为伍，力主议和，得到南宋皇帝的特别宠信，死后被追封为循王。他的曾祖父大概是张镃，张镃是南宋的大官僚，也是当时的著名词人，“一时名士大夫，莫不交游，其园池声妓服玩之丽，甲天下。”（《齐东野语》卷二十）张炎的父亲张枢是个精通音律的词作者，也有著作传世。张炎生活在这样的家庭里，本来过着优裕而有文化氛围的生活，但南宋灭亡，他就只能浪迹江湖，寄食他人，以至卖卜街市，勉强糊口，日子过得极端落魄潦倒。

元成宗大德三年（1299 年），张炎从外地回到临安，来到南湖，步花径，穿竹林，沿着熟路寻找旧时池苑。啊，前面就是桂隐。阆春堂，艳香馆，把菊亭，烟波观，餐霞轩，御风桥，仿佛历历可数，依稀在在可辨。这都是祖辈当年管领风月、啸吟湖山的地方。现在又是三月天气，阆春堂前，如云似霞的牡丹、芍药，如果还存活，也该开了吧。想到这里，他的眼前立即浮现出一幅生动别致的牡丹花会情景：

在阆春堂四围，成百本牡丹，竞相开放，姹紫嫣红，缤纷绚烂；白似明珠，翠如碧玉，红乱云霞，墨胜点漆；冠子牡丹，绣球牡丹；平头，楼子，盘形，碗形；丝瓣，裂瓣，旋瓣，莲花瓣，千姿百态，各呈风采。或一朵花面大盈尺，或一本开花过百朵，或单色，或双色，有的妖艳袅娜，有的闲雅俊秀，有的姿容华贵，有的神气飘逸。俯面微垂，临风摇曳的牡丹，给人轻盈娇羞之感；风采超迈，色泽脱俗的牡丹，令人兴毓秀钟灵之叹。正如曾祖张镃诗所云："一棹径穿花十里，满城无此好风光"（《玉照堂自序》）。

在阆春堂里，众宾围坐，绣帘高挑，群妓捧酒肴丝竹而入。随后是名姬十人，都穿一身洁白衣裙，发髻衣领都戴着火样的照殿红牡丹花。她们来到堂中，伴着乐声，翩翩起舞，其中一妓，手执牙板，击节歌唱。她唱的是贺铸《剪朝霞》牡丹词：

云弄轻阴谷雨干。半垂油幕护残寒。化工著意呈新巧，剪刻朝霞饤露盘。　　辉锦绣，掩芝兰。开元天宝盛长空。沉香亭子钩阑畔，偏得三郎带笑看[①]。

这首词的上片说，节令到了谷雨（每年4月20日前后），已是春光明媚了，但有时会有阴雨，围上帷幕，遮挡住春寒，牡丹花会开得特别好，天公好像有意要逞新斗巧，如霞似云的牡丹花，重重叠叠开在枝头，就像堆放在盘子里供人观赏的水果一样。下片写唐代开元、天宝年间，唐明皇和杨贵妃在沉香亭牡丹池畔赏花的盛景，名花（牡丹）美女（杨贵妃）"长得君王带笑看"（白居易《长恨歌》），以此为比喻，说阆春堂的牡丹盛会，也赢得了众人欣赏。

唱罢，这十个着白衣红牡丹的名姬联袂退出堂去。绣帘垂下，众宾谈笑四起。

"好词！方回（贺铸字方回）作词，多自唐贤诗篇得来，而工巧自然又如己出。"

"对了，方回这首词的下片，从李白的《清平调》词和白居易《长恨歌》取意，语短而意长。"

① 参看本丛书《唐代篇·花前醉书》。饤（dìng），重叠堆放在盘中的蔬菜水果，一般是供欣赏的。三郎，指唐明皇。

“方回词，善于锻炼，字字敲打得响，他又长于度曲，众位刚才听唱时，不觉珠圆玉润、婉转动人么？”

众人正说得起劲，绣帘重又挑起，又是十名妓女轻移莲步，进入虚堂，她们个个身穿紫色衣裙，头上衣上别着白色牡丹，九人起舞，一人击节歌唱。她唱的是张孝祥的《卜算子》牡丹词：

乱红深紫过群芳，初欲减春光。花王自有标格，尘外锁昭阳[①]。　留国艳，问仙乡，自天香。翠帷遮日，红烛通宵，与醉千场。

唱罢，这十个紫衣白花的名姬退去，绣帘垂下，众宾又是一阵谈笑。

“好，好，今晚我等红烛通宵，同醉千场！”一人高叫起来。

众人也都高举酒杯，相互劝饮。这时，又进来一队十人，人人都穿红色花裙，戴黄色牡丹。舞蹈中，一女唱起黄裳的《蝶恋花》牡丹词：

每到花开春已暮，况是人生，难得长欢聚。一日一游能几度。看看背我堂堂去。　蝶乱蜂忙红粉妒。醉眼吟情，且与花为主。雪怨云愁无问处，芳心待向谁分付。

黄裳这首词寄托了更多的人生感叹。词的上片说，牡丹花开在四月，已是暮春时节，人易伤春，词人不忍眼看牡丹盛开的美景渐渐远去（堂堂去），所以劝人及时游赏。下片则把牡丹拟人化，牡丹与人惺惺相惜，牡丹遭群芳妒忌，“雪怨云愁”，一片芳心，无人理会，仿佛只有醉眼看花的词人才欣赏她。

歌声刚歇，宾客中就有人说道：“唉，这曲词太低回凄凉了。牡丹虽好，

① 昭阳，是古人中国纪年法十干中的癸，此时阳气始生，万物复苏。昭阳，又是汉代宫殿名，以后代称得宠皇后所居之地。这首词中用来比喻牡丹。

怎禁一朝风吹散！更何况人生……”

一人立即打断说：“今夜只是赏花，何必又谈人生！一日一游能几度，且学乐天‘夜惜衰红把火看’（白居易《惜牡丹花二首》其一）吧！”

众人感叹欷歔中，早又换了一队歌妓。如是者，衣与花各队一色，一夜间换了十队，歌女们唱的都是前辈吟牡丹词。夜深了，歌者、乐者不下百余人，一齐列队送客，烛光香雾，歌吹齐作，喝得醉醺醺的客人恍如众仙游幻境，飘飘然，昏昏然……

突然，一阵痛楚，使张炎从梦幻般的回忆中惊醒。他定睛一看，“呀，好荒凉的故里！”他不胜凄凉地长叹了一声。当年牡丹花会的盛况，自己虽不及亲见，但祖父辈每每提及，总是绘声绘色，宛在目前。可如今这一切又在哪里？人去园荒，空存断肠草，黄昏燕归，路隔杨柳门。张炎再也不能忍受此情此景的炙烤，他拖着疲惫的脚步，匆匆回到寓所。但是，他的心情，仍然许久无法平静。他坐下来写了一首《忆旧游·过故园有感》词：

记凝妆倚扇，笑眼窥帘，曾款芳尊。步屟交枝径[①]，引生香不断，流水中分。忘了牡丹名字，和露拨花根。甚杜牧重来[②]，买栽无地，都是消魂。　　空存断肠草，伴几揾眉痕，几点啼痕。镜里芙蓉老，问如今何处，绾绿梳云？怕有旧时归燕，犹自识黄昏。待说与羁愁，遥知路隔杨柳门。

张炎在宋亡后，写过多首过故居的词，在词题中注明了的，除这一首外，还有《凄凉犯·过邻家见故居有感》、《长亭怨·旧居有感》。这几首词，都有一个共同之处，就是作者只是过故居时远望遥想，抚今追昔，骤兴“黍

① 屟（xiè），古代鞋子的木板底。

② 杜牧，晚唐诗人，他有“春风千里扬州路”（《赠别二首》之一），“二十四桥明月夜，玉人何处教吹箫”（《寄扬州韩绰判官》），“十年一觉扬州梦，赢得青楼薄幸名”（《遣怀》）等写扬州的诗句。此处，张炎以杜牧自比。

离”之悲[1]。这首词，也是张炎过故居，触景生情，借对词中一个女子的思念，这个女子很可能是他夫妻离散后生死不明的妻子，抒发他的亡国之痛。

张炎是南宋最后一位有影响的词人。《四库全书提要》说："炎生于淳祐戊申（1248年），当宋邦沦覆，年已三十有三，犹及见临安全盛之日。故所作往往苍凉凄楚，即景抒情，备写其身世盛衰之感，非徒以剪红刻翠为工。"是的，张炎词，是一曲曲三百年大宋王朝的挽歌，在那里，有对元朝统治者的仇恨，有对南宋灭亡的悲哀，有对破灭了的旧梦的无限依恋。"怕见飞花，恼听啼鹃"（《高阳台·西湖春感》），他的词中，还常有一种惊弓之鸟般的感触。他的词继承了周邦彦、姜夔词的传统，注重形式美，词风婉丽而空灵。

【参考资料】

《齐东野语》卷二十
《山中白云词》
《东京梦华录》
《词林纪事》卷十二

① 《诗经·黍离》，西周东迁之后，有一个流浪汉经过西周的故都，见宗庙宫室都已颓毁，种满了小米杂粮，不禁伤心彷徨。后世诗文中多用"黍离"之忧为亡国之愁的代名词。

宋亡诗史

宋恭宗德祐二年（1276年）正月，南宋王朝正式向元朝投降。三月，元军进入南宋都城临安受降。当时，临安城内，元军联骑纵笑街衢，鼙鼓喧天，万马嘶鸣，而百姓相抱痛哭里巷。太后签署降元表，群臣待罪御阶前。宫廷内外，一片败亡惨景，不堪目睹。赵氏王室，文武百官，一时尽成亡国君臣、阶下囚徒，如赶羊群，被元军武装押送大都燕京。乐师汪元量，字大有，号水云，以琴艺高超，专侍谢太后、王昭仪，自然也在其中。他目睹了这一切，亲身经历着这深重的亡国耻辱和去国悲哀，长歌当哭，写下古风《北征》一首：

北师有严程，挽我投燕京。
挟此万卷书，明发万里行。
出门隔山岳，未知死与生。
三宫锦帆张，粉阵吹鸾笙。
遗民拜路傍，号哭皆失声。
吴山何青青，吴水何冷冷。
山水岂有极，天地终无情。
回首叫重华，苍梧云正横。

末句重华，就是汉民族传说中的祖先虞舜，他死于苍梧山（今广西、湖南交界的山区）。读这两句，我们仿佛看见诗人那一步一回头的形象，听见他呼天问地的哭声。但是，他得不到回答，他只看见浓重的乌云黑雾笼盖着故国家园。两句诗，感情深沉而绵长，寄托了诗人的悲痛、怨恨，对故国的恋情和最后诀别。

汪元量随赵氏君臣从临安登程，迤逦北行，来到长江南岸，见大江东去，夕阳西沉，痛惜赵家王朝也似那东逝流水，无可挽回。他极目四顾，长江上下四百州河山已被茫茫暮色吞噬，遥望北方，道路漫漫，前途难卜。他又把这去国恋乡的情思和深沉的历史慨叹倾注在一首小诗里：

北望燕云不尽头，大江东去水悠悠。
夕阳一片寒鸦外，目断东西四百州。

来到淮河，河水蔚蓝，两岸青青，坐在船里，听着摇船的咿呀桨声，微醉中仿佛正行舟在江南水乡。其实，那不过是一种更加令人悲哀的幻觉。因为那“咿呀”之声牵动乡情，逗人烦恼，那“望中犹自是江南”，恰恰已经不是江南了，那只是诗人在用一片虚幻来自解自嘲：

篷窗倚坐酒微酣，淮水无波似蔚蓝。
双橹咿哑摇不住，望中犹自是江南。

但是尽管如此，他看见两岸可爱的青青草色，爱这江南的山山水水，还是想从中得到片时慰藉，希望船队慢行，乞求苍天给他一个明媚的天空，于是，他接着又写了一首绝句：

可怜河畔草青青，锦缆牵江且缓行。
爱此淮南山水好，向天乞得半时晴。

在淮河两岸，汪元量也看到了另外一种情形，那就是元军南下留下的战争创伤：

芦荻飕飕风乱吹，战场白骨暴沙泥。
淮南兵后人烟绝，新鬼啾啾旧鬼啼。

这是何等惨不忍睹的凄凉景象！一路上，汪元量写了九十八首这样的绝句。这组绝句，从德祐二年二月，元朝丞相伯颜进驻湖州，派人到临安要谢太后献投降诏书记述起，所以他定这组诗总题为《湖州歌》，上面仅选录了其中四首。在宋代遗民记亡的诗歌里，以汪元量这组诗规模最大，而且都是汪元量的亲身经历，所以每一首诗，都是一段历史的真实记录，触景生情，发自肺腑，语言朴素细密，情调悲凉沉痛。诗中虽无呼天抢地的悲号，因为有押送元军的严密看管，但饮泪吞声的欷歔啜泣，远甚于失声痛哭，更令千古之人读之慨叹复慨叹，悲哀重悲哀！

汪元量到了燕京，前后滞留十二年。在这漫长岁月里，他无时无刻不在思念故国，思念家乡。在被拘留北国的王室君臣中，有个昭仪名叫王清惠。汪元量在南宋宫中时，常以琴技侍奉她。这十二年，汪元量同王昭仪，无一日不相聚在一处，以琴书自遣，寄托一片去国怀乡之思。一年秋天，汪元量写了一首《酬王昭仪》，从中可知他们当时的处境和心情：

愁到浓时酒自斟，挑灯看剑泪痕深。
黄金台迥少知己，碧玉调高空好音。
万叶秋风孤馆梦，一灯夜雨故乡心。
庭前昨夜梧桐雨，劲气萧萧入短襟。

诗人独酌自斟，热泪和苦酒，点点滴滴入愁肠。挑灯看剑，孤愤难平，无以发泄。一夜无眠，听秋风凄紧，雨打梧桐，万叶千声，似在哭诉，在哀鸣，在呼唤。幽居十二年，诗人就是这样日日夜夜，眼中落泪，心中淌血，洗不尽亡国的羞耻，偿不了还乡的心愿。

《宋词画谱》 （明）汪氏 编

汪元量终于熬到了南归的日子。一天，元世祖忽必烈知道他是琴师，召他去侍宴。在宴会上，汪元量弹完一曲又一曲，琴声愈来愈似高渐离送荆轲渡易水，击筑高歌，苍凉悲壮，耿耿之气扑面而来。元世祖忽必烈听了，问他有何心事。汪元量乘机乞请还乡为道士，世祖见他意坚，便答应了。

汪元量临行，恰是秋风萧瑟的日子，与他一同北来的旧宫人、乐伎十八人，在城外为他送行，昭仪王清惠也在其中。酒未入唇，曲不成调，众人已泪下如雨，哭作一团。好不容易，大家渐渐平静，才议定以“劝君更尽一杯酒，西出阳关无故人”（王维《送元二使安西》）为韵，分韵赋诗赠别。王清惠先以“劝”字为韵，作了《送水云归吴》绝句：

朔风猎猎割人面，万里归人泪如霰。
江南江北路茫茫，粟酒千钟为君劝。

其余的人都依次作了一首绝句。以王维诗句分韵题赠的这十四首诗，现在都留传了下来。这些诗叙述了他们囚居在元大都的生活，对故国的思念，对南归的向往和对汪元量的惜别之情，不能说有很高的艺术价值，也都有一片真挚深情，至今读来，还是动人的。

汪元量南归后，成了云游道士，往来于匡庐（江西庐山）、彭蠡（江西鄱阳湖、湖北东部和安徽西部的湖泊沼泽地）间，世人难知他的踪迹。传世著作有《水云集》、《湖山类稿》。汪元量的好友李鹤田在《湖山类稿跋》中说：“一日，吴友汪水云出示《类稿》，记其亡国之戚，去国之苦，间关愁叹之状，备见于诗。”“（唐）开元、天宝之事，记于草堂（杜甫诗），后人以诗史目之；水云之诗，亦宋亡之诗史也。”他并且说，杜甫当时可以把忧君爱民之情痛快淋漓地直泄于笔端，而汪元量是亡国之人，无异于囚徒，人身自由处处受到限制，“其愁思抑郁，不可复伸（不可痛快淋漓地发泄）”，因此汪诗的感情比杜诗更为宏深沉郁，更令人伤感喟叹。把汪元量同杜甫相提并论，显然是过誉了，但汪元量的诗，的确是他经历的那一重大历史事件的宝贵记录，它以生动的宋亡史实和历史教训昭示着后人！

【参考资料】

《宋诗纪事》卷七十八
《宋人轶事汇编》卷十九